한국 근현대 장시사(長詩史)의 변전과 위상

이 책은 2015년 정부(교육과학기술부)의 재원으로 한국연구재단의
지원을 받아 수행된 연구임(과제번호 2015S1A6A4A01011441)

한국 근현대 장시사(長詩史)의 변전과 위상

김성조 지음

국학자료원

책머리에

한국 장시는 1920년대 첫 출발에서부터 오늘날에 이르기까지 긴 역사성을 함유하면서 부단한 발걸음을 이어왔다. 따라서 장시사가 내장하고 있는 변전의 발자취는 보다 적극적이고 선명하다. 장시는 일반적으로 길이가 길다는 것이 양식상의 특징이다. 그리고 이러한 긴 길이를 충족할 수 있는 사건과 이야기적 요소들이 창작의 배경에 포섭되어 있다. 여기에 당대 현실을 포괄적으로 인식하고 형상화하려는 시인의 치열한 시정신이 겹쳐진다. 시의 장형화의 특성을 효과적으로 이끌어갈 구성방식과 표현양식 등은 각각의 개성이다. 먼저 이 연구에 앞서 새로운 시세계를 탐구하고 창조해낸 시인들의 지난한 시작여정과 열정에 깊이 고개 숙인다.

돌아보면 장시와의 만남은 자연스러운 경로였던 것 같다. 전봉건을 석사논문으로 쓰면서 처음으로 『사랑을 위한 되풀이』와 『춘향연가』 등의 장시를 접하게 된 배경이 그것이다. 처음이라고 했지만 그 이전에도 이미 많은 장시들을 접하고 있었음이 분명하다. 그럼에도 장시에 대한 기억이 별로 없다. 이는 장시를 따로 구분하지 않고 일반 서정시의 측면에서 읽고 있었기 때문이다. 또한 긴 길이의 시에 부담을 느끼고 짐짓 피하고 있었는지도 모른다. 따라서 석사논문을 쓰면서도 장시에 대한 특별한 관심이나 의미를 두고 있지 않았다. 다만 한 권의 단행본으로 출간된 장시 『춘향연가』에 흥미를 가지고 소논문을 써야겠다는 계획을 세우고 있었다.

그러던 것이 한국연구재단에서 시행하는 박사후국내연수 지원사업에 뜻을 두면서 장시와의 인연을 본격적으로 이어가게 되었다. 장시 연구에 대한 계획과 함께 전혀 성향이 다른 전봉건과 신동엽의 장시를 연구대상으로 선택하였다. 이후 장시에 대한 자료를 찾기 위해 몇 달 동안 많은 발품을 팔았다. 연구계획서를 쓰기 위한 대상은 전봉건과 신동엽 두 시인이었지만 장시의 기본 지식을 숙지하기 위해 많은 자료들이 필요했기 때문이다. 이 과정에서 그동안 관심을 두지 않았던 다른 시인들의 장시들도 상당수 찾아서 읽을 수 있는 기회도 가졌다. 그런데 자료를 찾고 여러 시인들의 장시를 읽는 가운데서 느낀 것은 장시문학의 연구 환경이 대단히 열악하다는 것이었다. 연구자료는 물론 기본 텍스트를 구하는 일도 용이하지 않았다. 장시를 체계적으로 연구해봐야겠다는 용기도 이러한 배경 속에서 시작되었다. 이러한 계획은 박사후국내연수에 지원한 과제가 선정되면서 그 첫발을 내딛게 되었다.

장시의 출발시점인 1920년대 장시로부터 가장 활달하게 장시창작이 이뤄지고 있던 80년대까지의 장시는 한국 장시의 중심을 뒷받침하고 있다. 장시 자체가 사회 역사적 현실과 긴밀한 연계성을 가지고 있는 만큼 이 시기의 장시들은 당대 집단적 담론의 현장이나 민중적 열망들을 응집하고 있다. 따라서 시인의 시적의도와 창작의지가 보다 강렬하게 표상되어 있다. 1920년대부터 1980년대까지의 장시는 한국 장시의 전체적인 맥락을 짚어볼 수 있는 긴 역사성을 안고 있다. 따라서 이 책은 한국 장시의 전체적인 맥락과 함께 각 시기의 장시들을 동시적으로 살펴볼 수 있는 통로를 마련한다는데 그 의미를 둘 수 있다. 분석 텍스트로 선택한 장시들은 한국 장시를 대표한다고는 할 수 없겠지만 시인의 개성과 함께 각 시기의 특성이 잘 반영되어 있다고 할 수 있다. 이를 염두에 두고 무엇보다 각 시인들의 작품을 깊이 있게 읽고 분석하는 것에 주력하고자 했다.

얼핏, 길이 없는 산속을 수풀을 헤치며 한 걸음 한 걸음 지나온 느낌이다. 도중에 자괴와 절망이 겹쳐지기도 했다. 하지만 숨이 차고 땀이 흐르는 가운데서도 한 번도 편히 길가에 앉아 쉬어본 기억이 없다. 끊임없는 강행군이었다. 그리고 결국 여기까지 오고야 말았다. 먼저 안도감이 들고 그 다음은 미진한 마음이 밀려든다. 그나마 위안할 수 있는 것은 그럼에도 불구하고 최선을 다했다는 자부심이다. 하지만 아직도 훌륭한 장시들이 상당수 잠들어있는 것을 생각하면 더 폭넓게 담아내지 못한 것이 아쉽기도 하고 큰 과제로 다가오기도 한다. 따라서 단편적으로나 장시연구를 지속해야겠다는 스스로의 다짐을 둔다. 바람이 있다면 이 책이 장시연구를 하는 데 있어서 작게나마 자료적 역할을 할 수 있었으면 하는 것이다. 더불어 장시문학이 좀 더 관심의 영역으로 포섭되고 연구배경이 확장되었으면 한다.

2018년 11월

김성조

목차

| 제 I 부 |

한국 근현대 장시의 특성과 변전

제1장 서론

1. 장시의 특성과 창작배경

장시는 우리 시문학사에서 빼놓을 수 없는 중요한 위치를 차지하고 있다. 비록 단시에 비해 그 창작의 양이나 논의의 저변이 한정되어 있기는 하지만 함축하고 있는 의미적 진폭은 크다. 돌아보면 한국 장시는 우리의 국문학사적 전통과도 긴밀하게 맞닿아 있다.[1] 고려 중기 이규보의 『동명왕편』과 이승휴의 『제왕운기』를 비롯해, 조선시대의 『용비어천가』와 구비전승 되어 오는 많은 서사 가사(歌辭), 서사민요 등이 그 원형을 보여준다.

---

1) 한국 장시의 국문학사적 전통은 건국 서사시의 형식에서 그 터를 찾을 수 있다. 건국서사시는 국가의 성립과정에서 그 당위성과 정치적 치적을 서술하고 펼쳐가는 의도를 담고 있다. 정치적 지배체제의 합리화와 정통성을 부여하는 기능을 창작의 중심에 두고 있다. 따라서 신화적 형식을 토대로 지배집단의 우월성과 신성함을 부각시키는 역할을 한다. 건국 서사시에 터를 둔 고대장시는 구비 전승되다가 문자로 정착되는 과정을 거친다. 고려 중기 이규보의 『동명왕편』과 이승휴의 『제왕운기』 등이 그 원형을 보여준다. 그리고 조선시대의 『용비어천가』와 많은 서사 가사(歌辭), 서사민요 등이 그 뒤를 따르고 있다. 이후 개화기 가사와 창가의 등장, 창가를 계승하면서 신체시의 서술 지향적 세계로 나아간다. 근대로 접어들면서 1920년대 유엽의 『소녀의 죽음』과 김동환의 『국경의 밤』, 1930년대 김기림의 『기상도』 등의 과정으로 확장되어간다. 고대 건국 서사시가 국가와 관련한 정치적 이데올로기를 서사적 맥락으로 이끌고 있다면, 근대, 현대에 이르기까지의 장시들은 점차 민중의 삶과 연계해서 시대와 현실을 인식하고 대응하면서 새로운 탐구영역으로 확장시켜간다.

이후 최남선의 「경부철도 노래」(1908), 이광수의 「극웅행」(1917)을 거쳐 1920년대 유엽의 『소녀의 죽음』과 김동환의 『국경의 밤』 등의 과정으로 접어든다. 한국 장시의 태동과 성립의 단계를 내포하고 있는 1920년대 장시는 1930년대로 이어지면서 정착과 확장의 과정으로 나아간다. 김기림의 『기상도』를 비롯해서 1930년대에 발표되고 있는 다양한 형식의 장시들이 여기에 해당한다. 1920년대부터 1930년대에 이르는 근대장시의 시기는 새로운 시 양식의 수용과 실험적 탐구를 주도하면서 한국 장시의 초석을 마련하게 된다. 따라서 장시사적으로도 중요한 단계적 역할을 하는 지점이라고 할 수 있다.

1920~1930년대 근대장시의 시기는 1940년대로 접어들면서 현대장시로의 전환을 보여준다. 가능성의 탐색과 실험적 창작의지를 수반하던 근대장시는 1945년 해방과 함께 현대장시의 단계로 그 창작의 기반을 이동하고 있다. 현대장시는 근대장시와 내적 연계성을 가지면서 새로운 시대적 변화를 활달하게 수용하고 장시의 지형을 확장해가고 있다. 현대적 요소가 현저하게 가미된 소재와 방법론을 적극 모색하고 활용하면서 다양한 개성을 발휘하는 작품들을 생산하게 된다. 시대적으로 보면, 근대장시와 현대장시의 경계는 식민지 시대와 해방 이후라는 큰 변화의 축이 가로놓여 있다. 따라서 장시창작의 배경도 여러 각도에서 변화의 기류가 감지되고 있다. 우선 장시창작의 환경으로 보면 식민지의 억압과 감시의 상황에서 벗어나 자유롭게 창작의 열정을 펼쳐갈 수 있다는 긍정적 요소가 주어진다. 반면, 해방과 함께 찾아온 혼란과 이념적 대립, 이후 크나큰 충격을 안겨준 역사적 사건들이 발생하면서 또 다른 변화를 흡수해야하는 상황에 놓이게 된다.

근대 장시에서 현대 장시로 이어지는 이러한 장시의 연속적 발자취는 우리의 역사적 사건과 맥락을 같이 하면서 역사성을 확보해간다. 일제강점기,

해방기와 전쟁기, 4 · 19혁명과 산업화 시기, 민주화에 대한 열망과 민중의식의 발현 등 1920년대부터 1980년대까지로 이어지는 역사적 격동과 시간적 거리가 바로 그것이다. 한국 장시는 대체로 한국적 특수성이라고 할 수 있는 역사적 부침과 상실의식, 비판과 수용, 대립과 화해, 저항과 변혁의 소용돌이 속에서 문학적 가치를 구성한다. 민족공동의 정서를 유발하는 사회역사적 사건이나 특정 지역의 집단적 담론 등이 시적 소재로 채택되는 배경이 여기에 닿아있다. 따라서 장시창작의 배경은 "우리 민족 구성원 모두에게 있어서 지상과제라 할 수 있는 국권회복의 염원이라든지 새로운 세계로 향하는 공동체적 희망 같은 것"[2]과 연계되어 있다. 시인은 당대 현실을 민감하게 직시하고 반응하면서 시대적 담론을 주제의식의 한 측면으로 끌어들이고자 한다. 당대 삶을 추동하는 정치, 사회, 문화 전반에 걸친 사건과 상황들이 곧 시인으로 하여금 실험적 창작의지를 발현하게 하는 원천이 된다.

따라서 시대가 안고 있는 모순성과 부조화의 파장들은 시인의 시선을 통해 구체화되고 사건화 되어 독자의 사유 속으로 파고든다. 포괄적인 범주에서의 문제의식의 발현, 비판과 저항, 개혁의지 등이 촉발되는 배경도 여기에 있다. 이러한 장시의 특성과 창작배경을 염두에 두고 보면 장시가 내포하고 있는 의미적 배경이 상당한 진폭을 수반하고 있음을 알 수 있다. 이른바 단순한 정서적 교감이나 표현영역에 한정되는 것이 아니라 역사와 현실에 대한 보다 명징한 인식과 대응의식을 표출하게 된다는 것이다. 이러한 특성들이 시의 길이가 길어질 수밖에 없는 요건을 만들고 하나의 완결된 구성원리를 요구하는 배경이 된다. 곧 사건과 다양한 정서적 요소들을 "전체적으로 다루고자 하는 시인의 정신과 관계되는 양식"[3]으로서의 특성이 된다. 이러

2) 장부일, 「한국 근대 장시 연구」, 서울대학교박사학위논문, 1992, 2쪽.
3) 서준섭, 「한국 현대시에 있어서 장시의 문제」, 『심상』, 1982, 5, 37쪽.

한 장시의 특성에 기대보면 장시는 처음부터 체계적인 계획과 제작원리가 수반되는 창작영역이라고 할 수 있다. 이른바 보다 완결된 사건구성과 전개 방식을 지향하면서 나와 세계의 가치구현을 의도하고자 한다. 따라서 일반 단시와는 달리 창작의도에서부터 방법론, 시적 기대효과에 이르기까지 그만의 차별성을 가지게 된다.

시의 길이가 길어지는 경향은 현대로 접어들면서 일반 서정시의 경우에도 상당부분 나타나고 있는 추세이다. 이는 김기림[4]의 말대로 현대적 삶의 저변이 복잡해지면서 이에 따른 이야기적 요소가 다양해지고 시에 담아내고자 하는 내용이 많아지고 있다는 뜻이 될 것이다. 따라서 시인들의 정서 또한 단일한 구도에 머물 수 없는 여러 측면의 굴곡을 경험하게 된다. 이는 시의 길이가 길어질 수밖에 없는 하나의 근거로서의 변화의 한 축이 될 것이다. 이와 더불어 최근에 와서는 시인의 대거 등장과 함께 시의 양적 생산도 급격하게 팽창하고 있다. 이는 시적 현실이 대중화되고 다양화되면서 보급의 매체 또한 폭넓어지고 있음을 보여주는 한 예가 될 것이다. 따라서 연구나 비평의 손길도 자연스럽게 단시의 물결 속으로 흡수되어가고 있다. 단시의 팽창은 양적으로 소략한 수준에 있는 장시의 위치를 상대적으로 잠식시키는 한 요인이 될 수도 있을 것이다.

하지만 한편으로 생각해보면 이러한 견해 또한 지나치게 단순한 논리일지도 모른다. 우리 시에서 장시의 위치는 근대로부터 오늘날에 이르기까지 단시에 비해 늘 양적으로 적은 부분을 차지하고 있었기 때문이다. 한 시인의 시세계를 돌아보면 대부분 단시를 중심으로 창작활동이 이뤄지고 있고 시세

---

4) 김기림, 「시와 현실」, 『조선일보』, 1936, 1.1~1.5. 김기림은 현대를 복잡다단하고 굴곡이 많은 삶의 영역으로 인식한다. 그리고 이러한 현대문명의 소용돌이 속에서는 시의 장형화의 특성이 드러날 수밖에 없고, 이를 가장 잘 드러낼 수 있는 적합한 시의 형태가 곧 장시임을 언급한다(제2장 「장시의 개념」 참조).

계의 평가 또한 그 테두리 속에서 생성되고 있다. 이러한 정황은 모든 시인이 장시를 쓰고 있지 않다는 것을 말해줌과 동시에, 특정 시인이 장시를 쓴다고 해도 그의 전체 작품에 비춰보면 그 편수가 지극히 제한적이라는 것을 상기시킨다. 곧 장시가 단시에 비해 양적인 면에서 이미 차이가 날 수밖에 없음을 말해주고 있다. 따라서 처음부터 장시를 시작(詩作)의 터에 두고 있거나 혹은 장시가 대표작으로 거론되는 시인을 제외하고는 장시 자체가 논의의 중심에 서기는 사실상 어렵다. 물론 한 시인의 전시세계를 논의하는 과정에서는 장시 자체가 텍스트에서 제외되는 경우는 드물다. 다만 장시의 특성을 고려하지 않은 채 전체 시세계 속에 포섭되어 언급되어지고 있는 것이 대부분이다.

이는 두 경우 즉, 장시를 일반 서정시와 구분하지 않은 채 접근하는 경우와, 아예 개별적 시 양식으로 인식해서 깊은 논의로 이어가지 않는 경우에 해당할 것이다. 생각해보면 두 경우 모두 은연중 장시를 소외시키고 있는 것만은 분명하다. 한편으로 텍스트의 방대함이나 자료수집의 어려움, 이론과 실제 논의와의 접목과정도 적지 않은 노고를 담보한다. 최근, 장시에 대한 관심과 논의의 저변이 날로 빈약해지고 있음이 어렵지 않게 체감된다. 그리고 이러한 배경은 결국 작품의 양적인 문제가 아니라 장시에 대한 관심의 결여와 연구의지의 부재에서 오는 결과라는 것도 알 수 있다. 따라서 학문적 소외, 학문적 편중성이라는 우려를 잠식시키기 위해서라도 장시문학에 대한 관심의 증대와 논의의 저변을 환기 · 확장시켜가야 할 필요성이 있으리라 생각된다.

한국 장시는 앞서 언급하고 있듯이 1920년대부터 1930년대까지의 근대장시를 기반으로 해서 1940년대~1950년대 해방기와 전쟁기를 거치면서 현대장시의 기틀을 마련한다. 이후 1960년대~1970년대, 1980년대로 이어지면서 한국 장시의 창작영역은 보다 활성화되고 심화되어 간다. 경험의 여러 측면들이 폭넓게 장시창작의 환경 속으로 스며들면서 장시의 소재와 방법론적 개성도 활달해진다. 근대 장시의 출발, 성립과 정착, 확장과 심화의 단계로 이어지는 이러한 과정은 한국 근현대 장시의 역사적 흐름을 함유하고 있다. 장시의 역사성은 우리의 역사적 사건의 시 · 공간적 경험구도와 긴밀하게 연계되고 있다. 따라서 시인의 장시창작의 배경과 역사적 사건의 발자취들은 분리될 수 없는 상호 관계성을 내포하고 있다. 한국 근현대 장시가 내포하고 있는 이러한 역사성은 장시의 변전 과정을 짚어볼 수 있는 중요한 단계적 통로이면서 그 척도가 되고 있다.

이 저술은 1920년대부터 1980년대까지의 장시를 대상으로 해서 장시의 위상과 시사적 의의를 짚어보는 것에 뜻을 두고 있다. 근현대 장시의 변화와 발전과정을 짚어보는 것은 한국 장시의 전체적 맥락을 찾아갈 수 있는 일정 근거가 될 것이다. 무엇보다 한국 근현대 장시를 총체적으로 그리고 동시적으로 조망할 수 있다는 점에서 장시를 이해하고 접근하는 데 있어서 긴밀한 통로가 되리라본다. 장시는 장시만의 몫이 있다. 그 몫이 곧 장시가 존재해야하는 이유이고 또 시문학사적 위상을 확보하는 가치부여의 지점이 될 것이다. 장시의 가능성에 대한 탐색, 작품성의 발견, 시사적 위치, 장시의 미래비전 등이 여기에 놓인다. 한 시인의 시세계에서 장시의 영역은 또 다른 시세계의 탐구와 실험이라는 점에서 중요하다. 이것이 곧 시인의 당대 현실인식의 핵심이면서 시대요구를 담론의 영역으로 이끌어가는 시정신의 일환이 될 것이기 때문이다. 따라서 어느 정도의 연구업적이 축적되어 있는 근대장시에 이어 현대장시 또한 본격적인 연구가 진행되어야 하리라본다. 1980년대 이후 1990년대부터 발표된 장시는 또 다른 범주에서 규명하고 정립해가야 할 과제이다.

2. 장시의 태동과 그 성립

한국 장시는 새로운 시 양식의 모색과 가능성의 탐색이라는 실험적 명제를 두고 출발하고 있다. 그리고 이러한 명제의 의의를 충분히 뒷받침할 수 있을 만큼의 긴 역사성과 충분한 성과를 축적해두고 있다. 이러한 역사성과 성과는 장시의 출현이 단지 한 시기의 시적 흐름이 아니라 지속적인 탐구영역으로 이어지고 있음을 말해준다. 한국 시단에서 처음으로 새로운 시 형식으로서의 장시를 수용하고 실험하던 때는 일제강점기의 폭압적 현실과 위기의식이 팽배하던 시기이다. 1910년 한일합방에서부터 3 · 1운동의 좌절을 거치는 동안 우리의 민족적 자존감은 치명적인 상처를 입게 되고 사회전반적인 분위기도 암울하게 경직된다. 일제는 소위 문화정책을 내세우면서 언론과 문화전반에 걸쳐 자유를 보장하는 듯 했지만, 사실은 “세계의 여론에 눌려서 시행된 기만적인 표면적 완화”[5]에 불과했을 뿐이다. 이러한 일본의 이중적인 태도와 탄압은 당시 젊은 시인들에게 절망과 울분, 저항의식을 심어주는 계기가 된다. 따라서 민족이 처한 현실적 상황에 대한 명징한 자각과 함께 보다 왕성하게 문학적 탐구의지를 고취시키고 창작활동을 전개하고자 한다.

새로운 문학에 대한 탐구와 실험정신은 그 자체로 이미 현실 극복의지로서의 구체적 실천이 된다. 시인 개인은 개인대로 문학단체는 단체대로 민족적 수난에 대응하기 위한 적극적인 노력과 새로운 세계구현의 통로를 마련하고자 한다. 따라서 “1920년대 초를 지배한 폐허의식은 젊은 세대들에게 새로운 가능성을 실험하는 창조적 터전이 되었다.”[6] 장시의 수용과 가능성

5) 이기백, 『한국사신론』, 일조각, 1967, 408쪽.
6) 최동호, 「근대시의 전개(1919년~1931)」, 『한국현대시사』 오세영외 지음, 민음사, 2007, 113쪽.

에 대한 탐색 또한 이러한 문학적 환경 속에서 태동한 창작영역이라고 할 수 있다. 극단의 절망과 암흑의 시기에 하나의 돌파구로서의 새로운 시적수용이 되는 것이다. "시의 현실대응이라 할 수 있는 이러한 측면이야말로 우리 근대시사에서 장시가 지니는 중요한 의의 가운데 하나라 할 것이다."[7] 장시는 자유로운 표현이 거세된 문학적 현실에서 우회적인 방식으로 시대와 자아, 자아와 세계를 형상화해낼 수 있는 방법론이 된다. 이른바 불합리한 현실적 파장들을 시의 형식으로 사건화하고 형상화할 수 있는 효과를 발현하고 있는 것이다.

1920년대 한국 근대장시의 태동과 성립의 배경에는 시전문지 『금성(金星)』이 큰 역할을 하고 있다. 1923년에 창간한 『금성』은 "우리 시사상 최초의 본격적 시전문지"[8]로서의 위치를 구축하고 있다. 『금성』은 일종의 '同人詩誌'[9]로 당시로서는 상당히 새롭게 구성된 시전문지로 평가를 받고 있다. 이는 시전문지의 특색을 살리면서 문예잡지의 전문화를 추구하고자 하는 창간동인들의 의도와 열정이 반영된 결과라고 할 수 있다. 『금성』은 와세다대 동급생인 유엽, 양주동, 손진태, 백기만 등이 주축이 되어 창간하게 된다. 동경유학파로 구성된 동인들은 당시 문학적 열정과 가치추구에 대한 기대치가 크게 작동하고 있었으리라 생각된다. 이들은 동경 유학생이라는 공통점과 함께 불문학 전공자(영문학 전공자인 손진태를 제외한)라는 공통점을 지니고 있다. 따라서 해외 문학의 수용과 동경은 물론 당시 유행하던 세기말적 사상과 시풍에도 상당부분 경도되고 있다.[10]

7) 장부일, 앞의 논문, 3쪽.
8) 김용직, 『한국근대시사』 제1부, 새문사, 1983, 251쪽.
9) 양주동, 『양주동 전집』 5, 동국대학교출판부, 1995, 259쪽. 양주동은 "詩誌 『金星』은 一九二三년 가을에 창간되었으니, 『白潮』보다 1년쯤 뒤라 기억된다. 당시의 풍습대로 同人誌였다"라고 말하고 있다.
10) 양주동, 위의 책, 260쪽. 양주동은 "우리들의 당시 詩風이 자칭 상징주의요 퇴폐적

김용직은 시전문지 『금성』이 주도해왔던 가장 선구적인 행적으로 "서사시를 형성시킨 공적"[11]을 들고 있다. 이는 금성파에 의해 주도적으로 탐색되고 있던 '서사시'의 가능성과 실험을 염두에 두고 있는 언급이다. 금성파에 의해 탐색되고 있던 '서사시' 형식은 단지 탐색에 그치는 것이 아니라 실제 창작을 통해 그 성과를 보여주고 있다는 점에서 의의를 가진다. 금성파의 일원인 유엽이 그 대표적 주자로 떠오른다. 유엽의 『소녀의 죽음』은 "명백히 한국 근대시사상 서사시의 효시를 이루는 작품"[12]으로 자리매김하게 된다. 하지만 한편으로 서사시로서의 요건에 있어서는 미비한 부분을 지니고 있다는 평가를 받기도 한다. 이른바 근대 서사시의 창작기반을 마련함과 동시에 작품적 완성도에 있어서는 일정 한계를 지닌다는 것이다. 여기서 중요한 것은 이러한 작품적 한계에도 불구하고 유엽의 『소녀의 죽음』이 근대 장시의 가능성을 여는 작품이라는 사실이다. 따라서 장시사적으로 보면 중요한 단계적 의미를 지니는 작품이 된다. 유엽에 의해 태동한 근대장시의 기반은 김동환으로 이어지면서 그 성립의 단계로 나아가고 있다.

김동환의 『국경의 밤』(1925)은 유엽의 『소녀의 죽음』(1924)이 발표된 뒤 일 년의 간격을 두고 발표된다. 유엽의 『소녀의 죽음』이 시인 스스로 '서사시'라는 명칭을 표기해서 발표하고 있다면, 『국경의 밤』은 '장편 서사시'라는 명칭을 달고 출간된다. 김억은 『국경의 밤』의 출간 당시 "우리 시단에 처

인 것"이었지만, "우리 동인들—뒤에 참가한 故 古月 李章熙군까지를 포함한 당시의 시풍은 결코 정말 세기말적 · 데까당적은 아니었고, 차라리 모두 理想주의적, 낭만적, 感傷的인 작품이었다"라고 회상하고 있다.

11) 김용직, 앞의 책, 284~285쪽. 김용직은 『금성』이 주도하고 있던 것 중, '상징시 수용을 위한 노력', '시작의 이론 정립', '번역시의 소개' 등이 거론되지만 서사시를 형성시킨 공적이 가장 크다고 말한다. 세 개의 공적들은 이미 선행한 잡지와 사람들에 의해 그 시도가 가해졌지만, "한국 근대시사상 금성파 이전에 서사시 제작이 이루어진 예는 없었다"라고 언급하고 있다.

12) 김용직, 앞의 책, 288쪽.

음 있는 장편서사시로 귀한 수확"[13]이라고 '서문'을 열고 있다. 『국경의 밤』은 '장편서사시'라는 명칭에서도 확인할 수 있듯이 유엽의 『소녀의 죽음』에 비해 그 길이에 있어서 상당한 무게를 지닌다. 또한 작품적 성과에 있어서도 발전적 변화를 보이고 있음이 확인된다. 김용직은 김동환의 『국경의 밤』이 "한국근대시사상 최초로 나타난 한 형식의 의의가 제대로 확보 가능"[14]하도록 그 기반을 확장하고 있다고 언급한다. 이른바 유엽이 태동시키고 있는 서사시의 세계를 김동환에 이르러 보다 견고하게 확장시키고 있음을 나타낸다. 김동환의 『국경의 밤』은 『소녀의 죽음』의 한계를 극복하면서 근대장시의 성립단계로 나아가는 계기를 마련한다.

한국 시단에서 장시가 소개되고 알려지기 시작한 것은 창작의 기틀을 마련하기 훨씬 이전의 일이다. 이른바 해외 장시를 도입하고, 번역하고, 보급하는 과정을 통해 이미 장시의 수용과 가능성의 탐색이 이뤄지고 있었던 것이다. "해외시의 수입, 수용에 주목할 만한 의의를 확보"[15]하는 과정에는 『태서문예신보』가 큰 역할을 하고 있다. 한국 시단에서 장시라는 용어가 언급되기 시작한 것은 바이런의 장시 「어린 헤롤드의 순례(Child Harold's Pilgrimage)」(『소년』제1호, 1908, 11, 1)가 소개되면서부터이다. 최남선은 『청춘』(1권3호, 1914, 12, 1)에 장시 「실락원」을 일부 번역하였다. 이어 진학문은 타고르(R. Tagore)의 장시 「기탄잘리」, 「신월」, 「원정」(『청춘』제3권 제5호. 1917, 11, 16)등을 일절씩 번역하였고, 양주동 또한 이를 번역하고 있다. 외국장시를 번역하고 소개하는 일련의 작업들은 장시에 대한 이해의 폭을 넓히고 확장시키는 밑거름이 되고 있다. 따라서 한국 근대장시의 태동과 성립의 근저에는 서구장시의 도입과 활발한 번역작업 등이 큰 몫을 하고 있

---

13) 김억, 『국경의 밤』'서문', 한성도서주식회사, 1925.
14) 김용직, 앞의 책, 288쪽.
15) 김용직, 앞의 책, 480쪽.

다. 이는 새로운 문학을 접할 수 있는 계기를 마련하면서 실제 창작의 영역으로 나아갈 수 있는 환경적 토대가 되고 있다.

정리해보면, 한국 근대장시의 태동과 성립은 서사시 형식의 두 작품 즉, 유엽의 『소녀의 죽음』과 김동환의 『국경의 밤』을 통해 그 터전을 구축하게 된다. 유엽의 『소녀의 죽음』이 장시의 가능성을 태동시키고 있다면, 김동환의 『국경의 밤』은 그 기반 위에서 성립과 정착의 단계로 이끄는 역할을 한다. 서구 장시의 수용과 보급은 장시에 대한 관심을 환기시키고 새로운 문학적 특질에 대한 탐색과 본격적인 창작의 길을 모색할 수 있는 원동력이 된다. 우리의 근대시의 출발이 그렇듯, 1920년대 근대장시는 3 · 1운동의 좌절과 절망의 심연 속에서 실험적 창작을 시도하고 그 실천적 결과물을 생산하고 있다. 따라서 민족적 위기의식에 대한 자각과 그 대응으로서의 문학적 탐구 영역이라는 명제가 주어진다. 1920년대에 발현되고 있는 장시의 태동과 성립은 1930년대로 이어지면서 보다 다양한 형식으로 실험되고 활성화되면서 확장의 단계로 발전해간다.

3. 연구범위와 방향성의 설정

1920년대부터 1980년대까지 한국 문단에 발표된 장시는 근대에서 현대에 이르는 긴 시간적 거리를 담보한다. 이는 근대 장시의 태동과 성립에서부터 현대장시의 확장과 심화의 단계[16]에 이르기까지의 연속적 발자취를 담

16) 민병욱, 『한국 서사시와 서사시인 연구』, 태학사, 1998, 19쪽. 민병욱은 한국 장시의 시대별 변전과정을 "1920년대 등장→1930년대 확산→1940년대 전반 소멸→1940년대 후반 재등장→1950년대 확산→1960년대 심화→1970년대 심화 확산의 전개과정을 거친다"라고 정리한다. 1970년대 심화 확산의 단계는 1980년대 장시의 지형에도 그대로 연결되고 있다.

고 있다. 따라서 장시사의 변전과정을 짚어볼 수 있을 만큼의 충분한 배경과 역사성을 함유하게 된다. 이를 단계적으로 정리해보면 1단계: 1920~1930년대, 2단계 : 1940~1950년대, 3단계 : 1960~1970년대, 4단계 : 1980년대 등으로 나눠볼 수 있다. 이는 곧 ①일제강점기 ②해방기와 전쟁기 ③혁명과 산업화의 시기 ④민주화의 시기 등으로 차별화된다. 이러한 단계는 곧 일제강점기의 비극적인 시공간, 해방공간과 한국전쟁의 상흔, 혁명의 시기와 산업화의 물결, 정치적 혼란과 민중항쟁의 시기 등을 함축한다. 따라서 각 시기의 장시는 그 시대만의 역사적 수난과 현실적 질곡을 수반하면서 각각의 개성적 특질을 생성하고 있다.

이 글의 연구범위는 위에서 언급하고 있는 네 단계 즉, 1920년대부터 1980년대까지의 장시로 잡아둔다. 이 네 단계는 근대장시와 현대장시를 두루 아우르고 있다는 점에서 한국 장시의 핵심을 가로지르고 있다고 할 수 있다. 한국 근현대 장시의 의미배경과 변화의 흐름은 당대 사회역사적 상황과 시인의 현실과 세계인식의 저변이 포섭되어 있다. 이는 곧 장시가 함유하고 있는 특성과 그 특성들이 생성시키는 장시의 위상과 시인의 시적 가치관을 파악할 수 있는 근간이 된다. 장시는 양식적 특성상 처음부터 단시와는 다른 각도로 계획되고 창작되고 있다. 형식은 물론 의미전개에 있어서도 장시만의 차별화된 특성이 주어진다. 시인으로 하여금 장시를 쓰게 하는 시대적 상황의 파장에서부터 방법론적 모색에 이르기까지 체계적인 구성논리가 생성된다. 네 단계의 연구범위는 장시의 연속적 발자취를 담고 있다는 점에서 큰 틀에서의 변전과정의 생동감이 드러나리라 생각된다. 또한 한국 장시의 발전적 터전과 작품성의 발견, 평가와 반성의 척도도 이 과정에서 생성되리라 본다.

작품분석은 대략 두 개의 틀을 두고 방향성을 잡아갈 것이다. 먼저 무엇보다 각각의 작품을 깊이 있게 분석하는 것에 무게를 둘 것이다. 이른바 장시를 구성하고 있는 여러 정황들에 대한 설명이나 언급보다 작품을 면밀하게 읽고 분석하는 것에 심혈을 기울일 것이다. 자칫, 주변적 이야기에 몰입하다보면 정작 작품을 분석하는 것에는 소홀히 한 경우를 왕왕 보고 있기 때문이다. 다음은 작품을 분석하는 데 있어서 시대적 · 개인적 특성을 동시에 수렴하면서 분석적 틀을 잡고자 한다. 장시의 각 단계별 특성과 개별적 특성은 그 시대만의 특수한 시간과 공간적 경험을 함축하면서 상호 연결되고 있다. 따라서 만약 어느 한 쪽에만 치우친다면 작품의 의미배경이 다소 협소해질 것이다. 장시는 당대 현실과 이를 사유하는 시인의 가치관이 어우러져서 포괄적인 세계인식을 이끌어낸다. 따라서 시대적 배경과 시인의 작품적 특성을 함께 들여다봐야 시인의 장시창작의 의도가 선명해질 것이다.

덧붙여 밝혀둘 것은, 이 글에서는 장시와 서사시를 구분하지 않고 장시의 영역으로 포섭해서 분석의 틀을 잡을 것이다. 흔히 작품을 발표할 때나 시집을 출간할 때 '서사시' 혹은 '장시'라는 명칭을 표기하고 있다. 이때 가장 많은 문제성을 불러들이는 것이 서사시이다. 이른바 서사시의 요건에서 벗어나 있거나 미흡하다는 것이 분석과정에서의 쟁점이 되고 있기 때문이다. 돌아보면, 2,30년대의 근대 서사시나 오늘날 발표되고 있는 현대서사시의 경우, 서구개념을 따르기보다 한국적 특성에 맞게 새롭게 창조된 형식을 취하고 있는 것이 대부분이다. 창의적인 발상과 상상력으로 보다 유연하고 자유롭게 창작의 영역을 확보하고 있는 것이다. 따라서 장시와 서사시를 일반적인 개념으로 구분하고 경계 짓는 것은 사실상 무의미하다고 할 수 있다. 그리고 장시의 개념에서 보면 '서사시, 이야기 시, 철학시' 등은 이미 장시의 영역에 포섭되고 있다.17) 장시사적인 측면에서 장시와 서사시는 하나의 역사성 속에 그 터를 두고 있다. 따라서 변전과 발전과정, 성과와 결과물 또한 장시사의 터전 위에서 그 위상이 정립될 것이다.

분석 대상작품은 앞에서 언급한 네 단계의 범위를 중심에 두고 선정한다. 먼저, 근대장시의 단계에서는 1920년대 유엽의 『소녀의 죽음』(1924)과 김동환의 『국경의 밤』(1925), 1930년대 김기림의 『기상도』(1936) 등을 텍스트로 활용할 것이다. 현대장시의 단계에서는 1940~1950년대 김상훈의 『가족』(1948), 김종문의 『불안한 토요일』(1953), 김용호의 『남해찬가』(1952/1957) 등의 장시를 선정한다. 그리고 1960년~1970년대는 전봉건의 『춘향연가』(1967)와 , 신동엽의 『금강』(1967), 김구용의 『구곡』(1978) 등을 중심에 둔다. 마지막 1980년대는 신경림의 『남한강』(1981), 송수권의 『새야새야 파랑새야』(1987), 고정희의 『저 무덤위에 푸른 잔디』(1989) 등 세 작품을 텍스트로 활용할 것이다. 각 단계별 작품들은 발표 시기 혹은 출간시기가 빠른 순서대로 분석 차례를 정하고 있다.

"시의 효용은 확실히 사회가 변천하고, 대상이 되는 일반 독자가 변함에 따라 변화하기 마련이다."[18] 장시창작의 배경도 당대 사회역사적 환경과 일반 독자, 일반 민중의 의식구조와의 상호연관성 속에서 생성되고 또 변화한다. 따라서 장시 한편 한편은 그 개성적 독립성을 유지하면서도 전체적으로 조망해보면 사회적 변화와 인간 삶의 발자취와 연계되어 있다. 역사적 사건, 인간적 가치, 집단적 진실 등 시대적 굴곡에 반응하고 대응하는 여러 측면의 담론이 응집되는 것도 여기에 있다. 결국 시인이 사회 역사적 현실을 어떻게 인식하고 또 어떻게 극복해가는 지의 문제와 결부된다. 1920년대부터 1980년대까지로 이어지는 근현대 장시는 한국 장시의 태동과 성립, 정착과 확장,

17) 제2장 「장시의 개념」 참조.
18) T. S 엘리엇, 『시의 효용과 비평의 효용』 이승근 역, 학문사, 1990, 144쪽.

심화의 과정을 두루 포괄한다. 따라서 그 시간적 거리만큼의 변화와 발전, 성과와 축적의 과정을 내장하고 있다.

제2장 장시의 개념과 시대성

1. 장시의 개념

장시(長詩)란 단시(短詩)와 대립되는 개념으로 받아들여지는 것이 일반적이다. 이러한 대립개념에서 가장 큰 비중이 놓이는 것은 역시 시의 길이다. 이른바 시의 길이가 길고 짧음에 따라 장시와 단시의 경계가 주어지고 있다는 것이다. 하지만 단지 시의 길이로만 따질 수 없는 요건들이 내포되어 있는 것도 사실이다. 장시는 우선 그 내용에 있어서 긴 길이를 선택할 수밖에 없는 포괄적인 의미배경이 함유되어 있다. 이른바 시적 소재에서부터 이미 장형화의 특성을 수용해야할 사건과 이야기적 요소들이 개입해있다. 장시의 구성원리가 대체로 시작과 중간, 끝맺음 등을 고수하게 되는 배경도 여기에 있다. 이는 긴 길이의 내용을 효과적으로 구성하기 위한 방법론이 된다. 장시의 개념에 대해서는 근대장시의 출발시점에서부터 지속적으로 논의되어 오고 있다. 장시의 개념은 일찍이 서구 이론가 허버트 리드(H. Read)에 의해서 체계적으로 정립되어 왔다. 한국 시단에서는 1930년대 김기림이 최초로 장시에 대한 논의를 이끌고 있다. 김기림 이후에도 여러 논자들에 의해 장시에 대한 논의가 제기되고 있다. 먼저 허버트 리드(H. Read)의 견해를 살펴보면서 장시의 개념에 접근해보도록 한다.

장시(long poem)란 단시(short poem)와 구별된다. 즉 단시가 단일 단순한 정서를 구현한 시, 연속적인 영감이나 기분을 직접 표현한 시임에 반해, 장시란 여러 개 혹은 다수의 정서를 인위적인 기교에 의해 결합한 어떤 복잡한 이야기를 포함한 일련의 긴 시이다. 또한 단시는 형태가 개념을 통어하는 시이며, 장시란 그와 반대로 개념이 형태를 통어하는 시이다. 장시는 서구문학의 경우, 서사시(epic), 이야기시(narrative poem), 철학시(philosophic poem), 오드(ode), 발라드(ballad) 등을 포괄하는 개념이다.1)

서구 이론가인 H. 리드는 최초로 장시에 대해 언급하고 그 개념을 체계화하고 있다는 점에서 의의가 놓인다. H. 리드는 장시의 개념을 풀어내고 있음은 물론 그 포괄하는 범주까지 제시하고 있다. 따라서 그의 이론은 장시에 대한 이해와 접근방식에 있어서 중요한 길잡이가 되어주고 있다. H. 리드는 우선 장시가 단시와 구별되는 시 양식이라는 점을 분명하게 밝히면서 출발한다. 그에 의하면, 단시란 "단일 단순한 정서적 태도를 구현한 시, 연속적인 영감이나 기분을 직접 표현한 시"로 그 경계를 두고 있다. 반면, 장시란 "여러 개 혹은 다수의 정서를 인위적인 기교에 의해 결합한 어떤 복잡한 이야기를 포함한 일련의 긴 시"로 정의한다. 단시가 단일 단순한 정서를 환기시키면서 영감이나 기분을 표현하는 형식을 취하고 있다면, 장시는 여러 갈래의 복잡한 이야기를 연속적인 호흡 속에 기교적으로 결합하는 긴 시의 형태가 된다. 여러 개 혹은 다수의 정서와 복잡한 이야기적 요소가 복합적으로 제시된다는 것이 개념의 핵심이 된다. 또한 이러한 정서와 이야기적 요소들을 기교적으로 결합하는 방법론이 동원된다. 따라서 장시는 처음부터 계획되고 의도된 창작의도와 구성원리가 주어질 수밖에 없는 문학적 양식이 된다.

이와 더불어 H. 리드는 장시의 영역을 보다 폭넓은 범주까지 포괄하는 개

1) Herbert Read, 「The Structure of the Poem」, *Collected Essays in Literary Criticiism*, London, Fabor and Faber, 1952, 57~60쪽.

념을 두고 있다. 이른바 '서사시', '이야기 시', '철학시', 오드, 발라드 등을 함께 포섭하고 있는 것이 그것이다. 장시에 대한 포괄적 개념은 장시의 영역을 보다 유연하게 확장시키는 계기가 된다. 이른바 큰 틀에서 여러 양식들을 포섭하고 있으므로 장시의 역할과 가능성의 범주가 보다 폭넓게 자리 잡게 된다는 것이다. H. 리드가 정립해놓은 장시의 개념은 장시를 논의하는 데 있어서 상당한 의미지점이 되고 있다. 장시의 개념이 정립됨으로써 막연하던 장시의 위치가 보다 분명해지고 있기 때문이다. 따라서 비록 서구문학에서 발현된 장시의 개념이지만 장시를 논의하는 과정에 있어서 중요하게 흡수할 수 있는 이론적 틀이 된다. H. 리드가 서구문학에서 최초로 장시의 개념을 체계화하고 있다면, 한국 문단에서는 김기림이 처음으로 장시에 대한 논의를 시도하고 있다. 김기림의 견해를 먼저 살펴보고 이후 제기되고 있는 우리 시단의 여러 논의들을 짚어보도록 한다.

> 시는 첫째 형태적으로 단시와 장시로 구별된다. 시는 짧을수록 좋다고 할 때 「포―」는 장시의 일은 잊어버렸던 것이다. 장시는 장시로서의 독특한 영분(領分)을 가지고 있다. 어떠한 점으로 보아 더 복잡다단하고 굴곡이 많은 현대문명은 그것에 적합한 시의 형태로서 차라리 극적 발전이 가능한 장시를 환영하는 필연적 요구를 가지고 있는 것처럼 보이기도 한다. 현대시에 혁명적 충동을 준 엘리엇의 「황무지」와 최초로는 스펜더의 「비엔나」와 같은 시가 모두 장시인 것은 거기에 어떠한 현대적 약속이 있는 것이나 아닐까. 나는 있다고 생각한다.[2)]

김기림은 H. 리드와 마찬가지로 장시와 단시는 형태적으로 구별되고 있음을 명시하면서 논의를 열고 있다. 김기림은 먼저 "시는 짧을수록 좋다"는 견해를 두고 있는 포우(E. A. Poe)를 등장시키면서 장시에 대한 스스로의 견

---

2) 김기림, 「詩와 現實」, 『조선일보』. 1936, 1.1~1.5.

해를 펼치고 있다. 포우는 정서적 토대위에서 발현되는 시적효과를 중심에 두면서 길이가 긴 시에 대한 부정적인 인식을 드러낸다. 그리고 장시라는 용어 자체가 이미 '모순어'라는 인식을 두고 있다. 김기림은 포우의 이러한 견해에 대한 대응으로 장시의 '독특한 영분'을 강조한다. 김기림이 피력하고 있는 장시의 '영분'은 현대적 삶의 방식과 긴밀한 연계성을 가진다. 이른바 '복잡다단하고 굴곡이 많은 현대문명'을 표상하는 데 있어서는 단시보다는 "극적 발전이 가능한 장시"가 오히려 적합한 시 형태라는 인식이 그것이다. 현대문명의 복잡성 속에서는 단시로는 표상할 수 없는 많은 사건과 이야기적 요소들이 내포되어 있음을 상기시키는 대목이다. 따라서 장시가 필연적으로 선택되고 활용되어질 수밖에 없는 창작 배경이 주어지게 된다. 김기림은 현대문명 속에서의 장시의 필연성과 당위성을 강조하면서 '현대적'인 시 형태로서의 장시의 역할과 위치를 각인시키는 한 터를 마련하고 있다.

김기림이 펼치고 있는 장시에 대한 논의는 한국 문학사에서 처음으로 제기된 장시론이라는 점에서 의의를 갖는다. 그의 이론은 1930년대 우리의 문학적 환경과 장시의 지형에 적지 않은 영향을 미치고 있다. 이는 장시의 터전에 이론적 근거를 제시하고 새로운 가능성을 던져주고 있는 것이다. 특히 장시의 '영분'을 현대적 삶과의 연계성 속에서 찾고 있다는 데서 설득력이 높인다. 장시 자체가 인간적 삶의 발자취와 그러한 역사성을 그려내는 형식적 특성을 지니고 있기 때문이다. 무엇보다 김기림은 자신의 장시론을 실제 그의 장시 『기상도』를 창작하는 데도 적용하고 있다. 이른바 단지 이론적 논의에 그치는 것이 아니라 실제 창작을 통해 근거를 제시하고 자신의 견해를 증명하고 있다. 장시 『기상도』는 1920년대 유엽의 『소녀의 죽음』과 김동환의 『국경의 밤』 등 서사시 형식의 작품들이 발표되고 난 후 1930년대에 이르러 발표하게 된 장시이다. 따라서 '서사시' 형식과는 또 다른 각도에서의 장시의 가능성과 방법론을 모색하고 작품제작을 시도하고 있는 것이다. 『기상도』의 의미구성은 그의 말대로 복잡다단한 현대문명이 개입해 있고 장시의 양식이 아니면 표현할 수 없는 여러 정황들이 포착되어 있다.

서구 이론가인 H. 리드의 견해와 김기림의 견해는 장시에 대한 이론적 근거를 제시해주고 있다는 점에서 유용하게 받아들여진다. 자칫 막연하고 모호할 수 있는 장시의 양식적 틀에 개념을 세우고 그 방향성을 제시해주고 있기 때문이다. H. 리드가 장시의 개념과 그 개념을 포괄하는 장시의 범주를 열어두고 있다면, 김기림은 장시의 '영분'을 환기시킴으로써 현대적 삶 속에서의 장시의 역할을 각인해두고 있다. 따라서 장시를 논의함에 있어서 그 서두에 두고 살펴봄직하다. 장시의 개념에 대해서는 우선 장시와 단시의 차별성을 인식하는 것부터가 중요한 출발지점이 된다. 여기서부터 장시의 특성과 장시창작의 필연성, 가치부여의 여지가 마련되고 있다. 김기림 이후 한국시단에서는 한동안 장시에 대한 논의가 뜸해지면서 긴 공백이 주어진다. 그러다가 60년대 초반부터 다시 논의가 제기되고 장시창작의 환경에 활기를 불어넣고 있다.[3)]

---

3) 신봉승, 「장시와 산문정신의 용해」, 『현대문학』, 1963, 3월호; 김춘수, 「서사시는 가능한가」, 『사상계』, 1965년 9월호; 김종길, 「한국에서의 장시의 가능성」, 『진실과 언어』, 일지사, 1974; 김우종, 「어두운 역사의 서사시」, 『문학사상』, 1975, 3; 홍기삼, 「한국 서사시의 실제와 가능성」, 『문학사상』, 1975, 3; 김용직, 「근대서사시의 형성과 그 성격」, 임영택 · 최원식 편, 『한국근대문학사론』, 한길사, 1982; 서준섭, 「한국현대시에 있어서 장시의 문제」, 『심상』, 1982, 5월호; 염무웅, 「서사시의 가능성과 문제점」, 『한국문학의 현단계 1』, 창작과 비평사, 1982; 장윤익, 「한국 서사시 연구—시사적 맥락을 중심으로」, 명지대박사학위논문, 1984; 김재홍, 「한국 근대서사시와 역사적 대응력」, 『현대시와 역사의식』, 인하대학교 출판부, 1988; 장부일, 「한국 근대장시 연구」, 서울대박사학위논문, 1992; 오세영, 「장시의 다양성과 가능성」 『현대시학』, 1988, 8월호; 오세영, 「서사시란 무엇인가」, 『현대시』, 1993 10월호; 범대순, 「서사시 · 장시의 개념과 성립과정」, 『현대시』, 1993, 10월호; 이숭원, 「해방 후 서사시 · 장시의 정신과 형식」, 『현대시』, 1993, 10월호; 민병욱, 『한국 서사시와 서사시인 연구』, 태학사, 1998; 박정호, 「한국 근대장시 형성과정 연구」,

한국 시단에서 이뤄지고 있는 논의들은 대부분 장시와 서사시와의 연관성 속에서 진행되고 있다. 발표되고 있는 작품들 또한 장시와 서사시의 구도 속에서 창작되는 작품들이 대부분이다. 따라서 이 두 측면에서 빈번하게 논의의 장이 열리고 있다. 장시와 서사시를 동일하게 받아들여야 되느냐 혹은 서사시만을 장르로서 받아들여야 하느냐의 문제 등이 긍정론과 부정론의 형식으로 쟁점화 되는 배경도 여기에 있다. 이와 함께 서사시와 서술시의 문제 등도 그 핵심을 가로지르는 쟁점들이다. 장시와 단시는 어떻게 구별할 것인가, 단순히 시의 길이로만 따질 것인가, 너 본질적인 장르론적 문제로 나아갈 것인가 하는 논의들도 대두된다. 또한 서구 서사적 이론의 한국적 수용과 적용방식에 대한 논의도 중요한 관건으로 떠오른다. 이러한 논의들은 장시의 실험적 창작배경과 더불어 한국 장시의 성격과 그 효용적 배경을 타진하는 데 있어서 중요한 뒷받침이 되고 있다.

1930년대 김기림 이후 다시 제기되고 있는 논의들을 간략하게 짚어보면서 장시의 개념을 정리하고자 한다. 그동안 여러 연구자들이 장시연구에 앞서 기존의 논의들을 상당부분 정리하는 노력을 보이고 있다. 이런 점에서 대부분 동일한 내용이 지속적으로 반복 · 열거되기도 한다. 따라서 기존의 논의들을 참고하면서 그 중 몇 개의 논의들을 중심에 두고 이들이 말하고 있는 장시의 특성을 추출해보고자 한다. 먼저, 긴 공백기를 깨고 장시에 대한 논의를 열고 있는 신봉승[4]의 견해에 주목해본다. 그는 시가 다양하고 복잡한 사회구조에 부응하려면 그에 걸맞은 정신과 길이가 주어져야 한다고 생각한다. "행동이 있는 시나 주제의 명확함을 내세우는 산문정신의 시적 승화"를

한국외국어대박사학위논문, 1997; 이종윤, 「분단시대의 서사시 연구」, 경희대박사학위논문, 1998. 남송우, 「서사시 · 장시 · 서술시의 자리」, 『한국 서술시의 시학』, 태학사, 1998. 김준오, 「서술시의 서사학」, 『한국 서술시의 시학』, 태학사, 1998.

4) 신봉승, 앞의 글, 「장시와 산문정신의 용해」, 295~305쪽.

그 전제에 두고 있다. 장시가 단지 길이가 '길다'는 데 대한 산문개념이 아니라 '주제의 구상화'를 그 의미적 구도에 두고 있다. '사회구조와 조건'이라는 부제에서도 드러나듯이 사회구조와 장시의 역할과의 상호조건에 의미를 두고 있다. 정리해보면, 장시는 복잡한 사회구조에 부응하는 긴 길이의 시 형태이고, 이러한 시의 길이는 단지 길이에 한정되는 것이 아니라 그 안에 산문적인 요소를 시적으로 형상화할 수 있는 정신이 전제되어야 한다는 논리를 담고 있다.

신봉승에 이어 60년대 말 김종길[5]은 먼저, 파운드와 엘리엇을 비롯한 외국 시인들의 장시와 김구용, 전봉건, 김종문, 신동엽 등 국내 시인들의 장시의 행수를 대조하면서 장시가 가져야할 조건을 세 가지로 구분한다. 첫째, 긴 시작품이면서도 그것은 서사시 내지 설화시(narrative)나 연작시 또는 시극이 아닌 작품이어야 한다. 둘째, 장시는 통일된 계획이나 구성 아래에서 단일한 주제로 통합되어 있어야 한다. 셋째, 장시의 길이는 일정한 한계를 설정하기가 불가능하고 무의미할 수도 있지만, 대략 200행에서 3,000행 내외가 관례가 되고 있다. 김종길이 제시하고 있는 세 구도의 견해는 그동안 많은 연구자들이 문제성을 제기해오기도 한다. 먼저 서사시, 설화시, 시극 등은 장시의 영역에 이미 포섭되고 있으므로 김종길의 견해는 모순성이 주어진다고 할 수 있다. 두 번째, '단일한 주제'에 관해서는 긴 작품이든 짧은 작품이든 으레 가져야할 조건으로 명시하고 있기 때문에 김종길의 견해에 별다른 이의가 없을 것 같다. 그의 말대로 장시의 경우 오히려 등한시 할 수 있기 때문에 재확인해볼 필요가 있다. 마지막은 장시의 길이를 약 200행에서 3000행으로 한정짓고 있는 데서 오는 문제성이다. 장시는 우선 장르 개념이 아니라 시의 길이가 중심이 되는 시 양식이므로 길이를 한정하는 것은 무

5) 김종길, 앞의 글, 「한국에서의 장시의 가능성」, 212쪽.

리가 따른다. 김종길의 견해는 문제성을 안고 있기도 하지만 장시에 대해 구체적인 논의를 열어가고 있다는 점에서 한국 장시의 기반에 의미부여의 통로가 되고 있다.

오세영은 H. 리드의 견해에 기대어 "장시란 다수의 정서적 갈등을 인위적으로 통일시켜 시인의 이념으로 하여금 형식을 끌고 가게 하는, 어느 정도 이상의 길이를 지닌 시"[6]라고 정의하고 있다. 그리고 "시에서 시인의 메시지가 형식성을 끌고 가는 방법에는 두 가지"가 있음을 언급한다. 즉, 시간적 질서에 의존하는 방법과 공간적 질서에 의존하는 방법 등이 그것이다. 전자는 서술적 형식(narrative form)으로, 후자는 공간적 형식(spatial form)으로 구분되어진다. 서술적 형식은 시간의 흐름과 그 질서에 의존하면서 시인이 전달하고자 하는 메시지를 전개, 발전시켜나가는 방식이다. 따라서 주인공이 등장하고 하나의 이야기가 제시됨으로써 시인의 이념을 형상화시킨다. 반면, 공간적 형식의 장시는 "주인공이나 스토리의 설정 없이 이질적인 이미지나 정서들을 일관된 주제의식 아래서 공간적으로 배열시킴으로써 시인의 이념을 형상화시키는 방법"[7]을 취하고 있다. 오세영의 견해는 우선 장시의 측면에서 개념정리와 방법론을 풀어내고 있다는데 의미가 놓인다. 특히, 서술적 형식의 장시와 비서술적 형식의 장시에 대한 구분은 장시를 이해하는 데 있어서 중요한 단서가 되리라 생각한다. 서술적 형식의 경우, 비단 서사시가 아니라 하더라도 주인공이 등장하고 스토리가 주어지는 이야기 형식의 장시가 가능하다는 것을 보여주고 있기 때문이다. 따라서 지금까지 발표되고 있는 장시를 서술적 혹은 공간적 형식의 장시로 유형화할 수 있는 근거를 던져주고 있다.

이어 서준섭, 민병욱, 장부일 등의 견해도 장시의 특성을 일깨우는데 상당

---

6) 오세영, 앞의 글, 「장시의 다양성과 가능성」, 52~53쪽.
7) 오세영, 위의 글, 53쪽.

한 역할을 하고 있다. 서준섭은 "장시란, 극시가 시의 극양식에 대한 접근인 것처럼, 시의 서사양식에 대한 접근, 즉 서정시의 서사화라 규정해볼 수 있다"[8]라는 견해를 두고 있다. 따라서 "짧은 서정시에 비해 시간, 사건, 역사, 사회 등에 대한 시인의 주관과 가치관이 깊숙이 끼어들 소지가 많"음을 강조한다. 이러한 장시의 특성이 곧 처음과 중간, 끝이라는 보다 완결된 이야기 형식으로 이끌고 있다는 인식이다. 그리고 이러한 시의 구성은 사건을 전체적으로 다루고자 하는 시인의 시정신과 관계하고 있음을 언급한다. 민병욱은 "대부분의 시인들이 생산하고 있는 장시 작품들은 서사적 서정시와 서정적 서사시의 범주에 들어간다"[9]라는 견해를 펼치고 있다. 그는 우선 장시를 '서사적 서정시'와 '서정적 서사시'라는 두 범주로 나누어서 개념적 이해를 이끌고자 한다. 그리고 이러한 두 범주의 개념은 "서사정신, 서정정신 등을 포괄하는 개념이어야"하고, 서사시와 서정시도 이를 통해 구별될 수 있음을 강조한다. 장부일[10]은 먼저 한국에서의 장시의 유형적 범주를 서사시, 단편서사시, 서정 장시 등으로 한정하면서 출발하고 있다. 그리고 "일반적으로 현대시는 장형화를 지향한다"라는 전제를 두면서, 현대시의 장형화, 서사화의 경향이 장시의 개념을 풀 열쇠가 될 것이라고 언급한다. 또한 장시란 "단시, 짧은 시와 대립되는 개념으로서 다양하고 복합된 정서를 '이야기'와 '관념'을 통하여 시인의 의도된 통일성 아래 구성하는 시"라고 정의하고 있다.

논의들을 종합해보면, 장시는 길이가 긴 시 형식이라는 데 공통된 의견이 놓인다. 장시와 단시의 차이는 일차적으로 길이의 길고 짧음 즉, 시의 길이를 조건에 두고 개념을 풀어가고 있다. 이는 곧 길이가 장시의 가장 중요한 근거로 제시되고 있음을 말해준다. 그러면 여기서 이러한 긴 시를 필요로 하고, 또

8) 서준섭, 앞의 글, 「한국 현대시에 있어서 장시의 문제」, 37쪽.
9) 민병욱, 앞의 책, 『한국 서사시와 서사시인 연구』, 34~35쪽.
10) 장부일, 앞의 논문, 10~13쪽.

한 충족하게 하는 배경은 어디에 있는가라는 물음을 가질 수 있다. 이러한 물음에 대한 답은 앞서 살펴본 논의들에서 이미 설명되고 있다. 허버트 리드는 "여러 개 혹은 다수의 정서"와 "어떤 복잡한 이야기를 포함"11)함으로써, 김기림은 "복잡다단하고 굴곡이 많은 현대문명"12)이 개입함으로써 시가 길어질 수밖에 없고, 또 장시를 선택할 수밖에 없는 배경이 되고 있음을 설명하고 있다. 신봉승은 복잡한 사회구조에 부응하기 위한 조건으로, 오세영은 "다수의 정서적 갈등"13)을 통일성 아래 표현하기 위해서, 서준섭은 "시간, 사건, 역사, 사회 등에 대한 시인의 주관과 가치관이 깊숙이 끼어들 소지가 많"음으로 해서 시가 길어질 수밖에 없는 환경이 되고 있음을 제시한다. 또한 장부일은 "장시에서 표현 대상으로 삼게 되는 어떤 사건들은 모두 그 시대와 사회를 감싸고 있는 전체적 환경과 상황"14)에서 발현되고 있음을 언급한다.

이러한 요건들은 장시의 형식적 · 의미적 배경을 두루 포괄한다. 첫째 장시는 길이가 긴 시 양식이다. 둘째 이러한 긴 길이를 충족할 만한 복잡하고 다양한 사건과 갈등양상들이 내장되어 있다. 이러한 사건과 갈등양상은 개인적 경험토대보다 사회적이고 역사적인 범주에서의 경험과 집단적 담론, 인간적 가치구현의 의도와 관련성을 가진다. 그리고 당대 현실을 자각하고, 탐구하고, 극복하려는 시인의 치열한 시정신이 포섭되어 있다. 따라서 장시란 단시와 대립되는 긴 길이의 시이면서, 이를 충족할 사회역사적 사건과 이야기적 요소를 포괄적으로 수용하고 탐구하고 있는 시라고 정의할 수 있다. 이러한 장시의 개념은 장시의 특성과 선택의 필연성과 당위성을 함축하고 있다. 이른바 왜 긴 길이의 시가 필요한가, 시인이 시의 장형화를 의도해서

11) H. 리드, 앞의 글, 각주 22 참조.
12) 김기림, 앞의 글, 각주 23 참조.
13) 오세영, 앞의 글, 「장시의 다양성과 가능성」, 52쪽.
14) 장부일, 앞의 논문 3쪽.

형상화하고자 하는 것이 무엇인가라는 물음과 맞물리게 된다. 한국 장시는 근대장시로부터 현대장시에 이르기까지 지속적인 흐름을 이어오면서 우리 시문학사에 한 터를 마련하고 있다. 그리고 그러한 발자취를 증명해줄 만한 뚜렷한 결과물들을 축적하고 있다.

2. 시대적 배경과의 상호조건

한국 근현대 장시는 시대별 · 단계별로 그 변화의 구도가 현격하다. 이는 한국 근현대 장시가 내장하고 있는 시대와 현실적 배경이 그만큼 큰 변화를 함축하고 있다는 뜻이 될 것이다. 민족적 비극성과 현실적 상황의 크고 작은 파장들이 장시의 내 · 외적 의미를 구성하는 담론의 척도가 되고 있다. 일제강점기와 해방, 한국전쟁과 남북분단, 4 · 19혁명과 광주 민중항쟁 등 현대사의 격동이 그 중심에 놓여있다. 문학적 관점에서 보면 장시는 새로운 문학적 실험의 일환이기도 하고 치열한 자기탐색의 배경이 되기도 한다. 장시의 형식적 · 의미적 측면에서의 구성원리와 세계에 대한 시인의 가치관과 대응방식 등이 이를 뒷받침한다. 따라서 새로운 소재의 발굴, 주제의 응집, 표현방식 등 다양한 방법론적 모색이 관여하고 있다.

한편으로 시대적 배경과 연계해 보면 시인의 역사인식과 현실인식이 큰 진폭으로 자리 잡게 된다. 이는 장시의 의미구도 속에 시인의 시의식을 자극하는 그 시대만의 여러 정황들이 매개되어 있음을 의미한다. 허버트 리드는 장시를 "그 시대의 어떤 열망과 밀접히 관련되어 있는 것"[15]으로 보고 있다. 이는 당대를 살아가는 사람들의 지배적 열망이 장시창작을 유도하는 가장 절실한 배경이 되고 있음을 말해준다. 따라서 그 시대를 대표할 만한 사건이

15) Herbert Read, *Phases of English Poetry,* London, 1950, 132쪽.

나 이야기적 요소들이 특징적인 화두로 등장하게 된다. 그리고 이것이 곧 시인으로 하여금 장시를 쓰게 하는 혹은 쓸 수밖에 없는 상황으로 이끌고 있다. 역사적 격동과 현실적 모순, 사회체제의 불평등과 불균형 등 집단적 담론을 유도하는 배경들이 여기에 포섭되어 있다. 비판과 저항, 현실변혁의 열망과 극복의지가 강렬하게 제기되는 것도 여기에 있다.

문학은 엄밀히 개별적 창작영역에 속하지만 시대와 현실을 배제할 수 없는 것 또한 엄연한 사실이다. 그것이 의식적이든 무의식적이든 당면한 현실이 시인의 시적 상상력 속에 영향을 미치고 있기 때문이다. 어떤 문학작품에서든 시대와 현실이 긴밀하게 연계되고 있지만 장시의 경우는 보다 주도적으로 깔리게 된다. "인간의 주체 안에는 무시간적인 정신의 법칙과 역사적 조건이 결합되어 있다."[16] 특히, 한국 장시의 경우 우리의 역사와 함께 그 흐름을 지속하고 있다는 점에서 오늘을 반추하는 객관적 거울이 된다. 시인은 당대 현실과 민감하게 조우하고 반응하면서 시대적 흐름을 탐구의 한 측면으로 끌어들이고 있다. 이런 점에서 "우리 시의 장형화 경향은 단순히 일시적인 현상이라고 할 수 없"[17]는 배경을 지닌다고 할 수 있다. 장시 속에 포섭되어 있는 시대적 배경은 그 시대의 사회, 정치, 경제, 문화 전반에 걸친 삶의 발자취를 함축하고 있다. 따라서 장시와 시대적 배경과의 상호조건은 장시 창작의 중요한 구성원리로 작용한다.

1920년대 근대장시의 출발로부터 1940년대 후반 현대장시로의 전환, 이후 1980년대를 거치는 동안 한국 장시는 괄목할만한 발자취를 남기고 있다. 이는 각 시대별 변화를 감지할 수 있는 시간적 거리는 물론 작품적 성과를 함유하고 있다. 1920년대 근대장시의 출발에서부터 1980년대 민주화시기

---

16) 김은자, 『현대시의 공간과 구조』, 문학과비평사, 1988, 15쪽.
17) 장부일, 앞의 논문, 1쪽.

까지는 장시사의 전체적 맥락 속에서 볼 때 가장 활달하게 장시가 창작되고 활성화되고 있던 시기이다. 따라서 장시에 대한 관심이나 문학적 가치구현에 대한 기대치도 크게 표출되고 있다. 시인은 불확실한 시대와 이에 대응하는 집단적 열망들을 시대적 배경과의 연관성 속에서 상징화하고 있다. 당대의 혼란과 부조리, 상실과 불안, 결핍과 허무, 그 반동으로서의 비판과 저항의 욕구가 이 속에 혼재해 있다. 이러한 장시창작의 배경은 시인 개인적으로 보면 시세계의 또 다른 실험적 탐구영역이고, 시대적으로 보면 장시의 단계적 흐름을 짚을 수 있는 장시사적 맥락과 연결된다.

장시가 안고 있는 이러한 특징적 배경들은 장시사의 변전이 단순한 흐름이 아니라 보다 뚜렷하고 적극적인 양상을 띠고 있음을 말해준다. 문학이 그 자체로 이미 창조성과 독창성을 이끌고 있다고 해도 그 이면에 깔려있는 시대적 열망을 배제할 수 없다. 시인의 장시창작의 의도와 소재의 선택, 표현방식, 지향세계 등은 전적으로 시인의 개인적 성향과 관계한다. 하지만 이러한 개인적 특성의 이면에 집단적 정서와 시대적 요구, 미래가치에 대한 전망 등이 표상되어 있다. 이것이 곧 시대와 현실을 사유하고 형상화하는 시인의 적극적인 창작의지이면서 시정신의 일환이 된다. 1920~1930년대, 1940~1950년대, 1960~1970년대, 1980년대 등으로 이어지는 장시의 연속적 발자취는 이러한 조건들을 포괄적으로 수용하고 있다. 각 시기에 창작된 장시는 그 시대만의 집단적 열망과 행위배경을 수반하면서 장시사의 변전을 이끌고 있다.

| 제Ⅱ부 |

근대장시의 시적지형과 지속성

제1장 식민공간의 실험적 창작배경과 시적인식(1920~1930)

근대장시는 한국 장시의 태동과 성립, 확장으로 이어지는 과정을 함축하고 있다는 점에서 시사적 의의가 크다. 1920년대와 1930년대는 근대장시의 출발과 함께 한국 장시의 가능성을 탐색하고 확인하면서 그 터전을 마련해 가는 시점이다. 시인의 실험적 창작의지를 기반으로 해서 장시의 단계적 변전과 발전적 통로를 제시하고 있다. 따라서 근현대 장시를 논의함에 있어서는 가장 먼저 숙고해야할 지점이기도 하고 또 적극적으로 부각시켜야할 지점이 되기도 한다. 1920년대에서 1930년대로 이르는 시기는 "3 · 1운동의 실패와 이로 인한 민족적 비탄의 시기이기도 했지만 풍요로운 시의 시대이기도 했다."[1] 이른바 그 대응의 차원에서 창작의 열정과 새로운 문학적 실험에 몰두하고 있는 것이다. "수많은 시동인지가 출현하여 폐허를 일구어 나갈 열린 문화적 공간을 화려하게 장식"[2]하게 되는 배경도 여기에 있다. 또한 해외문학의 소개와 번역작업 등도 적극적으로 전개되면서 문학적 터전에 활기를 불어넣고 있다.

1) 최동호, 『한국현대시사』, 오세영 외 지음, 민음사, 2007, 112쪽.
2) 최동호, 위의 책, 113쪽.

근대장시는 이러한 문학적 환경 속에서 태동하고 있다. 식민지 현실을 직시하고 반성하면서 문학적 탐구를 통해 그 가능성의 동력을 마련하고자 한다. 새로운 시 형식의 실험과 수용은 그 자체로 이미 암울한 시대를 극복하고 치유하는 실천적 명제가 되고 있다. 민족적 위기와 비탄의 정서를 시의 장형화의 특성 속에 형상해냄으로써 당대 현실을 포괄적으로 인식할 수 있는 계기를 마련하고자 하는 것이다. 이것이 곧 "근대장시가 주로 씌어졌던 1920년대와 1930년대라는 시대상황과 장시의 형태가 상호 대응의 관계"[3]에 놓이는 배경이 된다. 비판과 저항, 민족주의적 자각이 강렬하게 침투하면서 사건과 이야기적 요소들이 보다 극적인 의미배경을 함축한다. 장시의 시양식은 시대와 현실의 모순과 부조화의 양상들을 체계적이고 전체적으로 구조화하고 전개해나갈 수 있는 방법론적 장치가 된다.

이 저술의 첫 단계에 해당하는 근대장시의 부분에서는 유엽의 『소녀의 죽음』(1924)과 김동환의 『국경의 밤』(1925), 김기림의 『기상도』(1936) 등 세 작품을 분석대상으로 선정한다. 세 작품은 근대장시의 태동과 성립, 확장으로 이어지는 과정을 함축하고 있다는 점에서 중요한 단계적 역할을 한다. 세 작품의 창작 시기는 1920년대와 1930년대로 나누어져 있지만 일제강점기라는 동일한 경험공간을 공유한다. 그럼에도 형식과 내용의 측면에서는 각각의 차이성을 보이고 있다. 유엽의 『소녀의 죽음』과 김동환의 『국경의 밤』이 '서사시'의 형식으로 발표되고 있다면, 김기림의 『기상도』는 '장시'의 명칭을 두고 있다. 또한 내용에 있어서도 전자가 남녀 간의 사랑 이야기를 주소재로 채택하면서 서사를 전개해가고 있다면, 후자는 현대문명의 병폐와 자본주의적 속성에 대한 비판적 인식을 '태풍'의 발현을 통해 환기시키고 있다. 따라서 세 작품은 1920년대와 1930년대의 장시창작의 배경과 특성을 짚

3) 장부일, 「한국 근대장시 연구」, 서울대학교 박사학위논문, 1992, 3쪽.

어볼 수 있는 단서를 제공한다.

좀 더 구체적으로 개괄해보면 유엽의 『소녀의 죽음』은 한국 근대장시의 출발을 주도하고 있고, 김동환은 『국경의 밤』을 발표하면서 근대장시의 성립을 이끌고 있다. 유엽의 『소녀의 죽음』과 김동환의 『국경의 밤』은 각각 '서사시' 그리고 '장편 서사시'라는 명칭으로 발표되고 있다. 하지만 두 작품 모두 소시민적 인물을 주인공으로 등장시키고 있다는 공통점을 지닌다. 이른바 역사적 인물이나 영웅적 주체가 아니라 근대적 인물 유형을 사건의 중심에 개입시키고 있는 것이다. 따라서 "영웅의 일대기를 시간의 흐름에 따라 기술한 것"[4]으로 설명되는 서사시의 측면에서 본다면 그 요건이 미비하다고 할 수 있다. 또한 그 내용에 있어서도 남녀 간의 사랑 이야기가 주된 스토리로 제시되고 있음으로 해서 기존의 서사시의 개념과는 일정 거리가 있다. 하지만 "근대적 의식의 산물"[5]이라는 관점에서 볼 때는 새로운 변화에 적응하고 발전해가는 창조적 작업의 일환으로 받아들일 수 있다.

1930년대 장시는 1920년대 장시의 기반 위에서 또 다른 변화를 모색하게 된다. 따라서 다양한 형식의 장시들이 발표되고 장시창작의 환경도 활달해

---

4) 송기한, 「임화 '단편서사시의'의 대화적 담론구조」, 『한국현대시인론 Ⅰ』, 새미, 2003, 65쪽.

5) 김용직, 『한국근대시사』 제1부, 새문사, 1983, 38~39쪽. 김용직의 글을 발췌해본다. "먼저 한국근대시의 특성은 의식면에서 거론되어야한다. 잘 알려진 바와 같이 근대문학은 근대적 의식의 산물이다. 그리고 이 경우 문제되는 근대의식이란 시민계급의 자아각성과 그에 수반된 세계인식으로 특징지어진다. 시민계급의 자아각성이란 그들이 그 이전의 가수상태(假睡狀態)에서 벗어나 자신과 그들이 속한 집단 · 계층의 존재의미에 눈떴음을 뜻한다. 그리고 세계인식이란 그것이 향내적(向內的) 형태를 취하면서 그 자신의 밖으로 확산되는 일을 가리키는 것이다. …생략… 한국 근대시는 우리 입장에서 볼 때 시민계급에 해당되는 서민 또는 평민의 참여로 그 막이 열린다. 그리고 그 어휘라든가 문체 · 형태 · 의장 등에 그런 단면을 드러내는 작품들이 한국의 근대시다." 김용직이 언급하고 있는 '근대적 의식'은 근대장시의 창작과정에도 적용되고 있다.

진다. 1930년대는 기존의 전통적 구속력이나 현실적 상황으로부터 일정 거리를 두고 문학적 탐색과 변화를 모색하고 있다. 이른바 외적 상황보다 문학 자체에 충실하면서 각각의 개성과 창조력을 확보해가고자 한다. 따라서 "1920년대 시인들에 비해 훨씬 성숙된 언어 의식과 세련된 언어 감각을 보여 주었을 뿐만 아니라 도시적 감수성과 문명 비판의식을 바탕으로 새로운 시대의 현실을 포착하였다."[6] 김기림의 장시 『기상도』는 이러한 시대적 배경과 특성을 함유하고 있는 작품이라고 할 수 있다. 김기림은 "그 시대의 가장 뛰어난 이론가이자 비평가로 꼽"[7]히면서 창작활동을 하고 있고 장시 『기상도』는 그 결과물이 된다. 김기림은 자신의 시론을 재개하면서 30년대 장시의 가능성을 타진하고 확장의 기틀을 구축하고 있다.

1920년대 장시가 가능성의 탐색과 성립의 단계를 보여주고 있다면, 1930년대 장시는 그 기반 위에서 확장의 단계로 들어서고 있다. "한국적 장시에 관련된 역사적 개념은 장편서사시/단편서사시에서 출발하고 있다."[8] 1920년대 장시는 유엽과 김동환의 '서사시'에 이어 임화의 단편 서사시 『우리 옵바와 화로』(≪조선지광≫1929, 2) 등의 작품이 발표된다. 1930년대 장시로는 김억의 「지새는 밤」, 오장환의 「전쟁」, 「수부」, 「해수」, 「황무지」, 정인섭의 「이학관의 까마귀」, 민병균의 「굴포의 애가」, 김해강의 「홍천몽」, 임화의 「주리라, 네 탐내는 모든 것을」, 박세영의 「바다의 여인」, 박아지의 「어머니와 딸」, 「만향」, 김용호의 『낙동강』 등의 장시들이 발표되고 있다. 이들 작품들은 모더니즘의 측면과 리얼리즘의 측면, 서정 장시의 측면을 두루 아우르면서 당대 현실을 민감하게 포착하고 자아와 세계의 반응을 이끌어내고 있

---

6) 남기혁, 『한국현대시사』 오세영 외 지음, 민음사, 2007, 152쪽.
7) 김승구, 「1930년대 비평계와 김기림의 실제비평」, 『현대문학의 연구』, 2008, 309쪽.
8) 민병욱, 「한국적 장시의 쟁점과 현황—장르론적 문제 해명과 새로운 문제 제기」, 『문학사상』4, 2008, 50쪽.

다. 근대장시의 배경이 일제 강점기와 그 시대가 불러들이는 비극적 상황과 맞물려 있는 만큼 이 시기의 장시들은 어떤 식으로든 당대 현실에서 자유로울 수가 없다. 유엽, 김동환, 김기림 등 세 시인의 장시는 각각의 개성을 담고 있지만 그 이면에는 동시대적 경험과 그러한 인식의 저변이 중요한 의미배경으로 상징화되어 있다.

제2장 유엽의 『소녀의 죽음』의 의미배경과 극적 현실대응

1. 가능성의 탐색과 첫 출발의 의의

유엽[1]은 한국 근대시단에서 최초로 장시의 가능성과 그 시초를 열고 있다는 점에서 시사적으로 큰 의의가 놓인다. 유엽의 『소녀의 죽음』(『금성』2호, 1924)은 새로운 시 형식을 수용하고 실험하면서 한국 장시사에 그 첫발을 내딛고 있다. 유엽은 『소녀의 죽음』을 발표하면서 스스로 '서사시'[2]라는 명칭을 달고 있다. 이는 한국 시단에서 '서사시'라는 용어가 작품의 장르 명칭으로 사용된 최초의 사례가 된다. 김용직은 유엽의 『소녀의 죽음』을 "명백히 한국 근대시사상 서사시의 효시를 이루는 작품"[3]으로 평가하면서 근대시사

1) 유엽은 1902년 10월 13일 전라북도 전주시 완산동에서 태어난다. 본명은 춘섭(春燮)이고, 법명은 화봉(華峰), 필명은 엽(葉)이다. 유엽은 전주 신흥학교를 졸업한 후 일본 와세다대학 부속고등학원에서 2년간 수학한다. 1923년 시전문지 『금성』을 창간하면서 본격적인 문학 활동을 재개한다. 이때 함께 활동한 동인으로는 양주동, 손진태, 백기만 등이 있다. 유엽은 1924년 1월 『금성』 2호에 「소녀의 죽음」을 발표하면서 근대 서사시의 '효시'를 연다. 6 · 25 이후에는 불가에 귀의하여 경기도 고양군 신도면 쌍수암의 주지로 지내다가 1975년 타계한다. 저서로는 시집 『님께서 나를 부르시니』(1931, 자가본), 장편소설집 『꿈은 아니언만』(1939, 고려사/1953년 덕흥서림 재간행), 수필집 『화봉섬어(華峰譫語)』(1962, 국제신보출판사) 등이 있다.

2) 유엽의 『소녀의 죽음』은 『금성』제2호(1924, 1, 25)에 발표된다(58~66쪽). 목차에 '少女의 죽음.......(敍事詩)'로 명기되어 있다.

상 새로 나타난 시 형식의 의의를 환기시키고 있다. 유엽의 『소녀의 죽음』은 첫 시도의 도발적 등장만큼이나 관심의 척도나 평가의 저변도 다양하게 나타난다. 김용직의 평가에 이어 양주동은 "당치않은 통속 「서사시」(?) 한 편"[4]으로 견해를 열어두기도 한다.

유엽의 생애를 돌아보면 대단히 다채롭다. 이는 다양한 분야에서 활동해 온 그의 이력을 통해서 확인되는 부분이다. 우선 문학적 측면에 주목해보면, 그는 시뿐만 아니라 소설, 수필, 평론 등 여러 장르를 넘나들면서 창작활동을 하고 있다. 문학 외적인 분야를 들여다보면, 연극 분야와 종교 분야, 강연활동 등 여러 방면에서 남다른 이력을 쌓고 있다. 특히, 연극분야에서는 적극적인 참여를 주도하면서 뚜렷한 발자취를 드러내기도 한다. 유엽은 당시 동경 유학생들을 주축으로 한 '극예술협회'를 조직한다. 그리고 여름방학기간 동안 전국을 순회하면서 신극활동을 펼친다.[5] 이와 더불어 불교와 관련한 행적은 그의 생애 전반에 걸쳐서 두루 영향을 미치면서 그만의 독특한 이력을 만들고 있다. 한때 불교신문사에서 근무하게 되는 것도, 잡지 『불교』의 편집을 맡아보게 되는 계기도 불교와의 인연에서 비롯된다. 이후 불가에 귀의하면서 불교와의 인연은 더욱 깊어진다. 유엽은 불교청년운동을 전개하고

---

3) 김용직, 『한국근대시사』제1부, 새문사, 1983, 288쪽. 김용직은 "미숙한대로 이 작품에는 서사시가 지냐야할 요건들이 갖추어져 있다"라고 하면서 그 예로 등장인물(소녀)과 이야기가 있음을 내세운다.

4) 양주동, 『문주반생기』, 범우사, 2002, 59쪽.

5) 유엽은 1921년 3월 김우진 · 조명희 · 진장섭 · 홍해성 · 고한승 · 조춘광 · 손봉원 · 김영팔 · 최승일 등과 함께 '극예술협회'를 조직한다. 동경 유학생이 주축이 된 '극예술협회' 회원들은 이 해 여름방학을 이용해 전국을 순회하면서 신극운동을 펼친다. 이때 상연한 조명희 원작 『김영일의 사』는 "종래 돌아다니던 연극단보다 행동이 일치하고, 각본을 규칙적으로 전하는 것이 큰 성공이었다"라는 언론의 평가(『동아일보』, 1921, 7, 18)를 받는다. 또한 "신파에서 탈피하려는 미온적인 형식적 탐구에 지나지 않으나, 당시 조선 문학의 대표적 경향의 값있는 것으로 주목할 만한 작품이다"(임화, 『연극운동』, 1931, 1)라는 호평을 받기도 한다.

불교계에 물들어 있는 친일 잔재의 청산과 불교대중화운동 등에 적극적으로 참여한다.[6] 불교와 관련한 여러 행적들은 그의 문학적 여정과도 긴밀히 맞닿아 있어서 그의 작품세계와 생애를 규명할 수 있는 중요한 단서가 된다.

유엽의 문학 활동은 시전문지 『금성』을 창간하면서부터 본격화되고 있다. 『금성』은 1923년 11월 와세다대 동급생인 유엽, 양주동, 손진태, 백기만 등이 주축이 되어 창간하게 된 동인시지이다.[7] 유엽은 『금성』 창간호에 시 「낙엽」을 발표하고, 이어 다음해에는(『금성』제2호, 1924, 1) 「감상의 단편」, 「벌거벗은 동구나무」, 서사시 『소녀의 죽음』 등을 발표한다. 이때 발표한 '서사시' 『소녀의 죽음』은 근대시사상 처음으로 시의 장형화를 의도하고 실험적 창작기반을 구축하게 된다. 유엽의 전체 시세계를 돌아보면 대체로 길이가 긴 작품들이 많다. 이는 유엽이 평소 호흡이 긴 시를 즐겨 쓰고 있었거나 혹은 기존의 틀을 벗어나 다양한 시 형식을 실험하고자 하는 의지에서 비롯된 결과로 보여 진다. 4행시나 연작시, 행을 들여 쓰거나 내어 쓰는 등 다양한 변화를 시도하고 있는 배경이 이를 뒷받침한다. 「겨울밤의 홍소」, 「버들과 들마꽃」, 「해 실러 가는 나의 생명의 배」, 「春愁八題」, 「業華」등 상당수의 작품들이 여기에 닿아있다. 형식의 파괴, 개성적 직조, 시의 장형화의 수용 등은 유엽의 실험적 창작의지와 그 여정을 엿볼 수 있는 발자취가 된다.

유엽의 문학은 그동안 거의 묻혀있었다고 할 만큼 논의의 장이 협소하다. 그의 작품 중 비교적 관심을 받고 있다고 할 수 있는 『소녀의 죽음』마저도

---

6) 최명표, 「범애주의자의 시와 시론—유엽론」, 『유엽문학전집 1』, 신아출판사, 2011, 290~291쪽. 최명표는 유엽이 불교에 입문한 뒤의 활동을 크게 두 가지로 요약하고 있다. "불교청년운동을 전개하여 친일화를 방지하는 것"과, "잡지의 발간과 경전의 번역을 통한 불교대중화운동" 등이 그것이다. 이후 불교관련 강연과 행사, 저서 발간 등은 이와 연장선상에서 생성되는 발자취들이다.

7) 제1장 서론 2절 「장시의 태동과 그 성립」 참조.

실제적인 논의의 자리에는 올라서지 못하고 있다. 더 정확히, 『소녀의 죽음』은 대부분 근대 서사시를 논의하는 과정에서 통과 의례적으로 잠깐 언급되는 것에 그치고 있다. 근대장시의 경우, 김동환의 『국경의 밤』에서부터 언급되고 있고 본격적인 논의의 장도 여기서부터 펼쳐지고 있다. 이러한 정황이 말해주듯, 유엽의 문학은 우선 텍스트로 활용할 기본 자료를 수집하는 일부터 용이하지 않다. 이는 그의 작품에 대한 정리와 평가가 전혀 이루어지지 못하고 있음을 나타내는 것이다. 그의 시편들은 대부분 『금성』시절의 작품들이거나 이후 문예지에 발표한 시편들이 오래된 잡지의 발표시편 그대로 남아 있다. 따라서 시집이나 선집의 형식으로 정리된 것도 드물다. 이러한 정황은 유엽의 문학이 그동안 얼마나 소외되어 왔는가를 보여주는 단적인 예가 될 것이다.

이런 점에서 근간에 발간한 『유엽문학전집』[8]은 대단히 큰 수확으로 다가온다. 그의 전집발간은 오래되어 찾기 힘든 작품들과 여기저기 흩어져 있던 작품들을 한 데 결집하고 있기 때문이다. 따라서 유엽의 문학을 보다 용이하게, 전체적으로 접할 수 있는 통로가 마련되고 있는 셈이다. 전집에 해설을 단 최명표[9]는 유엽이 "최근까지 생존했던 인물이었음에도 불구하고 연구자들의 관심권으로부터 벗어나 있었다. 이러한 사태는 전적으로 연구자들의

8) 『유엽문학전집』(신아출판사, 2011)은 총 5권으로 시, 소설, 수필, 평론 등 그의 문학적 발자취가 결집되어 있다. 이는 '지역작가 총서'의 일환으로 출간된 것으로 『김창술시전집』에 이어 다섯 번째로 출간된 전집물이다.

9) 최명표, 앞의 글, 287쪽. 최명표의 글을 발췌해본다. "유엽의 생애가 속세와 산중에 겹쳐진 이유로 문학과 불교 간의 경계를 구분하기 어렵고, 유족을 수소문하기 힘든 것이 사실이다. 그러나 그의 작품을 제대로 건사하지 못하고 문우들의 증언도 채록하지 않은 채, 잘 정리된 작가들에게 과도한 관심을 기울인 점은 변명거리가 되지 못한다. 그와 같은 한국문학 연구자들의 편향된 연구태도 때문에 유엽은 기존 문학사에서 철저히 열외 되었고, 여러 방면에 두루 걸쳐있는 활약상이 제대로 조명 받지 못하고 있다"라고 언급하고 있다. 최명표의 언급대로 유엽의 문학은 그동안 거의 조명되지 못한 채 소외되어 왔다.

게으름으로부터 비롯된 결과이다"라고 언급한다. 그리고 "이에 미진하게나마 수습할 수 있는 가능한 자료를 수집하여 『전집』으로 간행하는 기회에 편승하여 유엽의 문학사적 평가를 촉구하고자 한다"라고 출간배경을 밝히고 있다. 우리의 문학적 현실을 돌아보면, 과도하게 조명되고 있는 시인과 그 반대편에서 거의 묻혀있다시피 한 시인들을 어렵지 않게 목도할 수 있다. 연구 환경 또한 새로운 작품을 발굴하기보다 이미 상당부분 연구되어진 작품들에 편중해서 논의를 이어가고 있는 것이 대부분이다. 따라서 학문적 편중성은 물론 묻혀있는 작품은 지속적으로 소외될 수밖에 없는 환경에 놓이게 된다. 현대시의 측면에서 장시는 대표적으로 소외되는 문학적 영역이 될 것이다. 그 중 유엽의 『소녀의 죽음』은 아직도 독립적인 논의의 자리에 놓이지 못하고 있다.

유엽의 『소녀의 죽음』은 '근대시사상 서사시의 효시'로서의 위치를 확고하게 선점하고 있다. 여기에는 새로운 시 형식에 대한 선구적인 탐구정신과 실천적인 창작의지가 수반되어 있다. 이른바 새로운 시 형식에 대한 탐색과 이를 실제 창작으로 연결시키면서 결과물을 생산하고 있다. 따라서 근대장시의 태동이라는 선명한 발자취와 함께 한국 장시의 역사적 흐름에 한 터전을 생성하고 있다. 비록 '서사시'의 측면에서는 일정 한계를 지목하고는 있지만 시의 장형화와 서사화의 첫 시도를 이끌고 있다는 점에서 중요한 단계적 역할을 한다. 이러한 정황은 "우선 선행한 것의 지양 · 극복은 그에 대한 인식 없이 이루어지지 않는다"10)라는 배경과 긴밀히 맞물린다. 이런 점에서 유엽의 『소녀의 죽음』은 그 첫 출발로서의 의의와, 이후 장시창작의 환경에 미치는 반성적 · 발전적 영향관계를 제시하는 의미지점이 되고 있다. 따라서 『소녀의 죽음』의 시사적 평가나 자리매김은 여기서부터 시작되어야 할 것이고,

---

10) 김용직, 앞의 책, 24쪽.

그 가치부여도 이러한 정황 속에서 생성되어야 할 것이다. 이 글에서는 『유엽문학전집 1』(신아출판사, 2011)을 텍스트로 활용할 것이다.

2. 시간적 배경과 사건의 암시

유엽의 『소녀의 죽음』은 총3부 34연 142행으로 구성된 장시이다. 대강의 줄거리를 요약해보면, 제1부에는 시적화자인 '나'와 '소녀'가 전차 안에서 처음 만나게 되는 장면이 그려진다. '나'는 소녀의 아름다운 모습에 마음을 빼앗기면서 헤어짐을 안타까워한다. 제2부는 첫 만남 이후 '소녀에 대한 기억'이 점점 사라져갈 즈음, 용산역 플랫폼에서 다시 소녀와 재회하는 과정을 형상화한다. 소녀는 제1부에서 포착되던 '침묵', '한숨', '설움'의 모습이 아니라, '전보'를 보낸 누군가를 기다리면서 밝게 상기되어 있는 모습으로 나타난다. 하지만 이러한 분위기도 잠시 기다리던 사람은 끝내 오지 않은 채 전차는 떠나고 소녀는 극심한 절망 속에서 '취우(驟雨) 같이 울며' 어둠 속으로 사라진다. 시적화자는 소녀의 절망적인 모습을 보면서 '장차 무슨 일'이 일어날 것 같은 불안한 예감에 사로잡힌다.

제3부는 소녀와 헤어진 '그 이튿날' 신문을 보다가 음독자살한 여자의 기사를 접하게 된다. '나'는 갑자기 음독자살한 여자가 혹시 그 '소녀'가 아닐까 의심하면서 충격을 받는다. 이어 자살한 그 여자와 '소녀'를 동일시하면서 소녀로 하여금 죽음에 이르게 한 '전보'의 '속힘'에 대해 분노하고 비판한다. 소녀는 사랑에 배반당하고 결국 음독자살이라는 극단적인 선택을 하게 되는 것이다. '나'는 소녀의 죽음이 '속힘'이라는 부조리한 상황을 '불'사르는 적극적 행위였음을 강조한다. 이른바 부조리한 배반의 '속힘'에 저항하면서 극단적 현실대응으로서의 '죽음'을 선택한 배경이 서술되고 있다. '나'와 소녀와

의 만남, 헤어짐, 다시 만남, 헤어짐과 죽음의 과정이 이야기 구조 속에 있다. 특징적인 것은 모든 이야기는 '나'의 시선을 통해 전개되고, 전달되고, 극적 마무리되고 있다는 것이다.

일천구백이십삼 년
지각이 얼기 시작하든 첫날,
내 집에 오는 길 전차에서 나는
매우 침착한 소녀를 맛낫서라.

초생달 갓흔 그의 두 눈섭은
가장 아름다워 그린듯하고,
포도주빗 갓흔 그의 입술은
달콤하게도 붉엇섯다.

그러나 도랍직하고 귀여운 그 얼골에는
맛지안는 근심빗이 써도라잇고,
웬 셈인지 힘을 일코 써보는 두 눈가에는
도홍색의 어린빗이 써도라라.

엽헤안즌 동모의 귀ㅅ속말에도
말업시 머리만 쓰덕일뿐,
벙어리인가도 의심할 만큼
그 소녀는 침묵도 하여라.

억개 뒤에서 넘어오는 소녀의 긴 한숨은
차실 안에ㅅ 공기를 요란하게도 흔들으며,
넉업는 그의 눈과 내 눈이 마조칠 째에
의심이 깁허지는 나의 가슴은 울넝거려라.

—제1부(1연~5연)

위 인용부분은 제1부의 첫머리이다. 인용부분에는 겨울 이미지가 동반된 시간적 배경과 시적화자 '나'와 '소녀'의 만남이 설정되어 있다. 사건은 "일천구백이십삼 년/지각이 얼기 시작하든 첫날"로부터 전개된다. 첫 행에 제시되고 있는 '일천구백이십삼 년'이라는 시간은 이야기의 전체적 배경이 되고 있다. 구체적인 연도의 표기는 그러한 시대적 배경을 환기시키는 의도적 장치가 되고 있기 때문이다. 1920년대는 3 · 1운동이 실패로 돌아간 뒤 민족적 정체성과 자존감이 송두리째 흔들리면서 절망과 위기의식이 고조되던 시기이다. 따라서 '일천구백이십삼 년'은 역사적 수난과 그 비극성을 상징적으로 포섭하고 있다고 할 수 있다. 『소녀의 죽음』이 1924년 1월에 발표된 것에 비춰보면 이러한 시간은 시인의 창작시기와 긴밀히 맞물려있다. 따라서 시인의 장시창작의 실험적 배경 속에 시대와 현실에 대한 비판적 인식이 물들어 있으리라 생각된다. "지각이 얼기 시작하든 첫날"이라는 겨울 이미지 또한 이와 연장선상에서 암울한 시대적 상황을 암시하는 메시지가 될 것이다.

따라서 『소녀의 죽음』의 첫머리를 열고 있는 "일천구백이십삼 년"은 의미적 배경을 풀어갈 상징적 단서를 내포하고 있다고 할 수 있다. 특히, 20년대적 배경을 강렬하게 부각시키면서 서두를 열고 있기 때문이다. '나'와 소녀의 첫 만남은 "내 집에 오는 길 전차에서 나는/매우 침착한 소녀를 맛낫서라"로 표현된다. 소녀의 외적 모습은 "초생달 갓흔 그의 두 눈썹", "포도주빗 갓흔 그의 입술" 등으로 묘사된다. 하지만 이러한 아름다운 외형과는 달리 내적 심리는 "도람직하고 귀여운 그 얼골"에는 '근심빗이 써도라잇'고, "벙어리인가도 의심할 만큼"의 '침묵', "억개 뒤에서 넘어오는 소녀의 긴 한숨은/차실 안에ㅅ공기를 요란하게도 흔들으며" 등으로 나타난다. '근심 빛', '침묵', '긴 한숨' 등에서 소녀가 안고 있는 상황을 짐작할 수 있다. 소녀의 상반된 두 모습은 앞으로 펼쳐질 사건의 실마리를 암시하는 배경이 된다.

시적화자 '나'는 '전차'에서 소녀를 목도하고 관찰하고 전달하는 위치에 서 있다. 또한 우연히 만난 소녀에게 마음을 빼앗기고 사랑의 감정을 느끼면서 갈등을 겪는 입장에 놓여있다. '나'는 스스로의 정보는 거의 드러내지 않은 채 소녀를 관찰하고 그 모습들을 하나하나 사건의 중심으로 이끌어내는 역할을 한다. 따라서 소녀의 모습은 시적화자인 '나'의 시선을 통해 감지되고 전달된다. 소녀와는 무관하게 '나'를 통해 관찰되고 포착된 정황이면서 그러한 심리적 기저가 된다. 따라서 시적화자 또한 소녀의 상황 속으로 용해되면서 동일한 감정의 소용돌이를 겪고 있다. 이른바 관찰자적 위치에서 소녀의 절망과 위기를 고스란히 체감하면서 한편으로 사랑의 감정을 촉발하고 갈등하는 내적 행위자의 입장이 되기도 한다. '나'는 사건의 시작과 중간, 결말 즉, 만남과 이별, 재회, 그리고 그 이후 소녀의 죽음의 과정에 이르기까지 지속적으로 등장하면서 이야기에 관여하게 된다.

> 올ㅅ대로 다와 소녀가 내리든 그째
> 한가지로 못 내려 애타든 나는,
> 다섯時龍山發太田行列車 속에
> 알는 내 가삼을 실코간다.
>
> 차속에 내 몸을 실려 있을 때
> 어리석은 나의 마음을 꾸짖었을 때,
> 한편으론 참음(忍)을 사랑하면서
> 아즉도 내 마음은 그 소녀를 그리워.
>
> ………중략………
>
> 그것을 금하는 인위적 규약
> 자유스러운 사람의 순기를 꺾고

부자연한 구속에 눌려온 나는
차창으로 이러가는 강물을 본다.

밤이 오고 낮이 가고 다시 밤 되며
꿈틀거려 흘러가는 때가 깊으니,
소녀의 기억은 멀어져 가고
날씨는 점점 치워지어라.

—제1부(13연~17연)

제1부 후반부에 해당하는 위 인용부분은 시적화자의 사랑의 감정이 보다 적극적인 형태로 응집되고 있다. '나'는 소녀가 전차에서 내리고 난 뒤에도 여러 갈래의 갈등을 겪게 된다. 함께 내리지 못한 것을 애타하고, 어리석은 자신의 마음을 꾸짖고, 참아야 한다는 다짐을 두는 등의 갈등이 그것이다. 그럼에도 불구하고 "아즉도 내 마음은 그 소녀를 그리워"의 상황으로 나아간다. 하지만 안타까운 사랑의 감정은 단지 생각만으로 흐를 뿐 이를 적극적으로 전개하지는 못하는 한계를 지닌다. 이른바 자신의 감정을 적극적 행위로 연결시키지 못하고 소극적 망설임으로 그치고 만다. "올ㅅ대로 다와 소녀가 내리든 그때/한가지로 못 내려 애타든 나는,/다섯時龍山發太田行列車 속에/알는 내 가삼을 실코간다"에서 이러한 정황이 확고하게 포착된다. 이러한 배경은 '나'의 우유부단한 성격을 나타내기도 하지만 한편으로, 완고한 사회 관습적 풍경을 상기시키기도 한다. 이어 연결되고 있는 "그것을 금하는 인위적 규약"이라는 대목에서 이러한 정황을 읽을 수 있다. 여기서 '인위적 규약'이란 사회 관습적 모순을 반영하는 것으로, 자유로운 사랑의 감정을 금기시하고 도덕적 잣대로 옭아매는 정황을 담고 있다.

화자는 이러한 '인위적 규약'을 "자유스러운 사람의 순기를 꺾"는 행위로 받아들인다. '죄', '인위적 규약' 등은 자유연애에 대한 기존의 부정적 가치관을 담고 있다. 따라서 사랑의 감정을 통제하고 억압하는 관습적 사고에 대한 비판적 인식이 내포되어 있다. 하지만 곧 "부자연한 구속에 눌려온 나는/차창으로 이러가는 강물을 본다"로 마무리되고 있다. 화자는 스스로 그러한 '부자연한 구속'에 눌려서 살아왔음을 시인하고 지금 또한 그것을 극복하지 못하고 있음을 자각한다. 이른바 "자유스러운 사람의 순기를 꺾"는 '인위적 규약'에 대한 비판과 함께 이를 벗어나지 못하는 자신에 대한 갈등이 동시에 드러난다. 여기서 자유로운 사고와 적극적 행위를 억압하는 사회전반적인 분위기를 짐작할 수 있다. 그리고 이러한 '인위적 규약'과 '부자연한 구속'은 소녀의 '근심 빛', '긴 한숨', '침묵'의 상황과도 밀접한 연관성을 가지고 있음을 나타낸다. 따라서 "일천구백이십삼 년"이라는 식민시기의 비극성과 함께 개선하고 개혁해야할 전근대적 관습에 대한 비판적 시각이 담겨 있다.

3. 공간상징과 '전보'의 모순성

유엽은 "근대시 사상 최초의 장시 『소녀의 죽음』을 발표"11)하면서 한국 장시의 발전적 통로를 열어놓는다. 장시의 가능성에 대한 모색과 그 출발로서의 시적성과를 실험적 창작의지 속에 심어두고 있다. 위에서 살펴본 『소녀의 죽음』의 제1부는 '일천구백이십삼 년'이라는 시간과 '전철'이라는 공간, 소녀와의 만남, 소녀가 안고 있는 심상치 않은 분위기 등이 포착된다. 이른바 서사의 골격이라고 할 수 있는 시간과 공간, 인물 등이 제시되고 있다.

『소녀의 죽음』에는 세 개의 상징구도가 암시되어 있다. 시간과 공간, 그리고 '소녀'의 상징성이 바로 그것이다. 시간적 배경에 대해서는 2장에서 어느

11) 최동호, 「근대시의 전개(1919~1931년)」, 『한국현대시사』, 오세영 외 지음, 민음사, 2007, 133쪽.

정도 언급하고 지나온 바이다. '일천구백이십삼 년'이 내장하는 1920년대적 상황과 그 비극성을 관류하는 기저가 그 중심에 있다. 공간적 배경은 '전차'라는 공간 이미지를 통해 그 상징성을 드러낸다. 『소녀의 죽음』에 등장하는 '전차'는 '역' 이미지를 두루 아우르면서 만남과 이별, 재회의 공간으로 설정된다. 이른바 "여행 모티브"12)를 함유하면서 사건을 발생시키는 상징 공간으로 부각되고 있다. '역(전차)' 이미지 속에는 이미 떠남과 돌아옴, 만남과 헤어짐의 정서가 함축되어 있다. 따라서 우연성에 가까운 만남과 재회의 상황이 이색하지 않게 스며들기도 한다. 우연성, 일회성, 단절성의 공간 개념이 주어지면서 순간적인 만남, 단편적인 관찰, 스쳐지나감 등의 한정적/연속적 전개방식이 가능해지기 때문이다.

시간적 배경과 공간적 배경이 가지는 상징성에 이어 '소녀'가 함축하고 있는 상징성이 그 핵심으로 떠오른다. 소녀는 사건을 암시하고 행위를 이끌어 가는 주체이다. 따라서 『소녀의 죽음』은 소녀를 매개로 해서 주제의식을 발현하고 시대와 현실을 대응하고 극복하는 통로를 마련한다. '일천구백이십삼 년'이라는 시간과 '전차'라는 공간 이미지도 '소녀'를 통해 구체화되고 의미적 상징성이 결집된다고 할 수 있다. 이런 점에서 이 세 구도는 상호 연계성을 가지고 사건의 체계를 이끌고 있다. 소녀가 안고 있는 의미적 상징성은 이 글의 마지막 장에서 그 극적 전말이 밝혀진다. 따라서 더 자세한 내용은 마지막 장에서 살펴보기로 하고, 이 장에서는 '전철'의 공간 이미지와 함께 사건을 파국으로 치닫게 하는 '전보'가 내포하고 있는 모순성에 대해 집중해 보기로 한다.

---

12) 김용직, 앞의 책, 286쪽.

독한 바람 심히 부는 하로 밤에
내가 용산역에서 내리려할 째,
플래ㅌ포ㅡㅁ 우에 홀노 서잇는
놀나워라, 반가워라, 아름답든 그 소녀.

나리는 승객을 낫낫치
정신을 가다듬어 보고섯는 그 소녀.
얼골은 밝앗케 피여잇고
두 눈은 전등빗에 몹시도 빗나.

차도 써나고 승객도 다 나린 제
플래ㅌ포ㅡㅁ에는 오즉 그 소녀 한 몸,
나는 나가려다 출구에 서서
그 소녀의 하는 쏠을 보고 잇섯다.

써난 차의 뒤쏠을 물그럼히
바라보는 그 소녀의 두 눈가에,
지나가는 연기 한 뭉텅이
모혓다 갈나짐을 나는 보앗다.

그 소녀는 다시금 소매 속에서
전보를 내여 자세히 본다.
간여린 두 팔은 노기를 못니겨
전보를 씻고서 부르르 썬다.

—제2부(1연~5연)

'전차'의 공간 이미지는 "내 집에 오는 길 전차에서 나는/매우 침착한 소녀를 맛낫서라"(제1부 1연)에서 시작되어 제2부 "내가 용산역에서 내리려할 째,/플래ㅌ포ㅡㅁ 우에 홀노 서잇는/놀나워라, 반가워라, 아름답든 그 소녀" 등으로 이어지면서 지속적인 연결성을 암시한다. 전자가 '전차' 안에서의 만남이라면, 후자는 플랫폼에서의 만남이라는 차이를 두고 있을 뿐이다. '전차'의 공간 이미지는 근대 문물의 수용과 당대 사회문화적 환경을 엿볼 수 있는 일정 통로가 되고 있다. '전차' 속에서 펼쳐지는 일상적 풍경들을 통해 근대적 삶의 방식이 표상되고 있다. "향촌의 내암새를 뿌리며 오르는/볼수록 낯선 허수한 행인"(제1부 6연)에서도 알 수 있듯이 '전차'는 대중적 교통수단으로 부각되고 있다.

제2부는 시적화자와 소녀가 재회하는 장면으로부터 시작된다. 시간적으로는 제1부 마지막 연의 "밤이 오고 낮이 가고 다시 밤 되며/꿈틀거려 흘너가는 때가 깁흐니,/소녀의 기억은 머러져 가고"의 다음 단계이다. 이른바 소녀에 대한 강렬한 기억이 희미해져갈 무렵 다시 소녀와 재회하게 되는 시점이다. 재회 공간은 '용산역'이라는 구체적 명시가 주어진다. "놀라워라, 반가워라 아름답던 그 소녀"라는 감탄에서 화자가 느끼는 기쁨의 강도가 드러난다. "화자는 여전히 관찰자로서의 역할에 충실하다."[13] 따라서 재회의 기쁨 또한 제1부의 첫 만남과 마찬가지로 소녀와는 무관하게 화자의 입장에서 감지되는 반응이다.

재회장면에서 포착된 소녀의 모습은 "나리는 승객을 낫낫치/정신을 가다듬어 보고 섯는 그 소녀"로 나타난다. 제1부에서 보여 지던 '근심', '침묵', '긴 한숨', '슯흠', '침사' 등의 모습에서 "얼굴은 밝앗케 피어있고/두 눈은 전등빛에 몹시도 빛나"의 분위기로 전환되어 있다. "나리는 승객을 낫낫치/정신을 가다듬어 보고섯는 그 소녀"에서 알 수 있듯이 소녀는 누군가를 기다리면서 상기되고 들떠 있다.

따라서 기다리는 사람은 소녀와 매우 친밀한 관계이고 또한 간절하게 만나야할 대상임을 짐작하게 한다. 하지만 이러한 분위기도 잠시 소녀의 기다

13) 최명표, 앞의 글, 298쪽.

림은 곧 절망과 분노의 상황으로 바뀌고 만다. '그 사람'은 결국 나타나지 않고 차는 그대로 떠나버렸기 때문이다. 설렘과 희망은 "지나가는 연기 한 뭉텅이"의 절망으로 대체되고 "차도 써나고 승객도 다 나린 제/플래ㅌ포—ㅁ에는 오즉 그 소녀 한 몸"만이 서 있다. "간여린 두 팔은 노기를 못니겨/전보를 씻고서 부르르 썬다." 소녀의 기다림과 설렘은 '전보'를 통해 생성되고 또 소멸한다. '전보'를 보낸 대상이 누구인지 밝혀지지는 않았지만 소녀의 신상에 지대한 영향을 미치고 있음에 틀림없다. 짐작해보건대, '전보'의 대상은 소녀에게 '근심'과 '긴 한숨', '설움'의 상황을 던져준 '그 사람'이면서 또한 이러한 상황을 해결해줄 수 있는 당사자로 보여 진다. '전보'는 소녀와의 만남을 이어주는 약속의 증표이면서 갈등을 완화시킬 수 있는 매개물이 된다. 하지만 '전보'의 대상이 나타나지 않음으로 해서 '전보'가 가지는 믿음과 신뢰는 깨어진다. 따라서 '전보'는 불신의 근원이면서 사건을 극적상황으로 몰고 가는 요인으로 작용한다.

> 나는 보앗섯다— 그 소녀가 내 압흘 지나갈 째
> 귀엽고 아름답든 그 얼골에,
> 절망의 핼푸른빗이 넘치고 넘처
> 홍수와도 갓치 흐르는 것을—
>
> 정차장을 나슨 그 소녀는
> 소매자락을 넓혀 얼골을 덥고,
> 업치락 덥치락 취우갓치 울며
> 다름질해 어둠 속으로 가더니라.
>
> 나는 갈 줄을 잇고 우둑허니 서서
> 소녀의 간 뒤만 바라다보고
> 싸닭모른 눈물을 방울지어 흘녓되

소녀의 간 길은 자최조차 업서라.

식컴한 구름이 뭉게~ 구을느고 잔뜩 찡그린 하날은
무섭게도 뻿뻿한 시체갓흔 지면을 흘녀보고 잇서라.
장차 무슨 일이 잇스리라 예고함 갓지!
음울하고 흉녕(凶獰)한 겨울밤은 점점 둣터워가라.

—제2부(6연~9연)

위 인용부분은 '전보'의 희망이 무너진 뒤의 소녀의 모습과 '나'와 소녀가 다시 헤어지는 장면이 묘사되어 있다. "절망의 핼푸른빗이 넘치고 넘처/홍수와도 갓치 흐르는 것을"에서 소녀의 극단적인 절망이 감지된다. 화자의 눈에 포착된 소녀의 마지막 모습은 "업치락 덥치락 취우갓치 울며/다름질해 어둠속으로 가더니라", "싸닭모른 눈물을 방울지어 흘넛되/소녀의 간 길은 자최조차 업서라" 등으로 나타난다. '시커먼 구름', '잔뜩 찡그린 하늘', '뻣뻣한 시체같은 지면' 등은 어떤 희망도 탈출구도 기대할 수 없는 완전 어둠이 내장되어 있다. 이러한 완전 어둠은 "장차 무슨 일이 잇스리라 예고함 갓지!"에서 암시되듯이 또 다른 사건을 예고하는 단서가 된다.

『소녀의 죽음』의 제2부는 용산역 플랫폼에서 화자와 소녀의 재회, 누군가를 기다리고 있는 소녀, 약속의 무산, 소녀의 좌절, 다시 이별의 과정이 순차적으로 그려진다. 재회공간인 '전차'의 공간 이미지가 부각되고 '전보'의 모순성이 극대화되는 지점이다. '역(전차)'은 한정된 공간 이미지로 관찰자가 대상을 보다 용이하게 관찰할 수 있는 조건이 된다. 한정된 공간은 대상을 하나의 시선 속으로 집중시킬 수 있는 효과를 주고 있기 때문이다. '전차'는 사람의 발길이 빈번한 일상적 공간이라는 점에서 우연한 만남과 재회의 과정에 설득력을 부여하기도 한다. 소녀의 모습이 화자의 시선 속에 자연스럽게 포착되는 것도 이러한 공간적 특성에 닿아있다. 하지만 우연성의 빈번한 발현은 사건의 객관적 연결고리에 일정 한계를 던져준다. 이러한 한계는 작품의 완성도를 저해하는 구조적 결함으로 제기되기도 한다. 『소녀의 죽음』은 제3부 마지막 연을 제외하면 각 연은 모두 4행으로 구성되어 있다. 이는 시인이 의도적으로 적용하고 있는 형식적 전개방식이라고 할 수 있다.

4. '겨울'의 상징성과 현실대응으로서의 '죽음'

유엽의 『소녀의 죽음』에 표상되고 있는 계절은 '겨울'이다. 제1부의 "지각이 얼기 시작하든 첫날", "날씨는 점점 치워지어라", 제2부의 "독한 바람 심히 부는 하로 밤에", "음울하고 흉녕한 겨울밤"등에서 이러한 계절적 특성을 감지할 수 있다. 겨울 이미지는 단순한 계절적 특성에 머물러 있지 않고 작품의 전체적인 분위기를 이끌어가는 상징적 배경이 된다. 따라서 '얼다', '추워지다', '독한 바람이 불다', '음울하고 흉녕하다' 등은 어떤 상황을 암시하고 행위를 유도하는 배경으로 깔리고 있다. "식민지 시대의 장시는 수난과 시련의 시대에 저항과 비판정신이 침윤된 문학운동의 일환으로 생산되었다."[14] 그것이 직접적으로 표출되는 간접표현을 의도하든 간에 그 속에는 이미 식민시대를 살아가는 시인의 고통과 현실 대응의식이 깊이 관여하게 된다.

'소녀'는 이러한 시간적 배경과 계절적 특성이 함유하고 있는 암울한 상황을 상징적으로 표상하는 인물이다. 앞서 살펴보았듯이 『소녀의 죽음』에 등장하는 '소녀'의 이미지는 두 구도로 응축되어 나타난다. 그 하나는 아름답고 생동감 넘치는 소녀 본래의 모습이고, 그 둘은 이러한 아름다움과 순수 이미지가 누군가에 의해 상처를 입고 절망적 상황으로 내몰리고 있는 모습이다.

---

14) 박정호, 「한국 근대장시 형성과정 연구」, 한국외국어대학교 박사학위논문, 1997, 31쪽.

전자가 "초생달 갓흔 그의 두 눈썹", "포도주빗 갓흔 그의 입술", "도홍색의 어린빗" 등으로 표상되고 있다면, 후자는 '근심', '한숨', '설움', '절망', '분노' 등의 상황으로 나타난다. 상반된 두 이미지는 상처입기 전의 순수 이미지의 생동감, 그리고 그 순수를 침해당한 부정적 상황의 대비라고 볼 수 있다. 따라서 아름답고 충만한 생명의 세계와 '전보'의 배반이 생성시킨 모순의 세계가 동시에 담겨 있다. 제3부는 이제까지 밝혀지지 않았던 사건의 내막이 비로소 그 핵심을 드러내면서 극적상황이 전개된다.

> 그 잇흔날은 고요하엿다.
> 사람을 곤케 하는 봄날과 갓치,
> 평화한 쉼을 깨고 미소하는 뎌 해(日)는
> 구름 새에서 구름 새이로 숨박ᄭᅩᆨ질하여라.
>
> 해는 넘고 다시금 컴컴한 밤이
> 우리 집 첨하슷에 차저왓슬때
> 나는 자리에 누어 신문을 읽다가
> 사람 죽은 기사에 눈을 빼앗겻다.
>
> 「용산O町 OO번지 OO회사 사무실
> 노무라사다고(野村貞子, 18)는 음독자살하엿다.
> 편지를 불살너서 상세한 원인은 모르되
> 복중(伏中)에 든 아긔가 4,5개월이나 되니(하략)
>
> 야촌정자는 과연 거 누굴ᄭᅩ.
> 두려운 의심은 내 가삼을 눌넛다.
> 역시 그 소녀가 아닌가 하고 의심이 날 째
> 나는 맹호갓치 자리에서 쒸여 니러낫서라.
>
> 具然가 未然가 하는 나의 머리는

철추와도 갓치 무거웟다.
아! 그러면 그 소녀는 처녀가 아니엿든가?
아—니다! 그 소녀는 몸이 탐젓슬 샌, 처녀이엿는데!

유언 업시 세상을 써나려할째,
속혀 오든 편지를 불에 살호려할 째,
배속에 든 어린 아긔 아버지를 불을 째,
독을 마시고 최후로 남편을 불너볼 째.

—제3부(1연~6연)

위 인용부분은 소녀가 '취우같이 울며' '어둠 속'으로 사라지고 난 '그 잇흔날'의 일을 담고 있다. 공간은 '전철'이라는 외부공간에서 '우리 집'이라는 내부공간으로 이동해있다. "사람을 곤케 하는 봄날과 갓치,/평화한 쉼을 쌔고 미소하는 뎌 해(日)는/구름 새에서 구름 새이로 숨박썩질하여라"에서 알 수 있듯이 분위기 또한 확연히 달라져 있다. "음울하고 흉녕한 겨울밤"의 분위기와는 달리 '고요', '봄날', '미소하는 저 해' 등 밝고 유연한 분위기가 펼쳐진다. 하지만 이러한 분위기도 잠시 곧 급격한 반전을 맞게 된다. 시적화자 '나'는 "자리에 누어 신문을 읽다가/사람 죽은 기사에 눈을 쌔앗"긴다. 그리고 '노무라사다고(野村貞子)'라는 18세 된 여자의 '음독자살' 기사를 접하게 된다. '음독자살'한 여자는 '伏中'에 4,5개월쯤 되는 아기를 임신한 상태이다. 화자는 "야촌정자는 과연 거 누굴길"라는 의문을 던지면서 '두려운 의심'을 갖게 된다. 그리고 "역시 그 소녀가 아닌가 하고 의심"을 하면서 "맹호갓치 자리에서 뛰여 니러"난다. '구연가 미연가'하는 갈등 속에서 '음독자살'의 여인이 '그 소녀'가 아닌가 하는 의심을 가지게 되는 것이다.

그리고 곧 "아! 그러면 그 소녀는 처녀가 아니엿든가?/아—니다! 그 소녀는 몸이 탐젓슬 샌, 처녀이엿는데!"라는 탄식과 함께 '음독자살'의 여인과

'소녀'를 동일 인물로 초점을 맞추고 있다. 소녀의 '죽음'은 제목 『소녀의 죽음』에서 이미 그 의미적 배경이 암시되어 있다. 따라서 '음독자살'한 여인은 자연스럽게 '소녀'로 대체되면서 상상적 가상(假想)세계에서 현실세계로 그 방향성이 전환되고 있다. "서사시는 허구의 효과를 십분 발휘하기 위해서 한 사건에서 다음 사건을 이끌어낼 때 그 사이에 인과감을 드리우게 한다."[15] 『소녀의 죽음』은 제1부의 '근심 빛', '긴 한숨', '침묵', '설움'의 과정과 제2부의 '전보'의 배신과 소녀의 홍수와 같은 절망과 분노의 심연에서부터 이미 사건의 연결고리를 제시해두고 있다. 제3부 '죽음' 이미지는 앞서 마련해둔 인과적 연결고리를 통해 그 극적단계를 마련하게 된다.

내용을 정리해보면, 소녀는 한 남자와 연애를 하고 임신까지 하게 된다. 하지만 앞서 살펴보았지만 '전보'의 배신으로 인해 약속은 파기되고 모든 관계는 파국을 맞는다. 결국 소녀는 '음독자살'이라는 엄청난 선택을 할 수밖에 없는 처지에 놓이게 된다. 당시 자유연애[16]에 가해지는 사회적 질타와 도덕적 잣대의 완고함에 비춰보면 소녀가 처한 상황은 대단히 절망적이라고 할 수 있다. 거기에다 사랑의 대상인 남성은 끝내 나타나지 않은 채 모든 책임은 소녀에게로 부가되고 있다. 여기서 무엇보다 크게 부각되는 것은 믿음과 신뢰를 깨어버린 '전보'의 배신이다. '전보'의 배신은 소녀의 삶을 송두리째 무너뜨리는 폭력적 행위가 된다. 소녀는 믿었던 대상에게서 배신당한 상처와 분노, 절망의 심연을 '죽음'으로 대응한다. 여기서 소녀와 모순적 세계와

15) 김용직, 앞의 책, 287쪽.

16) 유엽의 『소녀의 죽음』이 발표되던 1920년대 초중반쯤에는 남녀 간의 정사(情事) 문제가 사회적으로 많은 파장을 일으키기도 한다. 특히, 기생 강명화의 자살 사건(1923년 6월)은 지상을 떠들썩하게 만들면서 대중적 관심과 호기심을 불러일으킨다. 장시 『소녀의 죽음』에서의 '소녀'가 처한 상황 즉, 사랑과 배신, '음독자살'의 형식도 이러한 배경을 엿볼 수 있게 하는 상상력의 한 측면이 된다. 이는 '인위적 규약' 등에서 알 수 있듯이 사회 문제의식과 연계되어 있다. 이른바 전근대적 관습에 대한 비판적 목소리와 함께 자유로운 연애에 대한 긍정적 입장을 표명하기도 한다.

의 대립구도가 형성된다. 소녀의 '죽음'이 소극적 자기방어이거나 현실 도피적 형식이 아니라, 배반과 모순의 상황에 저항하는 적극적 자기표현으로 그려지고 있는 것도 이러한 대립관계 속에서 비롯된다.

> 앗가워라 아름다운 그 소녀여!
> 조고마한 네 염통이 터질듯이 뛰며,
> 붉은 맹서에 입맛춤이 놉핫슬째,
> 남자의 둣터운 입술이 네 생명의 큰 줄을 사로잡을 째,
> 호읍(號泣)과 함씌 네 감초인 보배를 근심 석겨 밧칠 째,
> 거짓을 모르든 네 붉은 환희의 불쏫 우에,
> 점점 무거워 오는 재빗 우울의 구름,
> 오! 네 일생은 과연 이 쑨이엿스랴! 그러나
> 오히려 너는 죽으려함애 몬저 「속힘」을 불살왓도다.
> 깨긋한 죽엄이어, 오! 소녀의 죽엄이어!
>
> —제3부(8연)

인용부분에서 '속힘'의 배경은 특별한 상징성을 지닌다. '속힘'은 "속혀오든 편지를 불에 살호려할 째"(제3부 6연)에서 이미 짐작되듯이 '전보'의 모순성을 함축하고 있기 때문이다. '전보'는 '아긔 아버지' 혹은 '남편'이 보낸 약속의 증표이다. 하지만 그 약속은 지켜지지 않고 '속힘'의 위선만이 팽배한다. "앗가워라 아름다운 그 소녀여!"는 이러한 위선에 희생당한 소녀에 대한 안타까움이다. 하지만 소녀의 '죽음'이 '음독자살'의 형식을 띠고 있지만, 소극적 자기 도피나 현실적 굴복이 아니라 적극적 현실대응의 형식으로 이끌고 있다. 이러한 정황은 "오히려 너는 죽으려함애 몬저 「속힘」을 불살왓도다"에서 확고하게 드러난다. '속힘'은 소녀를 죽음으로 몰아넣었지만, '속힘'에 굴복하지 않고 오히려 '속힘'을 불살라버렸다는 논리로 접근하고 있는 것이다.

여기서 소녀와 '속힘'의 세계와의 대립구도가 선명하게 각인된다. 마지막 행 "깨긋한 죽엄이어, 오! 소녀의 죽엄이어!"에서 이러한 배경이 보다 강조되어 나타난다. 소녀의 '죽음'은 어둡거나 비극적인 색채가 아니라 '깨끗한 죽음'으로 명시된다. 이른바 '속힘'을 불사르고 '깨긋한 죽엄'으로 승화되는 극복의 한 형식을 보여준다. 따라서 단지 '죽음'으로 끝나지 않고 오히려 '죽음'을 통해 자신의 정체성이 명료해지는 정신의 한 지점을 보여준다. 장시 『소녀의 죽음』은 통속적 사랑 이야기에 국한되는 것이 아니라, '일천구백이십 삼년'과 겨울 이미지가 함축하고 있는 식민지 하의 비극성을 상징화하고 있다. 이른바 표면적으로는 남녀의 사랑 이야기를 표방하고 있지만, 그 이면에는 시인의 역사와 현실에 대한 비판적 인식이 각인되어 있다. 만남과 이별, 재회와 또 이별이라는 우연성과 반복성의 전개방식도 완결성이 결여되어 있는 시대적 불확실성을 반영한다. '속힘'을 수반한 '전보'의 모순성은 일제의 위선적 폭력성을 상징화하는 메시지가 될 것이다. '죽음'의 극적상황은 이러한 모순성에 저항하는 '소녀'의 적극적인 현실대응이라고 할 수 있다.

유엽의 『소녀의 죽음』은 서사시의 가능성과 그 한계까지 수반하면서 한국 장시의 첫 출발의 의의를 환기시키고 있다. 근대장시의 태동과 선행한 작품으로서의 선구적 위치를 선점하면서 한국 장시의 가능성을 제시하고 있다. 『소녀의 죽음』은 1920년대 식민지 현실에 대한 명징한 자각과 근대적 삶의 방식들을 사건의 진폭 속에 심어두고 있다. '겨울' 이미지와 '죽음'을 통한 시대상황의 상징성, 소시민적 인물구성과 만남과 이별의 서사구도가 이러한 배경을 뒷받침한다. 『소녀의 죽음』은 한국 장시의 출발시점이면서 한편으로 '서사시'의 측면에서는 미비한 요소를 담고 있기도 하다. 이런 점을 감안한다하더라도 아직도 그 자체로 독립적인 분석의 장으로 나아가지 못하고 있다는 것은 문제가 있다. 『소녀의 죽음』이 안고 있는 작품으로서의 한계는 극복의 지점이지 소외의 측면이 아닌 것만은 분명하다. 선행한 작품이 완성도에 미치지 못한다고 해서 소외시키거나 제외시킨다면 그것은 이미 역사가 아닐 것이다. 따라서 한국 최초의 근대장시는 유엽의 『소녀의 죽음』으로부터 시작되어야 하고 또한 장시사적인 변전의 흐름도 여기서부터 그 체계를 잡아가야 하리라 본다.

제3장 김동환의 『국경의 밤』의 공간상징과 '시간'의 역사성

1. 서사지향과 '연애관'의 시적수용

김동환[1]은 『금성』제3호(1924, 5, 23)에 시 「적성을 손가락질하며」를 발표하면서 문단에 나오게 된다. 하지만 이러한 등단 절차는 형식적인 것일 뿐 그 이전에 이미 시작 활동을 하고 있었던 것으로 밝혀진다.[2] 그럼에도 김동환에게 『금성』과의 인연은 특별한 연결고리가 되고 있다. 『금성』과의 인연

---

1) 김동환은 1901년 함경북도 경성군에서 출생한다. 1909년 공립 경성보통학교에 입학해서 1913년 3월에 졸업한다. 이후 가난으로 중학을 진학하지 못하고 군청에 근무하다 1916년 중동중학교에 입학, 1921년에 졸업한다. 1921년 일본 도요대학(東洋大學) 문화학과에 입학해 유학하던 중, 관동대지진(1923년 9월)이 일어나자 학교를 중퇴하고 귀국하게 된다. 1924년 『금성』3호에 시 「적성(赤星)을 손가락질하며」로 등단을 한다. 이후 시 뿐만 아니라 평론, 수필, 희곡, 등 여러 방면을 넘나들면서 활달한 작품 활동을 한다. 시집으로는 장시 『국경의 밤』(1925), 『승천하는 청춘』(1925), 김동환 · 주요한 · 이광수 3인 『시가집(詩歌集)』(1929), 『해당화』(1942) 등이 있다. 1950년 한국전쟁 때 납북된 뒤, 1958년 노동자수용소로 추방되어 사망한 것으로 알려진다.

2) 양주동, 「문주반생기」, 『양주동전집』4, 동국대학교 출판부, 1995, 52쪽. 양주동은 당시의 일을 "巴人 金東煥군의 寄稿인 <赤星을 손가락질하며>란 秀作 한 篇을 아마 柳군의 주장에 의하여 '推薦作'으로 실었다. 巴人은 나의 중학에서 동기 동창이었는데, 나보다 훨씬 더 일찍 詩作을 하여 진작 「薔薇村」엔가에 그 작품이 실렸었고 기타 학생 잡지에도 종종 詩作을 발표한 시단의 약간 선배로서 워낙 『금성』誌의 「추천시인」은 아닐 터인데, 미안한 일이었다"라고 술회한다.

은 등단 시점부터 본격적인 시작활동을 하게 되는 배경도 배경이지만, 무엇보다 장시의 세계로 접어들게 되는 단초가 되기 때문이다. 이른바 새로운 시적 탐구와 그 창작기반을 마련하는 중요한 단계적 배경이 되고 있다. 김용직은 김동환과 서사시의 상관관계는 그의 등단작품인 「적성을 손가락질하며」에서부터 이미 그 가능성을 엿보이기 시작한다고 보고 있다.[3] 그리고 이러한 가능성은 일 년의 간격을 두고 발표되는 서사시 『국경의 밤』(한성도서주식회사, 1925)을 통해 훌륭하게 확인되고 있다고 언급한다.

이와 더불어 같은 해에 발표되고 있는 『승천하는 청춘』(1925, 12) 또한 서사시로서의 위치를 확고하게 확보하고 있다. 『승천하는 청춘』은 "서술시에 포함되는 분명한 서사시의 '장르'라는 것과 단순한 서정시가 아닌 애국과 민족의 문제와 관련된 서사시"[4]로서의 성격을 지니고 있다. 『국경의 밤』과 『승천하는 청춘』은 단순히 "길이가 길다는 공통점뿐만 아니라 사랑과 저항, 격정 및 사건, 이야기와 노래, 이념과 현실, 낭만주의적 향토성과 현실주의적 경향성의 다양한 중층구조로 짜여 진 작품"[5]이라는 특징을 지닌다. 이러한 시적 맥락에 기대보면 「우리 사남매」(1925, 『조선문단』 13호) 또한 장형화의 특징을 표방하는 작품이라고 할 수 있다. 비록 서사시의 구도에서 언급되는 작품은 아니지만 호흡이 긴 시적 흐름을 수반하고 있다는 점에서 이 시기의 김동

---

3) 김용직, 『한국근대시사』 제1부, 새문사, 1983, 288쪽. 김용직은 「적성을 손가락질하며」는 장편으로 구성되어 있지도 않고 주인공이 설정되어 있지도 않지만, 두어가지 면에서 '서사시의 素因'이라고 할 게 검출될 수 있음을 언급한다. 즉, 작품에 쓰인 말씨가 개인적이며 주정적이라기보다 일반적이며 서술적이라는 점, 아주 단편적이지만 생활의 자취 및 사건이 다뤄지고 있다는 점, 호흡이 길고, 가락이 거침없이 흘러내리는 점 등을 들고 있다. 그리고 이 작품이 내장하고 있는 서사적 요인들은 『국경의 밤』으로 이어지면서 체계화되고 있다는 견해를 두고 있다.

4) 장윤익, 「한국서사시 연구—시사적 맥락을 중심으로」, 명지대학교 박사학위논문, 1984, 121쪽.

5) 박정호, 「한국 근대장시 형성과정 연구」, 한국외국어대학교 박사학위논문, 1997, 53쪽.

환의 시적 경향과 창작의 배경을 읽을 수 있는 특징을 내포하고 있다.

이러한 김동환의 창작배경과 연계해보면 그의 초기 작품 속에 나타난 서사지향은 「적성을 손가락질 하며」에서 촉발되어, 다음해에 발표하는 『국경의 밤』과 『승천하는 청춘』으로 확장되고, 「우리 사남매」 등의 작품에까지 두루 영향을 미치고 있음을 알 수 있다. 등단작품에서부터 시작된 김동환의 서사시적 흐름은 1920년대 김동환의 시작이 어디에 터를 두고 있었는지 짐작할 수 있게 한다. 한 시기에 생산된 작품들은 대개 비슷한 성향을 가지고 그 방향성을 설정해가기 마련이다. 김동환의 초기시의 색채도 이러한 흐름 속에 물들어 있다고 할 수 있다. 하지만 김동환의 경우 이러한 시적 흐름은 다분히 의도된 탐색과정이면서 그 결과물이라고 할 수 있다. 여기에는 정서적인 측면보다 오히려 새로운 시적 실험과 방법론적 모색이라는 명제가 걸려 있기 때문이다. 그의 서사 지향적 가치관은 당대 현실을 부각시키고 갈등의 여러 측면들을 형상화하고 상징화한다는 의도를 담고 있다. 이른바 1920년대적 현실과 경험적 배경이 시의식의 중심을 가로지르고 있는 것이다. 따라서 새로운 문학적 실험에 대한 열망과 식민지 하의 현실은 서사지향을 유도하는 공통적 배경이 되고 있다고 할 수 있다.

김동환의 『국경의 밤』은 제3부 72장으로 구성된 장시이다. 따라서 '장편서사시'라는 명칭이 주어질 만큼 길이에 있어서 상당 분량을 차지하고 있는 작품이다. 또한 작품적 성과에 있어서도 근대장시의 성립을 이끌어낼 수 있는 발전적 근거를 제시하고 있다. 일 년 앞서 발표한 유엽의 『소녀의 죽음』(1924)이 근대장시의 가능성을 탐색하면서 그 시초를 열고 있다면, 김동환의 『국경의 밤』은 그 기반 위에서 성립과 정착으로 나아가는 과정을 보여준다. 따라서 근대장시의 지형에 전환점을 마련하면서 장시창작의 환경에 탄력적인 영향을 던져준다. 김동환의 『국경의 밤』은 출간 당시부터 많은 관심을 받게 되고 명실 공히 그의 대표작으로서의 위치를 굳히게 된다. 또한 다양한 논의의 장을 이끌면서 쟁점을 유도하기도 한다.[6] 따라서 김동환의 시작활동은 『국경의 밤』을 기점으로 본격화되고 시사적 위치 또한 여기서부터 자리매김 되고 있다고 할 수 있다.

『국경의 밤』은 서사시냐 아니냐의 문제가 한계 요소로 쟁점화 되기도 한다. 이는 서사시의 측면에서의 인물구성과 서사적 배경에 대한 한계를 지적하는 대목이 될 것이다. 영웅적 인물이 아니라 일반 민중이 이야기의 주체로 등장하고 있는 데다, 서사의 내용 또한 남녀 간의 사랑과 이별이라는 문제가 갈등을 불러일으키는 주류로 등장하고 있기 때문이다. 하지만 이러한 배경의 이면에는 식민지 하의 민족적 애환과 민족애를 촉발시키는 여러 문제적 상황들이 암시되어 있다. 또한 남녀 간의 사랑 이야기와 관련해서는 기존의 관습적 모순을 비판하고 타파하고자 하는 의도가 큰 골격으로 자리하고 있다. '국경'이라는 공간과 그러한 공간을 배경으로 삶을 영위하고 있는 소외된 민중들의 삶의 모습과 '순이'와 '청년'의 사랑, 신분적 질서에 의한 이별 등이 이러한 배경을 뒷받침한다. 그럼에도 『국경의 밤』의 사건전개를 살펴보면, '연애'를 중심에 두고 당대 현실을 읽고 문제의식을 발현하는 한 척도로 삼고 있는 것은 분명하다. 이는 일제의 감시의 눈을 피하기 위한 방법일 수도 있고, 김동환의 근대정신을 엿볼 수 있는 한 측면이 될 수도 있다. 이러한 배경은 그가 펼치고 있는 '연애관'을 통해 내포하고 있는 의미배경을 어느 정도 추적해볼 수 있을 것 같다.

---

6) 오세영, 「<국경의 밤>과 서사시의 문제」, 『국어국문학』제75집, 1977; 조남현, 「김동환의 서사시에 대한 연구」, 건국대 『인문과학논총』, 1978; 김재홍, 「파인 김동환」, 『한국현대시인연구』, 일지사, 1987; 이동하, 「김동환의 서사시에 나타난 지식인과 민중」, 『세계의 문학』, 1985, 가을호; 김은영, 「김동환의 시에 나타난 서사성 연구 — 「국경의 밤」 과 「승천하는 청춘」을 중심으로」, 『사림어문연구』10권, 1994; 장부일, 「김동환의 현실 변용」, 『한국현대시사연구』, 일지사, 1996; 김동근, 「『국경의 밤』의 담론과 장르 상관성」, 『현대문학이론연구』 32권, 2007.

확실히 이 戀愛를 준다는 것은 低迷期에 徘徊하는 懷疑群과 生活苦의 煉獄에서 도피하려는 者에게 빵 이상의 갑가는 물건을 주는 것이 된다.

……어떠한 연애란 人權擁護로도, 家族制度에 대한 反抗運動으로도 볼 수 있다.……「戀愛運動」이란 것이 있다하면 그것은 조선에서 가장 큰 운동 중의 한아가 될 것이다. 이 점으로 사회주의 운동이나 제국주의운동에 못지않을 것이다. 그러케 중요하다. 또 급하다.7)

김동환은 '연애'에 대해 "저미기에 배회하는 회의군과 생활고의 연옥에서 도피하려는 자에게 빵 이상의 갑가는 물건을 주는 것"으로 견해를 둔다. 이러한 "연애는 인권옹호로도, 가족제도에 대한 반항운동으로도 볼 수 있다." 따라서 "연애운동은 조선에서 가장 큰 운동 중의 한아가 될 것"이며, "사회주의운동이나 제국주의 운동에 못지않을 것"으로 보고 있다. 이러한 견해는 김동환의 '연애관'을 짚어볼 수 있는 것으로 『국경의 밤』의 창작배경과도 긴밀하게 연결되고 있으리라 생각된다. 김동환이 제시하고 있는 '연애'는 단순한 사랑 얘기가 아니라 '인권옹호'의 측면이면서 기존의 관습이 옥죄고 있는 '가족제도에 대한 반항운동'으로 결집되고 있다. 따라서 중요하고 시급하게 주목하고 개선해나가야 할 소위 '운동'의 일환으로 환기시키고 있다. 이러한 '운동'은 개별적이고 단편적인 것이 아니라 집단적이고 연속적으로 거론되고 실천해가야 할 영역이 된다. 이른바 구습타파와 함께 근대적 삶의 방식을 일깨우고 민족적 발전을 이끌어가는 긍정적 요소로서의 한 지점이 된다.

이러한 의미배경은 "김동환의 연애관이 민족관과 관계되어 있다는 것을 감안한다면 쉽게 이해할 수 있다."8) 『국경의 밤』에는 1920년대 식민지 상황 속에서의 삶의 형식과 민중의 목소리가 서사의 중심에 놓여있다. 일제 강점

7) 김동환,「戀是戀非: 諸家의 戀愛觀」,『조선문단』, 10호, 1925, 7.
8) 장윤익, 앞의 논문, 116~117쪽.

기라는 시대적 배경과 우리의 민족적 현실이 대립구도를 이루면서 갈등을 유도하는 골격이 되고 있다. '연애'에 대한 인식은 1920년대적 배경 속에서 새로운 변화와 가치를 주도해가고자 하는 열망이 반영되어 있다. '순이'와 '청년'을 통해 구체화되고 있는 기존관습에 대한 폐해는 타파해야할 모순적 상황으로 떠오른다. 따라서 '가족제도에 대한 반항운동'으로서의 반성과 비판, 개선의지를 불러들이게 된다. 『국경의 밤』은 1920년대 김동환의 민족적 자각과 위기의식, 온갖 병폐를 생산하는 문명에 대한 비판, 모순적인 기존의 관습을 타파하고자 하는 근대적 사유 등이 구조화되어 있다. 소시민적 남녀를 등장시켜 서사를 이끌고 있는 것은 그의 근대인식을 엿볼 수 있게 하는 배경이 된다. 이 글에서는 첫 출간된 『국경의 밤』(한성도서주식회사, 1925)을 참고하면서 『김동환 시선』(방인석 편, 지식을만드는지식, 2013)에 수록되어 있는 「국경의 밤」을 분석 텍스트로 활용할 것이다.

2. '국경'의 공간상징과 시간적 배경

『국경의 밤』은 제1부 1장~27장, 제2부 28장~57장, 제3부 58장~72장으로 구성되어 있다. 서사전개는 제1부의 현재적 시점에서, 제2부 과거회상의 시점으로, 제3부는 다시 현재 시점으로 돌아오는 순서로 진행된다. 대강의 줄거리를 요약하면, 제1부에서는 '소금실이 밀수출'을 나간 남편과 남편을 걱정하는 '처녀(妻女)'의 모습이 조명되면서 출발한다. 그리고 어린 시절 순이와 사랑하는 사이였던 청년이 순이가 사는 마을로 찾아오면서 둘의 8년만의 재회장면이 그려진다. 제2부는 과거회상의 상황으로 돌아가 순이와 청년의 어린 시절의 이야기가 펼쳐진다. 소녀와 소년의 아름다운 사랑, 신분적 한계로 인한 사랑의 파국, 이별의 과정 등이 조명된다. 순이는 다른 남자와 결혼을 하고, 소년은 좌절하여 마을을 떠나 도시로 가는 것으로 끝이 난다. 제3부는 과거회상에서 다시 순이와 청년의 재회장면을 그리고 있는 현재 시점으로 돌아온다. 여기서 청년은 순이에게 함께 떠나자고 간청하지만 순이는 남편과 아이까지 있는 처지를 상기시키면서 이를 거절한다. 이러한 가운데 순이의 남편 병남이 '주검'으로 돌아오고 상황은 극적으로 치닫게 된다. 마을사람들이 남편의 장례를 치르는 비극적인 풍경을 끝으로 이야기는 종결된다.

『국경의 밤』은 우선 제목에서부터 '국경'이라는 공간과 '밤'이라는 시간적 배경이 상징화되어 있다. '국경'은 어두운 시대의 역사적 발자취와 변방의 척박함을 담고 있다. 북방 지역의 황량한 풍경과 변방의 주민들의 궁핍한 생활상이 부각되면서 식민지 치하의 민중의 삶의 애환이 표상되고 있다. '국경'은 언제 무슨 일이 일어날지 모를 위기와 불안, 긴장감이 감도는 살벌한 공간 이미지로 제시된다. 이러한 공간적 배경과 함께 시간적 배경은 '한밤', '북국의 겨울밤', '두만강의 겨울밤' 등으로 표현되면서 극한상황을 암시하는 메시지를 던져준다. "'밤'은 식민지 시대의 어둠의식을 드러내는 장치로"[9] 상징화되면서 『국경의 밤』의 전체적 분위기를 이끌고 있는 시간적 배경이 된다. 김동환이 체감하는 시간과 공간의 경험구도는 일제 식민지라는 비극적인 현실과 그 상황 속에서의 급박한 위기의식에 닿아있다. '국경'이 어두운 시대를 표상하는 공간 이미지라면, '밤'은 그러한 시대가 안고 있는 암울한 상황을 암시하고 있다.

> '아하, 무사히 건넛슬가,
> 이 한밤에 남편은
> 두만강을 탈 업시 건넛슬가?

---

9) 송영순, 「국경의 밤과 지새는 밤의 상호텍스트성」, 『한국문예비평연구』제42집, 2013, 14쪽.

저리 국경 강안(江岸)을 경비하는
외투 쓴 거문 순사가
왓다— 갓다—
오르명 내리명 분주히 하는대
발각도 안 되고 무사히 건넛슬가?'
소곰실이 밀수출 마차를 띄워 노코
밤새 가며 속 태이는 젊은 안악네,
물네 젓든 손도 맥이 풀녀저
파— 하고 붓는 어유(魚油) 등장만 바라본다.
북국의 겨울밤은 차차 깁허 가는데.

—제1부 1장

어대서 불시에 땅 짱밋흐로 울녀 나오는 듯
'어—이' 하는 날카로운 소리 들닌다.
저 서쪽으로 무엇이 오는 군호라고
촌민들이 넉을 일코 우두두 썰 적에
처녀(妻女)만은 잽히우는 남편의 소리라고
가슴을 쓰드며 긴 한숨을 쉰다—
눈보래에 늣게 내리는
영림창 산촌실이 화부 쎄 소리언만.

—제1부 2장

마즈막 가는 병자의 부르지즘 가튼
애처로운 바람 소리에 싸이어
어대서 '짱' 하는 소리 밤하늘을 쌘다.
뒤대여 요란한 발자취 소리에
백성들은 또 무슨 변이 낫다고 실색하야 숨죽일 째,
이 처녀만은 강도 채 못 건넌 채 어더맛는 사내 일이라고
문 빗탈을 쓰러안고 흑흑 늣겨 가며 운다.
겨울에도 한 삼동, 별빗에 짜라
고기잡이 얼음짱 끈는 소리언만.

—제1부 3장

『국경의 밤』은 "아하, 무사히 건넛슬가/이 한밤에 남편은/두만강을 탈 업시 건넛슬가?"라는 물음을 던지면서 시작된다. '국경'은 "저리 국경 강안을 경비하는/외투 쓴 검은 순사가/왔다 ―갔다―/오르명 내리명 분주히 하는 대"에서 알 수 있듯이 삼엄한 경계와 감시가 주어진다. '경비', '순사', '발각' 등의 언어에서 구체적 정황을 읽을 수 있다. 여기에 '한밤', '남편', '두만강'이라는 언어가 서사의 배경을 부각시킨다. 처녀(순이)는 '소금실이 밀수출'을 나간 남편의 안전을 걱정하며 "밤새 가며 속 태이는 젊은 안악네"의 모습으로 나타난다. 순이의 '남편'은 생활을 위해 국금(國禁)을 어기면서까지 '소금실이 밀수출'을 해야 하는 상황에 놓여있다. 따라서 언제 '순사'에게 '발각'되어 봉변을 당할지 모를 위험성에 노출되어 있다.

제1부 3장의 내용을 들여다보면 이러한 삼엄한 감시와 경계의 위기의식은 비단 순이 일가에만 국한되는 것이 아니라 인근주민 모두에게 해당되는 불안요소가 된다. "촌민들이 넉을 일코 우두두 썰 적에", "백성들은 쏘 무슨 변이 낫다고 실색하야 숨죽일 째" 등에서 이러한 실상이 드러난다. "쏘 무슨 변이 낫다고"의 '쏘'에서 알 수 있듯이 이러한 불안과 위기상황이 일상적으로 반복되고 있음을 알 수 있다. 순이를 포함한 국경인근 '백성들', '촌민들'로 표상되는 많은 민중들은 "변두리의 소외집단이라는 어떤 공통성을 지니고 있다."[10] 따라서 이들은 시대적 아픔과 현실적 고통을 가장 실질적으로 체감하고 맞닥뜨릴 수밖에 없는 피해자들이 된다. "이 작품의 비극성은 사랑의 비극 그 자체에서 파생되고 있는 것이 아니라 식민지 치하 국경지방의 변두리 계층의 불안한 현실과 소외된 삶에서 연유하고 있는 것이다."[11] 『국경의 밤』의 제1부 1장에서 3장까지는 '국경'이라는 공간과 '한밤', '북국의 겨울밤'

---

10) 서준섭, 「한국 현대시에 있어서 장시의 문제」, 『심상』, 1982, 5월호, 38~39쪽.
11) 김은영, 앞의 글, 131쪽.

등으로 표상되는 시간이 시대적 배경과 상황을 암시하는 이미지로 떠오른다. 또한 서사를 이끌어갈 '처녀(순이)'라는 인물이 등장한다. 이는 "대부분의 서사시의 서두가 시간과 공간의 배경제시와 주인공의 등장으로 되어 있는 것과 같이 『국경의 밤』도 이러한 원칙"12)에 닿아있다.

> 봄이 와도 꽃 한 폭 필 줄 모르는
> 강 건너 산천으로서는
> 바람에 눈보래가 쏠녀서
> 강 한판에
> 진시왕릉 가튼 무덤을 싸아 놋고는
> 이내 안압지(雁鴨池)를 파고 달아난다,
> 하늘싸 모다 회명(晦暝)한 속에 백금 가튼 달빗만이
> 백설로 오백 리, 월광으로 삼천 리,
> 두만강의 겨울밤은 춥고도 고요하더라.
>
> — 제1부 7장

앞서 이미 설명하고 있지만 『국경의 밤』은 '국경'이라는 공간과 '밤'이라는 시간이 사건을 이끌어가는 중요한 시적 배경으로 떠오른다. '국경'은 식민지 현실과 그러한 현실을 살아가는 사람들의 발자취를 담고 있는 상징공간이 된다. 따라서 순이를 비롯해서 국경인근 지역에 살고 있는 사람들의 삶과 긴밀하게 연결되고 있다. '밤'은 '북국의 겨울밤'(제1부 1장), '두만강의 겨울밤'에서 보여 지듯이 겨울 이미지를 동반하면서 상징적 의미배경을 제시한다. 추위, 눈보라, 바람 등에 둘러싸인 '겨울밤'의 정경은 국경이 안고 있는 극한상황과 어두운 역사적 현실을 반영하는 이미지가 된다. "김동환의 민족주의가 가장 극명하게 나타나는 것은 소위 '북'이라든가 '겨울'과 같은 냉혹

12) 장윤익, 앞의 논문, 1984, 114쪽.

한 현실들을 암유하고 있는 이미지들에서이다."[13] "이러케 춥길내/오늘짜라 간도 이사꾼도 별로 업지"(제1부 6장), "봄이 와도 쏫 한 폭 필 줄 모르는/강 건너 산천으로서는/바람에 눈보래가 쏠녀서/강 한판에/진시왕릉 가튼 무덤을 싸아 놋고는"의 배경도 여기에 닿아있다. 『국경의 밤』의 제1부 첫머리는 이처럼 공간적 배경과 '겨울밤'으로 상징화되는 시간적 배경이 제시되면서 이야기의 방향성을 제시한다. '국경'과 '밤'은 민족적 현실을 자각하는 가장 뚜렷한 지표이면서 작품적 성격을 구성하는 상징적 배경이 된다.

> 그날 저녁 우스러한 때이었다
> 어디서 왔다는지 초조한 청년 하나
> 갑작히 이 마을에 나타나 오르명 내리명
> 구슬픈 노래를 불으면서—
> '달빗에 잠자는 두만강이어!
> 눈보라에 깔려 우는 녯날의 거리여,
> 나는 살아서 네 품에 다시 안길 줄 몰낫다
> 아하, 그리운 녯날의 거리여!'
>
> —제1부 8장

> 아하 그립은 한 녯날의 추억이어.
> 팔년 후 이날에 다시 불탈 줄 누가 알엇스리.
> 아, 처녀와 총각이어,
> 꿈나라를 건설하던 처녀와 총각이어!
> 둘은 고요히 바람소리를 드르며
> 지나간 싸스한 날을 둘춘다—
> 국경의 겨울밤은 모든 것을 싸안고 다라난다.
> 거이 십년 동안을 울며불며 모든 것을 괴멸식히면서 다라난다. 집도 헐기고, 물방아간도 갈니고, 산도 변하고, 하늘의 백랑성 위치조차 조곰 서남으

13) 송기한, 「김동환 시에서의 '민족'의 의미」, 『한민족어문학』 제53집, 2008, 344쪽.

로 빗탈니고
그러나 이 청춘남녀의
가슴속 깁히 파뭇처 둔 기억만은 닛치지 못하엿다,
봄꼿이 저도 가을 열매 써러저도
팔년은 말고 팔십년을 가보렴 하듯이 고이고이 깃혓다
아, 처음 사랑하던 쌔!
처음 가슴을 마조칠 쌔!
팔년 전의 아름다운 그 기억이어!

—제1부 27장

위 인용부분은 청년이 순이를 찾아오는 대목과 재회장면이 형상화되고 있다. 제1부 8장부터 마지막 27장까지는 청년의 나타남, 순이와 청년의 재회, 옛날의 추억을 상기하는 장면 등이 그려진다. "어디서 왔다는지 초조한 청년 하나/갑자기 이 마을에 나타나/구슬픈 노래를 부르"고 있다. '팔년 전'은 이들이 소녀 소년시절이었던 과거의 시간이다. 과거의 시간은 '추억', '지나간 싸스한 날' 등으로 표현되면서 현실 속으로 스며든다. '팔년'이란 시간이 지나면서 순이는 결혼을 하여 '처녀(妻女)'가 되고, 소년은 청년이 되어 있다. 그리고 이러한 긴 시간적 거리는 "집도 헐기고, 물방앗간도 갈리고, 산도 변하고, 하늘의 백랑성 위치조차 조곰 서남으로 빗탈니"는 크나큰 변화를 가져온다. 하지만 오랜 시간이 지났음에도 "이 청춘남녀의/가슴속 깁히 파뭇처 둔 기억만은 닛치지 못하엿다"는 것이 이야기의 요지이다.

"아하 그립은 한 넷날의 추억이어", "팔년 전의 아름다운 그 기억이어!"에서 이들의 공통적 교감이 주어진다. '추억', '기억' 등은 순이와 청년의 과거의 시간을 일깨우는 연결고리가 된다. '팔년 후 이날'은 순이의 남편이 '소금실이 밀수출'을 나간 '그날 저녁'과 맞물려 있다. 따라서 '팔년 후(현재)'와 '팔년 전(과거)'이 혼재하면서 이야기의 또 다른 국면을 예고한다. 과거의 시간은

'기억' 매개를 통해 자연스럽게 현재와의 통로를 마련한다. 기억은 과거의 어떤 시점이 상상들에 기초하여 재현(representation)되는 것으로 각각의 '지금' 시점에 기억의 '지금' 시점이 상응하는 것이다.[14] 여기서의 '기억'은 '팔년 전의 아름다운 그 기억'으로 표상되면서 순이와 청년의 어린 시절의 사랑이 중심 매개로 떠오른다. 하지만 신분적 질서로 인한 이별, 순이의 결혼과 청년의 떠남 등이 주어지면서 아름답지만은 않은 기억이 존재하기도 한다. 김동환의 기존관습에 대한 부정적인 시각과 가족제도에 대한 '반항운동'과 '연애운동'이 제기되는 것도 이 시점이다. 이른바 불필요한 제도와 모순적인 억압에 대한 비판적 인식과 개선의지가 반영되어 있다. 제2부는 '기억' 매개를 통해 자연스럽게 과거공간으로 이동해서 두 사람의 어린 시절의 이야기가 펼쳐진다. 따라서 과거공간에서의 여러 정황들이 제기되면서 갈등양상이 심화되고 본격화되고 있다.

3. 세계와의 대립과 갈등의 심화

김동환의 장시 『국경의 밤』은 크게 세 개의 사건으로 구성되어 있다.[15] 이를 총3부의 내용을 기반으로 구성해보면, 먼저 제1부 '국경'이라는 공간과 '밤'이라는 시간이 제시되면서 시대적 배경과 그러한 시대가 안고 있는 상황을 상징화하는 배경이 주어진다. 다음은 제2부의 이야기 구성으로, 제1부의 순이와 청년의 재회, 과거에 대한 기억과 회상을 통해 과거공간으로의 장면이동이 재개된다. 재가승의 딸인 순이와 언문 아는 선비(청년)의 어린 시절의 사랑과 이별 등 경험공간의 갈등양상이 심화되는 과정이다. 마지막 세 번째는 순이의 남편 병남(丙南)이 마적의 총에 '주검'이 되어 돌아오는 극적상

14) E. 훗설, 『시간의식』 이종훈 옮김, 한길사, 2007, 102~103쪽.
15) 김용직, 앞의 책, 291쪽.

황이 펼쳐진다. 순이의 오열, 병남의 장례식을 치르는 마을사람들의 비장한 모습이 조명되면서 나라 잃은 백성들의 애환과 민족적 비극성이 극대화된다. 세 개의 사건은 각각의 단계적 역할을 고수하면서 상호 긴밀한 인과성을 가지고 사건을 이끌고 있다. 세 구도의 사건은 동시대적 배경과 동시대적 경험구도를 바탕으로 주제의식을 결집하게 된다. 또한 세 구도의 갈등양상을 제기하면서 각각의 문제의식과 사건의 실마리를 표상하고 있다. 공간과 시간이 함축하고 있는 시대적 배경 즉, 식민지 현실에서 체감되는 갈등, '연애'의 활달한 감정을 억압하는 기존의 관습과 사회체제의 불평등에서 오는 갈등, 병남의 '주검'에서 촉발되는 민족적 비애감이 극대화되는 시점에서의 갈등양상 등이 그것이다. 『국경의 밤』의 세 구도의 사건은 이러한 대립과 갈등양상을 함유하면서 문제의식의 제기와 탈출구를 찾을 수 없는 암울한 시대적 상황을 상징화하고 있다.

> 몇 백 년이 지낫는지 모른다.
> 고구려 관원들도 갈니고
> 그 일족도 이리저리 흣터져
> 엇더케 두루 복잡하여질 째,
> 그네는 혹 둘도, 모여서 일정한 부락을 짓고 사럿다.
> 머리를 깍고 동무를 표하느라고 남들은
> 집중이라 불느든 마던—
> 재가승이란 그 여진의 유족.
>
> 그래서 백정들이 인간 예찬하드시
> 이 일족은 세상을 그럽어하며 원망하며 지냇다.
>
> 순이란 함경도의 변경에 색리운 재가승의 싸님.
> 불상하게 피여난 운명의 쏫,
> 놀아도 집중과 시집가도 집중이라는 정칙 밧은 자!

그러나 누구나 이 줄을 모른다, 집중이란 뜻을
그저 집중 집중 하고 욕하는 말로 나무꾼들이 써 왔다.

—제2부 35장

위 인용부분은 재가승의 유래를 언급하고 있다. 재가승의 유래는 "함경도에 윤관이 들어오기 전,/북관의 육진 벌을 유목하고 다니던 族이 있었다"(제2부 30장)로 그 시초를 연다. "재가승이란 그 여진의 유족"이고 '순이'는 여진의 후예인 재가승의 딸이다. 이들은 유목을 하면서 평화롭게 살던 중, '고구려 군사가 쳐들어'와 '모다 머리를 깩기고' 종으로 살게 된다. 그리고 "몇 백 년이 지났는지 모"를 시간이 흐르고, "그 일족도 이리저리 흣터져/어떻게 두루 복잡하여질 째,/그네는 혹 둘도, 모여서 일정한 부락을 짓고" 살게 된다. 순이는 "함경도의 변경에 색리운 재가승의 싸님./불상하게 피여난 운명의 쏫"으로 표현된다. '재가승의 싸님', "불상하게 피여난 운명의 쏫"이라는 대목에서 이미 비극적인 굴레가 암시된다.

재가승은 '백정들'과 마찬가지로 사회집단 속에 포섭되지 못한 채 멸시와 천대를 감수하면서 그들만의 삶의 형식을 고수해오고 있다. 따라서 "백정들이 인간 예찬하드시/이 일족은 세상을 그립어하며 원망하며 지냇다." "놀아도 집중과 시집가도 집중이라는 정칙 밧은 자"의 낙인은 이들이 스스로 만들어놓은 보호막이면서 또한 올가미가 된다. 자신의 일족하고만 생활을 하고 결혼도 이 속에서만 해야 한다는 '재가승의 정칙'은 소녀와 소년의 사랑이 처음부터 파국을 맞을 수밖에 없는 배경을 담고 있다. 여기에는 이미 세계와의 단절과 대립, 그로 인한 갈등과 불평등의 조건이 내장되어 있다. 김동환은 '인권옹호'의 측면에서 '가족제도'의 개선을 촉구하고, 이것이 또한 "조선에서 가장 큰 운동"[16]임을 강조하고 있는 배경도 이와 맥락을 같이 한다.

---

16) 김동환, 앞의 글.

그리는 속에도 사랑은 허화,
봄눈을 뚜지고 나오는 엄가치
고려 지방족의 강득(强得)한 씨는
아츰나주 호풍이 부는 산국에도 피기 시작하엿다.
여성은 태양이다! 하는 소리가 소년의 입살을 각금 슷첫다,
두 절대한 친화력에 불타지면서
사랑은 재가승과 언문 아는 계급을 초월하여서 붓헛다.

—제2부 43장

재가승의 정칙에 이어 또 다른 신분적 제약은 '언문 아는 계급'이다. '언문 아는 계급'은 소년이 속해있는 신분적 영역이다. 재가승의 정칙이 그들만의 세계를 구성하고 있다면, '언문 아는 계급' 또한 완고한 신분적 질서를 고수하고 있다. '언문 아는 계급'은 "더구나 새신랑은 글을 안다더라, 언문을"(제2부 37장)이라는 배경과 함께 '부자집'이라는 전제가 붙으면서 모두의 존경과 부러움의 대상이 된다. 이들은 순이가 가진 신분 즉, 세상과 격리되고 멸시당하는 계급이 아니라 오히려 군림하고 대접받는 특별한 신분적 소유자이다. 따라서 '집중'이라고 불리는 천민 계급인 순이와는 처음부터 맺어질 수 없는 신분적 차이를 보인다. 두 구도의 신분은 극복하기 어려운 자신들만의 완고한 울타리를 지니고 있다. 이는 나와 세계, 나와 대상과의 화해와 조화를 허용하지 않는 폐쇄된 경계를 두고 있다. 그럼에도 불구하고 "봄눈을 뚜지고 나오는 엄가치" "두 절대한 친화력에 불타지면서" 두 소년은 사랑을 하게 된다. 여기서부터 세계와의 대립과 갈등이 본격화된다.

죽기를 한하는 순이는
울고 쎄쓰다가 아버지 교살된다는 말에
헐 수 업시 그해 겨울에 동리 존위 집에 시집갓섯다,
언문 아는 선비를 내여버리고—

여러 마을의 총각들은 너무 분해서
'어듸 바라!' 하고 침을 배앗으며,
물 깃기 동무들은
'엇재 저럴가, 언문 아는 선비는 엇저고, 흐흥, 중은 역시 중이 조흔 게지'
라고 비우섯다.

—제2부 47장 부분

'가헌'이라거나 '률법'이라거나,
모다 즛밟어라
쓰더 곳처라 존장이란 넌석이 제 맘대로 꾸며 논 정성의 도덕률을
집중을 사람을 맨들자
순이는 아바지의 싸님을 맨들자,
초인아, 절대한 힘을 빌녀라.
이것을 곳치게, 아름답게 맨들게
불상한 눈물을 흘니지 말게.

—제2부 51장 부분

자신의 일족 외에는 결혼할 수 없다는 '재가승의 정칙'은 "갓흔 씨를 十代 百代 千代"(제2부 47장)를 이어가게 한다. '죽기를 한하는 순이는/울고 쎄'를 써보지만 '아버지 교살된다는 말'에 '동리 존위 집에 시집'가는 것으로 결국 '정칙'의 올가미에 굴복하고 만다. 그리고 "아, 둘 사이에는 마즈막 날이 왓다,/벌써부터 와야 할 마즈막 날이"(제2장 47장)의 상황에 봉착하게 된다. 이런 내막을 모르는 '여러 마을의 총각들'과 '물 깃기 동무들'은 순이가 "언문 아는 선비를 내여버리고" 다른 곳으로 시집갔다고 비난과 비웃음을 던진다. "멧날을 두고 울던 소년"은 "다시는 이 땅을 안 드딀 작정으로" "보꾸렘이 한아 둘너메고 이 마을을 써낫"(제2부 52장)다. "출가한 순이도 남편을 싸라/이듬해 여름 강변인 이 마을로 옴겨"(제2부 55장)오면서 『국경의 밤』의 두 번째 사건인 제2부는 막을 내린다.

모순적 제도는 관계의 단절과 폐쇄성을 내포하고 대립과 갈등을 유도한다. 그리고 여기에는 특정 개인이 어찌할 수 없는 집단적이고 폭력적인 굴레가 내장되어 있다. 순이는 이러한 제도가 만들어낸 '불평등'의 조건에 내몰리는 희생자이면서 갈등구조 속에 포섭되는 인물이다. 소년 또한 순이와는 그 성격을 달리하지만 결국 그러한 신분적 한계에 봉착하고 좌절하는 당사자가 된다. 따라서 "'가헌'이라거나 '률법'이라거나,/모다 즛밟어라/쓰더 곳처라 존장이란 년석이 제 맘대로 꾸며 논 정성의 도덕률을/집중을 사람을 맨들자" 라고 비판한다. 김동환에게 제도적 불합리는 식민지 현실을 보다 경직시키고 발전을 저해하는 전근대적 관습으로 인식된다. 따라서 작품 속 인물들의 사랑과 그 파국을 통해 그러한 모순성을 비판하고 개선의지를 표출한다. 그는 연애의 긍정적 발현은 자유로운 관계발전을 유도하고 발전적 변화를 이끌어갈 수 있는 원동력이 된다고 생각한다. 이러한 내적 변화가 곧 나라 잃은 식민지 상황에서의 각성이면서 또한 민족적 대응력을 구축해갈 수 있는 정신적 터전으로 인식한다.

4. 식민지 현실의 극적재현과 민족의식

『국경의 밤』의 마지막 제3부는 두 개의 이야기요소가 담겨 있다. 첫 번째는 과거회상에서 다시 현재로 돌아와 순이와 청년의 대화가 이어지는 대목이다. 이른바 '팔년 전'의 어린 시절에서 '팔년 후'의 현재시점으로 장면 이동하고 있다. 시간적으로는 순이의 남편이 '소금실이 밀수출'을 나가고, 청년이 순이가 사는 마을로 찾아온 그날 저녁이다. 청년은 순이와 다시 옛날의 사랑으로 돌아가기를 간청하지만 순이는 이를 받아들이지 못한다. 또한 청년의 도시경험과 연계해서 문명에 대한 비판의식이 표출되기도 한다. 김동환의 문명비판은 향토 지향적 가치와 대립개념으로 대두되면서 본래적 가치상실의 폐해로 떠오른다. 이러한 내용이 펼쳐지고 있는 제3부의 시작을 알리는 58장은 다른 장에 비해 길이가 긴 편이다. 이야기의 전개방식은 대부분 순이와 청년의 대화형식으로 진행된다. 『국경의 밤』의 특징 중의 하나는 대화형식이 빈번하게 등장한다는 것이다. 이는 순이와 청년의 대화 뿐 아니라 車夫, 노인, 마을사람 등 다양한 사람들의 직접대화 혹은 혼잣말 형식의 대화가 전체 내용 속에 골고루 분포되어 있다. 대화체 형식의 전개는 신속한 의미전달의 효과도 있지만 한편으로 시적 흐름을 지연시키거나 긴장감을 떨어뜨리는 한 요인이 되기도 한다.

두 번째는 59장부터 마지막 72장까지의 내용으로 『국경의 밤』의 가장 극적상황을 담고 있는 부분이다. 바로 순이의 남편 병남이 마적의 총에 맞아 '주검'이 되어 돌아오는 장면이 그것이다. 시간적으로는 남편 병남이 '한밤'에 두만강을 건너 밀수출을 나간 다음날 새벽의 일이다. 제3부 59장에서 62장까지는 병남의 죽음과 순이의 오열, 마을사람들의 충격과 슬픔이 묘사되고 있다. 63장부터 마지막 72장까지는 한숨과 탄식 속에 '병남'의 장례를 치르는 장면이 형상화된다. 나라 잃은 백성들의 고통과 무력한 현실을 '주검'을 통해 극적 돌출시키고 있다. 김동환의 민족의식이 구체적 상황을 통해 환기되고 있는 지점이다.

> 나와 가치 가오! 어서 가오!
> 멀니멀니 녯날의 꿈을 둘츠면서 지내요
> 아하, 순이여!
> —처녀
> 아니! 아니 나는 못 가오 어서 가세요,
> 나는 남편이 잇는 게집,
> 다른 사내하고 말도 못 하는 게집.

조선 여자에 써러지는 종 가튼 팔자를 타고난 자이오,
아버지 품으로 문벌 잇는 집에—
벌서 어머니질까지 하는—

—제3부 58장 부분

나는 벌서 도회의 매연에서 사형을 밧은 자이오,
문명에서 환락에서 추방되구요,
쇠마치, 기계, 족가, 기아, 동사
인혈을, 인육을 마시는 곳에서 폐병균이 유리하는 공기 속에서
겨우 노망하여 온 자이오
몰락하게 된 문명에서
일광을 엇으러 공기를 엇으려,110
그리고 매춘부의 부란한 고기에서 아편에서 쌜간 술에서, 명예에서, 이욕에서
겨우 빠저나왓소

— 제3부 58장 부분

먼저, 첫 번째 이야기 요소를 들여다본다. 위 인용부분은 과거회상에서 현재시점으로 돌아와 순이와 청년이 대화를 나누고 있는 장면이다. 청년은 순이에게 옛사랑을 상기시키면서 "나와 가치 가오! 어서 가오!"라고 간청한다. 하지만 순이는 "아니! 아니 나는 못 가오 어서 가세요,/나는 남편이 잇는 게집,/다른 사내하고 말도 못 하는 게집./조선 여자에 써러지는 종 가튼 팔자를 타고난 자이오"라고 완강하게 거절한다. '남편이 잇는 게집', '조선 여자에 써러지는 종 가튼 팔자' 등은 순이가 처해 있는 가부장적 현실을 반영한다. 여기에 "벌써 어머니질까지 하는"의 상황이 부가되면서 현실적 종속은 보다 견고해진다. '남편', '조선여자', '아버지', '자식'의 굴레가 완고하게 드리워져 있다. 따라서 순이가 이러한 굴레를 뛰어넘고 스스로 원하는 길을 선택한다는 것은 처음부터 불가능한 일이다. "아니! 아니 나는 못 가오"라는 순이의

발언은 순응할 수밖에 없는 현실적 한계에 대한 재인식이면서 그 희생적 결과가 된다. 이런 점에서 "더 순수한 결벽증으로 전통적 사회에 대한 애착을 보여주는 것"[17]도, "조선의 전통적 질서에 대한 지향의식"[18]을 드러내는 것과도 거리가 멀다. 이는 '애착'과 '지향의식'이라는 적극적인 자기표현이라기보다 오랜 관습적 잣대에 억눌리고 길들여진 소극적 자기 체념에 가깝다.

따라서 자신의 안위를 위해 타협하고 안주하는 현실주의적 태도와는 상당한 거리를 가진다. 김동환은 순이의 순응의 태도와 종속적 굴레를 통해 부조리한 가족제도에 대한 모순성을 환기시키고 있다. 순이가 결혼을 하고 가정을 꾸리고 있는 동안, 청년은 '언문'을 버리고 "서울 가서 학교"에 다니면서 "세상이 엇지 도라가는 것"(제3부 58장)인지를 체감하게 된다. 그리고 문명의 폐해를 몸소 겪으면서 피폐한 '산송장'의 모습이 되어 돌아온다. '도회'는 '매연', '환락', '인혈', '인육', '폐병균', '명예', '이욕' 등과 연결되고 있다. '도회의 매연에서 사형을 밧은 자', '몰락하게 된 문명', '도망' 등의 표현에서 김동환의 문명비판과 전원에 대한 향수를 읽을 수 있다. 청년이 '도회'를 떠나 순이를 찾아오는 것은 첫사랑에 대한 그리움도 있지만 향토에 대한 그리움이 강렬하게 작동하고 있다. 첫사랑과의 재회와 향토공간의 확보는 본래적 순수성을 회복하는 적극적인 행위배경이 된다.

> 몃 해 안 가서
> 무산령 상(茂山嶺 上)엔 화차통
> 검은 문명의 손이 이 마을을 다닥처 왓다,
> 그래서 여러 사람을 전토를 팔어 가지고 차츰 써낫다.
>
> —제2부 54장

17) 서준섭, 앞의 글, 37쪽.
18) 민병욱, 「『국경의 밤』의 서사시 세계와 서사정신」, 『한국 서사시와 서사시인 연구』, 태학사, 1998, 118쪽.

멀구 짜는 산곡에는 토지조사국 기수가 다니더니,
웬 삼각 표주가 붓구요,
초개집에도 洋 납이 오르고—

—제2부 56장

『국경의 밤』에는 '함경도', '두만강', '회령' 등의 공간이 '국경'이라는 공간 이미지 속에 포섭되어 있다. 이러한 공간들은 함경북도 경성 출신인 김동환의 출생지와 연계해 볼 때 대체로 그의 경험공간과 맞닿아있다고 할 수 있다. 따라서 유년과 소년시기의 기억이 강렬하게 매개된 공간으로 유추해볼 수 있다. 작품 속에 등장하고 있는 방언과 토속적인 풍경들도 경험공간의 색채와 맥락을 같이 한다. 이러한 배경들은 향토에 대한 추억의 재현과 김동환의 향토 지향적 가치관을 엿볼 수 있는 척도가 된다. 김동환의 향토 지향은 문명과의 대립적 위치에서 고향, 이웃, 가난, 인정, 인간다움, 연민 등의 정서를 내포한다. 도시문명에 대한 환멸은 향토공간에 대한 지향성을 보다 견고하게 만든다. 하지만 향토 공간 또한 문명이 침범하면서 본래적 향토성이 상실되고 있다. '검은 문명의 손'이 조용하던 마을에 들이닥치면서 "초개집에도 洋 납이 오르고", 사람들은 '전토'를 팔아 마을을 떠나고 있기 때문이다. 김동환의 '검은 문명'은 내적으로 일제의 만행과 맞물리면서 향토공간의 침탈과 파괴의 주범으로 각인된다. 향토성이 붕괴되는 것도 사람들이 마을을 떠나게 되는 배경도 결국 일제의 개발과 억압정책이 불러들인 결과이기 때문이다. 따라서 김동환에게 향토공간으로의 회귀는 생명성의 확보이면서 식민지 현실을 탈피하는 원동력으로 작용한다.

처녀는 하들하들 써는 손으로 가리운 헌겁을 벗겻다,
거기에는 선지피에 어리운 송장 한아 누엇다.
'앗!' 하고 처녀는 그만 쓰러진다,

'올소, 마적에게 쏘엿소, 건너마을서 에그' 하면서 차부도 주먹으로 눈물을 씻는다.

백금 갓흔 달빗치 삼십 장남(壯男)인
마적에게 총 마즌 순이 사내 송장을 빗첫다.
천지는 다 죽은 듯 고요하엿다.

—제3부 61장

송장은 어느 南석진 양지 짝에 내려노앗다,
싼들싼들 눈에 다진 곳이 그의 묘지이엇다.
'내가 이 사람 묘지들 팔 줄 몰낫서!'
하고 노인이 광이를 멈추며 짬을 씻는다,
'이 사람이 이러케 빨니 갈 줄은 몰낫네!' 하고
젊은 차부가 뒤대여 말한다.

—제3부 65장

거이 뭇칠 때 죽은 병남이 글 배우던 서당 집 노 훈장이,
'그래도 조선짱에 뭇긴다!' 하고 한숨을 휘— 쉰다.
여러 사람은 또 맹자나 통감을 닑는가고 멍멍하엿다.
청년은 골을 돌니며
'연기를 피하여 간다!' 하엿다.

—제3부 71장

『국경의 밤』의 "장시로서의 의미는 극적인 이야기의 구성이라는 방법론적 문제"[19]와 관련성을 가진다. 그리고 이러한 '극적 이야기의 구성'은 '죽음' 이미지를 통해 그 특징적 방향성을 드러낸다. 위 제3부 61장은 순이의 남편 병남이 마적의 총에 맞아 '주검'으로 돌아온 장면을 담고 있다. "선지피에 어리운 송장 한아", "백금 갓흔 달빗치 삼십 장남(壯男)인/마적에게 총 마즌 순

19) 서준섭, 앞의 글, 40쪽.

이 사내 송장을 빗첫다"에서 사건의 비극성이 드러난다. 이어 65장에는 마을 사람들이 '병남'의 묘지를 만들고 장례를 치르는 장면이 묘사되고 있다. "내가 이 사람 묘지들 팔 줄 몰낫서!", "이 사람이 이러케 쌜니 갈 줄은 몰낫네!"라는 '노인'과 '차부'의 탄식에서 국경 인근지역 주민들의 삶의 애환이 묻어난다. 그리고 "흥! 언제 우리도 이 꼴이 된담!"(제3부 68장)에서 이들의 울분과 절망과 위기의식이 감지된다. 순이의 남편 '병남'의 죽음은 개인적 비극을 넘어 마을 전체의 비극이면서 민족적 비극으로 확장되어간다.

『국경의 밤』의 종결부분은 식민지 현실의 비극성을 극적으로 상기시키면서 시적효과를 극대화하고 있다. 이른바 식민지 현실을 극적재현하면서 민족의식을 일깨우고 각인시키는 한 터전을 마련하고자 한다. 순이와 '주검'으로 돌아온 병남을 비롯한 국경인근 주민들은 척박한 공간을 배경으로 억압과 감시를 받으면서 소외의 삶을 살아가는 사람들이다. 이들은 고통과 슬픔, 죽음의 공포를 일상적으로 맞닥뜨리면서 하루하루를 살아가고 있다. 따라서 식민지 현실을 가장 실질적으로 체감하고 있는 민중이면서 그 희생자가 되고 있다. 김동환이 이러한 민중들을 작품의 중심으로 끌어들여서 이야기를 이끌고 있는 것은 당대 현실을 보다 구체적이고 설득력 있게 형상화하고자 하는 의도일 것이다. 『국경의 밤』은 순이와 청년의 사랑 이야기가 중심에 놓여 있지만 전체 맥락 속에서 보면 식민지 '조선'의 비극적인 현실과 백성들의 삶의 애환을 '국경'이라는 공간 이미지와 '겨울' 혹은 '밤'의 상징을 통해 형상화하고 있다.

병남의 죽음과 관련해서 김동환이 가장 중점적으로 환기시키고자 하는 것은 "그래도 조선쌍에 뭇긴다!"라는 내용이 될 것이다. "그래도 조선쌍에 뭇긴다!"에서의 '조선쌍'은 식민지 현실에 빗대어 보면 나라 잃은 백성의 참담한 애착의 공간이 될 것이다. 따라서 "민족에 대한 투철한 자각과 의식이 서사시의 형태로 나타난 것, 그것이 『국경의 밤』이 가지고 있는 심연일 것이다."[20] '조선땅'은 그만큼 큰 상실감을 내장하면서 한편으로 민족애와 동포애를 불러들이는 공간 이미지로서의 상징성을 지니게 된다. 김동환은 '연애관'을 전적으로 수용하면서 그 이면에 일제강점기의 압박과 감시, 위기의 상황들을 되새기고 사건화하고 있다. 『국경의 밤』은 형식적으로는 새로운 시적 실험과 그 성립을 이끌면서, 의미적으로는 1920년대적 배경과 치열한 민족의식을 형상화해낸 작품이라고 할 수 있다.

20) 송기한, 앞의 글, 343쪽.

제4장 김기림의 『기상도』의 세계인식의 지형과 극복기제

1. 모더니즘의 수용과 장시의 '영분'

김기림[1]의 장시 『기상도』는 1930년대 근대장시의 지형에 새로운 가능성을 던져주면서 출발하고 있다. 이는 앞서 발표되고 있던 장시들과는 그 형식적 틀을 달리하면서 등장하고 있다는 데 그만의 의의가 놓인다. 이른바 1920년대 유엽의 『소녀의 죽음』이나 김동환의 『국경의 밤』, 『승천하는 청춘』 등의 작품들이 '서사시'의 형식으로 발표되고 있다면, 김기림은 처음부터 장시의 양식에 터를 두고 "본격적이고도 새로운 장시인 『기상도』를 제작"[2]하고

---

1) 김기림(金起林)은 1908년 5월 함경북도 학성에서 태어난다. 고향 근처 임명보통학교에서 수학한 후 서울로 올라온다. 보성고보에 다니다가 동경의 명교중학에 편입, 1930년 봄 일본대학 전문부 문학예술과를 수료한다. 대학 재학 기간 중 서구 모더니즘의 제 사조에 깊은 영향을 받는다. 귀국 후 조선일보 기자로 근무하면서 시창작과 시론 발표 등에 힘쓴다. 이태준, 정지용 등과 함께 모더니즘 문인들의 친목 단체인 '구인회'를 결성, 모더니즘 문학의 보급과 활성화를 주도한다. 1940년대 일제의 압박에 위기를 느끼고 고향으로 내려가 절필하다가 1945년 해방 후 다시 가족과 함께 서울로 올라와 활동한다. 6·25동란 직후 서울 거리에서 북한 기관원들에 의해 연행된다. 북으로 이송된 것으로 알려졌으나 북한에서의 행적이나 활동에 대해서는 알려진 바가 없다. 저서로는 『기상도』(1936), 『태양의 풍속』(1939), 『바다와 나비』(1946), 『새노래』(1948) 등의 시집과, 『시론』(1947), 『시의 이해』(1950) 등 2권의 시론집이 있다.

2) 장부일, 「한국 근대장시 연구」, 서울대학교박사학위논문, 1992, 7쪽.

있다. 따라서 일정 스토리가 주어지는 서사적 형식과는 달리 모더니즘의 특성을 시적수용하면서 당대의 시대상을 상징화하는 방법론을 두고 있다. 이른바 "현대문명의 위기로 인한 파멸과 재생"3)이라는 주제를 담고 정서적 움직임과 이미지들을 의미구성 하는 특징을 보여준다. 문명비판은 당대 현실과 연계해서 장시창작의 배경을 일깨우고 그 필요성을 강조하는 원천이 되고 있다. 『기상도』는 근대장시의 창작환경에 또 다른 실험과 가능성을 시도하는 실천적 통로가 되고 있다.

김기림은 잘 알려져 있듯이 시창작과 시론을 병행하면서 활달하게 창작활동을 해왔다. 따라서 시적 발자취와 함께 시론에서도 각별한 평가를 받으면서 업적을 남기고 있다. 오히려 그의 시작보다 이론 쪽의 업적에 더 무게가 실리기도 한다. 김기림은 최재서와 함께 1930년대 한국문단에 모더니즘의 열풍을 주도하면서 큰 바람을 일으키고 있다. 최재서가 이론가로서의 활동을 고수하고 있다면, 김기림은 이론과 더불어 시 창작을 병행하고 있다. 두 축의 이론가들은 그 성향에 있어서는 차이가 있지만 모더니즘 이론을 기반으로 당대 문학적 환경에 큰 변화를 던져주고 있는 것만은 분명하다. 김기림은 동경 유학시절부터 서구 모더니즘에 경도되면서 많은 영향을 받는다. 이후 모더니즘 이론을 한국 문단에 도입하면서 본격적으로 그 활성화에 앞장서게 된다. 실제 김기림은 이상, 정지용, 김광균, 오장환, 백석 등의 작품들을 분석하면서 자신의 모더니즘 시론을 구체화한다. 김기림에 의해 언급된 시인들은 이후 모더니즘 시인으로 인정받으면서 시적 행보를 이어가게 된다. 이러한 정황들은 당시 김기림의 모더니즘 이론의 파장이 얼마나 큰 영향력을 미치고 있었는가를 짐작해볼 수 있게 한다.

김기림은 한국문학사에서 최초로 장시에 대해 논의한 시인으로도 그 위

---

3) 문덕수, 「기상도의 분석」, 『한국모더니즘 시연구』, 시문학사, 1981, 202쪽.

치를 각인시키고 있다. 장시의 양식적 특징과 그 설 자리를 분명하게 제시함으로써 장시창작의 당위성과 필연성을 환기시키고 있다. 김기림의 장시론은 한국 장시의 지형에 새로운 이론적 터전을 제시하고 있다는 점에서 그 의의가 놓인다. 장시 『기상도』는 그의 시론을 기반으로 창작한 작품이다. 앞서 말한 바와 같이 김기림은 시와 이론을 병행해왔고 나아가 자신의 시 창작에 스스로의 이론을 적극적으로 활용하고 있다. "그가 등단 초기부터 주장한 모더니즘은 이론으로만 그친 것이 아니라 그의 시를 통해서 구체화되었다."[4] 김기림의 장시에 대한 논의는 그의 모더니즘 이론과 맞물려 '현대문명'을 중심에 두고 그 필연적 가치를 찾아가고 있다. 우선 김기림은 장시를 "복잡다단하고 굴곡 많은 현대문명"을 표상하는 데 적합한 시 형태라고 그 '영분'을 두고 있다.[5] 이른바 "복잡다단하고 굴곡 많은 현대문명" 속에서는 단시보다 "극적 발전이 가능한 장시를 환영하는 필연적 요구"가 있음을 언급하고 있다.

김기림이 읽어낸 '복잡다단'한 현대문명은 복잡한 현대적 생활양식과 긴밀히 연계되어 있다. 따라서 여러 갈래의 삶의 발자취와 이야기적 요소들을 내장하게 된다. 그리고 이러한 이야기적 요소와 사건들은 현대문명과 관련해서 대체로 부정적인 측면이 강조되어 나타난다. 문명비판이 그 중심에 떠오르면서 주제의식을 응집하게 되는 배경도 여기에 있다. "김기림의 문명 비판 등은 서정시의 현대성을 확립하는 데 중요한 역할"[6]을 하고 있다. 장시 『기상도』는 문명비판과 극복이라는 뚜렷한 명제를 제시하면서 제작되고 있는 작품이다. 현대문명을 통해 세계를 읽고 정세를 파악하는 방법론을 두

4) 김승구, 「1930년대 비평계와 김기림의 실제비평」, 『현대문학의 연구』, 2008, 312쪽.
5) 김기림, 「詩와 現實」, 『조선일보』. 1936, 1.1~1.5.
6) 남기혁, 「현대시의 형성기(1931~1945)」, 『한국현대시사』, 오세영 외 지음, 민음사, 2007, 157쪽.

고 있다. 김기림은 "자기 시대에 대한 포괄적 이해를 위해 장시라는 양식을 선택하고 있는 것이다."[7] 김기림의 장시에 대한 '영분'은 복잡한 현대문명 속에서의 장시의 역할을 확인하는 것으로부터 시작된다. 복잡한 현대적 생활양식과 다양한 사건들을 형상화하는 데는 단시보다 장시가 더 적합하다는 것을 강조하는 것이 그 핵심이다.

"김기림의 장시 『기상도』는 그의 초기시의 주춧돌을 흔들어보고 그 위에 다시 세워 본 새로운 시의 설계요 실천이었다."[8] 김기림의 시론은 단지 이론적 업적이나 다른 사람의 작품을 분석하기 위한 논리에 머물러 있는 것이 아니라 스스로의 시작을 위한 실천적 토대가 되고 있다는 점에서 특별한 배경이 된다. 『기상도』는 원인과 결과 즉, 사건이 일어날 수밖에 없는 배경과 그로 인해 발생되는 결과론적 상황이 동일한 무게로 제시되어 있다. 세계의 타락상에 대한 구체적 언급과 '태풍'의 기습, 문명의 붕괴, '폭풍경보해제', '태양'의 암시 등의 과정이 바로 그것이다. 『기상도』는 현대적 삶의 여러 발자취와 이 속에 만연되어 있는 부패와 타락상들을 비판하면서 극복 기제를 확보하고자 한다. 모든 부조리한 것들이 전복되고 난 자리에 다시 새로운 출발로서의 세계의 '미래'를 구축하고자 하는 것이다. 장시는 단시의 한계를 해소하면서 시적효과를 극대화할 수 있는 특징을 안고 있다. 김기림은 장시 『기상도』[9]를 창작하면서 현대문명 속에서의 장시의 역할과 그 역할이 생성해내는 극적효과를 스스로 확인하고 확보해가고 있다.

---

7) 서준섭, 「한국 현대시에 있어서 장시의 문제」, 『심상』, 1982, 5월호, 40쪽.

8) 김시태, 『현대시와 전통』, 성문각, 1989, 132쪽.

9) 김기림의 「기상도」는 1935년 『중앙』에 4차례 나누어서 연재되었다가, 1936년 『창문사』에서 시집으로 출간된다. 이 글은 『김기림 시선』(지식을만드는지식, 2012)에 실려 있는 장시 「기상도」를 텍스트로 활용한다. 인용부분은 이 책의 페이지를 괄호 속에 표기해둔다.

2. 세계인식의 두 구도와 '태풍'의 발현

김기림의 『기상도』는 전체 제7부로 구성되어 있다. 각 부는 제1부 「세계의 아침」, 제2부 「시민행렬」, 제3부 「태풍의 기침시간」, 제4부 「자최」, 제5부 「병든 풍경」, 제6부 「올배미의 주문」, 제7부 「쇠바퀴의 노래」 등으로 구성되어 있다. 이 일곱 개의 항목들은 사건이 전개되어 가는 단계적 의미를 담고 있다. 『기상도』의 전체구성은 "태풍의 발생 전, 태풍의 활동기, 소멸 이후"[10] 등 크게 세 단계로 나누어볼 수 있다. 1단계는 제1부와 3부까지의 이야기로 시인의 세계인식의 양면적 구도와 폭풍경보가 발현되어 세계로 전파되는 정황이 담겨 있다. 2단계는 제4부와 제5부 즉, 문명 속에 만연되어 있는 세계의 타락상과 그 위에 태풍이 강타하는 극적장면이 그려진다. 3단계는 제6부와 제7부에 해당하는 내용으로, 태풍이 휩쓸고 간 뒤의 황량한 풍경과 절망, 다시 '내일'이 제시되는 과정 등이 그려진다.

먼저 이 절에서는 제1부, 제2부, 제3부 즉, 「세계의 아침」, 「시민행렬」, 「태풍의 기침시간」 등을 중심에 두고 분석의 틀을 잡아갈 것이다. 이 세 개의 과정은 『기상도』의 전체구도 속에서 시작부분에 해당하는 것으로 시인의 세계인식의 두 구도와 '태풍'의 발현시점이 포착되어 있다. "제1부 「세계의 아침」과 제2부 「시민행렬」은 태풍의 전주곡이고 제3부인 「태풍의 기침시간」에서 비로소 태풍은 눈을 뜬다."[11] 제1부 '세계의 아침'과 제2부 '시민행렬'에는 세계의 긍정적인 풍경과 부정적인 측면이 동시에 조명되고 있다. 즉, 밖으로 보여 지는 세계와 그 이면에 은폐되어 있는 세계가 극과극의 구도로 포착되어 있다. 외적 세계가 '아침'의 밝고 건강한 모

---

10) 정순진, 「김기림의 『기상도』 연구—관념과 이미지의 결합」, 『어문연구』 제18집, 1988, 454쪽.

11) 김종길, 『진실과 언어』, 일지사, 1974, 219쪽.

습을 띠고 있다면, 내적 세계는 부조리와 모순을 동반한 부정적인 모습으로 나타난다.

비늘
돛인
해협은
배암의 잔등
처럼 살아났고
아롱진 '이리비아'의 의상을 둘른 젊은 산맥들

바람은 바다ㅅ가에 '사라센'의 비단 폭처럼 미끄러웁고
오만한 풍경은 바로 오전 7시의 절정에 가로누엇다.

헐덕이는 들 우에
늙은 향수를 뿌리는
교당의 녹쓰른 종소리
송아지들은 들로 돌아가렴으나.
아가씨는 바다에 밀려가는 윤선(輪船)을 오늘도 바래 보냇다.

—제1부, 「세계의 아침」(3)

위 인용부분은 제1부 '세계의 아침'의 1연과 3연까지의 내용이다. 「세계의 아침」은 소제목이 말해주듯이 '아침'의 활기찬 풍경이 전면에 등장한다. '비늘/돛인/해협', '배암의 잔등', '아라비아'의 의상을 둘른 젊은 산맥들' 등에서 감지되듯 시각적 이미지가 생동감 있게 부각된다. 여기에 '살아났고', '미끄러웁고', '가로누엇다' 등의 동적인 움직임이 가미되면서 시각적 이미지에 활기를 불어넣는다. "하나하나의 이미지들이 암시적 의미를 함축함으로써 이중적인 효과" 즉, "감각적인 사상과 함께 지적 요소가 용해되어 있"[12]다.

'오전 7시'라는 시간적 배경은 시각적 이미지와 동적인 의미체계에 활달하고 희망적인 기운을 불어넣는 원천적 배경이 된다. 따라서 전체 분위기의 생동감과 "오전 7시의 절정"은 동일한 구도 속에 놓여있다.

'바다'는 김기림이 '세계'의 움직임을 감지하고 이동해가는 일종의 매개공간이다. 이른바 '세계'로 나아가기 위해 마련한 통로이면서 세계를 탐색하고 수용하는 이동경로가 된다. 이국적 풍물들과 다양한 인종이 만들어내는 삶의 풍경들을 포섭할 수 있는 연결고리도 여기에 있다. 세계의 발견과 도약이라는 긍정적인 에너지를 발현하는 공간으로서의 의미가 주어진다. 따라서 폭넓은 세계를 수용할 수 있는 공간으로서의 의도성을 내포한다. 하지만 『기상도』의 '바다'는 여기에 머물지 않고 또 다른 의미배경을 심어둔다. 즉, '바다'는 세계를 접속할 수 있는 소통의 통로이면서 한편으로 태풍을 발현시키는 근원지로서의 공간 이미지를 담고 있다. 이러한 이중구조가 곧 『기상도』의 의미배경이면서 김기림이 그려가고자 하는 '기상도'의 상징구도가 된다.

> 국경 가까운 정차장
> 차장의 신호를 재촉하며
> 발을 굴르는 국제열차
> 차창마다
> '잘 있거라'를 삼키고 느껴서 우는
> 마님들의 이즈러진 얼골들
> 여객기들은 대륙의 공중에서 띠끌처럼 흐터졌다
>
> —제1부, 「세계의 아침」(4)

「세계의 아침」의 동적인 활기는 '여행'이 매개되면서 그 범위가 보다 확장

12) 김시태, 앞의 책, 104쪽.

된다. '국경 가까운 정차장', '국제열차', '여객기', '대륙의 공중', '쥬네브로 여행하는 신사의 가족들', '안녕히 가세요', '단여오리다' 등에서 여행의 활기가 부각된다. 지금 막 여행을 떠나려는 사람들과 이별을 아쉬워하는 가족들의 배웅장면 등도 구체적으로 포착된다. '국제열차', '대륙의 공중', '쥬네브' 등에서 알 수 있듯이 공간 이미지 또한 '세계'를 무대로 펼쳐지고 있다. "여행의 목적이 분명치 않기 때문"[13]에 의미부여에 한계가 주어지기도 하지만 세계로 접근해가는 시초가 되고 있음은 분명하다. 『기상도』의 제1부 「세계의 아침」은 '아침'이라는 시간적 배경과 '세계'라는 넓은 범주의 공간 이미지가 어우러지면서 활달하고 희망적인 분위기와 또 다른 사건전개의 암시가 주어진다. 제1부가 '세계'의 활기찬 외적 풍경을 조명하고 있다면, 제2부 「시민행렬」에서는 삶의 내적풍경 속으로 접근해간다.

> '넥타이'를 한 흰 식인종은
> '니그로'의 요리가 칠면조보다도 좋답니다
> 살갈을 희게 하는 검은 고기의 위력
> 의사 '콜베―르'씨의 처방입니다
> '헬매트'를 쓴 피서객들은
> 난잡한 전쟁경기에 열중햇습니다.
> 슲은 독창가인 심판의 호각소리
> 너무 흥분하엿슴으로
> 내복만 입은 '파씨스트'
> 그러나 이태리에서는
> 설사제는 일체 금물이랍니다.
> ………………
> 파리의 남편들은 오늘도 차라리 자살의 위생에 대하여 생각하여야 하고
> 옆집의 수만이는 석 달 만에야

13) 김종철, 「1930년대 시인들」, 『한국근대문학사론』, 한길사, 1982, 456쪽.

아침부터 지배인 영감의 자동차를 불으는 지리한 직업에 취직하엿고
독재자는 책상을 따리며 오직
'단연히 —단연히' 한 개의 부사만 발음하면 그만입니다.
동양의 안해들은 사철을 불만이니까
배추장사가 그들의 군소리를 담어 가려 오기를 어떻게 기다리는지 몰릅니다.
공원은 수상 '막도날드'가 세계에 자랑하는
여전히 실업자를 위한 국가적 시설이 되엇습니다
교도들은 언제던지 치일 수 잇도록
가장 간편한 곳에 성경을 언저 두엇습니다
기도는 죄를 지을 수 잇는 구실이 되엇습니다

—제2부, 「시민행렬」(6~7)

제2부 「시민행렬」은 '시민행렬'이라는 소제목에서 이미 감지할 수 있듯이 많은 유형의 시민들이 등장한다. 세계 각국의 사람들이 등장하면서 그들이 향유하고 있는 문화와 다양한 삶의 방식들이 드러난다. "'넥타이'를 한 힌 식인종', '의사 '콜베—르'", "'헬매트'를 쓴 피서객들', '내복만 입은 '파씨스트'", '파리의 남편들', '옆집의 수만이', '독재자', '동양의 안해들', '실업자', '교도들' 등 여러 나라의 인종, 직업, 생활상, 행동양식들이 사건의 배경 속으로 포섭되고 있다. 세계 각국의 '시민행렬'은 현대문명의 실상과 그 흐름을 포착할 수 있는 가장 직접적인 통로가 된다. 이들은 문명을 일으키고 문명을 살아가는 주체이면서 한편으로 문명을 멸망시키고 문명에서 소외되는 주체로서의 위치에 서 있다. 인용부분에는 과장되어 있다고 할 만큼 세계의 모순성이 극단적인 방식으로 포착되어 있다. "김기림은 새타이어(풍자) 양식으로 현실비판의 적극적 대응책으로 활용"14)하고 있다. 풍자적 기법은 문명의 내적 생활 속에 은폐되어 있는 위선과 허상들을 외부로 끌어내

14) 김유중, 「「기상도」와 문명비판의 정신」, 『김기림』, 문학세계사, 1996, 175쪽.

는 역할을 한다. 이는 비판과 반성의 척도를 제기하면서 '태풍'의 발현의 당위성을 이끌고 있다.

> '바기오'의 동쪽
> 북위 15도.
>
> 푸른 바다의 침상에서
> 흰 물결의 이불을 차 던지고
> 내리쏘는 태양의 금빛 화살에 얼굴을 어더 맞어서
> 남해의 늦잠재기 적도의 심술쟁이
> 태풍이 눈을 떳다
> 악어의 싸홈 동무
> 돌아올 줄 몰르는 장거리 선수
> 화란 선장의 붉은 수염이 아무래도 싫다는
> 따꼽쟁이
> 휘둘르는 검은 모락에
> 찢기어 흐터지는 구름빨
> 거츠른 숨소리에 소름치는
> 어족들
> 해만(海灣)을 찾어 숨어드는 물결의 떼.
> 황망히 바다의 장판을 구르며 달른
> 비ㅅ발의 굵은 다리.
>
> —제3부, 「태풍의 기침 시간」(9~10)

제3부 「태풍의 기침 시간」은 의미 그대로 '태풍'이 눈을 뜨고 '경보'가 내려지는 과정까지의 내용을 담고 있다. '기침 시간'에서 '기침'은 '푸른 바다의 침상'에서 태풍이 깨어나는 신호이다. '태풍'의 발현지점은 "'바기오'의 동쪽/북위 15도"로 명시된다. "휘둘르는 검은 모락에/찢기어 흐터지는 구름빨/거

츠른 숨소리에 소름치는/어족들/해만(海灣)을 찾어 숨어드는 물결의 떼/황망히 바다의 장판을 구르며 달른/비ㅅ발의 굵은 다리" 등에서 태풍발생 시점의 긴박함이 드러난다. '찢기'고, '흐터지'고, '소름치'고, '구르'는 동적인 표현들은 태풍의 강렬한 징후를 담고 있다. 이러한 징후는 "저기압의 중심은/'발칸'의 동북/또는/남미의 고원"에서, "맹렬한 태풍이/남태평양 상에서/일어나서/바야흐로/북진중이다"의 위기상황으로 숨 가쁘게 이어진다. '제1보', '제2보 · 폭풍경보'가 발현되고, '태풍'은 맹렬한 기세로 세계 각처로 침투하면서 그 위력을 드러낸다.

제1부 「세계의 아침」과 제2부 「시민행렬」은 장시 『기상도』의 사건배경을 함축하고 있다. 「세계의 아침」이 '바다'를 배경으로 활기찬 '세계의 아침'을 열고 있다면, 「시민행렬」은 인간 삶의 중심부인 육지로 이동하면서 부정적인 여러 삶의 형태들을 형상화하고 있다. 세계의 외적 풍경과 내적 풍경이 대비적으로 조명되면서 문명의 양면적 모습이 단계적으로 그려진다. 이러한 양면적 구도는 김기림의 세계를 읽는 두 구도의 시선을 보여주는 것으로, 문제적 상황의 돌출과 문명비판으로 나아가기 위한 전개과정이다. 이는 태풍이 일어날 수밖에 없는 혹은 태풍이라는 시적매개물을 개입시킬 수밖에 없는 배경이 된다. 제3부 「태풍의 기침 시간」은 '태풍'의 발현시점의 긴박한 풍경과 빠르게 진행되는 과정 등이 그려진다. 여기서부터 태풍의 실제적인 진행과정으로 접어들고 있다고 할 수 있다. 태풍은 이미 예정된 방향대로 바다에서 자연 발생적으로 발현되어 문명세계로 공간이동을 하고 있다. 제4부 「자최」에서는 태풍의 위력적인 기습과 처절하게 붕괴되는 문명의 자취가 드러난다.

3. 태풍의 기습과 문명붕괴의 실제

『기상도』는 우선 문명비판이라는 화두를 중심에 두고 반성과 비판, 새로운 '희망'의 구현이라는 메시지를 생성하고 있다. 따라서 처음부터 현대문명과 깊은 연관성을 두고 문제적 상황을 돌출시키고 '태풍'의 발현의 당위성을 찾아가고 있다. 김기림의 문명에 대한 자각은 "모더니즘의 정신을 충실히 구현한 것으로 풀이"[15] 할 수 있다. 이는 "시는 문명에 대한 일정한 감수(感受)를 기초로 한 다음 일정한 가치를 의식하고 씌어 져야 된다"[16]라는 배경과도 상통하는 바이다. 김기림은 문명이 발생시키는 여러 부정적인 정황을 포착하기 위해 세계 각처의 생활상을 면밀하게 관찰하는 과정을 거친다. 특정 지역이 아니라 세계의 움직임 속에서 다양한 형태의 문명의 폐해를 발견하고 그 비판적 토대를 구축한다. 이는 세계의 정세를 한 폭의 '기상도'에 담아 그 모순과 나아갈 방향성을 한 눈에 볼 수 있도록 하기 위한 하나의 방법론이 된다.

> '대중화민국의 번영을 위하야—'
> 슳으게 떨리는 유리컵의 쇠ㅅ소리.
> 거룩한 '테—블' 보재기 우에
> 펴놓은 환담의 물구비 속에서
> 늙은 왕국의 운명은 흔들리운다
> '솔로몬'의 사자처럼

---

15) 김유중, 앞의 글, 181쪽.

16) 김기림, 「모더니즘의 역사적 위치」, 『시론』, 백양당, 1948년, 74쪽. 글의 일부분을 발췌해본다. "모더니즘은 두 개의 부정을 준비했다. 하나는 로맨티시즘과 세기말 문학의 末流인 센티멘탈 로맨티시즘을 위해서이고, 다른 하나는 당시의 偏內客主義의 경향을 위해서였다. 모더니즘은 시가 우선 언어의 예술이라는 자각과 시는 문명에 대한 일정한 感受를 기초로 한 다음 일정한 가치를 의식하고 씌어 져야 된다는 주장에 섰다."

빨간 술을 빠는 자못 점잔은 입술들
색깜안 옷깃에서
쌩그시 웃는 흰 장미
'대중화민국의 분열을 위하야—'

…………중략………………

꽃은커녕 별도 없는 '벤취'에서는
꿈들이 바람에 흔들려 소스라처 깨엇습니다
'하이칼라'한 '쌘드윗취'의 꿈
빈욕한 '삐—프스테잌'의 꿈
건방진 '햄 살라드'의 꿈
비겁한 강낭죽의 꿈
'나리사 내게는 꿈꾼 죄밖에는 없습니다
식당의 문전에는
천만에 천만에 간 일이라곤 없습니다'

—제4부, 「자최」(13~14)

십자가를 높이 들고
동란(動亂)에 향하야 귀를 틀어막든
교회당에서는
'하느님이여 카나안으로 이르는 길은
어느 불ㅅ길 속으로 뚤렷습니까'
기도의 중품에서 예배는 멈춰 섯다
아모도 '아—멘'을 채 말하기 전에
문으로 문으로 쏟아진다……

도서관에서는
사람들은 걱꾸로 서는 '소크라테쓰'를 박수합니다
생도들은 '헤—겔'의 서투른 산술에 아주 탄복합니다
어저께의 동지를 강변으로 보내기 위하야

자못 변화 자재한 형법상의 조건이 조사됩니다
교수는 지전(紙錢) 우에 인쇄된 박사논문을 낭독합니다

—제4부, 「자최」(15~16)

제4부 「자최」에는 문명의 타락상이 적극적인 형태로 풍자되고 있다. 이는 제2부 「시민행렬」에서 보여 지던 모순성보다 훨씬 강도 높은 색채로 그 실체가 그려진다. 강대국의 우월감과 그 우월감 위에 스며들고 있는 분열의 위기, "꽂은커녕 별도 없는 뻰취"에서 노숙을 하면서, "'하이칼라'한 '쌘드윗취'의 꿈/빈욕한 '삐—프스테잌'의 꿈/건방진 '햄 살라드'의 꿈/비겁한 강낭죽의 꿈"을 꾸는 실업자의 모습이 표상된다. "동란(動亂)에 향하야 귀를 틀어막든 교회당"의 위선, 지식의 요람인 '도서관'은 처세술을 위한 행위공간이 되고, 교수는 "지전 우에 인쇄된 박사논문을 낭독"하는 타락의 극점을 보여준다. '조계선(租界線)'의 '보초'는 '불란서 부인'을 농락하고, 붕산 냄새에 찌든 화류가에는 "매약회사의 광고지들/이즈러진 '알미늄' 대야", "썩은 고무 냄새가 분향을 피운다." 문명의 화려한 외형의 이면에 문명이 야기 시킨 또 다른 형태의 어두운 현실이 절망적으로 묘사되고 있다.

'중화민국', '실업자', '교회당', '교수', '보초', '화류가' 등은 세계 각처의 타락상과 문제성을 총체적으로 함유하고 있다. 어느 것 하나 온전히, 긍정적으로 제 역할을 수행하고 본연의 가치를 창출하는 것이 없다. 모든 것이 제 영역을 벗어나 탐욕과 이기, 부작용과 부조화의 균열을 일으키고 있다. 김기림이 직시하고 있는 현대문명은 분열과 위기, 위선과 타락, 실업과 빈곤, 황폐와 병적 요소들에 둘러싸여 있다. 따라서 그가 표출하는 풍자적 요소가 강렬하면 할수록 '내일'과 희망의 탈출구는 모호해진다. 무엇보다 '세계'를 무대로 모순성을 포착하고 비판적 시각을 드러내고 있다는 점에서 김기림이 그리고 있는 '기상도'의 방향성을 짐작해볼 수 있다. 공간적 범주의 확장, 다양한 인종의 등장, 여러 신분과 그에 따른 행위양상 등이 포섭되면서 세계일반의 보편적이면서 포괄적인 문제의식으로 결집된다. 따라서 문명에 대한 비판적 시각과 극복의 형식도 큰 틀에서 '세계'를 무대로 하면서 '태풍'이라는 징벌적 형식을 발생시키고 있다.

> 산빨이 소름 친다.
> 바다가 몸부림 친다.
> 휘청거리는 빌딩의 긴 허리
> 비틀거리는 전주(電柱)의 미끈한 다리
> 여객기는 태풍의 깃을 피하야
> 성층권(成層圈)으로 소스라처 올라갓다.
> 경련하는 아세아의 머리 우에 흐터지는 전파의 분수. 분수.
> 고국으로 몰려가는 충실한 '에—텔'의 아들들
> 국무경(國務卿) '양키—' 씨는 수화기를 내던지고
> 창고의 층층계를 굴러 떨어진다.
>
> —제4부, 「자최」(14~15)

"장시 『기상도』는 매우 의도적인 작품"17)인만큼 사건의 발단과 진행과정, 극적 상황과 결론부분이 원인과 결과의 분명한 테두리 속에 설정되어 있다. 태풍은 문명의 여러 병폐를 자각하고 징벌하기 위해 김기림이 시적 수용하고 있는 상징적 행위요소이다. 위 인용부분은 바다에서 발현된 태풍이 도시공간으로 이동해 와서 막강한 위력을 내뿜고 있는 장면을 담고 있다. 태풍은 산과 바다에 이어 '휘청거리는 빌딩의 긴 허리', '비틀거리는 전주(電柱)의 미끈한 다리' 등 대도시의 중심을 강타한다. 대도시는 인구가 밀집되어 있는

17) 김학동, 「김기림의 시작활동」, 『김기림전집 1』, 1988, 385쪽.

공간으로 그 피해 또한 보다 심각한 상황으로 나타난다. 세계가 타락과 위선의 구렁텅이에 빠져있을 때 태풍은 기습적으로 들이닥쳐 인간이 가진, 문명이 형성해놓은 구조물들을 속수무책 파괴하고 붕괴시킨다. 김기림은 결국 문명의 핵심주체인 인간에게 경고의 메시지를 던지기 위해 태풍의 발현이라는 극단적인 방식을 각인시키고 있다.

짓밟혀 느러진 백사장 우에
매 맞어 검푸른 '빠나나' 껍질 하나
부프러 올은 구두 한 짝을
물결이 차던이고 돌라갓다.
해만(海灣)은 또 하나
슬픈 전설을 삼켯나보다.

황혼이 잎여주는
회색의 수의를 감고
물결은 바다가 타는 장송곡에 맞추어
병든 하로의 임종을 춘다……
섬을 부둥켜안는
안타까운 팔
바위를 차는 날랜 발길
모래를 스치는 조심스런 발꼬락
부두에 엎드려서
축대를 어르많이는
간엷힌 손길

붉은 향기를 떨어버린
해당화의 섬에서는
참새들의 이야기도 꺼저 버렷고

먼— 등대 부근에는
등불도 별들도 피지 않엇다……

—제5부, 「병든 풍경」(22~23)

태풍이 강타하고 지나간 자리는 처참하다. 태풍의 발현이 문명의 타락상에 대한 징벌적 형식을 취하고 있는 만큼 그 주체인 인간의 피해는 극심하다. 제5부 「병든 풍경」은 태풍의 기습과 그 직후의 파괴의 현장이 복구 불가능한 형태로 그려진다. 소제목 '병든 풍경'이 암시하고 있듯이 여기에는 죽음 같은 절망만이 남아있다. '짓밟혀 느러진 백사장', '매 맞어 검푸른 '빠나나' 껍질 하나', '부프러 올은 구두 한 짝', '회색의 수의', '바다가 타는 장송곡', '병든 하로의 임종' 등에서 '병든'의 배경이 포착된다. '수의', '장송곡', '임종' 등이 함축하고 있는 죽음의식은 그 자체로 이미 생명성을 말살하고 있다. 이는 완전 어둠, 완전 절망의 상태를 암시한다. "먼— 등대 부근에는/등불도 별들도 피지 않엇다"에서 이러한 완전 어둠과 완전 절망의 상황이 구체화된다. '등불'과 '별들'은 길을 밝혀주는 상승 이미지이지만 이들이 '피지 않'음으로 해서 희망은 소멸된다. 따라서 재생 불가능한 파괴의 현장만이 '병든 풍경'을 이끌고 있다.

제4부 「자최」와 제5부 「병든 풍경」은 문명의 극단적인 타락상과 여기에 태풍의 기습, 문명의 붕괴라는 이야기 구도가 전개되어 있다. 태풍은 통제 불가능한 힘으로 문명을 전복시키고 그 생명성의 통로를 차단해버린다. 태풍은 일차적으로 외적 구조물들을 파괴시키고 다음은 도시공간에 침투하면서 인간의 삶의 현장을 파괴하는 위력을 보여준다. 『기상도』는 결국 문명의 주체인 인간에게 초점을 두면서 태풍을 발현하고, 이동시키고, 확장하고 있다. 그리고 종국에는 인간의 영역에 그 극단적인 발자취를 내려놓게 된다. 따라서 태풍이 지나간 이후의 결과는 인간의 몰락과 연계해서 전개될 수밖

에 없다. 문명이 붕괴한 적막의 풍경 속에서 자아는 아무 것도 할 수가 없다. 스스로의 가치체계를 상실하고 극단의 절망 속에 방치된다. 다음 장에서 살펴볼 제6부와 제7부는 『기상도』의 마지막 부분으로 자아해체를 경험하는 인간의 처절한 절망의 순간과 이를 극복하기 위해 '내일'을 암시하는 극적상황이 결집되어 나타난다.

4. 자아해체의 시간과 '폭풍경보해제'의 필연성

『기상도』는 "1930년대의 국제 정세의 풍자적인 <기상도>이다."[18] 김기림이 1930년대 세계의 정세를 문명과 관련해서 파악하는 것은 나와 세계, 나와 문명의 관계성을 자각하고 비판하면서 새로운 방향성을 찾아가고자 하는 것이다. 따라서 문명의 외적 상황은 물론 그 안에 은폐되어 있는 모순성까지 짚어내고자 하는 의도를 담고 있다. 이러한 의도는 식민지 현실을 읽어내는 비판적 잣대이면서 또한 이를 극복하고자 하는 열망의 표현이라고 할 수 있다. "「기상도」는 단순히 혼란에 빠진 현 세태와 문명의 타락상을 태풍에 비유하여 풍자한 데 그친 작품"이 아니라, "김기림 자신의 역사에 대한 위기의식을 반영한 것으로, 머지않아 들이닥칠 총체적인 재난에 대한 일종의 예보적 성격을 지닌다."[19] 김기림의 경우 문명비판이라는 화두를 중심에 두고 시대를 읽고, 비판하고, 비전을 모색하고자하는 방법론을 두고 있다. 바다는 태풍을 촉발시키고 또 태풍을 잠들게 하는 "죽음과 생성, 절망과 희망의 상반된 원형 상징"[20]이다. 이른바 사건을 촉발시키는 상징적 매개물이면서 또

---

18) 김종길, 앞의 책, 214쪽.
19) 김유중, 「「기상도」의 주제와 '태풍'의 의미」, 『한국시학연구』제52호, 2017, 18쪽.
20) 김학동, 『김기림 연구』, 새문사, 1988, 51쪽.

한 사건전환과 세계로의 도약과 희망적 통로를 열어주는 역할을 한다.

사건전개는 앞서 살펴보았듯이 먼저 태풍의 발현 동기가 제시되고, 태풍의 기습, 문명의 참담한 붕괴, 그 속에서 갈 곳을 찾지 못하는 현대인들의 혼란과 절망감 등이 단계적으로 그려진다. 이는 바다를 배경으로 펼쳐지는 '오전 7시의 절정' 즉, 제1부 「세계의 아침」에서부터 제7부 「쇠바퀴의 노래」까지의 시적거리가 된다. 생동감 넘치는 세계의 아침과 세계 각국의 시민들의 생활상들, 인종과 직업을 넘어선 문명의 여러 타락상들, 태풍의 기습과 문명의 참담한 붕괴의 과정 등이 유기적 연결고리를 두고 제시된다. 각각의 행위양상의 동적인 움직임과 색채감 있는 이미지의 구도가 사건의 긴박성을 유도하는 기능을 한다. 이러한 사건전개의 순차성은 시인이 의식적으로 추구하고 제작하고 있는 만큼 잘 짜여 진 과정을 보여준다. '폭풍경보해제'의 필연성과 '내일'이라는 희망적 반전이 암시되는 것도 이와 맥락을 같이 한다.

> 나는 갑작이 신발을 찾어 신고
> 도망할 자세를 갖인다. 길이 없다.
> 도라서 등불을 비틀어 죽인다.
> 그는 비들기처럼 거짓말쟁이엇다.
> 황홀한 불빛의 영화의 그늘에는
> 몸을 조려 없애는 기름의 십자가가 있음을
> 등불도 비들기도 말한 일이 없다.
>
> 나는 신자의 숭내를 내서 무릅을 꿇어 본다.
> 믿을 수 잇는 신이나 모신 것처럼.
> 다음에는 기빨처럼 호화롭게 웃어버린다.
> 대체 이 피곤을 피할 하로밤 주막은
> '아라비아'의 '아라스카'의 어느 가시밭에도 없느냐?

연애와 같이 싱겁게 나를 떠난 희망은
지금 또 어대서 복수를 준비하고 있느냐?
나의 머리에 별의 꽃다발을 두엇다가
거두어간 것은 누구의 변덕이냐?
밤이 간 뒤엔 새벽이 온다는 우주의 법칙은
누구의 실없는 작난이냐?
동방의 전설처럼 믿을 수 없는
아마도 실패한 실험이냐?

—제6부, 「올배미의 주문」(25~26)

내일이 없는 '칼렌다'를 처다보는
너의 눈동자는 어쩐지 별보다 이뿌지 못하고나
도시 十九世紀처름 흥분할 수 없는 너
어둠이 잠긴 지평선 너머는
다른 한울이 보이지 않는다
음악은 바다 밑에 파묻낀 오래인 옛말처럼 춤추지 않고
수풀 속에서는 전설이 도모지 슲으지 않다
'페이지'를 번지건만 너머ㅅ장에는 결론이 없다
모퉁이에 혼자 남은 가로등은
마음은 슲어서 느껴서 우나
부릅뜬 눈에 눈물이 없다

—제6부, 「올배미의 주문」(26~27)

『기상도』의 태풍의 이동경로는 제3부 「태풍의 기침 시간」에서 촉발되어 제4부 「자최」와 제5부 「병든 풍경」을 거쳐 제6부 「올배미의 주문」에서 절정을 이룬다. 태풍은 바다에서부터 발현되어 문명의 중심지인 인간 삶의 영역으로 이동하면서 파괴의 충격을 안겨준다. '네거리', '공원', '시장' 등의 공간이 구체적으로 언급되면서 붕괴의 정황이 구체화되어 나타난다. 제6부 「올배미의 주문」에서는 시적자아의 극대화된 절망과 그로 인한 자아해체의 모습이 집중적으로 조명되고 있다. 문명의 붕괴 이후 파괴된 현대인들의 모습이 사건의 중심에 떠오르면서 화제의 중심이 되고 있는 것이다. 또한 제6부 「올배미의 주문」이 『기상도』의 전체내용 중에서 가장 많은 분량을 차지하고 있다.

"나는 갑작이 신발을 찾어 신고/도망할 자세를 갖인다. 길이 없다"에서 시적자아가 봉착한 위기의 상황을 읽을 수 있다. '신발을 찾어 신고 도망할 자세'를 취하는 것은 상황이 몹시 급박함을 나타낸다. 따라서 '도망'이라는 적극적 행위의지를 표출하지만 '길이 없다.' '길이 없음'은 탈출구가 없다는 것이고 곧 위기상황을 벗어날 수 없음을 나타낸다. 이러한 절박함 속에서 시적자아가 할 수 있는 일은 신에게 구원을 요청하는 일 뿐이다. 따라서 "나는 신자의 숭내를 내서 무릅을 꿇어 본다." 하지만 신도 구원을 줄 수 없는 완전 암흑의 상황이 주어진다. "밤이 간 뒤엔 새벽이 온다는 우주의 법칙"도 '실없는 작난'의 말로 끝나고 있다. 이제 시적자아에게 남은 건 극도의 '피곤'과 쉴 수 있는 공간을 찾아다니는 일 뿐이다.

여기에 "내일이 없는 '칼렌다'를 쳐다보는/너"가 등장하면서 절망의 색채가 보다 강렬해진다. '내일이 없는 칼렌다'는 희망부재, 미래부재의 상황을 나타낸다. 이러한 부재의 상황은 "十九世紀처름 흥분할 수 없는 너/어둠이 잠긴 지평선 너머는/다른 한울이 보이지 않는다"로 확장되어간다. '귀먹은 어두운 철문', '어둠', '밤', '금음밤' 등은 절망적 심연을 상징하는 이미지들이다. 이러한 이미지들은 죽음을 동반한 자아해체의 형식을 보여준다. 문명의 병폐가 극단적 모순을 함유하고 있듯이 파괴의 현장 또한 극단적 형식으로 제시된다. 자아는 더 이상 물러설 곳도 나아갈 곳도 없는 절체절명 혹은 무방비의 위기 속에 던져진다. 따라서 어떤 '결론'도 찾을 수 없고 '눈물'의 감성조차 메말라버린 암흑 속에 스스로를 내맡길 수밖에 없다.

허나
이윽고
태풍이 짓밟고 간 깨여진 '메트로폴리스'에
어린 태양이 병아리처럼
홰를 치며 일어날게다
하로 밤 그 꿈을 건너 단이든
수없는 놀램과 소름을 떨어 버리고
이슬에 젖은 날개를 한울로 펼게다
탄탄한 대로가 희망처럼
저 머언 지평선에 뻗이면
우리도 사륜마차에 내일을 실고
유량한 말발굽 소리를 울리면서
처음 맞는 새 길을 떠나갈게다
밤인 까닭에 더욱 마음달리는
저 머언 태양의 고향

—제7부, 「쇠바퀴의 노래」(29)

장시 『기상도』에는 "정치적 사회적 격변 속에 난파당한 현대인의 정신적 붕괴상"21)이 고스란히 표출된다. 여기에는 당대 현실과 세계의 정세가 포괄적으로 조명되어 있다. 그리고 이러한 시대를 살아가는 현대인이 그 주체로서의 자아해체를 경험하고 있다. 따라서 정직하게 현실을 직시하고 환기시키면서 비판과 반성, 극복의 토대를 마련해야할 필요성이 주어진다. 김기림은 모든 사회 현실적 부조리를 전복하고 난 뒤, 그 자리에 다시 출발의 메시지를 심어두고자 한다. 새로운 출발은 새로운 희망과 새로운 내일을 생성할 수 있는 원동력이 된다. "태풍이 짓밟고 간 깨여진 '메트로폴리스'에/어린 태양이 병아리처럼/홰를 치며 일어날게다", "수없는 놀램과 소름을 떨어버리

21) 김시태, 「김기림의 시와 시론」, 『한국문학연구』 4호, 동국대 한국문학연구소, 1981, 113쪽.

고/이슬에 젖은 날개를 한울로 펼게다" 등의 희망적 에너지의 분출이 이러한 배경을 뒷받침한다. 여기에는 "세계의 혼란과 절망에서 희망적인 미래로 나아가고자하는 염원"[22]이 담겨있다. '어린 태양', '희망', '내일', '새 길' 등은 그 핵심을 가로지르는 이미지들이다. 이는 '일어날게다', '펼게다', '떠나갈게다' 등의 동적인 행위를 통해 보다 활기찬 행보를 예시한다. "탄탄한 대로가 희망처럼/저 머언 지평선에 뻗이면/우리도 사륜마차에 내일을 싣고/유량한 말발굽 소리를 울리면서/처음 맞는 새 길을 떠나갈게다"에는 '희망'에 대한 의지와 열망이 담겨 있다. '처음 맞는 새 길'에 대한 암시는 자아해체를 경험하고 난 뒤 처음으로 맞닥뜨리게 되는 희망적 메시지이다.

(폭풍경보해제)
쾌청
저기압은 저 머언
'시베리아'의 근방에 사라졌고
태평양의 연안서도
고기압은 흩어졌다
흐림도 소낙비도
폭풍도 장마도 지나갔고
내일도 모레도
날세는 좋을 게다

—제7부, 「쇠바퀴의 노래」(31)

앞서 '어린 태양'과 '저 머언 태양의 고향'이 함축하는 희망의 예고에 이어 위 인용부분에는 '폭풍경보해제'의 상황이 구체적으로 명시된다. 『기상도』의 제7부 종결부분인 위 내용은 '폭풍경보' 1과 2가 발현되는 시점에서 '폭풍

22) 박상천, 「『기상도』 연구」, 『한국학논집』 제6집(한양대학교 한국학연구소), 1984, 250쪽.

경보해제'까지의 거리가 담보되어 있다. 사건발생의 원인, 태풍의 발현, 문명의 붕괴, 자아해체와 대전환의 극적종결 등이 여기에 포섭된다. "흐림도 소낙비도/폭풍도 장마도 지나갔고/내일도 모레도/날세는 좋을 게다"라는 전망도 이러한 과정으로 연결된다. 김기림이 그리고 있는 '기상도'는 비로소 '쾌청'의 단계로 접어들면서 긍정적인 세계로 그 방향성을 틀고 있다. "내일도 모레도/날세는 좋을 게다"에서의 '내일도 모레도'는 미래의 연속적인 희망의 암시이다. 이는 "내일이 없는 '칼렌다'"의 상황에서 희망의 창조, 문명의 또 다른 출발을 예고하는 신호가 된다. 김기림의 문명붕괴의 의도 속에는 이처럼 문명의 재창조라는 극복 메시지가 제시되어 있다.

결국 김기림의 문명비판은 비판 그 자체에 머물러 있는 것이 아니라 이를 극복하고 새로운 미래를 구축하는 것에 초점이 놓여 있다. 이른바 "『기상도』의 구성은 문명에 대한 비판과 위기의식뿐 아니라 그것의 극복과 초극을 위한 희망 섞인 전망까지도 한꺼번에 내포"[23]한다. 따라서 '내일'을 위한 '폭풍경보해제'의 구도는 처음부터 제작과정 속에 필연적으로 예고되어 있었던 결론이라고 할 수 있다. 김기림의 『기상도』는 1930년대 모더니즘 이론의 시적 전개와 확장이라는 큰 틀을 창작의 배경에 두고 있다. 자신의 시론을 바탕으로 장시를 창작하고 그 효용성에 대한 효과를 환기시키고 있는 실험적 결과물이 된다. 『기상도』는 역사와 현실을 묘사하는 것과는 일정 거리를 두고 있는 것 같지만 그 이면에는 일제강점기의 시대상황과 위기의식을 작품적 배경으로 이끌고 있다. 이른바 문명에 대한 비판적 인식을 전면에 두고 있지만 시대와 현실을 자각하고 대응하고자 하는 시인의 의도가 내장되어 있다. 어떤 방법론을 취하든 거기에는 시인이 봉착하고 있는 식민지의 부정적인 현실과 모순적인 정황들이 시의식 속에 개입할 수밖에 없다. '내일'을

23) 김유중 『김기림 시선』 해설, 지식을만드는지식, 2012, 146쪽.

예고하고 희망적 '기상도'를 그려가고자 하는 과정도 당대 시대상을 표출하고 새로운 시대를 창출하고자 하는 시인의 의도적 상상력의 한 측면이라고 할 수 있다.

| 제Ⅲ부 |

현대 장시로의 전환과 확장성

제1장 해방기와 전쟁기의 시적현실과 저항의식(1940~1950)

1940년대와 1950년대 장시는 근대장시에서 현대장시로의 전환과 그 확장을 주도하고 있는 단계이다. 하지만 이 단계에서 한국 장시는 한동안 암흑의 시기에 봉착하기도 한다. 식민지의 막바지인 1940년대 초반은 일제의 감시와 제약이 보다 극악해지면서 사회, 정치, 경제 전반에 걸쳐서 그 기능이 마비되고 있기 때문이다. 따라서 태동과 성립, 확장의 시기를 거치면서 활달하게 창작의 지형을 구축해가던 한국 장시 또한 그 기세가 꺾이게 되고 암울한 침잠의 상태로 접어들게 된다. 이후 해방을 맞으면서 비로소 단절되어 있던 통로가 열리고 장시의 마당에도 새로운 활력이 찾아오게 된다. 따라서 그동안 정체되어 있던 여러 상황들에 대한 반성적 성찰과 함께 경직되고 협소해진 활동의 범주를 폭넓게 펼쳐가고자 하는 움직임이 제기된다. 당면한 문제적 상황들을 해결하기 위한 방법론적 인식과 새로운 변화의 동력을 확보하고자 하는 창작의 기틀도 마련된다. 시대적으로는 해방의 시기이면서 장시사적으로는 현대장시로의 전환이 주어지는 단계로서의 의미를 지닌다.

해방기의 장시들은 기쁨과 혼란이 혼재해 있는 상황 속에서 자아와 세계와의 상호관계를 탐색하고 각자의 가치관을 강렬한 개성으로 표출하고 있다. 해방이 되었지만 혼란이 가중되고 있는 상황 속에서 현실적 문제에 대한 비판과 개혁의지가 적극적인 화두로 제시되고 있다. 이념적 갈등과 기존체제에 대한 저항 등 이 시기의 혼란한 사회역사적 상황들이 장시의 소재와 주제의식의 중심으로 떠오르고 있다. "해방 직후는 개혁을 향한 많은 사람들의 열망에도 불구하고 사회적 제 모순이 다시금 심화되기 시작하는 직접적인 출발"[1]시점이 된다. 따라서 당대 사회 현실적 흐름에 초점을 두고 장시를 선택하고 방법론을 모색하려는 움직임을 보이고 있다. 민족적 문제의식에서부터 사회구조적 개혁에 이르기까지 여러 각도에서의 관찰과 탐색 등 변화의 물결이 포착되고 있다. 1940년대 후반에 발표된 장시로는 김상훈의 『전원애화』(1946), 『가족』(1948), 조기천의 『백두산』(1947), 설정식의 『제신의 분노』(1948), 김상민의 『옥문이 열리던 날』(1948), 강승환의 『한라산』(1948) 등의 작품이 개성적 위치를 드러내고 있다. 이들 장시들은 해방 이후 현실적 문제의식들을 적극적으로 수용하면서 현대장시의 터전을 활달하게 구축해가고 있다.

1950년대로 접어들면서 한국 장시는 또 다른 변화를 흡수하면서 장시의 지형을 확장하고 있다. 1950년대 장시는 전쟁체험의 비극적인 심연과 정체성 상실, 인간부재의 죽음의식 등을 장시창작의 배경으로 끌어들이면서 이 시대만의 특징을 형상화하고 있다. "우리 시사에서 1950년대는 전쟁이라는 정치적, 사회적 결절로 인해 시인들이 급격한 의식의 단절과 굴절을 경험한 시기이다."[2] "1950년대의 문학과 6 · 25전쟁은 분리해서 생각할 수

1) 박철석, 「해방직후의 문학사 연구」, 『한국비평문학대계』, 동양서적, 1994, 169쪽.
2) 김현자, 「전쟁기와 전후의 시(1950~1960)」, 『한국현대시사』, 민음사, 2007, 245쪽.

가 없다"[3], "50년대 문학은 넓게 말해서 전쟁문학 혹은 전후문학이라고 할 수가 있다"[4]라는 배경도 여기에 있다. 한국전쟁이 휩쓸고 간 참담한 폐허의 현장과 정신적 훼손은 시인들에게 단편 서정시로는 감당하기 어려운 무게를 던져주게 된다. 따라서 긴 호흡의 시 양식을 통해 탈인간적 전쟁의 부조리와 전후 폐허의 현실을 포괄적으로 인식하고 형상화하고자 하는 의도를 두고 있다. 이 시기에 발표된 장시로는 이영순의 『연희고지』(1951), 박거영의 『악의 노래』(1951), 김용호의 『남해찬가』(1957),김종문의 『불안한 토요일』(1953), 신동문의 「풍선기」(1956), 전봉건의 『사랑을 위한 되풀이』(1959), 신동엽의 『이야기하는 쟁기꾼의 대지』(1959), 신석초의 『바라춤』(1959) 등이 있다.

이 장에서 다루게 될 1940년대~1950년대 장시는 김상훈의 『가족』(1948), 김종문의 『불안한 토요일』(1953), 김용호의 『남해찬가』(1952/1957) 등 세 작품이다. 이 세편의 장시가 내포하고 있는 시대적 배경은 해방기와 전쟁기, 전후 상황 등으로 제시된다. 따라서 1940년대 해방 직후와 1950년대 한국전쟁의 발발과 이후 황폐의 상황들이 장시창작의 주 배경으로 결집된다. 김상훈의 『가족』은 지주계급과 소작인 사이의 갈등과 오랜 관습적 모순이 불러들이는 문제의식들이 탐구의 중심에 놓인다. 그리고 이에 대응하고 저항하면서 새로운 세계를 찾아가고자 하는 소작인 '가족'의 이야기가 주류가 된다. 대대로 소작농을 하는 '돌쇠' 가족의 참담한 생활상과 해방 직후 혁명적 개혁의지를 드러내는 과정 등이 사건의 중심에 떠오르면서 해방기 장시의 특징을 상징화한다.

김종문의 장시 『불안한 토요일』은 한국전쟁과 전후 폐허의 현실을 '불

---

3) 이남호, 「1950년대와 전후세대 시인들의 성격」, 『1950년대의 시인들』, 이남호 · 송하춘 편, 나남, 1994, 12쪽.
4) 천이두, 「50년대 문학의 재조명」, 『한국비평문학대계』, 동양서적, 1994, 200쪽.

안의식'으로 응집하면서 50년대 장시의 특징을 드러낸다. 전쟁체험의 비극성을 절망과 허무, 부재, 상실의 정서 위에 두고 50년대 실존적 불안을 형상화하고자 하는 것이다. '불안'의 코드는 인간상실을 경험한 폐허 속에서의 분열된 정신적/심리적 구도를 반영한다. 김종문은 전쟁의 부조리와 그로 인한 상흔의 현실을 환기시키면서 자기회복과 현실극복의 방법론을 찾고 있다. 김용호의 『남해찬가』는 50년대적 상황을 민족적 수난기로 인식하면서 이순신의 민족애와 충정을 국난위기를 극복하는 원동력으로 삼고자 한다. 김용호는 "민족적 혼란의 시기에 민족정신과 정체성을 확립 고양하고 혼란을 극복하고자 하는 문학적 표현으로서 서사시의 창작"[5]을 의도하고 있다. 김용호의 장시는 과거의 역사를 현재화하여 오늘의 거울로 삼고 당대 현실을 극복하는 정신적 기반으로 삼고자 한다.

1940년대와 1950년대는 일제의 억압과 해방, 한국전쟁과 분단으로 이어지는 역사적 격동과 상흔이 혼재한 시기이다. 따라서 장시창작의 배경도 이러한 사회역사적 상황과 긴밀하게 맞물리면서 이 시기의 급박한 흐름을 주제의식의 한 축으로 끌어들이고 있다. "해방은 우리 민족에게 잠시의 기쁨과 더불어 우리 민족의 의사와는 전혀 다르게 분단이라는 비극의 슬픔까지 짊어지게 했다."[6] 시인들은 해방의 기쁨과 혼란, 전쟁의 참상과 분단이라는 민족적 비극을 송두리째 떠안으며 창작의 고통 속으로 걸어 들어간다. 김상훈, 김종문, 김용호의 장시는 이러한 시기의 수난을 직시하고 형상화하면서 4,50년대 장시의 지형을 형성해간다. 해방 직후의 혁명적 개혁의지, 전쟁과 전후 상황 속에서의 불안의식, 민족구현의 강렬한 열망 등이 의미배경으로 응집되어 있다. 이들의 장시는 역사적 수난에 대한 명징한 자

5) 김홍진, 「민족 정체성 회복의 서사적 전망」, 『남해찬가』 해설, 지식을 만드는 지식, 2013, 129쪽.
6) 박철석, 앞의 글, 168쪽.

각과 저항의 심연을 창작의 실천적 토대로 삼고 있다. 1940년대와 1950년대의 장시는 시대가 내장하고 있는 역사적 격동만큼이나 뚜렷하게 그 특징적 배경을 구축하면서 현대장시로의 전환과 변전의 발자취를 각인시키고 있다.

김상훈의 『가족』의 기존체제의 모순성과 투쟁적 대응의식

1. 해방기의 시적인식과 '가족'의 탄생

김상훈[1]의 『가족』(백우사, 1948)은 해방 전과 해방 직후의 시간적 배경을 중심으로 해서 기존체제의 모순성과 새로운 세계를 향한 투쟁적 대응의식을 형상화하고 있다. 해방 전이 지주와 소작인 사이의 종속적 관계와 갈등양상을 중심에 두고 있다면, 해방 직후는 종속관계를 벗어나 새로운 인간 삶의 체계를 확보하기 위한 투쟁의 상황들이 표출된다. 김상훈은 해방 직후 혼란한 사회상과 변화의 물결 속에서 대응과 극복이라는 방향성을 분명하게 설정해두고 탐색의 과정으로 나아간다. 저항과 혁명적 투쟁의식은 김상훈이 선택하고 있는 적극적인 방법론이면서 개선의지의 실천적 토대가 된다. "김상훈에게 있어서 해방의 시간은 세계의 파국과 유토피아가 겹쳐있는 시간이

---

1) 김상훈은 1919년 商山 김씨 집안 김채완 씨와 부인 권씨 사이에서 출생한다. 김상훈은 출생 직후 종가인 김채환 씨와 부인 의성 김씨 사이에 양자로 입적된다. 1936년 중동중학교에 입학, 재학 중 결혼한다. 1941년 연희전문학교 문과에 입학, 1944년 졸업한다. 강제징용을 거부하면서 피해 다니다가 붙잡혀 1년 반 동안 선반공으로 일하다가 1944년 가을 병으로 풀려난다. 이후 친구 김상민(金常民)의 권유로 항일투쟁 단체인 협동당 별동대에 가담한다. 이 사건으로 피검, 구속되었다가 1945년 해방과 함께 석방된다. 김광현, 박산운, 유진오, 이병철 등과 공동시집 『전위시집』(1946)을 출간한다. 이후 시집 『대열』(1947)과 서사시집 『가족』(1948) 등을 상재한다. 한국전쟁 종전 후 월북, 1987년에 작고한다.

다."[2] 따라서 모순적 사회구조와 갈등양상에 대한 비판의식과 함께 "찬란한 명일을 기다리는 마음", "영원히 새것으로 밀려오는/우리들의 명일"(「가족」 9장) 등의 유토피아적 미래를 혁명정신 속에 각인해두고 있다.

김상훈은 해방 직후부터 본격적으로 문학 활동을 시작한다. 자신이 편집장으로 몸담고 있던 『민중조선』(1945, 11)에 시 「맹세」와 「시위행렬」 등의 작품을 발표하게 되는 것이 그 출발시점이다. 김상훈의 창작활동은 해방을 기점으로 해서 짧은 기간 동안 활발하게 이뤄진다. 『가족』은 김상훈의 시적 성과 중 새로운 방법적 탐색이 병행되는 실험적 결과물이라고 할 수 있다. "김상훈은 봉건적인 가족 이데올로기의 문제점을 비롯하여 정치적 이념대립과 계급갈등 및 항쟁 등을 가족의 모습을 통해 사실적으로 형상화하고자 했다."[3] 가족은 "한국의 사회와 문학 모두에서 핵심적인 단위이자 관념이며 인식과 표현의 틀"[4]로서의 구성원이다. 따라서 여기에는 시인의 '가족'에 대한 새로운 가치관의 형성과 변화의 시대를 열어가고자 하는 구체적 시각이 함축되어 있다고 할 수 있다. 특히 장시의 양식을 통해 문제의식을 조명하고 사건화하고 있다는 점에서 시인의 시세계의 또 다른 지향성을 확인할 수 있는 계기가 된다.

김상훈의 이력을 살펴보면, 역사적 격동만큼이나 그의 체험적 시간도 상당한 파장을 안고 있다. 김상훈은 일제말기 강제징용을 거부하면서 일제의 눈을 피해 숨어 다니는 경험을 하게 된다. 이후 도피생활을 하던 중 붙잡혀 징용터에서 1년간 선반공으로 일을 한다. 1944년 병으로 풀려나 집으로 돌아온 뒤, 친구 김상민의 권유로 항일투쟁 단체인 협동당 별동대에 가담하게

2) 여지선, 「해방기 시에 나타난 파국의 상상력과 유토피아에의 의지— 김상훈의 시를 중심으로」, 『우리말글』 제74집, 2017, 278쪽.
3) 박숙영, 「1930~1940년대 시에 나타난 가족의식 연구—백석 · 이용악 · 김상훈을 중심으로—」, 숙명여자대학교 박사학위논문, 2015, 5쪽.
4) 최시한, 『가정소설연구』, 민음사, 1993, 328쪽.

된다. 하지만 본거지가 탄로 나면서 다시 검거되었다가 해방과 더불어 출옥한다. 김상훈에게 이러한 일련의 경험들은 그의 삶과 문학적 여정에 강렬한 영향을 미치는 경험구도가 된다. 김상훈은 자신이 걸어온 이러한 발자취를 김상민의 시집 『옥문이 열리든 날』(1948)의 발문에서 자세히 밝히고 있다. 아래 글은 김상훈의 경험구도와 창작의 배경, 시적성향 등을 담고 있다는 점에서 의미 있게 받아들여진다.

> 상민은 내게 혁명과 시를 일러준 동무다. 시의 원천이 혁명에 있음을 일러준 동무다.
>
> 1944년 늦은 가을 병으로 징용터에서 돌아와 보니 동무라고는 아무도 없는데 불시에 상민이 몹시 보구싶었다. 그러든 차에 상민이 찾어왔다. 상민은 내게 민족의 운명을 이야기하면서 항쟁 진열에 참가하기를 종용하였다. 견디지 못하도록 답답했던 내게는 그것은 틀림없는 빛이었다. 떨리는 가슴으로 탐광부(探鑛夫)의 맵시를 해가지고 나는 상민을 따라 협동당 별동대를 찾어서 발군산을 향해 들어갔다.5)

위 인용부분은 김상훈이 친구 김상민의 권유로 용기를 내어 '협동당 별동대'에 가담하게 되는 경위가 진술되어 있다. 선반공으로 일하다가 집으로 돌아온 김상훈은 무엇을 해야 할지 갈 길을 찾지 못하고 답답해하고 있던 차에 친구 상민이 찾아와 "항쟁 진열에 참가하기를 종용하였"음을 털어놓는다. 그리고 그것은 당시 그에게 "틀림없는 빛"이었음을 실토한다. 별동대원들은 "오직 바르게 살고 바르게 죽자"는 목표를 두고 있었는데, 그 궁극적 대상은 일본 제국주의자이다. 여기서 무엇보다 눈에 띄는 것은, '상민'이 "혁명과 시를 알려준 동무"라는 데 있고, 또한 "시의 원천이 혁명"에 있다는 것을 알게 해준 계기가 된다는 데 있다. 이러한 배경이 그의 시작에 적지 않은 영향을

5) 김상훈, 김상민의 시집 『옥문이 열리든 날』(1948, 신학사)에 붙이고 있는 '발문'.

던져주고 있었음은 분명하다. 이 시기에 발표한 「葬列」, 「전원애화」, 「말(馬)」 등 몇 편의 작품들은 공동시집인 『전위시집』에 수록된다.

> 끝까지 희랍적(希臘的)인 의미에서 영웅을 그려야 된다든지 민족 전체가 공감하는 신화나 운명을 노래해야만 敍事詩가 될 수 있다면 이 「家族」은 아무래도 敍事詩가 되지 못할 것입니다. 너무도 무력한 사람들을 취급하였고 또 지나쳐 주관에 치우쳤기 때문입니다.
>
> 그러나 나는 장르의 분류에 기계적으로 충실하기보다 하고 싶은 이야기를 마음껏 해보려 들었습니다. 나와 내 주위에 있는 가장 가까운 사람들의 모습을 허식 없이 詩 안에 등장시키고 또 그들이 전형적인 오늘 이 땅의 가족들이기를 기원하였습니다. 다만 그것이 지나친 역량 부족으로 헛된 기원에만 그치고 말지 않았는가 하고 생각해 볼 때에 머릿속이 몹시 어두워집니다.[6]

김상훈의 『가족』을 읽기 전에 우선 이 시집을 출간하면서 붙인 시인의 '緖言'을 읽어볼 필요가 있다. '서언'에는 두 가지 사안이 중요하게 언급되고 있다. 하나는 『가족』의 형식적 측면을 언급하고 있는 것으로, "영웅을 그려야 된다든지 민족 전체가 공감하는 신화나 운명을 노래해야만 서사시가 될 수 있다면 이 「가족」은 아무래도 서사시가 되지 못할 것입니다"라는 견해이다. 이는 『가족』이 '서사시집'이라는 이름을 달고 출간하는 데 대한 설명적 내용인 것 같다. 김상훈은 『가족』이 영웅을 그리거나 '신화나 운명' 등을 노래하는 기존의 서사시 개념의 시가 아님을 밝히고 있다. 두 번째는 앞서 언급한 내용과의 연장선상에서 『가족』의 인물구성에 대한 견해이다. 김상훈은 『가족』의 인물구성이 역사적 주체나 영웅적 인물이 아니라 "나와 내 주위에 있는 가장 가까운 사람들의 모습을 허식 없이 詩 안에 등장시키고" 있음을 상기시킨다. 이는 "장르의 분류에 기계적으로 충실하기보다 하고 싶은 이야기

---

6) 김상훈, 『가족』 '緖言', 백우사, 1948, 9.

를 마음껏 해보려"는 데 그 뜻이 있다. 김상훈이 '서언'에서 밝히고 있는 내용은 『가족』의 양식적 틀과 의미적 배경을 찾아가는 데 일정 단서가 된다. 『가족』은 해방 전과 해방 후의 시간과 공간적 배경을 중심으로 서사가 전개된다. 소작인 돌쇠 일가와 지주 황참봉의 대립구도와 갈등양상이 등장하면서 지배와 피지배의 계급구도가 사건의 흐름에 놓이게 된다. 따라서 김상훈의 『가족』[7)]은 돌쇠 일가를 중심으로 이야기가 전개되고 있지만 그 이면에 민중의 집단적 정서가 깔려있다.

2. 대립적 세계인식과 갈등양상

장시 『가족』은 아홉 개의 이야기가 단계적 흐름을 주도한다. 이러한 이야기 구성은 번호가 따로 붙여져 있는 것이 아니라 기호로 그 경계가 구분되어 있다. 따라서 이 글에서는 편의상 아홉 개의 장으로 구분해서 이야기의 인과적 연결성을 찾아가고자 한다. 이를 기반으로 대략의 줄거리를 요약해보면 다음과 같다. 제1장, 땅을 떼일 형편에 놓인 소작농 돌쇠 일가의 망연자실한 모습과, 황참봉에게 사정을 하러 찾아갔던 할머니가 황참봉의 대문에 목을 매어 죽음을 맞는 장면 등이 그려진다. 할머니의 '죽음'의 대가로 대대로 붙이고 있던 소작논을 다시 얻게 된다. 제2장, 황참봉의 맏아들 위우(渭雨)와 돌쇠의 누이동생 복례의 이뤄질 수 없는 사랑, 신분적 한계로 인해 갈등을 겪는 가운데 위우는 중학을 가기 위해 서울로 떠난다. 제3장, 복례를 소실로 맞으려는 황참봉의 야욕, 복례는 가족들을 위해 자신을 희생한다. 돌쇠는 분노를 참

---

7) 『가족』(백우사, 1948)은 '서사시집'이라는 이름을 달고 출간된다. 이 시집에는 「가족」 외 「소을이」, 「북풍」, 「초원」, 「엽견기」 등 네 편의 담시가 함께 실려 있다. 이 글에서는 김상훈 시전집 『항쟁의 노래』(친구문예6, 1989, 신승엽 엮음)를 분석 텍스트로 활용할 것이다. 인용부분은 이 책의 페이지를 표기한다.

지 못하고 "너이들을 무찔를 칼을 사오리라"(122)하면서 집을 떠난다.

제4장, '낡은 기와집'으로 상징화되는 양반들의 삶의 행태가 조명된다. 첩들의 시샘 사이 황참봉의 정실 현부인의 자살, 작은 아들 위득(渭得)을 사랑하는 황참봉의 소실 설희(雪姬), 위득과 사촌누이 갑순의 근친상간, 둘이 북만주로 도망가는 장면 등이 그려진다. 제5장, 해방이 되고, 친일하던 황참봉은 발 빠르게 '정당을 꾸미'며 애국자 행세를 한다. 지주 황참봉에게 수욕(獸慾)을 당하고 실공장, 약공장 등을 전전하던 복례는 체제의 모순과 잔혹한 현실에 대항하여 거리로 나서서 투쟁용사가 된다. 제6장, 위우와 복례의 운명적 해후, 복례는 위우에게 "연애보다 먼저 혁명을 배웁시다"라고 설득하지만, 위우는 자신의 신분과 현실 사이에서 갈등하고 방황한다. 제7장, 해방 다음날 돌쇠는 고향으로 달려가 쟁의를 설명한다. 마을 사람들은 여전히 "양처럼 순종하다 죽는 것을 업"으로 삼고 있고 돌쇠는 쫓겨 서울로 올라와 흩어져 있던 가족들과 다시 뭉친다. 제8장, 청년단체끼리의 싸움이 벌어지고 돌쇠는 야습을 당해 끌려간다. 돌쇠의 어머니는 끌려간 아들을 구하기 위해 길에서 항거하다 돌멩이에 맞아 죽음을 맞는다. 제9장, 돌쇠, 위우, 돌쇠의 아내 점(点)이, 복례 네 사람은 망우리 고개에서 어머니의 장례를 치른다. 어머니의 죽음을 통해 "민중의 소리, 가난뱅이의 몸짓"(143)을 더욱 깊이 새기면서 투쟁을 다짐한다. 위우는 "당신이 말한대로 길동무가 되리다"(144)라고 복례와 함께 투쟁의 대열에 설 것을 약속한다.

> 집은 천벌을 기다리는 약한 즘생처럼 움츠리고 있다
> 썩어 늘어진 대사립문은 닫을 필요조차 없고
> 까무러지구 싶어 못 백이는 등잔 아래
> 돌쇠네 다섯 식구는 돌멩이처럼 놓여 있다
> 무슨 무섭고 커―다란 힘에

그들은 그렇게 앉혀져 있는 것이다
손까락 하나 꼼작할 자유도 없다는 듯이………
…………………………

"방우백이 그 논 닷마지기는
삼대 째 우리가 부쳐오는 것이다
그 논은 우리들의 명맥이 아니냐
복(洑)물싸움을 하다가 아버지가 죽잖었느냐
그 댁에서 해필이면 그 논을 떼다니
안될 말이지! 지신(地神)이 노하실 걸………
내가 가서 다시 한 번 빌어보마
이대로 앉어 고스란히 죽으라는 법이야 있너냐
내가 가서 다시 한 번 빌어보마"

제1장 (113~114)

김상훈의 『가족』은 돌쇠 일가와 지주 황참봉의 대립구도로부터 사건이 전개된다. 이 두 구도는 관습적 폐해와 계급구도의 부조리를 선명하게 내장하고 있다. 따라서 사건의 갈등도 이 두 구도를 통해 생성되고 확장되어간다. 『가족』의 제1장의 내용을 담고 있는 위 인용부분은 소작하던 논을 떼일 위기에 놓인 돌쇠 일가의 참담한 상황이 조명된다. "집은 천벌을 기다리는 약한 즘생처럼", "썩어 늘어진 대사립문", "까무러지구 싶어 못 백이는 등잔" 등에서 소작농의 궁핍한 삶의 풍경이 드러난다. 할머니, 아버지, 어머니, 돌쇠, 복례 등 "돌쇠네 다섯 식구"는 지금 이러한 위기상황 속에서 "손까락 하나 꼼작할 자유도 없다는 듯이" 앉아있다. "무슨 무섭고 커—다란 힘"의 압력에 애초부터 저항할 용기마저 상실하고 있다. 이들에게 소작논을 떼인다는 것은 다섯 식구의 생명을 죽음으로 몰아넣는 위협적인 사건이 된다. 이들의 생명 줄을 쥐고 있는 "무섭고 커—다란 힘"의 주체는 지주 황참봉이다. 황참봉은 "인간으로는 생각할 수도 없는/그러나 정녕 인간이 저즐르는/모든 범죄의 검은 발자욱들"(113)로 표상되는 인물이다. '돌쇠네'가 삼대 째 소작농으로 종속되어 오듯, 그는 지주의 권력을 대물림하면서 "무섭고 커—다란 힘"을 행사하고 있는 인물이다.

할머니는 "내가 가서 다시 한 번 빌어보마/이대로 앉어 고스란히 죽으라는 법이야 있너냐"라면서 분연히 일어선다. 할머니는 '다섯 식구' 생명이 걸려있는 소작논을 얻기 위해 "눈투성이가 되어/마지막 힘으로" 황참봉의 대문을 두드린다. 하지만 대문은 결국 열리지 않고 '자비'와 '동정'의 손길은 나타나지 않는다. 할머니는 지주 황참봉의 대문에 스스로 목을 맴으로써 부당한 처사에 저항하고 가족들에게 닥친 위기를 모면해주고자 한다. 할머니의 '주검'의 대가로 돌쇠 일가는 다시 소작논을 얻게 된다. '돌쇠' 일가는 '삼대 째' 소작을 하는 이른바 대대로 가난을 유산처럼 물려받고 있는 소작농이다. '삼대 째'에서 이미 짐작할 수 있듯이 이들의 가난과 굴종의 시간은 오랜 시간을 담보한다. 대대로 물려받은 가난과 신분적 굴레는 쉽게 벗어날 수 없는 완고한 구조 속에 둘러싸여 있다. 김상훈의 『가족』은 이처럼 지주와 소작인 즉, 지배와 피지배의 관계구도 속에서 이야기적 요소가 구성된다. 여기서부터 나와 세계의 갈등양상이 구조화되고 극복을 위한 저항의 몸짓이 결집된다.

> 천년 우거진 숲길을 돌아
> 실개천이 모래언덕을 감아 흐르고
> 향나무 뿌리 깊은 우물을 지나면
> 퇴락한 기와집이 자리를 잡고 있다
> 기와집은 풍우 백년 속에 늙어오면서
> 양반들의 죄스러운 역사를 골고로 안다
> 그들의 잔학한 작동으로 체구 가득 상채기를 입었다

전복(典服)자락 밑에 흉계를 감추고
상한(常漢)과 중노배(中奴輩)를 말굴림을 시키며
야반에 받아드릴 천냥 돈끄럼이 때문에
상심히 동료를 옥으로 보내는
엄청난 포악이 점잔으로 허식된
패망 왕조의 유습이 조기처럼 남아 있다

여기서 그들은 도박과 함께 정사를 논하고
주육(酒肉)에 젖어 관직을 홍정했다
비녀(婢女)들 흔전히 살을 바치고
적서(嫡庶)의 싸움은 서리가 날며
해심보다 심암(深暗)한 가지가지 비화를
집은 서리서리 거미줄처럼 안고 있다

—제4장 (123~124)

'돌쇠' 일가의 대립적 위치에서의 지주 황참봉은 "검고 육중한 대문"과 '퇴락한 기와집'의 형태로 상징화되어 나타난다. "천년 우거진 숲길을 돌아", "기와집은 풍우 백년 속에 늙어오면서/양반들의 죄스러운 역사를 골고로 안다"에서 알 수 있듯이 '기와집'은 오랜 역사를 안고 있을 뿐 아니라 그 역사만큼 '죄'의 발자취도 선명하다. '퇴락한 기와집'은 겉으로는 가풍과 예절, 교훈과 기상을 표방하는 상징공간이지만, 그 이면에는 "해심보다 심암한 가지가지 비화"를 숨겨두고 있다. 허울 좋은 정사(政事)의 한 편에 도박과 암투, 위선과 포악, "주육에 젖어 관직을 홍정"하는 등 "모든 범죄의 검은 발자욱들"을 쏟아내고 있다. "야반에 받아드릴 천냥 돈끄럼이 때문에/심상히 동료를 옥으로 보내는" 파렴치한 행위와 '적서의 싸움'과 '비녀들'을 취하는 음험한 욕망의 비인간적 행위가 난무한다.

"집은 가족과 사회제도 질서와 전통적인 관습의 보기 및 사회변화의 지표와 밀접"8)하게 연계되어 있다. 따라서 '집'의 역사는 인간가치의 표본이면서 사회질서와 의식의 변천을 짚어볼 수 있는 토대가 된다. 김상훈의 『가족』에 그려지고 있는 '퇴락한 기와집'의 상징적 코드는 음침한 '비화'가 숨겨져 있는 부정적인 역사를 동반한다. 이러한 '비화'는 한 개인의 문제를 넘어 "민족의 운명을 차단한 흉한 손", "패망 왕조의 유습이 조기(弔旗)처럼 남아 있"는 등으로 묘사된다. 지주 황참봉이 안고 있는 권력은 '모든 범죄자의 검은 발자욱'이면서 '죄스러운 역사'이고, '패망 왕조의 유습'으로 표상된다. '지주', '낡은 기와집', '양반' 등은 "무슨 무섭고 키―다란 힘"의 폭력성이면서 부정적인 관습적 상징성을 지닌다. 『가족』의 서사배경은 이처럼 '돌쇠'와 '황참봉'이라는 대립구도와 여기에서 파생되는 갈등양상이 사건의 핵심을 가로지르고 있다. 소작농과 지주라는 대립구도는 제1장과 제4장까지에 이르는 작품의 전반부에 주도적으로 깔리면서 문제의식의 발현과 저항과 투쟁을 유도하는 실제적인 배경이 된다.

3. 인물구성의 기능과 그 성격

『가족』의 인물구성은 앞서 살펴본 두 구도의 사건배경과 맥락을 같이 한다. 소작농인 '돌쇠네'와 지주인 황참봉 일가가 사건을 이끌어가는 주체이거나 그 배경이 되고 있다. 이러한 인물구성은 앞서 김상훈이 밝히고 있듯, "나와 내 주위에 있는 가장 가까운 사람들의 모습을 허식 없이 詩 안에 등장시키고"9)자 하는 시인의 의도가 반영된 결과가 될 것이다. 황참봉의 경우는 특별한 위치를 선점하고 있는 인물이지만, '돌쇠' 가족의 경우는 보편적 정서

8) 이재선, 『한국문학 주제론』, 서강대학교 출판부, 1999, 323쪽.
9) 김상훈, 앞의 글(『가족』, '서언').

속에 놓여있는 주변적 인물들이라는 특징을 지닌다. 따라서 먼 곳이 아니라 '가장 가까운 사람들의 모습'으로 수렴할 수 있는 일반 민중의 성격을 띠고 있다. 이들은 힘의 폭력성에 의해 짓밟히고 종속당하면서 언제 무슨 일을 당할지 모를 위기와 절박함을 안고 있다. 이처럼 『가족』에 표상되고 있는 두 구도의 인물들은 추상적이거나 현실 그 밖에 있는 인물이 아니라 현실과 사회질서의 체계 속에서 보편적으로 체득할 수 있는 구성원들이다.

구체적으로 열거해보면, '돌쇠네'의 할머니, 어머니, 돌쇠, 돌쇠의 누이동생 복례, 그리고 그 반대편에서 지주 황참봉, 황참봉의 큰 아들 위우, 둘째아들 위득, 사촌누이 갑순, 위득을 짝사랑하는 황참봉의 소실 설희 등이 이야기 속에 포섭된다. 『가족』은 3인칭 인물구성으로 제시되면서 사건전개에 객관성을 부여하고 있다. 이는 각각의 인물들의 행위와 심리적 반응들을 일정 거리를 두고 포착하고 관찰할 수 있는 효과가 주어진다. 『가족』의 사건의 구도와 인물구성이 대립적 구도에서 출발하고 있는 만큼, 여기서는 대표하는 두 인물, '돌쇠'와 황참봉을 중심에 두고 각 구도의 성격과 그 기능을 짚어본다.

매암이 소리 송도(松濤)처럼 일다 스러지고
노염(老炎)이 쨍쨍 위엄을 뽑을 무렵
돌쇠내 집에는 큰 손이 왔다
지주 황참봉은 비단옷을 입고
지주 황참봉은 돼지처럼 비둔(肥鈍)해서
마름 앞세우고 왕자(王者)처럼 왔다

……………중략……………

"자식을 하나 더 봐야겠오

논도 집도 돈도 줄 터이니
복례를 나의 소실로 주구려……"
아아 이 잔인한 왕자(王者)! 너는 권력을 가졌구나
아무리 몸부림을 처도 정복되고 말리라
정복되고 말리라 빈한한 가족들아!

제3장 (120~121)

지주 황참봉은 '퇴락한 기와집'의 위선과 모순을 대표적으로 표상하는 인물이다. 따라서 그러한 집단과 제도와 관습을 총체적으로 보여준다. 황참봉은 돌쇠 가족의 생명줄을 쥐락펴락하는 잔학한 지주이면서 짐승 같은 행위를 서슴지 않고 저지르는 인물이다. 위 인용부분은 황참봉이 복례를 욕심내어 돌쇠 집으로 찾아오는 장면을 담고 있다. 황참봉은 '할머니'를 죽음으로 몰아넣은 횡포에 이어 돌쇠의 누이동생 복례를 욕심내어 소실로 삼으려는 '야욕'을 드러낸다. '비단옷을 입고' 돌쇠네 집에 찾아와서는 "자식을 하나 더 봐야겠오/논도 집도 돈도 줄 터이니/복례를 나의 소실로 주구려"라는 청천벽력 같은 말을 쏟아놓는다. '논', '집', '돈'은 그가 가진 막강한 '권력'을 나타낸다. 이러한 권력은 소작인 계층에서 보면 "아무리 몸부림을 처도 정복"될 수 없는 위력임에 틀림없다. 황참봉은 "馬판에 말매이듯" 철철이 첩들을 갈아매이고, 첩들의 "질투와 고자질이 심하면 심할수록" 오히려 고소한 미소를 날리는 비열함의 극치를 보여준다. 복례는 "할머니는 목숨을 끊었거늘/다시나 하나의 몸동아리쯤이야"(121) 하면서 '침착'하게 현실을 받아들인다. 황참봉은 집안을 살리기 위해 제 한 몸을 던지는 복례를 기어이 취하면서 자신이 가진 힘을 증명해낸다.

①세대도 마지막을 고했다
불마진 범같이 일제는 발악하야

청년을 모조리 사지로 내모는 날
주검과 마주선 식민지의 자손은
스승도 어버이도 믿을 수가 없었다
황참봉은 만화처럼 국방복을 입고
지원병 권유차로 팔방을 돌았다
급조된 애국자는 의기양양하여
자신의 거짓을 자신도 믿어버렸다

—제4장 (127)

②—아버지는 어느새 변절조의 습성을 배워
정당을 꾸미고 애국 강연을 하지 않느냐
아아 물거품 우에 씌워지는 민족의 판단이여
어느 때는 물방울보다 쉽사리 사라지는 낡은 과거여
온갖 허위만이 해바라기를 부르는 위조된 광선이여

—제5장 (130)

지주 황참봉은 안으로는 착취와 횡포, 비인간적 행위를 자행하면서 밖으로는 친일과 거짓 애국 등 번드레한 외형을 갖추고 있다. 인용①은 해방 전 일제에 빌붙어 친일 행위를 일삼는 모습을, 인용②는 해방 직후 일시에 외형을 바꿔 애국 강연을 하고 있는 황참봉의 모습을 보여준다. 황참봉은 징병을 위해 혈안이 된 일제를 도와 "지원병 권유차로 팔방을 돌"면서 청년들을 사지로 내몬다. '국방복을 입고' '급조된 애국자' 행세를 하면서 "자신의 거짓을 자신도 믿어버"릴 만큼 철저한 친일자가 된다. 인용②는 해방 직후 큰 아들 위우의 눈에 비친 황참봉의 모습이다. 황참봉은 해방이 되자마자 가증스러운 친일의 얼굴을 떼어버리고 그 위에 "정당을 꾸미고 애국 강연을 하"는 등 거짓 애국을 외치고 있다. 황참봉의 이중적인 성격이 극명하게 드러나는 시점이다. 지주 황참봉은 '퇴락한 기와집'으로 상징화되는 모든 위선과 부패의 근원이면서 그러한 제도와 권력과 관습의 대표적 표상이 된다. 따라서 전복 해야할 부정적인 권력의 핵심이면서 투쟁과 혁명으로 전복해야할 구체적 대상이 된다.

> 다만 하나 돌쇠만은 참지 못했다
> 인종(忍從)의 동앗줄아 그만 끊어저라!
> 대대손손이 아아 발광이라도 하자!
> 개나리 봇짐을 끼고
> "나는 달아나리라
> 이 꼴은 보고 못살리라
> 고별인들 웨 있어야겠느냐
> 너이들을 무찔를 칼을 사오리라!"
>
> —제3장 (122)

돌쇠의 가족은 할머니, 복례, 어머니, 돌쇠로 이어지면서 가족 전체가 투쟁적 주체가 된다. 가족의 대표적 입장에서 '돌쇠'의 모습을 먼저 짚어본다. '돌쇠'는 황참봉이 누이동생 복례를 소실로 취하기 위해 집으로 들이닥친 날 분노를 참지 못해 집을 뛰쳐나간다. 대대손손 내려오는 "인종(忍從)의 동앗줄"을 저주하면서 더 이상 "이 꼴은 보고 못살리라"는 판단을 내린다. "개나리 봇짐을 끼고" 그를 둘러싸고 있는 모든 부조리한 종속의 틀에서 탈출하고자 한다. 그리고 "너이들을 무찔를 칼을 사오리라!"는 강철 같은 의지를 품고 마을을 떠나 어디론가 사라진다. 돌쇠는 핍박받는 가족을 대표하여 과감히 탈출을 시도하고 모순적 존재들을 무찌를 칼을 사오리라는 각오를 다진다. 따라서 갈등과 대립구도에서 이제 팽팽한 대결구도로 접어들고 있음을 말해준다. 인종(忍從)이 아니라 저항과 투쟁의 강렬한 신호가 촉발되고 있는 것이다.

광산 터에서 어촌에서 고역장(苦役場)에서
일월이 솟지 않는 칩복(蟄伏)은 길었다
살점 물어뜯는 채쪽 아래 역사를 배우고
백사 같은 허기를 참으며 인간을 웨웠다
한 조각 망철(網鐵)이 억 천 회 절망 속에서 능히 개성을 갖추기엔
겨레의 지방을 태워 불이 일고
뼈를 뽑아 바스는 진통을 참아야 했다

해방된 다음날 돌쇠는 고향으로 달려갔다
아버지는 죽고 없었다
어머니는 전신을 떨며 손을 놓지 않았고
영등포로 갔다는 복례는 소식도 없었다
마을사람들은 머—ㄴ 산불 보듯
서울서 새나라를 세워 보내기만을 기다렸다
소작료와 세금과 빚나락을 물고 나면
올해도 역시 딸을 팔아야 하는
이 마을사람들은 아직도 쟁의를 몰랐다
양처럼 순종하다 죽는 것을 업으로 삼았다

—제7장 (135~136)

지주 황참봉이 친일을 하면서 '급조된 애국자' 행세를 하고 있는 동안, 돌쇠는 "광산 터에서 어촌에서 고역장(苦役場)"에서 "살점 물어뜯는 채쪽 아래 역사를 배우고/백사 같은 허기를 참으며 인간을 웨웠다." 이는 실로 "겨레의 지방을 태워 불이 일고/뼈를 뽑아 바스는 진통을 참아야"하는 시간들이다. 그리고 해방이 되었다. "해방된 다음날 돌쇠는 고향으로 달려갔다." 지주 황참봉이 '변절조'의 모습으로 "정당을 꾸미고 애국 강연"을 하고 있는 그 시점이다. 해방이 되었다고는 하지만 예나 지금이나 '마을사람들'은 변한 것이 없다. 아직도 "소작료와 세금과 빚나락을 물고 나면/올해도 역시 딸을 팔아야

하는" 상황에 놓여있다. 그럼에도 "마을사람들은 머—ㄴ 산불 보듯/서울서 새나라를 세워 보내기만을 기다"리고 있다. 돌쇠는 마을사람들에게 쟁의를 일깨우고 자신의 권리를 되찾기를 종용하지만, "이 마을사람들은 아직도 쟁의"를 모른 채 오래 길들여져 온 습성대로 "양처럼 순종하다 죽는 것을 업으로 삼"고 있다. 돌쇠는 결국 뜻을 이루지 못한 채 쫓겨 서울로 온다.

장시 『가족』의 인물구성의 기능과 그 성격은 이처럼 지주와 소작인 사이의 대립구도 속에서 그 특성을 드러낸다. 그리고 작품 속의 갈등양상과 돌쇠의 쟁의에 대한 인식과 두생의식노 지주 황참봉을 위시한 지배계급의 부조리와 폭력적 억압 속에서 발현된다. 김상훈은 돌쇠 가족의 참담한 생활상과 불합리한 현실을 부각시키면서 소작농과 소외계층의 삶의 실태를 그려낸다. 그리고 황참봉 일가의 몰락을 통해 지배계층의 붕괴를 암시하고 있다. 지주 황참봉의 몰락은 이미 오래전부터 그 징후를 드러내고 있다. 정실 현부인의 자살, 큰 아들 위우와 복례의 사랑, 둘째아들 위득과 사촌누이 갑순의 근친상간, 그리고 "가문도 기와집도 없는 곳"으로의 도망, 여기에 둘째아들 위득을 짝사랑하는 황참봉의 소실 설희의 죽음 등이 그 내적 위기를 내장하고 있다. 해방 이후 큰 아들 위우가 갈등하던 마음을 접고 돌쇠네 가족과 뜻을 같이 함으로써 '낡은 기와집'의 뿌리는 완전히 와해되는 듯하다. 장시 『가족』은 개인적 구도라고 할 수 있는 소작인 가족과 지주 황참봉의 대립관계로 시작해서 차츰 민주주의와 혁명의 형식으로 발전하면서 집단적 구도로 확장해간다.

4. 능동적 '여성'의 위치와 투쟁정신

"김상훈의 문단활동은 민주주의 국가건설이라는 역사적 가능성과 민족문학 건설이라는 문학사적 가능성을 모색하던 시기에 이루어졌다."[10] 따라서 해방 직후의 사회역사적 혼란과 함께 급변하는 현실에 대응하고 새로운 활로를 모색해야하는 막중한 과제가 주어지기도 한다. 식민지 지배 상황 속에서의 경직된 침체기를 회복하고 새로운 문학적 터전을 모색하는 과정 등이 이와 연결된다. "새로운 현실의 구체성 가운데서 인민의 생활을 바라보고 그 속에서 새로이 건설되는 전형적 상황과 전형적 인간"[11]을 구축하고자 한다. 구 관습적 폐해를 새롭게 개혁하고 민주주의와 혁명을 통해 '明日'을 찾고자 하는 배경도 여기에 있다. 새로운 터전 위에서 개인과 역사를 직시하면서 구체적 현실인식과 시대 담론을 형성해가는 것이 바로 그것이다. 이런 점에서 『가족』은 김상훈의 명징한 현실인식의 척도이면서 변화에 대응하고 변화를 이끌어가는 실천적 결과물이라고 할 수 있다.

김상훈은 '가족'을 중심에 두고 부조리한 현실에 투쟁하고 미래지향적 가치를 찾아가는 원동력으로 삼고자 한다. 김상훈의 개혁의지는 새로운 형태의 '가족'을 탄생시키는 것과 동시에 '가족' 구성원의 역할에 있어서도 혁신적인 변화를 몰고 온다. '가족'의 적극적이고 투쟁적인 현실대응과 참여의식은 기존의 봉건적 가치관 속에서는 불가능한 일이다. 특히 여성의 위치가 크게 부각되면서 행위주체가 되고 있다는 것은 새로운 변화를 개척하는 몸짓이 될 것이다. "김상훈 시가 보여주는 여성의 이미지는 아름답기보다는 슬프고 연민에 가득 찬, 그러나 강인한 정신력의 소유자로 표출된다."[12] 할머니, 어머니, 복례 등 삼대에 걸쳐 나타나는 여성의 능동적이고 혁신적인 현실대처 방식과 투쟁의식의 발현이 그것이다. 김상훈의 시작(詩作)은 "시적 리얼리즘의 문제를 어떻게 시의 형상화 속에서 실현시킬 것인가"[13]라는 고민으로

---

10) 박정호, 「한국 근대장시 형성과정 연구」 한국외국어대학교 박사학위논문, 1997, 168쪽.

11) 한효, 「진보적 리얼리즘에의 길」, 『한국현대현실주의 비평선집』, 나남, 1989, 269쪽.

12) 이일림, 「해방기 김상훈 시에 나타난 여성 주체 연구」, 『사림어문연구』 제25집, 2015, 14쪽.

부터 출발한다. 장시의 선택은 그 실현 가능성을 확보할 수 있는 방법론적 장치이면서 당대 현실을 보다 명징하게 자각할 수 있게 하는 일정 통로가 된다.

①지열처럼 툭 터져서
피듣는 머리로 문을 부시기엔
할머니는 너무 노쇠하다, 숨이 자지러치며—
오냐 주검으로써 하여보리라
우리들을 죽이고야 네가 잘 산다면
먼저 나의 늙은 몸뚱아리를 이빨에 던지리라

최후의 시각에 눈알은 횃불처럼 탔다
대문에 목을 매어 달았다
목을 매어 단 것이다! 하늘아 땅아
각각으로 호흡과 혈액이 무섭게 변색해가는
이 늙은 여인의 체온에
눈바람은 불어 닥치는 것이냐

—제1장 (116)

②"내 아들을 내놔라!
오직 정직하고 착하기만 한
내 아들을 너희는 어떻게 할 셈이냐
떼지어 몰리는 이리떼야
너희들의 영맹(獰猛)은 멸하리라……"
어머니의 노호는 핏발이 섰다
주름살마다 터럭끝 눈시울마다
억울함과 분함이 갈갈히 치밀려서
사시나무 떨듯 수족을 떨며
밤이 깊도록 노두(露頭)에서 웨쳤다

13) 오현주, 「8 · 15 직후 문학운동과 시문학의 전개양상」, 『해방기의 시문학』, 열사람, 1988, 349쪽.

…………………………

어머니의 가슴에도
돌팔매가 날러왔다
피가 듣는다 붉고 검은 피!
어머니는 쓰러졌다

—제8장 (139~140)

김상훈의 『가족』에서 능동적인 '여성'의 위치를 부각시키고 구현하는 인물은 돌쇠의 할머니와 어머니, 그리고 누이동생 복례이다. 삼대를 아우르는 이 '여성'들은 '忍從'에 머무는 것이 아니라 부당한 처사에 적극적으로 대응하고 저항하는 인물들이다. 먼저, 돌쇠의 할머니와 어머니를 중심으로 이들의 능동적 행위의 현장을 살펴본다. 위의 인용①은 돌쇠의 할머니가 소작을 붙이던 "방우백이 그 논 닷마지기"를 되찾기 위해 황참봉을 찾아가는 장면이다. 가족 모두가 망연자실 한숨을 쉬고 있을 때, "내가 가서 다시 한 번 빌어보마/이대로 앉어 고스란히 죽으라는 법이야 있너냐"라면서 할머니는 "눈투성이가 되어/마지막 힘으로" 지주 황참봉의 대문을 두드린다. 하지만 "검고 육중한 대문"은 열리지 않고 할머니는 최후의 수단으로 황참봉의 대문에 목을 매달아 '죽음'으로 부당한 처사에 항거한다. "할머니의 주검의 대가로" 돌쇠 가족은 소작논을 떼이지 않고 생명줄을 이어갈 수 있게 된다.

인용②는 해방 직후 '청년단체끼리'의 싸움으로 붙잡혀간 아들 돌쇠를 구하기 위해 절규하고 있는 어머니의 모습이 담겨있다. "내 아들을 내놔라", "밤이 깊도록 노두에서" 외치고 있는 "어머니의 노호는 핏발"이 선다. '어머니의 가슴'에 돌팔매가 날아오고 결국 어머니는 돌팔매를 맞고 쓰러지고 만다. 지주의 대문에 목을 매단 할머니와 돌팔매에 쓰러진 어머니는 둘 다 '죽음'의 형식으로 종결된다. 이러한 극단적인 선택과 결과는 이들의 요구사항

이 죽음을 통해 혹은 죽음을 무릅쓰고서야 비로소 얻을 수 있는 모순성을 내포하고 있음을 나타낸다. “김상훈에게 어머니상이란 지주에 항거하다 희생된 할머니와 함께 영원한 삶을 위한 자기희생의 모습으로 새겨지는데 이것은 혁명적 여인상의 또 다른 상징이기도 하다.”[14] ‘죽음’을 담보한 어머니의 저항방식은 남은 가족들을 혁명투사의 길로 들어서게 한다. 가족들은 “어머니를 통해 사랑의 진정성을 획득하게 되고 또 현실에 대한 날카로운 투쟁의 의지를 자각하고 실천해 나가는”[15] 원동력을 생성하고 있다. 이러한 정황은 『가족』의 종결부분에 제시되고 있는 “어머니는 여기 살아있다/젊은이의 가슴 가슴 속/영원히 잊지 못하는 생각/민중의 소리, 가난뱅이의 몸짓/홍수처럼 내닫는 대오 앞장에/어머니는 죽지 않었다”(143)에서 확인되고 있다.

①“나는 농노의 딸이올시다
지주의 수욕(獸慾)에 짓밟혔습니다
몸동아리를 팔아서도 가세는 염염 가난해 갔습니다
실공장에선 즘생처럼 사역되었습니다
약공장에선 손발이 모도 썩었습니다
이렇게 살아왔습니다 그러므로
잔인한 착취자에 우리는 반항합니다
반항 속에서만 우리들의 목숨은 빛날 것입니다………”

—제5장 (132)

②사랑이고 그런 것보단
민주주의만이 내겐 소중합니다
연애를 부정하진 않습니다
그러나 우리에겐 흔히 방해스러우니까요

14) 임헌영, 「김상훈의 시세계」, 『항쟁의 노래』 신승엽 엮음, 친구문예 6, 1989, 243쪽.
15) 박용찬, 『해방기 시의 현실인식과 논리』, 도서출판 역락, 2004, 234쪽.

만용과 이기주의는 애인을 안고
소시민의 주택으로 도망가 버리니까요
사랑 때문에 일을 잊어버리고
동무를 팔고 조직도 파괴해 버리니까요
인민의 승리 없이 무슨 행복이 있을라구요……

……………

사랑하던 이여 우리들의 청춘을 걸어
연애보다 먼저 혁명을 배웁시다……

—제6장 (133~134)

할머니와 어머니에 이어 능동적인 '여성'의 위치를 부각시키는 인물은 복례이다. 인용①에는 혁명투사가 되어 거리로 나선 복례의 모습이 담겨 있다. 복례는 "나는 농노의 딸이올시다"를 시작으로 해서 "지주의 수욕에 짓밟혔"던 자신의 과거와 도시의 공장을 전전하며 지냈던 처절한 삶을 털어놓는다. "실공장에선 즘생처럼 사역되었습니다/약공장에선 손발이 모도 썩었습니다"에서 노동의 열악한 환경과 짐승처럼 부려지고 있는 착취의 현장을 엿볼 수 있다. 복례는 자신의 경험담을 통해 인권유린과 착취의 현실을 증명하고 고발한다. 그리고 "잔인한 착취자"를 성토하고 '반항'하기 위해 거리로 나섰음을 외치고 있다. 복례는 일찍이 황참봉의 야욕 앞에서 한탄하거나 망설이지 않고 "할머니는 목숨을 끊었거늘/다시 나 하나의 몸동아리쯤이야"하고 침착하게 자기 앞에 놓인 현실을 받아들인다. 할머니와 어머니의 당당한 죽음처럼 굴종이 아니라 불의와 맞서는 용기와 결단을 보여준다.

이처럼 『가족』에 그려지고 있는 여성은 "현실의 모순으로 고통받는 존재인 동시에 그러한 모순을 타파할 주체"[16]로 형상화된다. 나약하고 소극적인 여성상이 아니라 불합리한 현실에 적극적으로 맞서는 능동적 여성으로서의 위치를 확고하게 개척한다. 인용②는 복례가 황참봉의 큰 아들 위우에게 전달하고 있는 대화내용이다. 위우는 "전국 여성들의 대회장"(131)에서 '용사'가 되어 외치고 있는 복례를 목격한다. 위우는 "대학을 나온 서푼어치 자존심"과 옛사랑의 감정 앞에서 끊임없이 망설이고 방황한다. 이는 자신을 둘러싸고 있던 기존의 가치관과 새 시대의 변화 앞에서 방향성을 찾지 못하고 갈등하고 고민하는 과정이 된다. 복례는 위우에게 "사랑이고 그런 것보단/민주주의만이 내겐 소중합니다"라고 확고하게 자신의 소신을 밝힌다. 그리고 '연애'나 '사랑'보다 '인민의 승리'를 위해 혁명동지가 되어 함께 싸우기를 권유한다. 위우는 오래 망설이다 복례 어머니의 장례식에 참석한 자리해서 "당신이 말한 대로 길동무가 되리다"라고 자신의 갈 길을 선택한다.

김상훈의 『가족』은 앞서 살펴보았듯이 아홉 개의 이야기 구성으로 전개된다. 그리고 이러한 단계적 이야기 구성은 해방 전과 해방 후의 시간과 공간적 배경으로 나누어져 있다. 사건의 발단은 해방 전 소작인 가족과 지주 황참봉의 대립적 관계와 갈등 속에서 시작된다. 소작인 돌쇠 가족은 대대로 소작논을 붙이면서 가난과 천대, 굴종과 억압 속에서 근근이 '명맥'을 이어오고 있는 사람들이다. 반면, 지주 황참봉은 온갖 위선과 악행과 폭력을 저지르면서 기존체제의 모순과 부조리를 대표적으로 표상하고 있는 인물이다. 이 두 구도의 관계구성이 곧 사건의 갈등구조이면서 혁명적 투쟁으로 나아가게 하는 배경이 된다. 능동적인 세 여성의 위치는 희생적 어머니상과 진보적 여성상을 동시에 그려내고 있다. 할머니, 어머니, 복례로 이어지는 삼대에 걸친 여성들의 투쟁의식은 해방기 담론을 실천해가는 중요한 척도가 되고 있다. 따라서 한 '가족'을 중심으로 사건이 전개되고 있지만 그 이면에는 집단적 성격을 추동하는 민중적 집단의식을 내장하고 있다. 김상훈의 『가족』

16) 남정희, 「김상훈 시의 미적 성취와 그 가치」, 『민족문학사연구』 제9호, 2009, 194쪽.

은 장시의 형식을 통해 해방기의 담론을 포괄적으로 수용하고 형상화하고자 하는 의지를 보여준다. 따라서 1940년대 현대장시로의 전환과 함께 해방기 장시의 지형을 구축하는 데 중요한 통로를 마련한다.

김종문의 『불안한 토요일』의
전쟁기 시적대응과 불안의식

1. 1950년대와 '불안'

김종문[1)]의 장시 『불안한 토요일』(1953)은 한국전쟁과 그 폐허의 상처 위에서 창작된 작품이다. 전쟁기의 혼란과 현실인식을 '불안'의 코드로 형상화하면서 1950년대적 상황과 비극성을 표출해낸다. 김종문이 체감하고 있는 불안의식은 전쟁이 야기 시킨 인간질서의 파괴와 정체성 상실, 허무와 부재의 상황 등을 총체적으로 내장하고 있다. 절망적인 폐허의식과 삶과 죽음을 넘나드는 치열한 생존의식이 상처의 형식으로 매개되어 있다. 김종문은 전쟁기의 불안의식을 장시의 양식을 통해 형상화하면서 50년대적 현실인식과 대응양식을 구체화하고자 한다. 장시의 선택은 단시로는 감당하기 어려운

---

1) 김종문은 1919년 평양에서 태어나 1981년에 작고한 시인이며 평론가이다. 김종문은 1942년 일본 아테네 프랑세를 졸업하고 광복 후에는 군에 입대하여 국방부 정훈국장을 역임, 1957년 육군 소장으로 예편한다. 1948년 평론 「문학의 문화에 미치는 영향에 대하여」(『백민』)를 발표하면서 문단에 등단한다. 엘리엇, 발레리 등 정통 주지파 시인들의 문학세계를 일간지 등에 처음 소개하기도 한다. 「현대시와 매스 커뮤니케이션」(『자유문학』1957년 6월호), 「T. S. 엘리엇의 전통정신」(『문학예술』 1957년 6월호) 등을 발표하면서 평론가로서의 입지를 굳힌다. 시집으로는 『벽』(문헌사, 1952), 장시 『불안한 토요일』(보문각, 1953), 『인간조형』(보문각, 1958) 등 7권이 있다. 1959년 자유문학상(『인간조형』), 1965년 한국문학상 (『신시집』), 1978년 펜 문학상 등을 수상한다.

시대적 비극성을 장형화의 형식으로 탐구하려는 실험적 창작의지의 발현이 된다.

김종문은 1948년 평론 「문학의 문화에 미치는 영향에 대하여」(『백민』)를 발표하면서 문단에 등단한다. 이후 그의 문학 활동은 1950년대로 접어들면서 본격화된다. 김종문의 전 시세계를 살펴보면, 1950년대에 가장 활발하게 창작활동을 하고 있고 시적 결과물도 이 시기에 집중되어 있다. 이른바 김종문의 시작(詩作)은 전쟁기와 전후 폐허의 현실 속에서 생성되고 있고 또한 그러한 정서적 흐름 속에 놓여 있음을 알 수 있다. 김종문의 시작이 50년대를 기점으로 본격화되고 있고 시적성과 또한 이 시기에 집중되어 있다는 것은 여러 모로 상징성을 지닌다. 50년대의 작품들 속에는 의도하든 의도하지 않든 50년대적 상황과 그러한 인식이 강렬하게 침투해 있기 때문이다. 장시 『불안한 토요일』은 1950년대적 위기와 불안, 고통과 극복열망의 배경 속에서 창작된 작품이다. 김종문은 시집 『불안한 토요일』의 '후기'에서 이러한 배경을 뒷받침할 수 있는 내용을 밝혀두고 있다.

> 나는 지금껏 <모더니티>유파(流派)와도 더욱이나 인생파 <적>유희(流戲)와도 먼 딴 방위각에서 현대시란 것을 시험해온 것을 나 스스로 긍정한다. 우리의 50년대의 시와 시정신은 우리의 50년대가 겪고 있는 <리아리티>나 세계의 불안에 대해서 어떤 태도를 가져야 하는가를. (…중략…) 우리는 50년대에 야기된 이번 전쟁을 몸소 겪어오는 동안 불안한 세계사의 운명에 공감할 수 있는 서구(緖口)가 열려졌을 뿐만 아니라 우리는 이미 현대의 <열쇠>를 이양 받고 있다고 시인된 자 어느 누가 수긍하지 않으랴! 지금 우리가 마지한 50년대는 불안한 현대가 집약된 <렌즈>요 동시에 불안한 광속도가 방사되는 연속선의 착란 속에서 인간정신의 영원한 광채를 발견해야만 하는 것도……. (…중략…) 오늘의 시들 가운데서는 비현대 <적>인 것과 현대 <적>인 것과 사이에 서로 반발하고는 있지만 불연속의 연속을 지속하고 있다는 지각을 가질 때 졸작 <불안한 토요일>은 원래

의 시 기교와는 결코 유리된 것은 아닐 것이다.2)

김종문은 후기에서 두 개의 견해를 제시하고 있다. 두 개의 견해라고 했지만 전체 맥락 속에서 보면 결국 하나의 의미로 요약될 수 있을 것이다. 우선 그 하나는 "우리의 50년대의 시와 시정신은 우리의 50년대가 겪고 있는 <리아리티>나 세계의 불안에 대해서 어떤 태도를 가져야 하는가"라는 물음으로부터 출발한다. '50년대의 시와 시정신', '50년대가 겪고 있는 <리아리티>나 세계의 불안'이 그 중심에 떠오른다. 김종문은 전쟁을 겪은 1950년대의 위기와 불안의식 속에서 시와 시정신은 '어떤 태도를 가져야 하는가'에 대한 고민을 하고 있다. 그리고 이러한 고민은 '우리'가 함께 풀어가야 할 문제의식으로 인식한다. 김종문은 "50년대에 야기된 이번 전쟁을 몸소 겪어오는 동안 불안한 세계사의 운명에 공감할 수 있는 서구(緖口)가 열려졌"음을 강조한다. 이른바 '이번 전쟁'의 비극성이 특정 나라에 한정되는 것이 아니라 '불안한 세계사의 운명'과 연결되고 있음을 제시한다. 이러한 사실을 "시인된 자 어느 누가 수긍하지 않으랴", 즉 수긍할 것이라는 것이 그 요지이다.

두 번째 자리에 놓이는 것은 결국 이러한 시대에 시가 가야할 방향성과 시정신의 구도는 어떠해야하는가에 대한 물음이다. 이른바 50년대적 상황 속에서 현대시가 가져야할 태도와 역할에 대한 인식이다. 김종문은 스스로 "<모더니티>유파와도 더욱이나 인생파 <적>유희와도 먼 딴 방위각에서 현대시란 것을 시험"해오고 있었음을 털어놓는다. 김종문의 초기시는 비시적 언어의 선택이나 숫자 혹은 기호 등의 활용이 빈번해진다. 이러한 파격적인 언어구성과 표현방식 등은 시를 난해하게 만드는 한 요인으로 작용하기도 한다. 초기시에 해당하는 장시 『불안한 토요일』은 김종문의 이러한 시작

---

2) 김종문, 장시 『불안한 토요일』'후기', 보문각, 1953.

방식이 그대로 이어져있다. 김종문은 이를 염두에 두고 "오늘의 시들 가운데서는 비현대 <적>인 것과 현대 <적>인 것과 사이에 서로 반발하고는 있지만", '불연속의 연속을 지속하고' 있다는 점에서 『불안한 토요일』은 "원래의 시기교와는 결코 유리된 것은 아닐 것"이라는 견해를 둔다.

장시 『불안한 토요일』은 김종문의 시대인식과 시적 실험성이 동시에 주어진 작품이라는 점에서 50년대 전쟁기 장시의 특징이 잘 반영된 작품이라고 할 수 있다. 결국 그의 시적 실험은 1950년대라는 시대적 상황 속에서 발현하고 탐구되는 시정신의 일환이 된다. 김송분이 인식하는 시대 즉, "우리가 마지한 50년대"는 전쟁과 그 상처 위에서 체득되는 경험구도이다. 『불안한 토요일』에 그려지고 있는 세계 곳곳의 전쟁의 흔적과 죽음, 절망, 미래부재의 상황도 여기에 닿아있다. 김종문은 전쟁을 직접 체험한 세대이면서 또한 개인적으로는 실향민의 아픔을 지닌 시인이기도 하다. 그에게 한국전쟁은 민족적 비극인 동시에 개인적 비극의 하나로 깊이 자리 잡고 있다. 따라서 50년대를 지나온 시인들이 대부분 그렇듯, 김종문의 시적 상상력의 저변에도 전쟁의 비극성이 가장 강렬한 경험구도로 작동한다. 『불안한 토요일』은 50년대의 현실을 사실적으로 직시하면서 이를 장시의 양식으로 승화시킨 작품이라고 할 수 있다.

2. 생명지향의 '행렬'과 죽음의식

장시 『불안한 토요일』은 제목에서도 이미 감지할 수 있듯이 '불안'이 시의식을 이끌어가는 핵심 이미지가 되고 있다. '불안'은 앞서 김종문의 시집 '후기'에서도 살펴보았지만, '50년대적' 상황과의 밀접한 연계성을 가지고 있다. '50년대적' 상황이란 우리의 입장에서 보면 한국전쟁과 그 이후의 폐허의 현실을 반영한다. "전쟁기의 문학 양상은 대부분 전쟁으로 인한 상실감과 평화를 열망하는 정조가 지배적이다."[3] 김종문은 "50년대에 야기된 이번 전쟁을 몸소 겪어오는 동안"[4]으로 환기시키면서 그러한 상황의 비극성을 구체화하고 있다. 따라서 '불안'은 50년대를 체감하는 시인의 현실인식과 자아인식의 척도가 된다. 전쟁과 관련된 불안의식은 상상력을 유도하는 통로이면서 또한 사건을 이끌어가는 상징구도가 되고 있다. 이러한 불안의식은 한 개인의 '불안'을 넘어 '세계사의 운명'이 걸려 있는 세계의 불안으로 떠오르면서 보다 포괄적인 범주에서의 비판과 반성을 요구하는 기제가 되고 있다.

『불안한 토요일』은 전체 제3부로 구성되어 있다. 이야기 구성은 제1부에서 제3부까지 시작과 중간, 종결의 순차적인 과정을 거친다. 이 절에서는 먼저 제1부에 전개되고 있는 내용을 분석구도에 올려놓는다. 『불안한 토요일』의 제1부는 '수없는 사람들의 행렬'이 그 서두에 놓인다. '행렬'은 어딘가로 끊임없이 흘러가야 하는 지난한 여정을 함축하고 있다. 이 과정에서 '주검'을 맞닥뜨리기도 하고 또 그 '주검'을 스쳐지나갈 수밖에 없는 '행렬'의 비정성이 포착되기도 한다. 정확한 행선지가 밝혀져 있지는 않지만 '행렬'은 삶의 공간을 찾아가는 과정임에 틀림없다. 하지만 생명의 기운은 찾을 수 없고 죽음의 암울한 색채만 시적 행간에 가득 차 있다. 불안과 소외, 부재의식 등이 '행렬'의 침묵 속에 응집된다.

> 남쪽으로
> 나자빠진
> 천국에의 나선계단

---

3) 문선영, 「1950년대 전쟁기 시의 실존의식 연구-김종문의 『불안한 토요일』을 중심으로」, 『한국시문학회』, 2002, 209쪽.

4) 김종문, 앞의 '해설'(각주2).

<텅스텐>의 촉매작용을 이루었다.
경사진 과수원 사이를 뚫고
그 아래 도시
그 너머 바다로 티인 길은……

불안한 토요일과 함께
수없는 사람들의 행렬
한곬으로 흘러갔다.

나도 숨을 이어갔다.

제1부(1~4연)

『불안한 토요일』의 제1부, 제2부, 제3부의 1연에는 "남쪽으로/나자빠진/천국에의 나선계단/ <텅스텐>의 촉매작용을 이루었다"라는 구절이 동일하게 반복 제시되고 있다. 이러한 각 부의 서두는 그 다음 2연과 3연 그리고 4연까지의 내용과 긴밀하게 접목되고 있다. 이는 시인이 의도적으로 배치하고 있는 의미구도로 주제의식을 생성하는 상징성을 지니고 있다. 따라서 제1부, 제2부, 제3부의 내용은 각각 이 서두의 상징성을 기반으로 해서 시적의미를 확장해간다고 할 수 있다. 위 인용부분은 『불안한 토요일』의 제1부 1연에서 4연까지의 구성이다. 핵심내용은 '천국에의 나선계단', '그 너머 바다로 티인 길', '수없는 사람들의 행렬', "나도 숨을 이어갔다" 등으로 요약된다. '행렬'이라는 언어에서 알 수 있듯이 여기에는 집단적 움직임이 암시되어 있다. "불안한 토요일"이라는 시간적 배경을 두고 "수없는 사람들의 행렬"은 '한곬'으로 흘러간다. 이러한 집단적 '행렬'은 뚜렷한 방향성이 제시되고 있지는 않지만 이 공간이 아닌 저 공간으로의 공간이동을 목표로 하고 있다. 여기서 '천국에의 나선계단'과 '그 너머 바다로 티인 길'은 '천국', '티인 길'이라는 구도에서 '행렬'을 이끌어가는 지향적 공간 이미지를 담고 있다. 이들이 흘러가는 '한곬'은 곧 '수움을 이어'갈 수 있는 공간 이미지로 제시되고 있기 때문이다.

> 아카시아 담 밑에
> 짝 잃고
> 낱낱이
> 흩어진
> 연성 <리베트>들 사이에 유아의 시체 하나……
>
> 통절된 피부
> 구멍이 자욱이 난 두골
> 진부(陳腐)한 시체.
>
> …………중략…………
>
> 그러나 <페스트>보다도 빠른 행렬
> 지도도 海圖도 없이 이어갔다.
> 金冠도 따라갔다.
> 신부도 그는 사제복을 걸친 채 따라갔다.
>
> —누굽니까
> 저어 황소를 버리고 간 이는?
>
> 제1부(6~10연)

위 인용부분은 '행렬'이 지나는 과정에서 목도하게 되는 '죽음'의 상황에 대한 묘사이다. '죽음'은 '행렬'이 지나가는 길목에서 어렵지 않게 목도하게 되는 광경이다. 따라서 행렬을 지어 바삐 떠날 수밖에 없는 상황적 절박함을 던져주기도 한다. '행렬'이 찾아가는 공간이 '수움을 이어'갈 수 있는 공간이라면, 그들이 탈출해야하는 지금 여기의 공간은 '죽음'이 침잠해 있는 공간이다. '행렬'이 지나는 길목에는 "유아의 시체 하나"가 "통절된 피부/구멍이 자욱이 난 두골"로 방치되어 있다. 또한 죽은 채로 버려져 있는 '황소'를 목도하기도 한다. 하지만 누구도 '유아의 시체'나 버려진 '황소'에 관심을 보이거나 '행렬'을 멈추지 않는다. '금관'도 지나가고 "사제복을 걸친" '신부'도 '행렬'을 따라가기만 한다. '행렬'은 인간의 행위영역이지만 인간의 흔적은 말살되고 기계적이고 박제화 된 움직임만 있을 뿐이다. '행렬'이 흘러가는 길은 "지도도 해도도 없"다. 정확한 방향성이 없다는 것은 근원적으로 불안의식이 개입할 수밖에 없는 상황이 된다. '행렬'은 '불안'을 벗어나기 위해 "<페스트>보다도 빠른 행렬"을 이어가고 있을 뿐이다. "그 너머 바다로 티인 길"에 어떤 희망적 요소를 암시해두고 있지만 불안요소를 제거하기에는 역부족이다. 존재와 비존재, 삶과 죽음이 혼재해 있는 '50년대적' 상황이 '불안한 토요일'과 '행렬', 죽음의식을 통해 표상되고 있다.

> —매담! 여기는 철조망지대
> 진공지대란 걸 모르십니까?
> 나는 목자가 되려는 것은 아닙니다만
> 어서 일어서십시오.
>
> 우리에겐 적(敵)이란 것이 있습니다
>
> 적
>
> 적 대표의 제의는 단조한 음계연습이었습니다.
> 점과 점을 결부한 <아라삐아> 숫자의 저고(低高)
> 평화

평화

<평화>는
50년대의 시간에 부조(浮彫)된 대문자
수없는 얼굴은 하나 또 하나
뒤이어 감염되어 가는 순간마다……

수없는 소년들의 피로 물든
적색 <리뽕>
평화조인서는 드디어 철해졌습니다.

―제1부(31~36연)

어떤 사건의 구성이든 그 안에는 반드시 그에 상응하는 인과적 연결고리가 제기되기 마련이다. 김종문은 "수없는 사람들의 행렬"과 죽음의식의 저변을 "50년대의 시간"과 연계해서 그 배경을 풀어내고 있다. 철조망지대', '적', '평화조인서', '수없는 소년들의 피' 등은 "50년대의 시간"을 상징화하는 메시지가 된다. '매담'은 '행렬'에 속해 있는 사람이다. 그리고 '매담'과 대화를 하고 있는 '딱터'도 여기에 포함된다. "나는 외과수술 전문의입니다"(제1부 29연)라고 스스로를 밝힌 '딱터'는 걸음을 멈추고 있는 '매담'에게 어서 '행렬'을 따라가라고 종용한다. "우리에겐 적(敵)이란 것이 있습니다"라는 것이 그 이유이다. 여기서 "수없는 사람들의 행렬"이 '적'에게 쫓기고 있는 긴박한 위기를 안고 있음을 알 수 있게 된다. "수없는 소년들의 피로 물든/적색 <리뽕>/평화조인서는 드디어 철해졌습니다"에서 '행렬'의 위기의식이 전쟁으로부터 시작되고 있음을 알 수 있게 한다. "전쟁은 모든 사람들을 삶이냐 죽음이냐의 갈림길에 갖다 놓게 하였다."[5] '평화'의 이름으로 '철해'진 '평

5) 천이두, 「50년대 문학의 재조명」, 『한국비평문학대계』, 동양서적, 1994, 201쪽.

화조인서'는 과연 '평화'를 지향하고 있는 것인가. 시인은 '적', '평화'라는 단어를 반복 나열함으로써 이에 대한 의문을 제시하고 부정적인 시각을 드러낸다. '수없는 소년들'을 '피로 물'들게 한 전쟁은 '평화'의 이름으로 포장한다 해도 그 속성은 감춰지지 않는다.

김종문은 '행렬' 속에 '딱터'와 '매담'의 대화 장면을 삽입함으로써 "50년대의 시간", '적'이 불러들이는 위기의 상황을 보다 사실적으로 각인시킨다. 이러한 위기 상황은 곧 전쟁과 맥락지어 지고 '불안' 역시 이와 연장선상에서 생성되는 심리적 배경이 된다. 이러한 배경에 기대보면, "수없는 사람들의 행렬"은 피난민 행렬에 다름 아닐 것이다. 또한 이를 염두에 두고 보면, 각 부의 1연에 반복 나열되고 있는 "남쪽으로/나자빠진/천국에의 나선계단"에서의 '남쪽으로'는 이들의 행선지가 '남쪽'이라는 것을 암시하는 메시지가 된다. '수없는 사람들의 행렬'이 집단적 요소를 지니고 있는 만큼 이들의 '행렬'은 보다 강렬하고 거대한 무게로 시적 기류를 압도한다. 삶과 죽음이 교차하는 절박한 상황 속에서 '적'을 피해 "한곬으로 흘러"가고 있지만 생명부재와 희망부재의 상황만이 전체 분위기를 물들이고 있다. 김종문은 전쟁의 파괴와 급박한 위기 속에서도 삶은 지속될 수밖에 없고 또한 살아갈 수밖에 없는 50년대적 상황을 피난민 '행렬'과 죽음의식을 통해 그려내고 있다.

3. 존재의 부정과 상처의 재현

김종문의 장시 『불안한 토요일』은 표면으로 보기에는 통일된 하나의 스토리가 제시되고 있지 않은 것 같이 보인다. 이른바 "<내면적 통일성>을 이룰 만한 구성이나 작품 자체로서의 주제는 볼 수 없고 사건이나 장면들이 그냥 나열되어 있을 뿐"[6]이라고 생각할 수 있다. 하지만 제3부로 구성된 전개방식에는 분명 단계적 변화와 순차적 이야기구도가 형성되어 있다. 다만 의미구성의 연결성을 불규칙적인 여러 장치들 속에 심어두고 있을 뿐이다. 김종문은 파격적인 언어구성과 빠르게 교체되는 이미지, 불연속적인 장면들을 시적 기교의 한 측면으로 끌어들이고 있다. 제1부와 제2부, 그리고 제3부로 이어지는 과정은 분리되어 있는 것이 아니라 의미적으로 연결되면서 상황의 변화를 제시하고 있다. 따라서 시작과 중간, 결론의 방향성을 의미구성 속에서 찾아갈 수 있다. 살펴보았듯이 제1부는 '수없는 사람들의 행렬'과 죽음의식의 발현, 이러한 '행렬'과 '죽음'을 야기 시키는 배경으로서의 '50년대의 시간'이 상징화되고 있다. 제2부는 '행렬'이 당도한 공간 즉, 도시공간에서 맞닥뜨리게 되는 여러 정황들에 대한 인식과 의미부여가 주어진다. 여기에는 또 다른 형태의 불안요소가 제시되면서 비판과 탐색의 과정이 확장되어간다.

> 남쪽으로
> 나자빠진
> 천국에의 나선계단
> <텅스텐>의 촉매작용을 이루었다.
>
> 부서진 내열 <앵글>들의 착종
> 그 위에 <보따리>들의 휴식소
> 그 사이로 바다의 종대가 깃드는 도시는……
>
> 불안한 토요일과 함께
> 수없는 사람들의 분포도
> 제각기의 곬을 타고 흩어졌다.
>
> 나는 한숨 놓았다.
>
> —제2부(1연~4연)

---

6) 김종길, 「한국에서의 장시의 가능성」, 『진실과 언어』, 일지사, 1974, 221~222쪽.

제1부에서의 "수많은 사람들의 행렬"은 제2부에서 그 행보를 멈추게 된다. '행렬'은 '도시'에 당도함으로써 길고 긴 여정을 일단락하게 된다. 이른바 '수없는 사람들'의 집단적 움직임을 이끌던 '행렬'은 각각의 행선지를 잡아 흩어진다. "한곬으로 흘러"가던 행렬이 "수없는 사람들의 분포도"를 보이면서 "제각기의 곬을 타고 흩어"지고 있는 것이다. 제1부에서의 '행렬'이 모든 것을 버리고 떠나야하는 절박함과 기계적인 움직임이 포섭되고 있었다면, 제2부에서는 '도시'라는 공간을 기점으로 각자의 삶을 찾아가고자 하는 움직임이 포착된다. 하나의 목적으로 움직이던 사람들이 제각기의 삶의 터전을 찾아 흩어지고 있는 것이다.

제1부에서의 '행렬'은 '한곬'으로 '흘러가다', '이어가다', '따라가다'의 행위배경을 담고 있다. 하지만 제2부에서는 "제각기의 곬을 타고 흩어졌다"로 표현된다. '한곬'이 '제각기의 곬'로 대체되고 있다. 따라서 여기서부터 또 다른 삶의 방식이 제기되고 사건의 전개가 암시된다. 제2부에서도 여전히 '불안한 토요일'이 매개되고 있지만 우선 '행렬'이 종착지에 도착했다는 안도감과 새로운 삶의 행보가 제각기의 형태로 주어진다. 따라서 "나도 수움을 이어갔다"의 단계에서 "나는 한숨 놓았다"의 단계로 접어들고 있다.

> 수없는 고층 <뻴딩>들
> 이따금 머리 위에
> 하이얀 구름과 닿으면
> 발톱 밑에 <크락슌> 소리 요란했다.
>
> …………중략…………
>
> 모오든 지붕밑
> 수없는 창구멍들 마다

<앨콜 · 램프>에 취한 얼굴들
길마다
네모진 윤곽을 그렸다.
—여보세요 어디서들 오십니까?
—보시소 어데서들 오시는게유?

—제2부(5~7연)

위 인용부분에서 눈여겨봐야 할 대목은 "여보세요 어디서들 오십니까?/보시소 어데서들 오시는게유?"라는 물음에 있다. "수없는 고층 <뻴딩>들"과 "모오든 지붕밑/수없는 창구멍들 마다"에는 이미 와 있거나 방금 도착한 '행렬'들의 발자취가 부산하게 '도시'에 포섭되고 있다. 행렬의 정착은 '생활'이 깨어나고 또 다른 삶의 국면이 펼쳐짐을 의미한다. "제각기의 굜을 타고 흩어"진 사람들은 제각각의 방식대로 삶을 찾아간다. 하지만 "<앨콜 · 램프>에 취한 얼굴들"에서 암시되듯이 '도시'의 풍경은 이들에게 밝고 긍정적인 공간으로 다가오지 않는다. 여기에는 또 다른 형태의 불협화음과 불완전한 삶의 형태가 도사리고 있다. 자본주의적 이기와 모순, 퇴폐와 환락 등 온갖 도시적 병폐들이 전쟁의 폐허 속에서도 병원균처럼 스며들고 있다. '행렬'의 입장에서 보면, 이들은 일시적 통합을 이루고 있었지만 각각의 길을 따라 흩어짐으로써 각각의 존재성으로 돌출된다. 따라서 전쟁으로 인해 황폐화된 '도시'와 피난길을 떠나온 이방인들은 '불안'의 중심에 있으면서 한편으로 '불안'을 조성하는 또 다른 위치를 생성하기도 한다.

—시민 여러분………
여러분은 시민의 합창을 아십니까?

—시인이여!

우리에게도 그런 합창이 있었습니까?

—그러나 시민 여러분!
지금
우리의 도시에 모여드는
모오든 행렬은
과수원으로 보내는 장송곡을 가졌거늘
그리고
분화산상(噴火山上)의 행진곡을 가졌거늘………

—제2부(10~12연)

장시 『불안한 토요일』에는 전쟁의 흔적이 여러 각도로 표출되고 있다. 김종문에게 1950년대는 '행렬'과 '죽음', '도시'와 절망의 경계를 넘나드는 모순성의 집약체이다. 여기에는 인간상실이 우선적으로 전제되기 때문에 긍정적인 세계구성이 불가능함을 이미 전제하고 있다. 불규칙적이고 불완전한 시적 요소들도 이러한 배경 속에서 생성되는 의식 · 무의식적 파장들이다. '불안'은 이러한 배경에서 야기되고 스스로의 존재를 부정하는 존재부정의 극단적인 상황도 여기에서 발현된다. 김종문은 한국전쟁의 비극성과 함께 '나치스'의 학살(제2부 14연), 유혈 등의 비인간적 행태에도 비판적 시각을 드러낸다. 이는 "50년대에 야기된 이번 전쟁"을 "불안한 세계사의 운명"[7]과 연결시키고 있는 김종문의 사유와 맞물린다.

위 인용부분은 '시민'과 '합창', '시인'이 등장하면서 또 다른 구도의 사유가 압축된다. "시민 여러분/여러분은 시민의 합창을 아십니까?", "시인이여!/우리에게도 그런 합창이 있었습니까?"라는 물음이 그 핵심을 가로지른다. 여기서 가장 중심에 놓이는 것이 '합창'이다. '합창'은 여럿사람이 함께 어우

7) 김종문, 앞의 '해설'(각주2).

러져 조화를 이뤄내는 것이 그 본질이다. 하지만 여기에는 이미 조화의 흐름이 결여되고 있다. "지금/우리의 도시에 모여드는/모오든 행렬은/과수원으로 보내는 장송곡을 가졌거늘"로 연결되고 있기 때문이다. '합창'의 시대는 사라지고 '장송곡'이라는 죽음공간과 그 맥이 닿아있다. 따라서 삶의 길을 찾아 도시로 몰려드는 '모오든 행렬'은 생명이 아니라 또 다른 죽음과 맞닥뜨리는 결과가 놓여있다.

—우리에게 무기를
피 대신 <잉크>를 흘리는 0형들의
수없는 <프래카아드>들
또한 행렬을 짓고 흘러갔다.

—50년대는 물러가라
쨍!
울리는 <보카뷰러리이>의 비약
가로수 그늘에
출생신고서를 든 채 길을 잃은 노년 하나
……………
對句는 들리지 않고………

—제2부(28~29연)

하수로는
욕망의 염하(炎夏)
끝없는 초조와
기인 행렬과 함께 바다로 향했다.

—제2부(32연)

제2부 후반부에서는 전쟁과 관련한 50년대적 상황이 보다 구체적으로 떠

오르고 있다. 사람들은 "수없는 <프래카아드>들"을 들고 "50년대는 물러가라"고 외치면서 "행렬을 짓고 흘러"가고 있다. 이러한 외침은 '50년대'가 함축하고 있는 상처에 대한 각인이면서 비판이다. 이는 도시로 몰려왔던 '수없는 사람들의 행렬'이 '제각기의 곬을 타고 흩어졌'던 단계에서 "과수원으로 보내는 장송곡"의 과정과 "기인 행렬과 함께 바다로 향"하는 과정까지의 거리이다. "출생신고서를 든 채 길을 잃은 노년 하나"에서 미래가 담보되지 않는 절망적 심연을 읽을 수 있다. 상흔의 자리는 쉽게 아물지 않고 단절과 소외, 자기합리화와 위선이 팽배한다. 전쟁을 반성해야하는 자리에 가식적인 행사가 판을 친다. "오늘밤/세계전쟁미망인연합회장 <싱그레어> 부인 저택에서/주말무도회가 개최될 예정입니다//전쟁미망인이면 누구든지/초청장 없이 참석할 영광을 가졌습니다"(제2부 23연) 등에서 이러한 정황이 포착된다. '전쟁미망인'을 위로하는 '가장무도회'는 전쟁 피해자들을 기만하는 또 하나의 폭력으로 그려진다.

50년대를 환기하는 것은 상처에 대한 재현이다. 김종문은 '수없는 사람들의 행렬'을 통해 1950년대의 현실을 상기시키고 '도시'로의 공간이동이라는 긴 여정을 제시한다. 하지만 문명의 이기가 범람하고 있는 '도시'에서 또 다른 형태의 위기와 불안, 환멸과 절망을 맞닥뜨린다. 전쟁이 끝난 자리에서 사람들은 반성은커녕 다시 부조리한 욕망을 쌓고 위선과 거짓을 포장한다. 김종문은 냉소적 언어로 여러 형태의 문명과 문명의 추종자들을 비판한다. 김종문이 인식하는 1950년대는 전쟁의 폐허와 그 폐허 위에서 방황하는 미래부재의 역사이다. '행렬'은 정착을 하지 못한 채 '도시', '과수원', '바다'의 순으로 이동하게 된다. 결국, '과수원으로 보내는 장송곡'과 함께 죽음의 하강 이미지로 추락하고 만다. '행렬'은 진정한 의미에서의 정착을 하지 못하고 표류하거나 '죽음'의 형식으로 돌출된다. 제1부에서의 "그 너머 바다로 티인 길"은 새로운 삶을 담보하는 희망적 공간 이미지를 표방하고 있지만, 제2부에서의 '바다'는 '죽음'과 연계되고 있다. 제3부에서 바다는 "수없는 사람들의 水葬圖"로 연결되고 있기 때문이다.

4. 자아해체와 미래부재의 공간

1950년대는 한국전쟁의 발발과 분단비극 등 역사적 격동이 우리의 삶의 터전을 휩쓸고 간 시기이다. 민족상잔의 유혈과 남북으로 갈라진 강토는 그 자체로 이미 우리의 정체성을 말살시키고 있다. 따라서 "50년대의 시간에 부조(浮彫)된 대문자(제1부 35연)", "50년대는 물러가라(제2부 29연), "1950년 이후(제3부 12연)" 등 '1950년대'라는 시대적 배경이 지속적으로 부각된다. "전쟁이 가져온 공포 속에서 자아가 감지하는 불안과 혼돈의 정조는 곧 세계의 파탄과 황폐화에 필적하는 자아의 상실이라는 문제와 직결된다."[8] 여기에는 "수없는 소년들의 피로 물든", "최후의 총성이 내뿜는 초연은/회색 비둘기의 공중살포", "철조망지대/진공지대", '전쟁미망인'의 시간이 담보되어 있다. 따라서 과거와 현재는 물론 미래까지 단절시키고 무화시키는 부재의 시간을 던져준다.

『불안한 토요일』은 전쟁과 그 전쟁을 지나온 사람들의 고통과 절망을 현실인식의 비판적 잣대로 수용하고 있다. 제1부의 피난민 '행렬'의 절박한 여정과 제2부의 '도시' 공간으로의 이동과 도시문명 속에서의 모순적 생활상, 다시 '바다'로 향하는 '행렬'의 '끝없는 초조'의 시간 등이 여기에 포섭되어 있다. '도시'는 생명을 위해 모여든 공간이지만 어디에도 희망의 탈출구는 없고 '죽음'과 공허한 소음만이 집약되어 있다. 제3부는 보다 극단적인 절망 속으

8) 김현자, 「전쟁기와 전후의 시」, 『한국현대시사』, 오세영 외 지음, 민음사, 2007, 246쪽.

로 침잠해 들어가면서 자아해체와 미래부재의 공간을 경험하게 된다.

남쪽으로
나자빠진
천국에의 나선계단
<텅스텐>의 촉매작용을 이루었다.

그러나
균형역학을 해체한 <뽈트>들
녹실은 소리 자욱한 노랑色
바다는………

불안한 토요일과 함께
수없는 사람들의 水葬圖
제각기의 열력을 잃었다.

나도 영수(齡數)를 기각했다.

—제3부(1연~4연)

제3부 1연은 제1부와 제2부 1연의 내용과 동일하게 펼쳐진다. 하지만 2연부터 4연까지는 각각의 차별성을 두고 있다. 제1부는 "수없는 사람들의 행렬", "한곬으로 흘러갔다", "나도 수움을 이어갔다"로 표현되고 있고, 제2부에서는 "수없는 사람들의 분포도", "제각기의 곬을 타고 흩어졌다", "나는 한숨 놓았다" 등으로 표상된다. 제1부와 제2부의 초반은 어떤 희망적인, 그리고 삶의 방향성을 찾고자 하는 '행렬'과 '분포도'의 열망을 엿볼 수 있다. 하지만 제2부의 "과수원으로 보내는 장송곡"에 이어, 제3부에 이르러서는 "수없는 사람들의 수장도", "제각기의 열력을 잃었다", "나도 영수(齡數)를 기각했다"의 과정으로 접어든다. '수장도', '열역을 잃음', '영수를 기각함' 등에서 모든

것의 상실, 무의미, 허무, 부재의 심연을 읽을 수 있다. "균형역학을 해체한 <뽈트>들", "녹실은 소리 자욱한 노랑색/바다", "수없는 사람들의 수장도" 등은 단절과 절망과 죽음을 표방한다.

—우리들
세계천문학자연합은
드디어 해체를 선언합니다
따라서 1950년 이후
세계의 모오든 천문대에선
천문대 연보를 발간하지 않을 것입니다

—제3부(12연)

그러나
나는 또 하나의 단념을 가져야했다.

최후의 계제(階梯)를 밟고 내려서는 순간
중층(中層)된 암흑 속에
하이얀 해골 하나………

나는 그만 아무 유예(猶豫)도 없이
가느다란 목소리를 들을 것이다.
—그대는 진정 나를 사랑했던가?

—제3부(19~21연)

제3부에는 '해체'라는 용어가 등장하면서 새로운 국면을 암시한다. '해체'는 기존의 것을 흩어지게 하거나 전복시키는 것이다. 이는 새로운 것을 생산하기 위한 행위이기도 하고 한편으로 단절과 분산, 상실을 내장하기도 한다. 여기에서는 후자에 그 의미적 터를 두고 있다. 김종문은 "1950년 이후"라는

시간적 배경을 제시하면서 '해체'의 배경을 분명히 해두고 있다. '1950년'은 한국전쟁이 발발한 시점이고 "1950년 이후"는 전쟁 이후의 상황이 중심에 놓인다. '세계천문학자연합"의 '해체'는 "1950년 이후"의 세계의 혼란과 희망부재의 상황을 상징적으로 그리고 있다. 이는 생명의 세계가 아니라 파괴와 폐허, 부조화와 균열, 모순과 무기력이 팽배한 세계가 된다. 따라서 해체할 수밖에 없는 필연적 이유가 주어진다. 이러한 '해체'의 의도는 '나'와 '세계'를 두루 포섭하면서 자아해체와 세계해체의 구도로 확장되어간다.

"나는 또 하나의 단념을 가져야했다"의 정황이 이와 연결된다. '단념'은 '해체'와 마찬가지로 단절과 소통부재의 요소를 지니고 있다. 시적화자 '나'는 이제 또 하나의 단절을 경험할 수밖에 없는 상황에 처해있다. "최후의 계제(階梯)를 밟고 내려서는 순간/중층 된 암흑 속에/하이얀 해골 하나"는 완전 절망을 암시한다. '중층 된 암흑'과 '하이얀 해골 하나'는 더 이상의 희망을 찾아볼 수 없는 '죽음'의 종결과 '해체'의 세계를 함축한다. "그대는 진정 나를 사랑했던가?"라는 물음도 나와 세계에 대한 회의이다. '사랑'조차도 믿을 수 없는 자괴의 심연이 나와 세계를 해체의 영역으로 이끌고 간다.

> 이제 나는
> 불안한 토요일이 침전한 안변
> 망각의 지점에
> 수없는 <아라비안>들의 검은 숫자들
> 독소를 풍긴다.
> …………생략…………
>
> 깊어가는 불안한 토요일의 밤
> 아아, 나의 안식할 곳
> 어딘가

머언 주장(酒場)에
술취한 청년의 노기 찬 노래
<라. 말세이유우즈>와 같이

나는
불안한 토요일을 한 아름 안고
다시금 토파 가야만 한다.

—제3부(35~36연)

"불안한 토요일"은 이제 "깊어가는 불안한 토요일의 밤"으로 확장되어 있다. '나'는 "안식할 곳"을 찾지 못한 채 "불안한 토요일이 침전한 안변/망각의 지점"에 서 있다. '해체'와 '단념'의 단계를 거쳐 더 깊은 불안 속으로 침잠한다. 훼손의 깊이가 집요하면 할수록 '불안'의 상황도 치명적으로 흘러간다. 따라서 치유와 극복의 토대를 마련하는 것은 더 이상 무의미하거나 불가능하다는 인식으로 접어든다. 따라서 결국 '불안'은 극복되지 못한 채 오히려 더 집요한 '침전'의 상태를 맞게 된다. 시적 화자는 "불안한 토요일을 한 아름 안고" 또 다시 길을 떠나야한다. 『불안한 토요일』은 적극적인 극복의지를 드러내기보다 전쟁기의 불안의식과 심리적 파장을 다양한 시적 장치들 속에 각인해두고 있다. 따라서 긍정적인 세계에 대한 암시나 가능성의 모색이 아니라 더 큰 암흑과 '불안'을 제시하면서 비판과 반성의 척도를 제시하고자 한다. '해체'와 '단념'이라는 극단적 선택을 하면서 부재의 형식을 수용하는 것도 이와 맥락을 같이 한다.

①남쪽으로
나자빠진

천국에의 나선계단

<텅스텐>의 촉매작용을 이루었다.

—제1부, 제2부, 제3부(1연)

②남북으로
기일게
늘어 자빠진
지옥에의 나선계단
<텅스텐>의 촉매작용을 이루었다.

—제3부(마지막 37연)

앞서 언급했듯이 장시 『불안한 토요일』의 제1부, 제2부, 제3부의 첫 연은 인용①의 내용을 동일하게 제시하고 있다. 인용②는 제3부 마지막 연이다. 각 부 1연에 제시하고 있던 내용을 종결부분에 다시 한 번 반복제시하고 있다. 하지만 그 내용에 있어서는 상당부분 달라져 있다. 제1부~제3부의 첫 연이 "남쪽으로/나자빠진/천국에의 나선계단"으로 표상되고 있다면, 제3부 마지막 연은 "남북으로/기일게/늘어 자빠진/지옥에의 나선계단"으로 묘사된다. 우선 "남쪽으로/나자빠진"이 "남북으로/기일게/늘어 자빠진"으로 변화하고 있다. 즉, '남쪽으로'의 방향성이 '남북으로'의 공간 개념으로 전환하고 있는 것이다. 또한 "천국에의 나선계단"에서 "지옥에의 나선계단"으로 바뀌면서 '천국'과 '지옥'의 대립개념이 주어진다. 이러한 변화의 틀은 대단히 큰 상징성을 지닌다. 피난민 행렬 혹은 피난지에서 돌아오는 상황의 상징이라고 할 수 있는 '남쪽'과 '천국'은 삶을 지탱하기 위한 일종의 생명 공간으로서의 의미를 지닌다. 반면, "남북으로/기일게/늘어 자빠진"에서 표상되고 있는 '남북'과 '지옥'은 남북분단에 대한 시인의 인식이 표상되고 있기 때문이다.

이를 염두에 두고 살펴보면, 인용①의 내용들이 한국전쟁과 그 이후의 혼란과 대응의식을 함축하고 있다면, 인용②는 남북 분단의 현실을 일깨우고 비판하는 과정으로 받아들일 수 있다. 김종문은 "남북으로/기일게 늘어 자빠진" 휴전선을 바라보면서 "지옥에의 나선계단"을 생각한다. '남북'으로 갈라진 현실공간은 더 이상의 희망도 제시할 수 없는 미래부재의 공간으로 인식된다. 따라서 '해체'와 '단념'의 과정에 이를 수밖에 없고 결국 "깊어가는 불안한 토요일의 밤"의 상황으로 침잠할 수밖에 없다. "남북으로/기일게/늘어 자빠진/지옥에의 나선계단"은 과거의 과오와 함께 극복되지 않는 현재와 미래의 상황을 암시적으로 나타낸다. 작품의 마지막 연에 현실 부재와 미래부재의 심연을 심어두는 것은 시인의 비판적 인식이 그만큼 강렬하다는 것을 말해준다. 김종문의 『불안한 토요일』은 1950년대 장시로서의 특징을 '불안'이라는 키워드로 응집하면서 '해체'와 '단념'의 세계로까지 확장하고 있다. '불안'은 전쟁기의 현실을 읽어내는 비판적 잣대이면서 극복되지 않는 정신적/현실적 위기의식의 지표가 된다. 따라서 김종문의 장시창작의 배경은 전쟁체험의 절망과 폐허의식 속에서 그 당위적 요구와 필연성을 부여받게 된다.

김용호의 『남해찬가』의 역사적 현재성과 민족정신의 구현

1. 민족적 수난기와 극복의지

김용호[1]는 장시 「낙동강」(사해공론, 1938)을 발표하면서 주목을 받기도 한다. 김용호의 이러한 시적 실험과 시의 장형화의 특징은 서사장시 『남해찬가』(인간사, 1957)[2]에 이르러 그 범주가 보다 방대해지고 견고해진다. 이는 그의 시세계에서 장시의 위치를 단단하게 구축하게 되는 계기를 마련한

---

1) 김용호는 1912년 5월 26일 경남 마산시 중성동에서 태어난다. 마산상업학교를 졸업한 뒤 몇 년간 직장생활을 하다가 뒤늦게 도일하여 메이지대학 전문부 법과를 졸업(1941)한다. 이듬해 메이지대학 신문고등연구과를 수료한 뒤 귀국해 『선만경제통신사』기자로 근무한다. 해방 후 한때 좌익문학 단체에 관여한 적도 있으나 곧 전향해서 한국자유문학가 협회에 가담한다. 『예술신문사』, 『시문학』, 『자유문학』주간 역임, 서라벌예술학교, 수도여자사범대학, 건국대학교 강사를 거쳐 단국대학교 국문과 교수로 재직한다. 시집으로는 첫 시집 『향연』(1941)을 시작으로 해서 『해마다 피는 꽃』(1948), 『푸른별』(1952), 서사시집 『남해찬가』(1957), 『날개』(1957), 『의상세례』(1962) 등 총 6권이 있다. 유작시집으로는 『혼선』(1974)이 있고, 사후 10주기에 『김용호시전집』(1983)이 발간된다. 2013년에는 단행본 『남해찬가』(지식을만드는지식)가 재출간된다. 1973년 고혈압으로 작고한다.

2) 『남해찬가』는 1952년 남광문화사에서 출간된 이후, 1957년 인간사에서 재출간된다. 이 글에서는 『김용호시전집』(대광문화사, 1983)을 참고하면서, 근간에 단행본으로 출간된 『남해찬가』(지식을만드는지식, 2013)를 분석 텍스트로 활용하고자 한다. 인용부분은 이 책의 페이지를 괄호 안에 표기해둔다.

다. 김용호는 "「낙동강」이나 「혁명투사에게 바치는 노래」(1947) 등에서 시도했던 장시의 기법을 살려 서사시 『남해찬가』를 시작"3)하고 있다. 초기시에 해당하는 장시 「낙동강」과 「혁명투사에게 바치는 노래」 등은 식민시기의 어두운 시대상과 삶에의 의지, 그리고 해방조국에 대한 인식이 강렬하게 형상화되어 있다. 이 두 편의 장시창작의 시점에서 『남해찬가』에 이르는 과정은 각각 일제강점기와 해방기, 전쟁과 전후 상황이라는 시대적 배경을 안고 있다. 따라서 1930년대와 1940년대, 1950년대라는 긴 시간적 거리와 이에 상응하는 역사적 격변을 함축하고 있다.

김용호는 1930년 『동아일보』에 시 「춘원(春怨)」과 이후 「첫 여름밤 귀를 기울이다」, 「쓸쓸하던 그날」(『신인문학』, 1935) 등의 작품을 발표하면서 문학 활동을 시작한다. 그는 생전에 총 6권의 시집을 남기고 있는데, 그 중 두 권은 40년대, 세 권은 50년대, 한 권은 60년대에 출간하고 있다. 이를 토대로 김용호의 시적 발자취를 살펴보면, 50년대에 가장 활달하게 작품 활동을 하고 있음을 알 수 있다. 『남해찬가』는 1950년대에 창작한 장시집으로 이 시기의 시인의 시적인식과 시작(詩作)의 방향성이 중요한 배경으로 깔려있다. "그의 전체 시세계의 핵심을 이루는 50년대 시에는 전쟁 체험 및 전후 시단의 형성 과정이 긴밀히 연루되어 있"4)다. "한 시인은 그가 살아온 시대에 대하여 여러 가지 반응을 일으킬 수 있다. 혹은 외면할 수도 있고 적극적으로 참여할 수도 있다. 학산(鶴山)은 끊임없이 자기가 살아온 사회에 대하여 정직하게 수용하고 문학으로 승화시키고자 노력해온 시인이라고 할 수 있다."5)

---

3) 송하섭, 「학산 김용호론」, 『김용호 시전집』 해설, 대광문화사, 1983, 641쪽.
4) 김신정, 「1950년대 김용호 시 연구 — 전쟁 체험의 형상화 방식을 중심으로」, 『한국시학연구』 제20호, 2007, 189쪽.

『남해찬가』는 시인이 50년대를 어떻게 인식하고 또 어떻게 극복하고자 하는 지에 대한 스스로의 물음과 해답이 제시되어 있다. 이러한 배경은 1950년대 장시의 특성을 확보하는 데 있어서도 긴밀한 연결고리를 던져준다. 여기에는 당대 현실적 상황에 대한 비판적 인식과 이를 긍정적으로 풀어가고자 하는 시대적 열망이 상징화되어 있기 때문이다. 장시의 문학적 선택은 김용호의 실험적 창작의지를 반영함과 동시에 이 시기의 시인의 시정신의 일단을 엿볼 수 있는 실천적 창작배경이 된다. "그의 시 저변에 깊게 깔려있는 시정신의 특질은 그와 민족이 처한 현실을 비껴가지 않고 언제나 정면으로 마주하는 정직함과 당당함에 있다."[6] 따라서 『남해찬가』는 50년대적 위기를 자각하고 극복하고자 하는 시대정신의 구체적 발현이면서 그 필연적 선택이라고 할 수 있다. 역사적 사실의 서사화는 과거의 역사를 통해 오늘의 역사를 들여다보고자 하는 그만의 방법론이고 개성이라고 할 수 있다. 김용호는 『남해찬가』의 '후기'에 이러한 배경을 언급해두고 있다.

> 어떤 나라의 역사이든 그곳에는 수없는 기복과 성쇠가 얽혀져 있읍니다.
> 우리들이 우리나라의 역사를 살펴보면 물론, 거기엔 민족적인 희열과 희망과 찬란한 영광을 맛보지 않는 바 아니나 한편 비애와 절망의 구렁에서 헤매인 시대도 없었던 것은 아닙니다.
> ………중략……
> 여기에 이순신이란 분이 계십니다.……그러므로 이 어른은 그 당시에 있어서 '최고의 도덕이요 법률'이었으며 따라서 대인격의 완성자이며 민족이상의 구현자인 것입니다.

---

5) 송하섭, 앞의 글, 645쪽.
6) 조동구, 「김용호 시 연구 — 시의 변모양상과 시적 특질을 중심으로 —」, 『동북아문화연구』 제7집, 2004, 191쪽.

> 아시다시피 우리 시단엔 아직도 이렇다 할 민족적인 서사시가 없읍니다. 나는 재능의 부족과 노력의 미급함을 번연히 알면서도 감히 이 길을 택해보았읍니다.
>
> 그러나 사실 이 광대무변한 인간적, 민족적 대인격을 되려 욕되게 하지 않을까 하고 몇 번이나 붓을 던지고 스스로 탄(嘆)하고 망설거린 때가 한두 번이 아닙니다. 그러므로 공과(功過)는 독자의 판단에 맡길밖에 없읍니다마는 여러 가지 의미에 있어서 임진왜란에 못지않은 오늘날의 민족적 수난기에 있어서 성웅 이순신 어른께 찬가를 드리는 동시에 그 정신을 받들어 우리들의 거울로 삼아야 되겠다는 미의(微意)에서 나는 조그만 즐거움을 느끼는 바입니다.[7]

'후기'의 내용은 대략 네 가지의 측면에서 그 의미를 요약해볼 수 있다. 먼저, "어떤 나라의 역사이든 그곳에는 수없는 기복과 성쇠가 얽혀져" 있어서 서사시를 쓸 만한 요소들이 내장되어 있음을 언급한다. 따라서 우리의 역사에도 이러한 서사적 요소를 생성할 수 있는 기복과 성쇠가 함축되어 있음을 암시한다. 두 번째는 역사적 인물인 이순신을 떠올리면서 이 분이야말로 "최고의 도덕이요 법률"이고, 또한 "대인격의 완성자이며 민족이상의 구현자"라는 견해를 밝히고 있다. 이는 『남해찬가』의 서사적 주체로서의 이순신의 면모와 그 필연적 조건을 상기시키는 대목이다. 세 번째는 "우리 시단엔 아직도 서사시가 없"음을 주지하면서 "재능의 부족과 노력의 미급함을 번연히 알면서도" 스스로 "이 길을 택해보았"음을 덧붙인다. 이른바 『남해찬가』를 창작하게 되는 배경에 대한 언급이다. 네 번째는 1950년대를 "임진왜란에 못지않은 오늘날의 민족적 수난기"로 상정한다. 이러한 시대인식은 시대적 소명으로서의 장시창작의 당위성과 필연성을 강조하는 한 측면이 된다.

---

7) 김용호, 『남해찬가』 후기, 인간사, 1957.

김용호의 『남해찬가』는 우선 전쟁과 전후 현실을 배경에 두고 창작되고 있다는 점에서 50년대 장시의 한 특징을 짚어볼 수 있는 단초를 제공한다. 그의 장시창작의 의도 속에는 50년대적 현실인식과 위기의식이 깊이 매개되어 있고, 이것이 장시창작을 의도하는 가장 절실한 배경이 되고 있기 때문이다. 김용호는 오늘날의 '민족적 수난기'를 임진왜란의 역사적 상황과 동일한 맥락으로 인식하면서 문학적 대응방식을 강구하고 있다. 임진왜란이라는 역사적 사건을 현재화하면서 50년대적 현실을 환기시키고 비판과 반성의 척도를 제시하고자 한다. 이를 통해 우리가 지켜가야 할 정신적 토대와 나아갈 방향성을 탐구하는 것이 그 목적에 놓인다. 김용호는 "대인격의 완성자이며 민족이상의 구현자"인 이순신 장군을 전면에 두고 민족적 대통합과 정체성 회복을 유도해가고자 한다.

2. 서사적 배경과 영웅의 시적 수용

앞서 살펴보았지만 『남해찬가』는 임진왜란이라는 역사적 사건과 오늘날의 민족적 수난을 동일 선상에 놓고 극복의 터전을 찾아가고 있다. 이른바 김용호의 역사적 상상력은 1950년대라는 시대적 배경을 중심에 두고 과거의 역사를 불러들이고 있다. 하지만 전쟁과 전후 현실이 직접적으로 그려지거나 그러한 시어들이 등장하지는 않는다. 오히려 임진왜란의 절체절명의 위급을 현재화하면서 50년대적 수난을 상징적으로 환기시키는 방법론을 두고 있다. "『남해찬가』는 감상적인 성격에서 떠나 실존의 세계에서 선택한 방향성이라는 데 그 의의가 있"으며, "역사적 현실을 직시하려는 시인의 의지"[8]가 매개

---

8) 양은창, 「김용호 시에 나타난 실존의 성격」, 『어문연구』 78집, 2013, 313쪽.

되어 있다. 지난 역사의 격동을 돌아보고 되새기면서 그 속에 담긴 이순신의 숭고한 정신을 실천적 덕목으로 수용하자는 데 그 뜻이 놓인다.

『남해찬가』는 '序詩'를 시작으로 해서 총 17장으로 구성된 방대한 양의 장시이다. 이 글에서는 전체 내용을 3단계로 나누어서 분석적 틀을 잡을 것이다. 첫 단계는 '서시'를 비롯해서 제1장부터 4장까지의 내용을 한 틀로 묶을 수 있다. 이 단계에서는 사건이 발생하게 되는 역사적 배경과 시적 주체인 이순신의 등장, 나라를 위해 분연히 일어서는 이순신의 결의와 장대한 활약상이 형상화된다. 두 번째 단계는 제5장부터 제11장까지의 이야기로 부패한 당파싸움, 원균의 시기와 모함, 죄인이 되어 서울로 압송되는 이순신, 그 이후 감옥에서 온갖 고초를 겪는 장면, 목숨이 경각에 달린 위기상황 등이 그려진다. 그리고 '정탁'의 곡진하고도 '올바른 외침'이 왕에게 전달되어 죽음의 초입에서 구상일생 풀려나게 되는 이순신의 모습 등이 담겨있다. 이어 '12척'의 '기적'인 명량 대접전을 승리로 이끄는 처절한 전투장면이 묘사된다. 세 번째 단계는 12장부터 17장까지의 내용으로 명원군(明援軍) '진린'의 배신과 노량 앞바다에서의 처절한 전투와 이순신의 죽음, 그리고 대승전의 극적과정을 담고 있다. 마지막 제17장은 과거의 역사에서 현재시점으로 돌아와 오늘을 돌아보고 미래희망을 암시하면서 대장정의 막을 내린다. 그 첫 단계인 제1장부터 4장까지의 내용을 살펴본다.

①여기
오오랜 역사, 태양 함께 있어
어질고 착한 백성 터전 잡은 곳

청자 그릇마다 아로 새겨진

영영, 푸른 하늘을 이고
속속, 잇고 연달아 기리
세월과 더불어 얽힌 한 얼

—「서시」(3)

②하늘이 빛을 잃었도다

산천, 아름답고 어진 백성들 의좋아
그날 그날이 즐거웁고 복되었거늘
차츰 서녘 산에 해 기울어
이제 하늘이 빛을 잃었도다

—제1장 「혼란의 구름을 뚫고」(5)

③임진 사월 열사흘
희붐한 안개 속 새벽을 깨치고
바다를 뒤밀고 뭍에 오른 적군(賊軍)은
주린 이리마냥
부산으로 부산으로 몰려 들었다

"설마"하고 올 것을 번연히 알면서도
"모른 체" 한 그날은
왜란 칠년의 첫날은 그예 오고 말았다

—제2장 「적(賊)은 노한 파도처럼」(10)

『남해찬가』의 「서시」(①)는 이 작품을 열어가는 첫 단계로 우리 민족의 '오오랜 역사'와 그 역사를 일구어온 '어질고 착한 백성', "세월과 더불어 얽힌 한 얼"을 부각시키고 있다. "태양과 함께 있어", "청자 그릇마다 아로새겨진", "믿음 두터웠던 우리들의 조상"에서 역사에 대한 긍지와 자부심이 응집되어 있다. "'여기'는 민족의 시간성 전체를 아우르며, 무시간과 영원성으로서의 시적 공간, 시간을 초월한 민족의 절대적 공간성을 지향한다고 할 수 있다."[9] 과거와 현재, 미래까지 그 공간성 속에 포섭되어 있으며 또한 그 공간성을 초월하는 영원성의 의미에 닿아있다. 이러한 '오오랜 역사'의 터에 '우리들의 조상'은 '아름다움', '깨끗함', '맑디맑은 마음씨'를 지니고 살아왔다. 또한 청정한 '한 얼'의 지평은 "골고루 이루우리다 맹세코/내 사랑하는 강산이여!"로 확장되어간다. 「서시」에는 우리의 역사와 '한 얼'의 정신에 대한 찬탄과 믿음, 기대와 희망이 형상화되어 있다.

「서시」에서 펼쳐지고 있던 밝고 희망적인 분위기는 본 이야기인 제1장으로 들어서면서 확연히 그 색채가 달라진다. 인용②는 『남해찬가』의 제1장의 첫 머리 즉, 이야기의 출발시점이다. 제1장 첫 연의 "하늘이 빛을 잃었도다"는 앞으로 펼쳐질 서사의 구도를 암시한다. "산천, 아름답고 어진 백성들 의좋아" 하루하루 즐겁고 복되게 살고 있었지만, 어느 순간부터 "서녘 산에 해 기울어/이제 하늘이 빛을 잃었도다"의 상황으로 돌변하고 있다. 이러한 변화의 배경은 "호탕한 권세와/살잡는 집권을 에싸고/날로 익고 달로 터지는/집안싸움"이 그 원인이다. 세계는 "바다로 뭍으로 뻗어 가고", "역사를 창조하여 눈부신 때", '피비린 사화'와 자리다툼의 당쟁은 끊이질 않는다. 따라서 "주춧돌마저 비바람에 녹아내리는", "어둔 밤, 어둔 이 땅"으로 변질되어 간다. 이러한 배경 속에 하늘이 무심치 않아 이순신이 탄생하고 있음을 김용호는 제1장의 말미에 제시하고 있다.

제2장부터는 본격적으로 사건이 전개된다. "임진 사월 열사흘"이라는 구체적 시간과 함께 임진왜란이 시작되고 있음을 명시한다. '적군(賊軍)'은 "희붐한 안개 속 새벽을 깨치고", "주린 이리마냥/부산으로 부산으로 몰려들었다." '설

---

9) 오윤정, 「김용호 시의 시적 공간 연구」, 『한민족문화연구』 제59집, 2017, 55쪽.

마'하고 '모른 체'한 "왜란 칠년의 첫날은 그예 오고"만 것이다. '부산성'이 무너지고 '동래성'이 짓밟히면서 적군은 여세를 몰아 서울로 치올라가고 있다. 선조(宣祖)와 신하들은 "삶의 방팬 양 백성들만 남겨두고" 도망가기에 바쁘다. 제1장과 제2장은 나라의 존폐는 뒷전에 두고 자신들의 이익만 챙기는 부패한 '권세'와 그 틈을 타서 침략해온 왜적, 속수무책 도망을 가는 왕과 신하들의 행태가 사건을 이끌고 있다. 제3장부터는 임진왜란의 처절한 전투가 본격화되고 이순신이 전면에 등장하면서대승전의 활약상과 애국정신의 면모가 부각된다.

조정에선 이렇단 분부 하나 없고
헛되이 날자만 안타까이 흘러가는 무렵
손 땀 젖은 원균(元均)의 청병장(請兵狀) 갖고
헐떡이며 달려온 율포만호(栗浦萬戶) 이영남

………………중략………………

바깥엔
흐느끼는 봄비가 강물에 감기고
방안, 무심한 촛불
심지 곧추세워 타오르고
열여덟 숨소리는 무겁게 침전하는데
기인 수염 나려 쓸며 정중히 입을 여는 순신

「왜적과 맞붙어 싸우기도 전에
경상우도(慶尙右道) 수군이 몰수 함몰하고
수사(水使) 원균은 목을 움추려 숨어 있고
적은 부산에서 남해까지
바다를 휩싸고 있다하니―」

―제3장 「출진의 깃발은 동을 향하여」 부분(16~18)

'왜란 칠년'의 첫 시작은 '부산성'과 '동래성'이 함락되는 것으로 현실화된다. "기장이 질겁을 하고/양산이 자빠지고/언양이 숨을 죽이고/김해가 땅 속에 묻혔다" 등으로 당시의 급박하고 참담한 정황이 묘사된다. 그럼에도 "조정에선 이렇단 분부 하나 없고" 도움을 요청하는 '원균의 청병장'이 도착한다. 이순신과 제장들은 무거운 분위기속에서 '군사회의'를 연다. 이순신은 "적은 부산에서 남해까지/바다를 휩싸고 있다하니—"하고 운을 뗀다. 이어 "영남도 이 나라 땅/호남도 이 나라 땅/나랄 지키는 우리거늘/어찌 나가서 싸우지 않으리까"라는 '宋希立' 등의 진언 속에 드디어 이순신은 결단을 내리고 "싸우자 제장/각각 싸울 준비를 하라"(제3장, 19~20)라는 명령을 내린다. 『남해찬가』의 시적주체인 이순신이 "辛卯 二월 全羅左水使가 되어/오늘에 이르기까지 여념이 없었던/정성의 보람, 팔십 다섯 척"의 배를 이끌고 '큰 뜻'을 향해 나아가는 시점이다.

> '일어나라 적(賊)이 왔다'
> 백두옹(白頭翁)이 순신의 잠을 깨운 오월 스무 아흐렛날
> 거북선 앞장 세워
> 천지현황 총통(銃筒)이 적의 가슴을 뚫고
> 사천에서
> 당포에서
> 또 한 번 당포에서
> 율포에서
> 열흘 낮밤 네 번 싸워 네 번 이긴 당포대승첩(唐浦大勝捷)
>
> —제4장 「연달아 승전고는 울고」(27~28)

> 공은 모두 부하 제장에게 나누어주고
> 가선대부도, 자훈대부도, 정훈대부도
> 달갑지 않은 순신

'내가 죽기 전에는
적이 감히 쳐오지 못하리라'
이 굳굳한 신념만을 깃발삼아
나라, 백성에만 온 정신 온 몸 기울이는 순신

—제4장 「연달아 승전고는 울고」(30)

이순신은 "열흘 낮밤 네 번 싸워 네 번 이긴 당포대승첩"의 쾌거를 이끌어 낸다. 이순신의 행적은 제1장과 제2장, 제3장에서 그 탄생과 출전의 배경 등이 그려지고 제4장부터 본격적인 전투와 활약상이 형상화된다. 이순신은 대승전을 이끌고도 오히려 "공은 모두 제장에게 나누어주고" 적을 물리치고자 하는 '굳굳한 신념'과 "나라, 백성에만 온 정신 온 몸 기울이"고 있다. 이순신의 행적에 대해서는 이미 익히 알아온 사실들이므로 그리 낯선 풍경이 아니다. 그리고 서사의 전개과정 또한 실제의 내용과 그대로 맞물리고 있어서 특별한 진폭이 그려지진 않는다. 김용호는 '임진왜란'이라는 역사적 사건과 '이순신'이라는 인물을 세밀하게 조명하면서 오늘날의 '역사적 수난기'와 민족정신의 현재성을 구현하고자 한다. 김용호는 "이충무공(李忠武公)이야말로 민족적 서사시의 모델로 최고, 최적의 인물로 알았고 또 그의 행적은 '최고의 도덕이요 법률'로 인식"[10]하고 있다. 따라서 오늘과 내일을 이끌어갈 '민족이상의 구현자'로서의 면모를 주제의식 속에 각인시키고자 한다.

『남해찬가』는 "임진왜란의 민족 영웅에 의해 국가적 난관을 극복하는 과정을 역사적으로 현재화한다."[11] 이순신의 영웅적 면모는 현실과 동떨어진 영웅 이미지가 아니라, 우리와 걸음을 함께 하는 따뜻한 동행자이면서 인간

10) 송하섭, 앞의 글, 641쪽.
11) 김홍진, 「민족 정체성 회복의 서사적 전망」, 『남해찬가』 해설, 지식을 만드는 지식, 2013, 132쪽.

존재의 극치의 가치를 구현하는 인물로서의 의미를 담고 있다. “김용호의 시에 끝까지 추구되어온 정신적 지향은 세 주류였다. 하나는 고향에 대한 회고적 서정이요, 다른 하나는 민족정신에 입각한 현실인식이며, 그리고 죽음의식이다.”[12)]여기에 기대보면, 『남해찬가』는 ‘민족정신에 입각한 현실인식’에 토대를 두고 역사적 상상력을 현재화하고 있는 경우라고 할 수 있다. 그리고 영웅적 인물의 시적수용을 통해 1950년대의 수난과 위기의식을 극복하고 완성하는 정신적 터전으로 삼고자 한다.

3. ‘모해(謀害)’의 대립과 ‘열두 척’의 승전고

제2단계인 제5장에서 제11장까지의 내용은 앞서 살펴본 이순신의 대승전 즉, “세번 싸우고 세 번 이긴 옥포대승첩(玉浦大勝捷)”, “열흘 밤낮 네 번 싸워 네 번 이긴 당포대승첩(唐浦大勝捷)”, “두번 싸워 두 번 이긴 한산대승첩(閑山大勝捷)” 등을 이끌고 난 그 이후의 사건이 펼쳐진다. 그 첫 번째는 혁혁한 공을 세운 이순신을 시기하고 모해하는 ‘무리들’의 이야기와 ‘죄인’이 되어 서울로 압송되는 이순신의 모습이 담겨 있다. ‘원균’을 위시한 당파의 ‘무리들’은 이순신에게 누명을 씌워 죽음으로 몰아갈 계획을 세우고 이순신은 혹독한 고문을 받으면서 죽음을 기다리는 위기의 상황에 놓이게 된다. 하지만 ‘정탁’의 간곡한 진언에 힘입어 절체절명 죽음의 위기에서 벗어난다. 이순신은 왜군이 다시 ‘바다’를 침범해오자 오랜 ‘白衣’의 침묵을 깨고 적과 마주선다. ‘12척’의 열악한 상황 속에서 명량 대승전을 이끌어내는 과정 등이 숨 가쁘게 펼쳐진다.

---

12) 김수복, 「서정과 현실 그리고 죽음」, 『김용호 시전집』, 대광문화사, 1983, 647쪽.

『남해찬가』에는 여느 서사구도와 마찬가지로 주체의 반대편에서 갈등을 유발시키는 대립세력이 형성되어 있다. 이는 먼저 큰 틀에서 살펴보면 왜적의 침략과 그들의 야만적 행태로 인해 발생하는 대립구도를 들 수 있다. 왜군은 조선을 위기에 몰아넣고 백성들의 삶을 도탄에 빠뜨리게 하는 외부세력의 극단적 대상이 된다. 조선과 왜국의 대립구도는 가장 먼저 극복해야할 과제로 떠오른다. 왜군과 이순신의 연속적인 대접전도 이러한 외부적 세력과의 대립구도에서 생성된다. 이러한 대립과 함께 보다 내밀하고 집요한 형태로 뿌리 내리고 있는 것은 내부적 갈등요소이다. 이른바 시기와 질투로 눈이 먼 원균, 자신과 당파의 이익을 위해 '사지를 못 쓰는 무리들'이 발생시키는 내부적 갈등이 바로 그것이다. 제5장부터 제11장까지는 이러한 내부적 세력의 대립적 행위들과 여기에 왜군의 침략이 빈번해지면서 사건의 진폭과 긴장감이 보다 격렬해진다.

①이처럼 한 가닥 곧은 충성 다하건만
시기와 질투와 모함은 꼬리를 달고
순신을 노려 함정을 파는 무리들

저보다 똑똑하고 우뚝한 사람이면
할코 꼬집기에 한칭 용감하고
나라보담도 백성보담도
내부치기 잘살기만, 내 당파를 위해서만

물고 뜯기에 여념이 없어
팔도강산이 무너지는 적 앞에서도
중상과 간계로 사지를 못쓰는 무리들

—제5장 「모해(謀害)의 강풍 속에서」(33~34)

②아 억울한
죄 없는 죄인 순신이
우짖고 목메이는 백성들 뒤에 두고
서울로 간다 서울로 잡혀간다

—제6장 「閑山섬아 어이 네 이름이 한산섬이냐」(40)

③아 그래도
이 나라에 천운은 있었던가
이 백성에 천명은 있었던가

구사(九死)의, 옴싹 다 빠진 개골창에서
간신이 일생(一生)을 얻어 원옥(冤獄)을 나선 순신

………………중략……………

순신의 구사(九死)가 바로 이 나라의
구사가 아니었더냐
순신의 일생이 바로 이 백성의
일생이 아니었더냐

—제7장 「봄과 더불어」(52~53)

인용 ①과 ②와 ③은 이순신이 원균과 당파 '무리들'에 의해 모함당해 죄인 아닌 죄인이 되어서 서울로 압송되는 과정과, 이후 다시 '원옥(冤獄)을 나'서는 장면까지를 순차적으로 담고 있다. "시기와 질투와 모함은 꼬리를 달고/순신을 노려 함정을 파는 무리들"(①)의 행태는 날로 극심해진다. '무리들'은 "저보다 똑똑하고 우뚝한 사람이면/할코 꼬집기에 한칭 용감하고", "나라보담도 백성보담도" 나와 당파를 위해서 몸을 던지고, "팔도강산이 무너지는 적 앞에서도" 제 살기만 챙기는 소인배이면서 '중상과 간계'에 능한 간신

배들이다. "죄라니요 죄라니요/…죄가 있다면야/나랄 구한 게 죄이오니까." (제6장, 38) 이순신은 "우짖고 목메이는 백성들 뒤에 두고"(②) "죽고 사는 것, 천명이거니/죽게 되면 죽을 뿐, 설어할 게 무어냐"(제6장, 39)하면서 "상투 풀고 손발 꽁꽁 묶여"서울로 잡혀간다.

인용 ③은 '천운', '천명'으로 이순신이 '원옥(冤獄)'에서 풀려나는 장면이 묘사된다. "봄빛 아닌 주검의 빛이/창문에 달려붙"던 일촉즉발의 순간, "인재는 나라의 주춧돌이오 기둥이오라/하작은 미관인들 진실로 재예가 있사오면/사랑하고 애끼는 것, 소홀히 못할진대/하물며, 하물며 나라에 으뜸가는 장신(將臣)이리까/순신은/진실로 빛, 두드러진 장수의 제목이외다. 진실로 어떤 일에나 못함이 없는 인물이외다"(제7장, 51)라는 '정탁'의 '곧곧한 부르짖음'에 힘입어 이순신은 '죄인'의 몸에서 풀려난다. 이 세 개의 과정은 제5장부터 제7장까지 이어지는 내용으로 꽤 긴 지면이 할애된다. 김용호는 원균과 당파 '무리들'로 구분지어지는 내부세력의 부패와 타락의 실태를 이순신과의 대립의 관점에서 내밀하게 포착하고 있다. 이들은 자신의 이익을 좇아 당파를 짓고 나라를 위기에 빠뜨리는 존재들이다. 백성을 방치하고 충신을 모함하는 어둡고 부끄러운 역사의 한 측면으로 조명되면서 대립과 갈등을 야기하는 비판적 척도가 된다. 따라서 외부적 대립세력인 왜적과 함께 내부적 대립세력으로 사건의 중심에 등장한다.

> ① 전선(戰船)이 아직도 열두 척 있아오니
> 죽을힘 다하여 싸운다 하올진대
> 이로써 오히려 넉넉다 하오리다
> 미신(微臣)이 안죽고 살아서 있는 한엔
> 적인들 손쉽게 덤비지 못하옵고

우리를 깔보지 못 할줄 아뢰니다'

—제9장 「순신이 살고 아직도 열두 척이 있아옵거늘」(70)

②명량 앞바다의
아 십일대 삼백삼십의 싸움
있을 수 없는, 다시 있어서는 안 될
'천의(天意)'의 싸움은 끝났다

……………중략……………

우리— '기적'이란 말일랑 아예 하지 말자

천척(千隻)인들 어찌랴……하였거니
하나의 어긋남이 없는 순신이거니
적의 마지막 단 한 척마저 후려갈길
기적 아닌 '그 힘'을 굳굳이 믿을 밖에
또 다른 무슨 밝힘이 있어야 할 것이냐

—제11장 「십일 대 삼백삼십」(86~88)

이순신의 왜적과의 수많은 전투 중 '열두 척'의 '기적'을 안겨준 명량 대접전을 빼놓을 수 없다. 여기에는 '열두 척'과 "삼백 삼십여 척의 적선(賊船)"과의 대접전이라는 믿기 어려운 상황이 실제적으로 이루어졌고 또 '기적'을 이끌고 있기 때문이다. 인용 ①은 명량 해전에 앞서 열악한 수군(水軍)의 현실과 그럼에도 불구하고 물러서지 않겠다는 이순신의 결의를 담고 있다. "적병이 다시 날뛰어" "위급한 일이 조석에 달"(제9장, 61)리게 되자, "나라가 의지하고 믿는 것은/오직 수군뿐이어늘"하고 이순신에게 매달린다. "나라를 저바리고/백성을 돌안보고/동이 옳네/서가 옳네"(제9장, 62) 당파를 짓고 이순신에게 누명을 씌우던 '무리들'이 나라를 구해줄 것을 종용하고 있다. 하지만 "손톱 발톱 다 닳도록 가꾸고 이룬/한산본영의 전선(戰船) 오백 척은" 이미 간곳이 없고 "왼 몸, 멍들고 곳곳 상처 난 전선 열두 척"(제9장, 69)만 남아있다. 임금은 "이럴 바엔 차라리/차라리 주사(舟師)를 폐하고/육전(陸戰)을 하는 것이…"라고 했지만 이순신은 "전선이 아직도 열두 척"이 있음을 고하고 죽음으로 맞설 것을 다짐한다.

인용 ②는 싸움이 끝나고 난 뒤 다시 고요해진 '명량 앞바다'의 풍경이 비장한 색채로 그려진다. "있을 수 없는 다시 있어서는 안 될/'천의(天意)'의 싸움"이 되새겨지고 있다. 이순신이 이뤄낸 승리는 '기적'이 아니라 "적의 마지막 단 한 척마저 후려갈"기고자 한 '그 힘'에 놓여있음을 상기시킨다. 『남해찬가』의 서사의 제2단계인 제5장부터 제11장까지는 '모해의 강풍' 속에서 죄인 아닌 '죄인'의 몸이 된 이순신과, 구사일생 풀려나 '열두 척'의 승전을 이끌어내는 명량 대접전의 처절한 장면이 담겨있다. 『남해찬가』에 집약되어 있는 대립과 갈등양상은 두 구도로 짚어볼 수 있다. 그 첫 번째가 왜적의 침략이고, 두 번째가 파당의 무리를 지어 자기의 잇속만 챙기는 '무리들'의 모해와 시기질투에 있다. 김용호는 『남해찬가』에 표상되고 있는 이러한 대립 구도와 갈등요소를 상당한 분량을 할애하면서 조명하고 있다. 이는 곧 오늘날의 역사와 연계해서 부정적인 배경을 환기시키고 반성의 토대를 마련하고자 하는 의도에서 비롯된다. 따라서 '모해(謀害)'의 대립과 '열두 척'의 승전고는 오늘날 우리가 절실하게 구현해가야 할 것이 무엇인가에 대한 물음과 해답을 동시에 던져준다.

4. 연민의식의 발현과 민족정신의 구현

김용호의 『남해찬가』는 지나치게 평면적으로 서술되고 있다는 평가를 받기도 한다.[13] 이는 역사적 사실의 기반 위에서 이순신의 일대기를 서술하는 듯한 구도와 시간적 순차성에 충실하면서 사건을 전개하고 있는 데서 비롯되는 한계일 것이다. 실제 역사적 인물의 등장과 그 치적을 찾아가는 과정에 중심을 두는 서술방식에서 생겨난 구조적 한계가 된다. 그럼에도 『남해찬가』는 큰 틀에서의 대서사적 진면목을 사건의 전개 속에 충분히 구성하고 있다. 한국 시단에서 서사시 형식의 작품은 1930년대 유엽의 『소녀의 죽음』과 김동환의 『국경의 밤』 등의 작품을 앞서 이미 살펴본 바가 있다. 하지만 두 작품은 역사적 사실이나 영웅적 인물의 시적 수용이 아니라 민중의 삶과 민중적 주체가 사건의 전면에 등장한다. 이런 점에 기대보면 송하섭의 말대로 『남해찬가』는 서사시적인 측면에서 '선구적인 시도'를 하고 있는 작품이라고 할 수 있다.

『남해찬가』는 우선 그 길이에 있어서 상당한 분량의 스케일을 보여주는 작품이다. 김용호가 『남해찬가』를 통해 그려내고자 하는 것은 역사적 사실이 아니라 그 역사적 사실 속에 뜨겁게 살아있는 이순신의 정신이고 또한 그 정신의 실천에 있다. 따라서 역사적 사실을 바탕으로 사건이 구성되고 있지만 인물의 특성과 행적을 보다 역동적으로 포착하고자 하는 의지가 반영되

---

13) 송하섭, 앞의 글, 642쪽. 송하섭의 글을 옮겨본다. "以上의 南海讚歌 전모를 볼 때 이성교(「김용호론」, 『단국문학』2호)의 지적대로 너무 평면적인 서술이라는 데 서사시로서의 미흡함이 있지만 구절구절에 장렬한 민족혼이 넘치고 있다.// 서사시는 시이면서 소설이어야 하고, 소설이면서 시이어야 하는 이중의 요소를 가지어야 하는데 남해찬가는 소설적 요소를 제대로 살려내지 못했음을 아쉽게 생각하지 않을 수 없다. 그러나 아직도 역사적 인물을 소재로 서사시를 기도함이 없음을 생각할 때 선구적인 시도를 한 것으로 높이 평가되어 마땅하다 하겠다."

어 있다. 이순신의 발자취는 "쇠창살 쓰림 속에/白衣 길손 괴롬 속에/母喪의 통곡 속에/신병의 아픔 속에/한산대패의 놀램 속에/잠 못 자고 못 먹어/몸과 맘 지칠 대로 지쳐// 백팔의 열 갑절/천팔백의 갖가지 번뇌 속에서도/삼백삼십 첩을 무찌른 순신"(제11장, 87~88)으로 그려진다. 여기에는 그의 개인적인 면모와 역사적 인물로서의 영웅적 면모가 동시에 포섭되어 있다. 우리가 이순신을 높이 사는 것은 그의 영웅적인 활약상과 함께 인간적인 면모에 시선이 놓여있기 때문이다. 그의 민족에 대한 사랑과 구국정신도 결국 백성에 대한 연민의식으로부터 발현된다. 『남해찬가』의 '序'를 쓰고 있는 설의식은 "반갑고, 고마워서 이 글을 쓴다. 고맙고, 홍겨워서 이 글을 쓰는 것이다."라고 서두에 밝히고 있다. 설의식이 쓴 '서'의 일부분을 발췌해본다.

> 장편 서사시의 선두를 맡은 이 찬가의 저자는 이미 정평을 얻은 시단의 중진이니 내, 구태어 其人 · 基詩를 추킬 것도 없는 것이다. 이천오백행의 줄줄에 흐르는 그의 정열과 숨결에 내 숨결이 또한 뜨거웠음을 고백할 뿐이다. 초고를 읽으면서 저자와 함께 울었음을 고백할 뿐이다. 남해의 찬가는 그럴 수밖에 없는 古事를 그럴 수밖에 없는 시문으로써 그려진 노래다. 그러기에 고맙고 홍겨운 것이다.14)

설의식의 표현대로 하면, 『남해찬가』는 "그럴 수밖에 없는 古事를 그럴 수밖에 없는 시문으로써 그려진 노래다." 김용호는 민족적 대서사를 임진왜란이라는 역사적 수난과 이순신의 웅혼한 정신을 통해 표상하고자 한다. 임진왜란의 나라 짓밟힘의 시기와 1950년대의 역사적 혼란의 시기가 동일한 무게로 각인되면서 『남해찬가』를 쓸 수밖에 없는 배경을 새롭게 탄생시킨

14) 설의식, 『남해찬가』'序' 「讚! 남해찬가」, 인간사, 1957.

다. 『남해찬가』의 제3단계의 서사는 제12장부터 마지막 제17장까지의 과정에 해당한다. 제3단계는 이순신의 아들 '면'의 죽음, 명원군 '진린'의 배신, 왜군의 노량 침략, 노량해전의 대승리, 이순신의 죽음, 오늘날 살아있는 역사로서의 이순신의 정신에 대한 각오 등이 형상화되어 있다. 여기에는 특히, 아들 '면'의 죽음 앞에서 오열하는 이순신의 인간적인 면모와 마지막 사력을 다해 노량해전을 승리로 이끄는 영웅적 면모가 동시에 형상화되어 있다. 『남해찬가』의 극적장면이라고 할 수 있는 노량해전에서의 처절하고 눈물겨운 마지막 전투장면과 이순신의 장렬한 죽음이 전면에 부각된다.

천지가 캄캄하고
백일이 빛을 잃는구나
슬프다 내 아들아
날 두고 어디로 돌아간고

영기가 남보다 뛰어 났더니
하늘이 세상에 두시지 않았는가
내 지은 죄가 네 몸에 미쳤는가

이제 내 이 세상에 있은들
장차 누구에게 의지하랴

통곡할 뿐, 한밤을 지내기
한 해 같고나

—제12장 「바다는 다시 푸르건만」(92~93)

김용호가 모델로 그리고 있는 이순신의 "광대무변한 인간적, 민족적 대인격"[15]은 영웅적인 면모뿐 아니라 인간적인 면모를 두루 아우르고 있다. 이순신의 영웅적 행위를 이끄는 결단과 용기의 원동력 또한 외부적 정황보다 오히려 인간적인 연민의식에서 발현되고 있음을 부인할 수 없다. “집 잃은 백성 날로 날로 여위고 말라/가슴 아픈 순신”, “나라, 백성에만 왼 정신 왼 몸 기울이는 순신”(제4장, 30) 등에서 그의 연민의식과 애민의 정서를 엿볼 수 있다. 우리는 개인의 이익이나 명예를 위해 전력질주 하는 행위와 그러한 성취를 두고 영웅적 발자취라고 하지 않는다. 다른 사람을 위해 사랑을 베풀고 그 희생적 발자취를 남겼을 때 비로소 영웅적 진면목이 드러난다. 따라서 우리가 이순신의 영웅적 일면을 떠올릴 때, 그의 인간에 대한 연민과 존중, 희생적 사랑을 크게 받아들인다.

위 인용부분은 아들 ‘면’의 죽음 앞에서 오열하는 이순신의 모습이 그려진다. “명량 앞바다에서/간신히 목숨을 건져 낸 몇몇의 적병은/보복의 칼날을 세워/단숨에 아산으로 아산으로 달려가//닥치는 대로 집집에 불을 놓고/보는 쪽쪽 사람을 찔러 죽”(제12장, 90)이는 만행을 저지른다. 이에 격렬하게 맞서 싸우던 아들 ‘면’은 결국 적병의 손에 죽음을 맞고 만다. 이순신은 청천벽력과 같은 아들의 죽음에 “천지가 캄캄하고/백일이 빛을 잃는구나”라는 통탄의 심연을 드러낸다. 적군을 향해서는 범같이 포효하지만 아들의 죽음과 백성의 고난에 대해서는 애끓는 마음과 연민을 떨치지 못한다. 이순신의 일생은 많은 질곡과 대립과 고난 속에 있다. 긴 시간 지속되는 왜적의 침략, 시기와 모함을 일삼는 내부적 ‘무리들’에 의한 갈등과 대립, 죽음을 동반한 여러 번의 험난한 전투, 아들 ‘면’의 죽음에 이르기까지 그의 일생은 처절하고 혹독하다. 따라서 이순신의 영웅적 면모는 민족과 백성에 대한 사랑과 연민, 대립과 갈등 등 삶의 질곡이 빚어낸 결과라고 할 수 있다.

---

15) 김용호, 『남해찬가』 후기(각주 7).

오 때는 이미 늦었다
배신이 이룬
조그만 한 방울 물은
드디어 커다란 산더미 물결이 되어
노량 앞바다로 앞바다로
쉴새없이, 끊임없이 우와악 몰려오는 것이었다.

—제14장 「배신의 물결 위에서」(111)

이제 갈팡질팡하는 뱃머리를 따라
쏟아지는 비
소낙비
화살소낙비

북채 불끈 쥐고
팅기는 북을 울려
'오 이 원수 이 원수
모두 꺼꾸러지라 꺼꾸러지라'
연신 싸움을 돗구는
순신

…………중략…………

순간
이 순간
애앵하고 공간을 찢어놓는
원수의 총알
한방
오오
이 총알
한방

제16장 「영원히 민족의 이름으로」(118~122)

명량 앞바다에서 대패한 '적장 행장(行長)은 빠져나갈 구멍을 찾아 사력을 다한다. 명 원군(明 援軍) '진린'에게 온갖 재물과 총검으로 길을 터줄 것을 애걸한다. "한사코 도망쳐 가야한다/'순신철벽'을 뚫고 가야한다"(제14장, 108), 적군의 재물은 몇 갑절 쌓이고, '진린'은 "이윽고 적장 행장의 꾀임에 빠져/설마 배 한척쯤이야"하고 사사로이 뱃길을 열어준다. "배신이 이룬/조그만 한 방울 물은/드디어 커다란 산더미 물결이 되어/노량 앞바다로 앞바다로" 몰려든다. "소낙비/화살소낙비"가 퍼붓는 격렬한 전투가 벌어진다. 싸움이 절정에 달하고 있을 때 적진에서 날아든 "원수의 총알/한방"이 이순신의 가슴을 파고든다. 이미 잘 알고 있는 역사이지만 이순신이 남긴 마지막 말은 "싸움이 바야흐로 한창 급하니/내 죽은 것/아무에게도 알리지 말고/너희들 그대로 독전(督戰)하여라"(제16장, 123)이다.

드디어 노량해전은 대승전고를 울리고, 이로써 "임진 칠년/욕된 하늘과 땅에/싸움의 막은 내려"(제16장, 124) 역사의 한 장으로 갈무리된다. 『남해찬가』는 "임진란의 구국영웅 이순신 장군을 노래함으로써 민족의 불행을 표출하는 동시에 위기에 처한 국난극복의 의지를 형상화"[16]하고 있다. 『남해찬가』의 제16장은 죽음을 무릅쓴 격렬한 전투와 이순신의 죽음, 대승전 등 서사의 극적 장면을 담고 있는 대목이다. 작품 속에서의 극적 장면은 사건의 종결을 암시하는 신호이면서 한편으로 또 다른 예시를 던지는 시점이기도 하다. "이윽고/동쪽 하늘에/찬란히 떠오르는 태양", "이 나라 이 백성 함께/기리기리 빛날/저어 태양"(제16장, 125)의 암시가 바로 그것이다.

16) 김재홍, 「한국 근대서사시와 역사적 대응력」, 『현대시와 역사의식』, 인하대학교 출판부, 1988, 263쪽.

역사를 더듬어 올라
'그날'을 통곡하고
부끄러운 하늘을 지녀
'오늘'을 통곡하며
마음에 간직하는 것

뭍(陸)을 향해
우리들 가슴을 향해
밀려오는 것
외치며 외치며
밀려오는 것

………중략………

이 강산
이 백성
터전 잡고 사는 그날까지
그 어른의 뜻 물결 하여

우리들 가슴에 출렁거려라
해마다 끝없이 출렁거려라

—제17장 「우리들 가슴에」 부분(126~128)

『남해찬가』의 마지막 장면 제17장은 과거시점에서 현재시점으로 전환되고 있다. 이른바 임진왜란의 시점에서 50년대적 상황으로 공간이동을 하고 있다. 김용호는 과거의 역사는 단지 과거에 머물지 않고 현재적 시점으로 돌아와 그 연속성의 뿌리를 견고하게 내리고 있음을 강조한다. 부정적인 것은 비판과 반성의 측면에서, 긍정적인 것은 현실극복의 원동력과 미래비전의 가치로 수용된다. "역사를 더듬어 올라/'그날'을 통곡하고/부끄러운 하늘을 지녀/'오늘'을 통곡하며/마음에 간직하는 것"이 바로 그것이다. '그날'의 '통곡'은 임진왜란 칠년의 통한을 상징화하는 것이고, '오늘'의 '통곡'은 1950년대가 겪고 있는 역사적 수난을 환기시키는 메시지가 된다. 『남해찬가』는 이러한 '통곡'의 역사를 직시하면서 오늘을 환기시키고 새로운 미래를 창조할 수 있는 터전을 생성하고자 한다.

『남해찬가』는 역사 속의 영웅인 이순신을 중심에 두고 그 인물이 펼쳐내는 처절하고도 숭고한 민족애와 구국정신을 대장정의 스케일을 통해 형상화하고 있다. 또한 이러한 정신을 오늘날 "우리들의 거울로 삼아야 되겠다는" 뚜렷한 목적의식을 제시해두고 있다. 과거의 역사적 질곡을 현재화하면서 전후 폐허의 현실을 비판하고 반성하는 거울로 삼고자 한다. 김용호는 이순신의 정신을 국난극복의 척도와 '한 얼'의 통합을 이끄는 원동력으로 인식한다. "이 강산/이 백성/터전 잡고 사는 그날까지/그 어른의 뜻//우리들 가슴에 출렁거려라"에 이러한 정신적 터전과 미래구현의 메시지가 담겨있다. 김용호의 『남해찬가』는 전쟁과 전후 혼란을 극복하기 위한 하나의 대안으로서의 문학적 실천이라고 할 수 있다. 이는 역사적 혼란과 분열된 민족적 현실을 직시하면서 보다 강력한 미래지향적 대응과 민족정신의 지표를 결집하고자 하는 의지에서 발현된다.

제2장 치유와 극복 그리고 현실변혁의 열망(1960~1970)

해방기의 혼란과 전쟁의 비극성을 강렬한 몸짓으로 표출하던 4,50년대 장시에 이어, 6,70년대 장시는 치유와 극복, 현실변혁이라는 실제적이고 구체적인 화두를 두고 작품적 성과를 축적해가고 있다. 시기적으로는 민족상잔의 참혹한 전쟁을 치르고 난 뒤의 상흔이 아직도 침전되어있는 시점이기도 하다. 1960년대와 1970년대는 1940년대와 1950년대와는 또 다른 측면에서의 역사적 격동과 혼란, 변화를 내장하고 있다. 따라서 내면화에 터를 두고 작품적 미학을 추구하는 쪽이든, 저항과 비판적 사유를 기반에 두고 당대 현실을 형상화하고자 하는 의도를 두고 있든, 상처를 극복하고 그 위에 새로운 시대를 구축하고자 하는 열망이 함축되어 있다. 장시창작의 환경 또한 전쟁체험의 어두운 상흔과 함께 급격한 시대적 변화를 직시하면서 현실의 비판적 수용과 대응, 민중적 담론을 확보하고자 한다. 따라서 자아와 세계에 대해 보다 치밀한 탐색과 가치구현의 정신을 심어두게 된다.

"1960년대는 사회적으로나 정치적으로 격변의 시대"[1]이다. 4 · 19혁명

---

1) 송기한, 『1960년대 시인 연구』, 도서출판 역락, 2007, 45쪽.

을 비롯해서 우리 현대사에서 기억될 만한 사건들이 삶과 정신을 흔들고 지나갔기 때문이다. 민주주의에 대한 자각과 현실적 모순성에 대한 비판적 인식이 강화되는 것도 이와 맥락을 같이 한다. "혁명 속에 내재되어 있는 공포와 자유를 경험함으로써 시민 민주주의의 구현 가능성을 현실로 경험하게 되"[2]는 것이다. 따라서 역사적 · 개인적 측면에서의 성찰과 가치체계의 확립, 사회질서 구현 등의 욕구가 작품 속에 제기된다. 1970년대는 근대화의 물결이 본격적으로 재개되면서 사회전반적인 분위기에 있어서도 지난 시기와는 확연히 달라진다. "70년대는 국민의 기본적 자유권이 상당 부분 유보된 시대였"[3]고, 이에 따라 현실적 분위기도 민감하게 변화하면서 사회비판적 움직임이 응축되기도 한다. "문학사적으로 보자면, 1970년대의 시의 주류는 사회적 관심의 증폭이었으며, 시의 서정성보다는 시의 사회적 대응이 깊게 각인되는 시기"로, "서정에서 현실로의 방향성이 크게 부각되었던 시기"[4]이다.

따라서 장시창작의 배경도 자연스럽게 이러한 문학적 기류와 맞물리면서 작품적 성격을 구성해간다. 이른바 사회역사적 변화만큼이나 현실적 문제의식을 돌출시키는 작품이 많이 발표된다. 또한 작품적 성과에 있어서도 어느 때보다 활달한 발자취를 남기고 있다. 1960년대 장시로는 민재식의 『속죄양』, 김영삼의 『노스 코리아(North Korea)』, 『아란의 불』, 송욱의 『하여지향』, 이추림의 『역사에의 적의』, 『태양을 화장(火葬)하고』, 김소민의 『세기의 풍운』, 김소영의 『조국』, 『어머니』, 전봉건의 『춘향연가』, 신

2) 오창은, 「4 · 19 공간 경험과 거리의 모더니티」, 『영구혁명의 문학들』, 국학자료원, 2012, 65쪽.
3) 이승원, 「해방 후 서사시 · 장시의 정신과 형식」, 『현대시』, 1993, 10월호, 73쪽.
4) 최동호, 『한국현대시사의 감각』, 고려대학교출판부, 2004, 105쪽.

동엽의 『금강』, 김종문의 『서울』, 김해성의 『영산강』 등이 있다. 1970년대 장시는 김지하의 『오적』, 『앵적가』, 이추림의 『배화교도』, 김봉룡의 『미완성영곡』, 모윤숙의 『논개』, 김달진의 『큰 연꽃 한 송이 피기까지』, 김영삼의 『대동강이 아즐가』, 김해성의 『치악산』, 김구용의 『구곡』, 정상구의 『잃어버린 영가』, 김성영의 『백의종군』, 신경림의 『새재』, 이동순의 『검정버선』, 고은의 『갯비나리』, 『대륙』 등이 자리매김을 하고 있다. 1960~1970년대 장시는 역사와 사회에 대한 비판적 인식이 강화되면서 소시민적 민중의 목소리가 주제의식의 중심으로 부각되는 특징을 보이기도 한다.

이 장에서 다루고자 하는 1960~1970년대 장시는 전봉건의 『춘향연가』(1967), 신동엽의 『금강』(1967), 김구용의 『구곡』(1978) 등 세 작품이다. 세 시인의 장시는 우선 한 권의 단행본으로 출간되고 있다는 공통점을 지닌다. 하지만 시적 성향은 각각의 개성을 담고 있다. 따라서 6,70년대의 장시의 흐름을 다양한 각도에서 살펴볼 수 있다는 의미를 둘 수 있다. 우선 1960년대 작품인 전봉건의 『춘향연가』와 신동엽의 『금강』을 대비해보면 여기에는 각각의 시적 성향이 현저하게 드러난다. 전봉건이 모더니즘의 미학적 특질을 시의 탐구영역으로 수용하고 있다면, 신동엽은 현실참여에 터를 두고 현실적 문제성을 직시하고 비판하는 것에 집중하고 있다. 우리 문단에는 1960년대 말부터 1970년대에 걸쳐서 순수론과 참여론이 첨예하게 쟁점화 되고 있다. 전봉건과 신동엽의 장시 또한 이러한 관점에서 들여다볼 수 있는 시적 특징을 내포하고 있다고 할 수 있다.

1978년에 발표하고 있는 김구용의 『구곡』은 전봉건과 신동엽의 장시와는 또 다른 구도에서의 개성적인 색채를 풀어낸다. 장시 「구곡」은

1960년대부터 『현대문학』에 발표되어오다가, 1978년도에 1곡부터 9곡까지의 작품을 함께 모아 장시집 『九曲』(어문각)을 출간한다. 김구용은 대체로 반시(反詩)와 반전통의 터전 위에서 초현실주의적 기법으로 독자적이고 파격적인 시세계를 구축해온 시인으로 평가받는다. 이러한 시적 특징은 그의 장시의 영역에도 그대로 적용되고 있다. 따라서 『구곡』의 의미적 · 형식적 구도에 있어서도 그의 여느 작품들과 마찬가지로 난해한 요소가 개입해 있다. 전봉건, 신동엽, 김구용의 장시는 각각의 개성을 확고하게 드러내고 있다는 점에서 6,70년대 장시의 다양한 창작영역을 엿볼 수 있게 한다. 또한 6,70년대를 가로지르는 현대사의 질곡을 상기시킬 수 있는 사건과 이야기적 요소들이 시대담론의 형식으로 응집되고 형상화되어 있다.

1960대와 1970년대는 해방기를 지나고, 6 · 25전쟁과 남북분단이라는 민족적 비극을 겪고 난 이후의 상황이 전개되는 시점이다. 따라서 전 시대의 상처를 치유하고 그 위에 새로운 시대를 구축해야한다는 막중한 과제가 주어지기도 한다. 6,70년대 장시들은 50년대 장시의 기반 위에서 역사적 트라우마를 상기시키고 충돌하면서 그 위에 변화된 방향성을 모색하고자 한다. 따라서 전쟁의 상흔을 되새기고 비판하면서 극복의 토대를 마련하고자 하는 작품들이 있는가 하면, 4 · 19혁명을 기점으로 한 사회정치적 현안들에 대한 비판적 인식과 자본주의적 삶의 방식에 대한 모순성이 시적 화두로 등장하기도 한다. 시의 장형화를 주도하고 그 효용적 가치를 적극적으로 활용하고자 하는 의지도 여기에서 발현된다. 이른바 민중의 삶이 사회 현실적 문제의식으로 부각되면서 치열한 자기 확인을 동반한 탐구의식과 시대정신이 장시창작의 배경으로 스며들고 있다. 전봉건의 『춘향연가』와 신동엽의 『금강』, 김구용의 『구곡』은 6,70년대를 가로지르는 시대적 기류를 문학적 담론으로 수용하면서 이를 작품적 성과로 이끌어내고 있다.

전봉건의 『춘향연가』의 상흔의 내면화와 극복의 논리

1. 장시의 선택과 미학적 기법

전봉건[1])은 첫 시집 『사랑을 위한 되풀이』(1959)[2])를 발표면서부터 장시 창작의 개성적 기반을 확보하고 있다. 이어 1960년대로 접어들면서 장시 『춘향연가』(성문각, 1967)를 한 권의 단행본으로 출간하게 된다. 『춘향연가』는 『사랑을 위한 되풀이』가 발표되고 난 뒤 8년 만에 출간하게 되는 그의 두 번째 시집이다. 시대적으로 보면 1950년대와 1960년대라는 시간적

---

1) 전봉건은 1928년 평안남도 안주군 동면 명학리에서 태어난다. 1945년 평양 숭인중학을 졸업, 1946년 해방 이듬해 바다로 38선을 넘어 남하한다. 1950년 『문예』지 1월 호에 「원」, 「사월」(서정주 추천)이, 5월 호에 「축도」(김영랑 추천)가 추천되어 등단한다. 경기도 양주군 갈매국민학교에서 준교사로 지내다가, 6 · 25전쟁이 발발하자 징집되어 군에 입대, 1951년 중동부전선에서 부상을 입고 제대한다. 환도 후 대구 피난지에서 서울로 올라와 출판사 '희망사'에 취직한다. 김종삼 · 김광림 · 전봉건 3인 연대시집 『전쟁과 음악과 희망과』(자유세계사, 1957)를 출간한다. 시집으로는 『사랑을 위한 되풀이』(1959), 『춘향연가』(1967), 『속의 바다』(1970), 『피리』(1979), 『북의 고향』(1982), 『돌』(1984) 등 총 6권이 있다. 이 외에 7권의 선시집과 1권의 시론집, 2권의 산문집이 있다. 1988년6월 13일 작고한다.

2) 장시 「사랑을 위한 되풀이」는 1957년 『문학예술』9월호에 전재되었다가 다른 작품들과 함께 묶여서 출간된다. 첫 시집 『사랑을 위한 되풀이』(춘조사, 1959)에는 「사랑을 위한 되풀이」 외 「흙에 의한 시 세편」, 「고전적인 속삭임의 꽃」 등의 시들이 포함되어 있다.

거리를 두고 있다. 두 작품은 50년대와 60년대라는 시간적 거리를 두고 창작되고 있지만 전쟁체험이 주제의식으로 응집되고 있다는 것은 동일하다. 방법론에 있어서는, 『사랑을 위한 되풀이』가 전쟁과 전후 폐허의 상황을 보다 직접적으로 형상화하고 있다면, 『춘향연가』는 60년대적 상황 속에서 전쟁과 분단현실을 환기하고 내면화하는 기법을 두고 있다. 『사랑을 위한 되풀이』에는 '1950년 6월 25일', '총알', '핏자국', '대포', '철조망' 등 전쟁의 참상을 드러내는 이미지들이 직접적으로 돌출되고 있다. 반면, 『춘향연가』는 '옥(獄)'에 갇힌 춘향의 고통을 통해 전쟁의 모순성을 고발하고 비판하는 형식을 취하고 있다.

장시 『춘향연가』는 이후 장시집 『사랑을 위한 되풀이』(혜진서관, 1985)[3]에 함께 수록된다. 『사랑을 위한 되풀이』는 '전봉건 장시집'이라는 명칭을 두고 있듯이 전봉건의 장시만을 따로 모아 발간하게 된 장시집이다. 여기에는 「사랑을 위한 되풀이」, 「춘향연가」, 연작시 「속의 바다」 등의 작품이 실려 있다. 『춘향연가』는 고전 『춘향전』을 시적 수용하여 상흔을 형상화하고 극복의 논리를 펼쳐가고자 하는 의도를 두고 있다. 현대적 언어의 활용과 묘사와 상징, 반복적 기법, 다양한 이미지의 변용, 상승과 하강의 구도 등 그만의 미학적 방법론이 지배적으로 드러난다. 전봉건의 문학은 1950년대 모더니즘의 실험적 탐구의식의 기반 위에서 미학적 색채를 구축해오고 있다. 『춘향연가』는 그의 모더니즘 시학의 구도 위에서

---

3) 전봉건은 '序'에서 "내게는 제법 긴 시(그런 뜻에서 장시라고 하기도 하는)가 세 편 있다. 하나는 1959년에 출간된 <사랑을 위한 되풀이>이고 또 하나는 1967년에 출간된 <춘향연가>, 그리고 나머지 하나는 1970년에 출간된 <속의 바다>(이것은 독립된 편마다 번호가 붙여진 연작시다)이다"라고 밝히고 있다. 『춘향연가』는 단행본 출간 때와는 달리 1, 2. 3 등 3부작으로 나누어져 있다. 전봉건은 "그렇게 함으로써 이야기의 단락을 분명히 하고, 그리하여 뜻의 전달을 쉽게 하자는 생각 때문이었다."라고 설명하고 있다.

모색되고 창작된 작품이다. 따라서 장시의 지형 속에서 보면, 새로운 기법을 활용하면서 시대적 열망의 실천과 실험적 창작의도를 펼쳐가고 있다고 할 수 있다.

전봉건은 동시대 시인들이 그렇듯 일제강점기와 해방, 6 · 25전쟁과 분단이라는 역사적 격동을 고스란히 체험해온 시인이다. 그의 문학적 출발라고 할 수 있는 등단 시기 또한 한국전쟁이 발발하던 1950년도라는 사실은 의미하는 바가 크다. 이는 그의 본격적인 문학에의 입문이 전쟁의 비극성과 함께 시작되고 있음을 말해주고 있기 때문이다. 첫 시집 『사랑을 위한 되풀이』에서부터 마지막 시집 『돌』(1984)에 이르기까지 전봉건이 지속적으로 천착해온 시적주제는 전쟁의 부조리성에 대한 비판과 극복에 놓여있다. 따라서 그의 일생의 시 형상화 과정이 전쟁으로 인해 상실한 정체성 회복과 본래적 자아를 찾아가는 과정에 놓여 있다고 해야 할 것이다. 아래 글은 전봉건이 1980년대에 시선집을 내면서 쓴 '자서'이다.

> 시선집을 내겠는데 180편 가량을 묶어보라고 한다. 180편이면 보통 시집 세권 정도의 분량이고 내가 지금까지 가진 시집은 전부 여섯 권이다. 해서 180편을 추려내자면 여섯 권 전부를 다 훑어보는 도리밖에 없었는데 그 결과 새삼 확인하게 된 것이 있으니 그것은 핏 소리 나는 시가 내게는 꽤 많다는 사실이다. 물론 내 경우 핏 소리 나는 시의 배경은 대부분 6 · 25이다(그러나 그렇지 아니한 경우도 있다). 아뭏든 나는 이번의 시선집은 핏 소리 나는 시편들로만 한 180편 가량을 묶기로 했다.[4]

전봉건이 자신의 시적 발자취를 돌아보면서 새삼 확인하게 되는 것은 "핏 소리 나는 시가 많다는 사실이다." 그리고 그 배경에 6 · 26전쟁이 자리하고 있음을 밝히고 있다. 전쟁체험의 상흔과 인간상실의 현장이

4) 전봉건, 시선집 『아지랭이 그리고 아픔』'자서', 혜원출판사, 1987.

그의 시의식 속에 가장 깊이 침투해 있는 탐구영역이면서 극복과제가 된다. 『춘향연가』는 '춘향연가'라는 제목을 달고 있지만 그 이면에는 전쟁의 부조리와 극단적인 상처의 흔적이 내면화되어 있다. '변학도'라는 폭력적 대상과 춘향의 대립적 위치, 자유(생명성)의 박탈과 탈출의지의 발현 등이 그 중심에 놓인다. "전쟁시는, 전쟁 현장에서의 체험에 기초한 전장시(戰場詩)와, 전후에 전쟁을 회고하거나 전쟁의 상흔을 치유하고자하는 의도로 씌어진 전후시로 구분될 수 있다."[5) 『춘향연가』는 한국전쟁이 발발한지 10여년이 되어가는 시점에서 창작된 작품이다. 이 시기는 상처의 흔적도 어느 정도 탈색되고 치유의 과정으로 접어드는 시점이기도 하다. 하지만 내적으로는 이러한 상흔이 보다 집요하게 자리 잡으면서 민족적 정체성에 균열을 내고 있다. 남북분단이라는 엄연한 현실이 우리의 정신과 현실을 가로지르고 있기 때문이다.

『춘향연가』[6)는 60년대에 다시금 지난 역사의 상흔을 돌아보고 아직도 아물지 않은 우리의 상처를 고전 『춘향전』을 통해 형상화하고 있는 작품이다. 김종길은 일찍이 "근년에 발표된 장시 작품 중에서는 전봉건의 『춘향연가』가 작품으로서는 가장 성공하고 있다"[7)라는 평가를 두고 있다. 그리고 그 배경으로 "비록 순박하고 평범한 언어를 사용하면서도 잘 소화된 몇 가지 현대적인 수법을 적절하게 사용함으로써 섬세하고도 아름다운 작품을 만들고 있"으며, 주제의 "내면적 통일성"[8)을 이루고 있음을 지목한다. 오세영은 "우리의 시사에서 한 시인이 다양한 형식의 장시를 쓴 경우는 거의 찾아볼 수 없다. 그러한 의미에서 전봉건의 장시들은 그 작품의

5) 남진우, 「에로스의 시학」, 『전봉건시전집』 해설, 문학동네, 2008, 752쪽.
6) 이 글에서는 『전봉건 시전집』 남진우 엮음(문학동네, 2008)을 분석 텍스트로 활용할 것이다. 인용부분은 전집의 페이지를 괄호 속에 표기한다.
7) 김종길, 「한국에서의 장시의 가능성」, 『진실과 언어』, 일지사, 1974, 223쪽.
8) 김종길, 위의 글, 224~225쪽.

성과에서뿐만 아니라, 長詩史에 있어서도 기여한바 크다"[9]라는 평가를 두고 있다. 이러한 평가는 『춘향연가』의 작품적 성과를 충분히 반영하고 있는 측면이 된다. 또한 전봉건의 시세계에서 장시가 차지하고 있는 비중이 적지 않음을 상기시킨다.

2. 현실과 상상의 공간대비와 갈등요소

『춘향연가』는 제3부와 총66연으로 구성된 장시이다. 『춘향연가』는 제목에서부터 이미 우리의 고전 『춘향전』을 떠올리게 하는 작품이다. "고전의 개작은 현대독자를 위하여 사상 · 미의식 · 시대의 제도 · 도덕적 가치 · 전통성의 계승 등을 새롭게 인식시키고 민족의 정신적 긍지를 후세의 독자들에게 쉽게 이해시킨다는 뜻이 있다."[10] 전봉건의 경우, '춘향'과 '변학도'의 대립적 구도를 통해 부조리한 폭력성에 대한 비판과 인간 삶의 기본 가치를 탐구하고자 하는 데 그 뜻을 두고 있다. 작품 속의 인물들도 고전과 마찬가지로 이몽룡과 춘향, 변학도, 월매, 향단 등이 등장한다. 하지만 춘향 외의 인물들은 직접 행위를 주도하거나 대화에 참여하지 않고 춘향의 과거회상 혹은 독백의 대상으로만 그 위치를 드러낸다. 따라서 전체 이야기는 '옥'에 갇힌 춘향의 절규와 독백의 형식으로 진행된다.

『춘향연가』는 시작과 중간, 결론이 주어지는 하나의 완결된 이야기형식 즉, 서술적 형식(narrative form)의 장시이다. 이는 "이야기와 사건을 통

9) 오세영, 「장시의 다양성과 가능성」, 장시집 『사랑을 위한 되풀이』해설, 혜진서관, 1985, 140쪽. 오세영은 허버트 리드의 이론에 따라 장시 「사랑을 위한 되풀이」를 이미지의 공간적, 대위법적 제시에 의한 공간적 형식의 장시로, 「춘향연가」를 스토리의 제시에 의해서 서술되는 서술적 형식의 장시로 구분하고 있다.

10) 신동욱, 「전봉건론」, 『현대문학』, 1980, 9, 249쪽.

해 시인의 이념을 형상화시키는 방법"[11]을 고수하고 있는 작품이다. 따라서 특정 사건이 주어지고 이를 주도해갈 인물과 배경이 등장한다. 『춘향연가』는 현실공간과 상상 공간의 대비와 과거회상과 독백이 주조를 이루고 있는 만큼, 서술적 주체인 춘향의 역할이 그 핵심에 놓인다. 춘향의 처절한 고통과 탈출의지, 좌절, 허무적 심연 등이 주제의식을 응집하는 중심배경이 된다. 전봉건은 자신의 작품을 지속적으로 수정 혹은 개작을 하고 있다. 따라서 발표 당시와 시집, 선집 등으로 이어지는 과정에서 부분적 혹은 상당부분 내용이 달라져 있기도 하다. 『춘향연가』는 1985년 장시집 『사랑을 위한 되풀이』(혜진서관)에 실리면서 초판본과는 달리 1, 2, 3 등으로 번호가 붙여져 있다. 따라서 전체 제3부로 나누어지고 시인의 말대로, "이야기의 단락을 분명히 하고, 그리하여 뜻의 전달을 쉽게" [12]할 수 있는 기반이 주어진다. 제3부의 서술적 순차성대로 의미 분석의 체계를 잡아갈 것이다.

①여자에요
그래요 나는 여자에요
그런데 나는 옥(獄)에 갇혀있어요
여자는 아기를 낳아요
나도 낳을 수 있어요
어머니가 나를 낳는 것처럼
그런데 나는 갇혀 있어요 옥 속이에요

—제1부(157)

②여기서요
광한루 여기서 만났어요

---

11) 오세영, 『문학과 그 이해』, 국학자료원, 2003, 406쪽.
12) 전봉건, 각주 3참조.

지금도 나는 여기 있어요
나는 사랑하고 있는 걸요
이제는 우거진 숲에 들어도 무섭지 않고
햇살이 안 드는 어둔 곳이 오히려 정다워요
풀잎에 손이 닿으면 슬며시 허리께가 부끄러워져
나는 사랑하고 있는 걸요
그래요 나는 여기 그날처럼 앉아 있어요
그이도 그날처럼 저만치에 서 있어요

—제1부(158)

장시 『춘향연가』에는 현실공간과 상상공간이라는 두 개의 공간이 사건을 이끌어가는 공간 이미지로 제시되어 있다. 그 하나는 춘향이 속박되어 있는 '옥(獄)'이라는 공간이고, 두 번째는 '옥'에 갇힌 춘향이 상상을 통해 생성해내는 공간이다. 상상공간은 대체로 춘향의 과거회상을 통해 드러나는 공간 즉, 과거 행복했던 시절의 '광한루'가 중심 매개가 된다. 전자의 공간이 부정적인 공간 이미지라면, 후자의 공간은 긍정적인 공간으로서의 지향성을 담고 있다. 춘향은 이 두 공간을 넘나들면서 현실적 고통에 대한 각인과 극복세계로의 열망을 펼치고 있다. 인용①은 『춘향연가』의 제1부의 첫 시작부분으로 '옥'에 갇혀있는 춘향의 상황이 묘사된다. 춘향은 "그런데 나는 옥(獄)에 갇혀있어요", "그런데 나는 갇혀 있어요 옥 속이에요"라고 자신의 처지를 토로한다. 이와 함께 "여자에요/그래요 나는 여자에요", "여자는 아기를 낳아요/나도 낳을 수 있어요"라고 강조한다. '여자'와 '아기를 낳을 수 있'음은 여성성과 모성성을 상징화하는 메시지가 된다. 하지만 '옥' 속에 갇혀있음으로 해서 이러한 여성성과 모성성의 숭고가 파괴하고 있음을 상기시킨다.

인용②는 옥에 갇힌 춘향이가 과거의 행복했던 순간을 상상으로 떠올리는 장면이다. '광한루'는 춘향과 이몽룡의 '사랑'을 매개하는 공간이다. 따라서 춘향은 "광한루 여기서 만났어요/지금도 나는 여기 있어요/나는 사랑하고 있는 걸요"라고 과거의 시간을 환기시키고 '사랑'의 상호관계를 각인시킨다. "풀잎에 손이 닿으면 슬며시 허리께가 부끄러워져"에서 '여자'인 춘향과 '아기'를 낳을 수 있는 모성성이 암시된다. 인용①이 어둡고 절망적인 속박의 공간 이미지를 표상하고 있다면, 인용②는 밝고 긍정적인 '사랑'의 공간으로 드러난다. 현실세계는 자유와 사랑이 박탈된 '옥'의 공간이고, 상상세계는 춘향의 과거회상을 통해 드러나는 자유와 사랑의 공간으로 상징화된다. 이른바 상상 속의 '광한루'가 과거체험의 현재화이면서 '존재'를 표방하는 생명공간인 반면, '옥'은 극복해야할 '생명 부재'의 현실공간으로 나타난다. 『춘향연가』의 갈등요소는 이 두 공간이 생성하는 자유와 자유의 박탈이라는 대립적 구도에서 출발한다.

> 채찍 내리쳐
> 산산이 흩어진 버들잎
> 떨어진 등롱(燈籠) 떨어져 꺼진 등롱의 불꽃
> 마디마디 다 부러진 두 손의 열 손가락
> 채찍 내리쳐
> 이슬 깨지고 연잎은 부서지고
> 내 두 눈도 깨지고 봉미초(鳳尾草)의 속 눈도 부서졌네
>
> —제1부(162~163)

『춘향연가』에는 '옥', '큰 칼', '형장(刑杖)', '형틀', '죽창', '곤장'(棍杖), '태장'(笞杖), '물고장(物故狀)' 등 폭력적 장치들이 지속적으로 등장한다. 이러한 장치들은 춘향에게 가해지는 억압과 고문의 상징물들이다. '변학도'는 직접 대화에 참여하거나 그 모습을 드러내지는 않지만 '채찍'을 통해 확고

하게 그 존재를 부각시킨다. 변학도는 '겁탈의 눈', '짐승의 눈', '짐승의 손' 등으로 표상되면서 자유를 박탈하고 인간을 유린하는 야만과 위선의 표본으로 나타난다. "산산이 부서진 버들잎", 떨어지고 꺼져버린 "등롱의 불꽃", "마디마디 다 부러진 두 손의 열 손가락", "이슬 깨지고 연잎은 부서지고" 등은 '채찍'이 불러온 파괴의 결과물들이다. 춘향은 부서지고, 떨어지고, 꺼지고, 부러지고, 깨지는 극단적인 상황 속에 둘러싸여 있다. 『춘향연가』는 현실공간과 상상공간의 대비와 춘향과 변학도라는 선명한 대립구도에서 이야기적 요소의 응집과 사건의 구도가 결집된다. 이러한 대립구도가 곧 자유의 박탈, 사랑의 파괴라는 폭력적 배경과, 정체성 회복과 자유의 확보라는 극복의지의 필연성을 던져준다.

①나는
텅 빈 달이에요
금간 거울이에요

—제1부(164)

②내가 자꾸 없어지네요
나를 삼키고
나를 지워버려
내가 나를 못 보는 이 깜깜한 안개

—제1부(170)

③그러나 아
지금은 찢긴 옷 두른 채 구겨진 몸
팽개쳐진 넝마인 것을
그러나 아
지금은 벽인 것을
벽속인 것을 벽 속의 어둠인 것을

그 어둠 가득 높이높이 깎아지른
깜깜한 산 첩첩인 것을
꿈 아니고야 볼 것인가
어디서 그 노래와 만날 것인가

—제1부(174)

"나는/텅 빈/달이에요/금간 거울이에요"(①)는 정신적 · 신체적 훼손의 상황을 극명하게 드러낸다. "내가 나를 못 보는 이 깜깜한 안개"(②), "지금은 찢긴 옷 두른 채 구겨진 몸/팽개쳐신 넝마인 것을", "지금은 벽인 것을/벽속인 것을 벽 속의 어둠인 것을"(③) 등에서 춘향이 처해있는 극단적 현실을 읽을 수 있다. 춘향은 급기야 "내가 자꾸 없어지네요"라는 자기부재의 상황으로 접어들게 된다. '텅 빈 달', '금간 거울', '깜깜한 안개', '벽 속의 어둠' 등은 완전 절망, 완전 어둠의 상황을 나타낸다. 여기에는 어떤 희망적 실마리도 찾을 수 없는 극단적 상황이 매개되어 있다. 춘향이 유일하게 희망을 찾을 수 있는 공간은 현실세계와는 먼 과거공간이다. 따라서 "꿈 아니고야 볼 것인가/어디서 그 노래와 만날 것인가"라는 한탄과 허무의 심연으로 빠져들게 된다. 꿈의 세계, 상상의 세계는 찰나적이나마 현실을 벗어날 수 있게 하는 희망적 통로이다. 따라서 과거의 공간으로 돌아가는 것만이 유일한 희망으로 떠오른다.

춘향이 처한 극단적 현실과 절망의 배경에는 앞서 살펴보았듯이 '변학도'로 표상되는 폭력적 억압기제가 매개되어 있다. 이러한 억압기제는 세계의 단절과 생명성의 말살이라는 문제성을 던지면서 갈등을 유도하고 시적 긴장을 이끌고 있다. 과거의 공간인 '광한루'는 상처 이전의 세계이면서 본래적 자아가 생동하고 있는 공간이다. 따라서 춘향은 과거의 공간으로 돌아감으로써 박탈된 자유와 파괴된 인간존재를 회복하고자 한다.

하지만 '옥'에 갇혀있음으로 해서 이미 그러한 희망의 가능성은 차단되어 있다. 전봉건의 『춘향연가』에서 가장 극단적인 형식으로 조명되는 것은 정신적 · 신체적 훼손을 가져오는 폭력성이다. 이러한 폭력성은 처음부터 극복 불가능한 악의 원리와 부조리를 내포하고 있다. 이른바 특정 개인이 어찌할 수 없는 거대한 힘의 원리와 그러한 부정적인 세계가 암시되어 있다. 따라서 춘향의 정신적 · 신체적 훼손의 현장은 춘향 개인의 차원을 넘어 존재일반의 고통과 위기의식으로 연결된다. 여기서 우리는 전봉건이 표상하고자 하는 전쟁과 전쟁체험의 거대한 폭력성의 배경을 추출해낼 수가 있다.

3. 에로스적 생명성과 꿈의 소멸

장시 『춘향연가』의 제1부에서는 현실공간과 상상공간이 대비되면서 춘향이 처해있는 폭력적인 훼손의 현장과 갈등요소가 묘사되고 있다. 제2부에서는 과거회상의 장면이 보다 구체적으로 제시되면서 행복했던 과거의 순간으로 공간이동을 하고 있다. 따라서 과거공간에서의 상황 즉, 충만한 사랑을 받고 있던 춘향의 모습과 이몽룡의 사랑의 노래가 전면에 등장하면서 아름답고 희망적인 분위기가 연출된다. 하지만 제2부의 마지막 부분으로 넘어가면서 이러한 분위기는 다시 현실공간으로 대체되고 참담하고 고통스러운 현재적 모습으로 돌아온다. 결국 사랑의 노래는 상처 이전의 과거회상 속에서만 존재하고, 춘향은 여전히 폭력적 '채찍'의 세계 속에 파괴의 형식으로 남아 있다.

전봉건은 1960년대로 접어들면서 다양한 이미지의 변용과 활달하고 탄력 있는 언어미학을 주도한다. 이는 "50년대의 <피>의 체흘로 제시된

<아픔의 말>에서 보다 더 예술세계의 본질에 회귀하고자 하는 열정에 관련되고 있음을 볼 수 있다."[13] 이른바 "언어적 관심을 골자로 삼고 있는 60년대에 있어서의 이 시인의 시의식은 내적 상상력의 반영과 이미지의 창조 등"[14]에 천착하게 되는 것이다. 장시 『춘향연가』는 이러한 시적 기법을 적극적으로 활용하면서 의미적 체계와 내면화의 진폭을 확장해가고 있다. 특히 에로스적 사랑이 내밀하게 접목되면서 시의 미학을 개성적인 방향으로 이끌고 간다. 전봉건은 일찍이 『춘향연가』에 표상되고 있는 에로스의 배경을 "도덕적이고 관념적인 열녀로서의 춘향의 이미지에 생명력을 불어넣기 위함"이며, "춘향은 열녀임과 동시에 에로스의 여인으로도 부각될 때 완전해지고 생생하게 살아 영원히 존재"[15]하게 된다고 말한 바 있다. 전봉건의 에로스는 도덕성의 관점과 생명성의 추구를 동시에 함유하면서 인간회복과 자유의 확보라는 큰 틀을 이끌고 있다.

①당신은 노래하였네

냇가에서
버드나무에서 푸르러서 늘어진
천만의 가지 사이에서 너를

꽃 속에서
꽃에 비 오는 동산에서 모란에서
평퍼지고 고운 모란 꽃잎에서 너를

—제2부(174)

---

13) 하현식, 「사유와 직관의 원근법」, 『현대시학』, 1985, 3, 123쪽.
14) 하현식, 위의 글, 127쪽.
15) 전봉건, 「시와 에로스」(전봉건 · 이승훈의 대담), 『현대시학』, 1973, 9, 9~10쪽.

②도련님
당신은 거듭 노래하였네

내가
너를
부르마

물의 이름으로
은하수 폭포수 만경창해수
청계수 옥계수의 이름으로

—제2부(177)

『춘향연가』에 나타난 에로스의 주체는 고전『춘향전』과 마찬가지로 춘향과 이몽룡이다. 그리고 에로스를 통해 구현하고자하는 것은 자유와 사랑, 생명성의 숭고에 놓여있다. 전봉건이 에로스를 강렬하게 접목하는 것은 생명성의 분출과 본래적 인간가치의 생성에 중심을 두고 있기 때문이다. 춘향은 고문과 채찍으로 신체적/정신적 파괴를 겪으면서 그 회복을 위해 끊임없이 과거공간으로 돌아가고자 갈망한다. 위 인용부분 ①과 ②는 춘향이 이몽룡을 떠올리면서 과거의 사랑을 확인하고 있는 장면들이다. '당신은 노래하였네', "도련님/당신은 거듭 노래하였네"에서 충만한 사랑의 순간을 감지할 수 있다. '당신', '도련님'이라는 구체적 대상이 제시되면서 열망의 세계도 구체화된다. 이는 "물의 이름으로/은하수 폭포수 만경창해수/청계수 옥계수의 이름으로" 명시된다. '당신', '도련님'은 가장 아름다운 시간에 대한 각인이면서 희망적 세계를 열어주었고 또 열어줄 대상으로 지목된다.

무지갯빛 벌거숭이 암말이었네

당신은 나를 몰아
싸움북 두둥 두두둥 둥둥 둥둥둥 울리는
수레 종횡무진으로 마구 달렸네
당신은 나를 몰아 구름이게도 하고
당신은 나를 몰아 목메어 울기 잘하는 따오기
또 당신은 나를 몰아 숨차서 뒤치는 고래이게도 하였네

—제2부(185)

『춘향연가』는 "문학적 기교의 완성과 에로스적 사랑의 인식이 텍스트의 제작의식"[16] 속에 포섭되어 있다. 위 인용부분은 에로스적 사랑을 생동감 있게 표출하고 있다. "무지갯빛 벌거숭이 암말", "당신은 나를 몰아" 등에서 사랑의 행위와 생명에의 에너지가 분출된다. 이는 시인의 말대로 "도덕적이고 관념적인 열녀로서의 춘향의 이미지에 생명력을 불어넣"[17]는 과정으로서의 에너지가 된다. "에로스란 영원히 중단될 수 없는 생명의 리듬이며 그 어떤 타나토스의 침입에도 불구하고 거듭 다시 소생하는 자연의 숨은 원리이다."[18] 춘향은 '당신'과의 만남과 에로스를 통해 강렬한 생명에의 희구와 자유에의 원동력을 생성한다. 이는 곧 황폐화된 세계로부터의 탈출이고 나아가 여성성과 모성성의 회복이라는 보다 근원적인 세계로 나아가는 미적 체계가 된다.

꿈인가
그 다리는 어디에 있는가
동쪽은 어디인가

---

16) 민병욱, 「전봉건의 서사시 세계와 서사정신」, 『한국 서사시와 서사시인 연구』, 태학사, 1998, 347쪽.
17) 전봉건, 「시와 에로스」, 앞의 글, 9~10쪽.
18) 남진우, 위의 글, 756쪽.

그 숲 깊은 곳의 절은 어디쯤이던가
그 푸른 물빛은 어디쯤이던가
나는 어디에 있는가
이것은 꿈인가
이것은 부서진 죽창 이것은 숯검정이
이것은 떨어진 날개 떨어져 죽은 나비의 날개

—제2부(181~182)

『춘향연가』에는 악의 표상에 의해 파괴된 현실이 먼저 제시되고 그것을 극복해야하는 필연적인 과제가 주어진다. 위 인용부분은 과거의 시간과 공간으로 이동했던 장면들이 다시 현실공간으로 돌아온 시점을 보여준다. 따라서 '당신'의 노래와 에로스적 사랑이 충만하던 장면들은 "꿈인가", "이것은 꿈인가"의 상황으로 전환되고 만다. '그 다리'도, '그 숲 깊은 곳의 절'도, '그 푸른 물빛'도 보이지 않는다. 전봉건의 에로스는 생명력의 창출과 자기승화의 상승 기운을 담고 있는 만큼, 에로스의 상실은 그 반대편에서의 절망과 부재의식을 동반한다. 춘향은 "나는 어디에 있는가/이것은 꿈인가"라고 탄식하면서 꿈과 현실의 극명한 대비를 환기시킨다. "이것은 부서진 죽창 이것은 숯검정이/이것은 떨어진 날개 떨어져 죽은 나비의 날개"의 절망 속으로 추락하게 된다. '부서진 죽창', '숯검정이', '떨어진 날개 떨어져 죽은 나비의 날개' 등은 극복할 수 없는 암흑과 죽음을 상징화한다. 전봉건은 참담한 현실적 풍경과 지향세계로서의 과거공간을 반복적으로 대비시키면서 하강과 상승의 경계를 넘나들게 한다. 춘향은 억압과 폭력의 하강 이미지에서 벗어나고자 갈망하지만 결국 극복의 경계를 넘어서지 못한다는 것이 이야기의 요지이다. 그리고 이는 예견된 결과이기도 하다.

채색 구름과 구름 사이
거기서 당신은 알몸이었어
오 거기서 나도 알몸이었어
그런데 이것은
그런데 지금 이것은
내 알몸의 목 누르는 어둠
내 알몸의 발 얽어맨 어둠
나는 무엇을 하고 있는 것일까
나는 무엇을 알고 있는 것일까
이것은 내 알몸 사지에 엉긴 피
지금은 내 알몸 사지에 엉긴 어둠
나는 이것들로 무엇을 짤 수 있는 것일까
나는 지금 피 어둠 엉긴 두 귀로
무엇을 들을 수가 있는 것일까

—제2부(182~183)

위 인용부분에는 두 구도의 '알몸'이 등장한다. "거기서 당신은 알몸이었어/오 거기서 나도 알몸이었어"와, "내 알몸의 목 누르는 어둠/내 알몸의 발 얽어맨 어둠"의 구도가 바로 그것이다. 전자의 '알몸'이 '당신'과 함께 하는 사랑이 매개되고 있다면, 후자의 '알몸'은 '목 누르는', '발 얽어맨' 등의 폭력적 상황과 연결되어 있다. 또한 전자가 '거기서'라는 과거공간을 표상하고 있는 반면, 후자는 '지금'이라는 현재적 시간에 놓여있다. 따라서 과거의 시간이 에로스적 사랑을 동반하고 있다면 현재의 시간은 폭력적 '어둠'을 내포한다. 그리고 현재의 시간은 곧 "이것은 내 알몸 사지에 엉긴 피/지금은 내 알몸 사지에 엉긴 어둠"으로 나아간다. 춘향의 절망적 상황은 제1부의 '텅 빈 달', '금간 거울'에서 제2부의 '숯검정이', '죽은 나비의 날개'에 이어 이제 '피'와 '어둠'의 세계로까지 확장된다. '피'와 '어둠'은 전봉건의 시세계에서 대체로 전쟁체험의 죽음의식과 연계해서 나타나는 이미지들이다.

『춘향연가』에서도 이러한 배경을 함축하면서 폭력과 파괴, '피'와 '어둠'의 세계를 형상화한다. 춘향을 둘러싼 폭력과 야만의 현실은 단순히 변학도 개인의 탐욕적 행위에 국한되는 것이 아니라 보다 큰 범주에서의 파괴와 모순성을 담고 있다. 따라서 "춘향 개인의 불행은 그 개인적인 특수한 사정에 의한 특별한 경우가 아니라 세계일반이 그러한 비가치로 침염되어가고 있다는 징조를 고하는 진술로 읽을 수 있다."[19] 여기에는 한 개인이 어찌할 수 없는 집단적 · 사회적 차원의 문제의식이 제기된다. '피', '어둠'의 상황은 인간 훼손의 극단을 보여주면서 『춘향연가』의 내면화된 주제의식을 일깨우는 상징적 배경이 된다. 이에 비춰보면 "춘향 패러디는 비극성을 강조한다는 데"[20] 그 초점이 놓이고, 이는 곧 6 · 25체험의 죽음의식과 접목되고 있음을 알 수 있다.

4. 극복의지의 발현과 허무적 '피'의 연속

앞서 살펴보았듯이, 『춘향연가』의 제2부의 내용은 '당신'의 노래가 충만했던 과거공간의 찬란한 시간과, 다시 현실로 돌아와 참담한 상황을 환기시키는 장면들로 구성되어 있다. 그리고 춘향의 극단의 절망이 '피' 와 '어둠'으로 대체되면서 전쟁의 상흔이 상징화되고 있다. 제3부는 이러한 현실적 절망을 극복하기 위해 보다 적극적인 탈출의지를 표출한다. 이른바 과거회상을 통한 소극적 지향세계가 아니라 행위를 통한 자기실현의

19) 신동욱, 앞의 글, 253쪽.
20) 이승훈, 「히메로스와 페이서스―전봉건의 시」, 『현대시학』, 1974, 10, 106쪽.

열망을 부각시킨다. 춘향은 악의 논리인 '변학도'에 맞서 '피'의 파괴를 토로하고 비판하면서 이를 벗어나기 위해 강렬한 극복의지를 결집한다. 『춘향연가』에 표상되고 있는 여러 종류의 폭력적 장치와 파괴의 흔적들은 상처에 대한 재현이면서 실체적 현장이 된다. 전봉건은 고전 속의 '춘향'과 '변학도'를 전면에 두고 자유에의 가치와 폭력성의 부조리를 고발하고 비판한다. 이른바 춘향이라는 서술적 주체와 그 주체가 겪고 있는 폭력적 현실을 통해 비판과 극복의 당위성을 확보하고자 한다. 하지만 춘향의 탈출의지는 결국 극복되지 못한 채 허무의 심연으로 침잠하고 만다는 것이 『춘향연가』의 극적 상황이고 역사적 비극성의 하나로 각인된다.

나는 가요 당신에게로
나는 가야 해요 당신에게로
나는 가고 말아요 당신에게로
나는 다시 꽃이 되어야 해
꽃잎 속의 꽃술이 되어야 해
나는 다시 옷을 입어야 해
내 벌거숭이 알몸에 옷 입힐 사람
그 사람은 당신 오직 당신인 것을
이 세상의 오직 한 사람 당신일 뿐인 것을

—제3부(192~193)

『춘향연가』의 제3부는 춘향의 극복의지가 강렬해지면서 시적 긴장도 강화된다. "나는 가요 당신에게로/나는 가야 해요 당신에게로/나는 가고 말아요 당신에게로"에서 춘향의 극복의지의 강도를 짐작할 수 있다. 여기서 '당신'은 춘향의 절망적 상황을 구원해줄 유일한 탈출구로서의 인물이 된다. 이른바 "내 벌거숭이 알몸에 옷 입힐 사람"이면서 꿈을 실현시켜줄

징검다리가 된다. 따라서 '나(춘향)'는 "그 사람은 당신 오직 당신인 것을/이 세상의 오직 한 사람 당신일 뿐인 것을"이라고 확고하게 목표지점을 지목해둔다. '당신'은 이몽룡을 지칭하고 있으므로 과거의 '나'와 현재의 '나'를 이어주는 연결고리이면서 과거회복을 유도할 수 있는 방향성이 된다. 춘향의 극복의지는 '가요', '가야 해요', '가고 말아요' 등에서 확고하게 드러난다. 그리고 "나는 다시 꽃이 되어야 해/꽃잎 속의 꽃술이 되어야 해/나는 다시 옷을 입어야 해"의 상황으로 나아간다. '당신'이라는 목표지점과 '가야 하'는 행위배경, '꽃', '꽃술', '옷' 등으로 표상되는 자기실현의 단계까지 확장된다.

'꽃'과 '꽃술'의 실현은 에로스의 여자인 춘향에게 여성성과 모성성의 회복이라는 의미를 부여한다. 따라서 '당신'에게 가고자 하는 적극적 의지의 분출과 자기실현의 열망은 존재회복의 절실한 배경을 함유한다. 나아가 '옷을 입'는 행위는 균열된 자아를 회복하고 자기완성의 세계를 확보하는 것이다. 따라서 '꽃'과 '옷'의 세계는 아름답고 숭고한 생명력의 표상이 된다. 여기서 "나는 다시 꽃이 되어야해", "나는 다시 옷을 입어야 해"에서의 '다시'에 주목해본다. '다시'는 과거에 터를 두고 재출발의 연속적 의미를 담고 있다. 따라서 춘향의 지향세계는 새롭게 창조되는 세계라기보다 과거로 돌아가거나, 파괴된 세계를 복원한다는 의미가 더 크게 작동한다. '당신'과 '꽃'의 세계는 상처 이전의 본래적 자아가 생동하고 있는 시간과 공간을 상징하면서 훼손된 자아와 본래적 가치를 회복할 수 있는 지향적 세계로서의 의미를 지닌다. 따라서 전봉건의 극복세계는 결국 훼손되기 이전의 자유와 사랑 즉, '당신'과 '꽃'의 세계를 회복한다는 것이 극복논리의 중심에 놓이게 된다.

나는 전부 젖어 나는 전부 떨려나면서
흠뻑 흠뻑 젖어 있었어요
내 속 깊은 중심에서 터져 넘쳐
내 전부 적신 그것은 내 피였어요
……………중략……………

당신이 있음으로 해서 흘릴 수가 있었던 피였기에
당신과 더불어서 아니면 흘릴 수가 없었던 피였기에
그 선열(鮮烈)한 피 그 찬란한 피 그 임리(淋漓)한 피는 나 혼자 흘린
내 피가 아니었어요 당신과 내가 흘린 우리의 피였어요
그러나 그러나 당신은 없고
아 그러나 지금 당신은 없고
내가 쓴 큰 칼은 칼날 같은 달빛에 젖고
나는 혼자 내 피에 젖어 있어요
당신이 없음으로 해서 나 혼자서 흘리는
피로 나 혼자 젖어 있어요

—제3부(195~196)

전봉건의 시세계에 있어서 '피' 이미지는 대단히 큰 의미를 함축한다. '피'는 곧 전쟁의 폭력성과 연결되면서 그 파괴의 현장을 상기시키는 상징물이 되고 있기 때문이다. 『춘향연가』에서 '피' 이미지는 제2부의 "내 알몸 사지에 엉긴 피", "나는 지금 피 어둠 엉긴 두 귀로"에서 시작하여 마지막 제3부에 다시 등장한다. 위 인용부분에는 두 종류의 '피'가 제시된다. 하나는 사랑의 결합에서 오는 '피'이고, 다른 하나는 춘향이 '큰 칼'을 쓰고 고문을 당하면서 흘리는 '피'이다. 전자의 '피'는 "당신이 있음으로 해서 흘릴 수가 있었던 피", "당신과 더불어서 아니면 흘릴 수가 없었던 피", "선열(鮮烈)한 피 그 찬란한 피", "당신과 내가 흘린 우리의 피" 등으로 묘사된다.

반면, 후자의 '피'는 "내가 쓴 큰 칼은 칼날 같은 달빛에 젖고/나는 혼자

내 피에 젖어 있어요/당신이 없음으로 해서 나 혼자서 흘리는/피로 나 혼자 젖어 있어요"로 나타난다. 이른바 선열하고 찬란한 '우리의 피'에서 큰 칼을 쓰고 흘리는 혼자의 '피'로 전환되고 있다. "당신이 있음으로 해서"와 "당신이 없음으로 해서"의 상황이 극명하게 대비된다. 이는 "당신과 내가 흘린 우리의 피"에서 "나 혼자서 흘리는/피"로 귀결되고 있기 때문이다. 결국 춘향은 어떤 누구의 도움도 받지 못한 채 혼자서 '피'를 흘리는 상황에 봉착해있다. 『춘향연가』는 현실 공간, 상상 공간, 이몽룡과의 사랑의 추억, 생명력의 분출, 다시 '옥' 속의 현실, 당신에게 가고자하는 강렬한 열망, 꿈의 좌절, '나 혼자 흘리는/피'의 과정으로 그려진다. '당신'은 긍정적인 사랑의 힘을 표방하지만, "그러나 그러나 당신은 없고/아 그러나 지금 당신은 없고"에서 알 수 있듯이 '당신'은 부재의 형식으로 나타난다.

> 아아 당신은 없어
> 아아 당신이 없어 내 살과 넋의 가장 속 깊은 중심에서
> 터지는 것이 없는데 넘치는 것이 없는데
> 지금 피에 젖어 뒤틀리는 이 아랫배
> 지금 피에 젖어 뒤틀리는 이 무릎
> 지금 피에 젖어 뒤틀리는 이 발가락
> 오오 나 혼자 흘리는 허망한 피여
> 오오 나 혼자 흘리는 허무한 피여
> 칼날 같은 달빛에 젖은 피여
> 큰 칼 쓰고 흘리는
> 피여
>
> —제3부(197)

장시 『춘향연가』의 특징적 배경은 '피'의 상황이 결국 극복되지 못한 채 '허망'과 '허무'의 심연 속으로 침잠해버린다는 데 있다. 위 인용부분은

『춘향연가』의 제3부 마지막 장면이다. '당신'은 선열하고 찬란한 '우리의 피'의 당사자이면서 큰 칼을 쓰고 흘리는 혼자의 '피'를 구원해줄 수 있는 유일한 인물이다. 따라서 전봉건이 추구하고자 하는 자유와 사랑의 실천적 지표이면서 정신적 승화의 극복지점이 된다. 하지만 '당신'이 결국 나타나지 않음으로 해서 '피'의 상황에서 벗어나지 못한다. 극복과 자기실현의 강렬한 의지를 보이던 춘향은 급기야 "아아 당신은 없어/아아 당신이 없어"라는 결론을 내린다. '당신'의 부재는 희망의 부재이고 희망의 부재는 미래부재라는 논리로 결집된다. "오오 나 혼자 흘리는 허망한 피여/오오 나 혼자 흘리는 허무한 피여"에서 그 극적배경을 짚어볼 수 있다.

전봉건은 6 · 25체험의 '피'를 오늘날의 비판적 잣대로 수용하면서 극복의지를 발현하고자 한다. 춘향의 극복의 열망이 과거지향의 색채로 그려지고 있지만 결국 현실극복과 미래전망의 구도로 결집되고 있다. 하지만 '옥'이라는 폐쇄된 공간에서 펼쳐지는 춘향의 극복의지는 그 실현에 있어서 한계를 지닐 수밖에 없다. '허망'과 '허무'의 극적 결말부분은 전후 현실을 인식하는 전봉건의 반성적 자각이면서 또한 시적 진폭을 유도하는 시작논리의 한 측면이 된다. 따라서 비극성의 강도가 보다 치밀하게 스며들 수밖에 없다. 전봉건은 "시대와 현실을 소재로 시를 쓰면서도 그 시대와 현실의 편린마저도 내보이려 하지 않는 방법론"21)을 두고 있다. '사랑'을 매개로 하여 시대와 현실의 아픔을 응집하고 형상화하려는 시적효과도 여기에서 비롯된다.

『춘향연가』는 전봉건이 60년대에 들어서서 전쟁과 전쟁이 남긴 상흔을 되돌아보면서 그 대응방안으로서의 극복논리를 장시의 형식으로 탐구하고 있는 작품이다. 전봉건이 『춘향연가』의 결말 부분을 '허망'과 '허무'

21) 이유경, 「전봉건과 이승훈」, 『현대시학』, 1970년, 5, 61쪽.

의 '피' 이미지 속에 남겨두는 것은 나름의 상징성을 지닌다고 할 수 있다. 이는 전쟁의 상흔이 쉽게 극복될 수 없음을 암시하는 것이기도 하고, 한편으로 남북분단이 엄연한 현실로 남아있는 데 대한 비판적 자각을 유도하는 배경이 되기도 한다. 따라서 역사인식의 한 측면에서 보면 허무적 '피'의 연속이라는 비극성이 선명하게 제기된다. 이런 점에서 "나 혼자 흘리는 허무한 피"는 춘향의 상처에서 우리 모두의 상처로 전이된다. 전봉건은 "부드러운 손길로 덮어주는 일, 이제는 이런 일로서나 상처의 아픔이 잊혀지기를 혹은 상처가 아물기를 바랄 수밖에 없이 되어 있는 것"[22]이라고 말한다. 전봉건에게 60년대는 상처가 아물기를 기다리는 시간이면서 그 위에 새로운 '사랑'을 구축해야할 과제를 부여받은 시기이기도 하다. 따라서 한계로 남아있는 극복의 실현을 60년대적 현실과 결부시키면서 새로운 담론을 구축해가고자 하는 열망을 그 위에 남겨두고 있다.

22) 전봉건, 「환상과 상처」, 『세대』, 1964, 11, 244쪽.

신동엽의 『금강』의 서술적 주체의 욕망과 시대담론의 형성

1. 현실의 비판적 수용과 시적 성향

신동엽[1]은 1959년 조선일보 신춘문예에 장시 「이야기하는 쟁기꾼의 대지」가 입선되면서 본격적으로 문학 활동을 시작한다. 그의 이러한 문학에의 입문이 남다르게 생각되는 것은 등단 작품부터 이미 장시로 출발하고 있다는 것이다. 그리고 이어 1967년도에는 서사장시 『금강』(을유문화사)[2]을 발표하면서 다시 한 번 그 위치를 각인시키고 있다. 『금강』은 발표 당시부터

1) 신동엽은 1930년 충남 부여읍 동남리에서 출생한다. 1942년 13때 부여국민학교를 졸업, 이후 1948년(19세) 전주사범학교와 1953년(24세) 단국대학교 사학과를 졸업한다. 1958년(28세) 충남 주산농고(珠山農高)에서 학생들을 가르치다가, 1959년(30세) 장시 「이야기하는 쟁기꾼의 대지」가 조선일보 신춘문예에 石林이라는 필명으로 입선하면서 문단 활동을 시작한다. 1961년(32세)부터 작고 시까지 명성여자고등학교에서 교편생활을 한다. 시집으로는 첫 시집 『아사녀』(문학사, 1963)와 장편서사시집 『금강』(을유문화사, 1967)이 있다. 1969년 간암으로 작고한다. 1975년 『신동엽전집』(창작과비평사)이 출간된 데 이어, 1979년 시선집 『누가 하늘을 보았다 하는가』(창작과비평사)가 출간된다.

2) 신동엽의 『금강』은 1967년 을유문화사刊 『한국현대신작전집』제5권에 발표된다. 1975년에는 『신동엽전집』(창작과비평사)이 발간되고, 이어 『증보판 신동엽전집』(창작과비평사, 1980)이 발간된다. 이후 『금강』(창작과비평사, 1985)은 한 권의 단행본으로 출간된다. 이 글에서는 1985년에 출간된 단행본 『금강』을 텍스트로 활용한다. 인용부분에는 이 시집의 페이지를 괄호 속에 표기해둔다.

많은 관심을 받아오고 있고 그의 대표작이라고 할 만한 위치를 구축하고 있다. 이 외에도 『여성동아』에 발표한 「여자의 삶」(1969)과 생전에 구상하고 있었지만 끝맺지 못한 채 작고하게 되는 「임진강」 등의 장시가 있다. 이를 통해보면 신동엽은 시의 출발시점에서부터 장시의 양식을 중점적으로 탐구하고 실험해왔음을 알 수 있다. 이는 곧 당대 현실을 장형화의 특징 속에 형상화하고 표출하려는 방법론적 모색이 된다. 따라서 장시의 세계는 그의 시세계의 특징을 규명하는 데 있어서 중요한 단서를 제공한다.

신동엽은 잘 알려져 있듯이 참여적 성향의 시들을 쓰면서 현실적 문제의식과 인간 삶의 가치에 대해 비판적으로 탐구하고 새로운 변화의 한 축으로 이끌고자 한다. "집단사회와의 복잡다기한 관련을 통하여 인간의 실체를 실증하는 도전 방법이 곧 참여문학의 문제 제기"[3]이고 보면 신동엽의 참여적 성향 또한 당대 사회 현실적 상황과 긴밀한 연계성을 가진다. 장시는 이러한 그의 시작의 배경과 특성을 효과적으로 추구하고 형상화할 수 있는 방법론적 토대가 된다. 이런 점에서 『금강』은 "현대에 있어 서사시의 가능성을 진단해 보게 하는 문제적 참여시"[4]로서의 위치를 확보하고 있다고 할 수 있다. 여기에는 1960년대적 현실인식과 경험구도가 비판과 탐구의 영역으로 흡수되어 있다. 전후 황폐의 현실과 4 · 19혁명이라는 역사적 사건의 파장 등이 이 시기의 시정신을 가로지르는 담론의 핵심이 된다. 신동엽이 지향하고 있는 시적 성향은 60년대의 문학적 현실을 돌아보면서 쓴 그의 글에서도 확연히 드러난다.[5]

---

3) 임중빈, 「참여문학의 인식」, 『부정의 문학』, 한얼문고, 1972, 45쪽.
4) 김준오, 『현대시와 장르 비평』, 문학과지성사, 2009, 39쪽.
5) 신동엽, 「60년대의 시단 분포도—신저항시운동의 가능성을 전망하며」, ≪조선일보≫, 1961, 3. 30~31/ 『신동엽전집』, 창작과비평사, 2007(증보판) 373~377. 신동엽은 60년대의 시적 흐름을 대략 다섯 가지 측면 즉, ①향토시의 촌락, ②현대감각파, ③언어 세공파, ④시민시인, ⑤저항파 등으로 구분한다. 그리고 '저항파' 시인들을 중심에 두고,

『금강』에 서사화되고 있는 역사적 거리는 동학농민혁명에서부터 3 · 1운동, 그리고 4 · 19혁명까지 이어지고 있다. 그리고 그 이면에 해방, 6 · 25전쟁, 분단현실 등이 긴밀하게 포섭되어 있다. 이러한 역사적 거리는 과거의 역사와 오늘의 역사를 분리하지 않고 하나의 틀 속에 두고 비판과 반성, 개선의지를 발현하고자하는 의도에서 비롯된다. 이른바 "사회개조에의 새로운 물결"6)과 혁명정신을 환기시키려는 의지가 반영되어 있다. 신동엽은 동학농민혁명을 현재화하면서 60년대적 상황을 일깨우고 이러한 시대가 요구하는 정신의 한 틀을 창출하고자 한다. 신동엽이 중심을 두고 있는 펼쳐가고자 하는 시정신은 이 시대가 필요로 하는 '지성'을 능동적으로 실천하는 데 놓여있다. "지금은 싸우는 시대다"라는 강렬한 어조도 이러한 배경에서 생성된다. 이 글이 1961년에 발표된 것에 미뤄보면 '지금'이 표상하는 시대는 60년대이고, '싸우는 시대', '사회개조에의 새로운 물결' 또한 60년대적 상황과 결부된다. 아래 글은 신동엽의 이러한 견해가 제시되어 있고 또한『금강』의 창작배경을 짐작해볼 수 있게 하는 여지도 남겨둔다.

> 우리들은 정신을 찾아 각고의 길을 헤매야 한다.
>
> 시에서의 피나는 노력과 고심이란 흔히 잘못 알고 있는 것처럼 기교나 수사법을 두고 이르는 말이 아니다. 그것은 높은 경지에 이르려는 情神人의 求道的 자세를 말하는 것이다.

"이 계열의 사람들은 세계사와 조국의 인생적 현실을 능동적 지성으로 밝혀 현대의 역동적인 화술로 조직해가려 하고 있는 것 같다. 지금은 싸우는 시대다. 언어가 민족의 꽃이며 그 민족의 공동체적 상황을 역사 감각으로 감수받은 언어가 즉 시라고 할 때, 오늘처럼 조국과 민족이 그리고 인간이 굶주리고 학대받고 외침(外侵)되어 울부짖고 있을 때, 어떻게 해서 찡그림 속의 살아픈 언어가 아니 나올 수 있을 것인가 ……. 사회개조에의 새로운 물결이 이 계열 근처에서 싹틀 날이 불원 있을 것을 나는 믿는다"라고 언급한다.

6) 신동엽, 위의『신동엽전집』, 377쪽.

水雲이 삼천리를 10여 년간 걸으면서 農奴의 땅, 노예의 조국을 본 것처럼, 석가가 인도의 땅을 헤매면서 영원의 연민을 본 것처럼, 그리스도가, 그리고 성서를 쓴 그의 제자들이 지중해 연안을 헤매면서 인간의 구원을 祈求한 것처럼 오늘의 시인들은 오늘의 강산을 헤매면서 오늘의 내면을 直觀해야 한다.

자기에의 내찰, 이웃에의 연민, 공동언어를 쓰고 있는 조국에의 大乘的 관심, 나아가서 태양의 아들로서의 인류에의 연민을 실감해 봄이 없이 시인의 나무는 자라지 않는다.[7]

신동엽은 "시에서의 피나는 노력과 고심"은 "기교나 수사법"에 있는 것이 아니라, "높은 경지에 이르려는 정신인의 구도적 자세"에 있다고 본다. '수운', '석가', '그리스도', 그리고 그의 제자들의 행적을 떠올리면서 "정신을 찾아 각고의 길을 헤매"는 노력과 고심의 흔적을 언급한다. 이어 "오늘의 시인들은 오늘의 강산을 헤매면서 오늘의 내면을 직관해야 한다"고 강조한다. '오늘의 내면을 직관'하는 일이야말로 '오늘'을 탐구하는 '정신인의 구도적 자세'가 될 수 있다. '자기에의 내찰', '이웃에의 연민', '조국에의 대승적 관심', '인류에의 연민'을 실감해야만 '시인의 나무'가 충실하게 자랄 것이라는 견해를 두고 있다. 이러한 내용들은 신동엽이 『금강』을 창작하게 되는 시대정신의 배경과도 긴밀하게 연계된다. 신동엽은 60년대적 담론을 장시창작의 원동력으로 수용하면서 새로운 미래지향적 가치를 작품적 성과 속에 심어두고 있다.

2. '큰 역사'의 배경과 주체의 성격

『금강』은 흔히 신동엽의 대표작이라고 평가를 받고 있는 만큼, 이에 대한 논의의 저변도 다양하고 넓은 편이다.[8] 또한 한편으로 서정시냐 서사시냐의

---

7) 신동엽, 위의 전집, 382쪽(중앙일보, 1967, 7. 19).
8) 강형철, 「신동엽 시의 근원사상과 새로운 연구방향 모색」, 『한국언어문화』39집,

문제가 지속적으로 제기되고 있는 작품이기도 하다.[9] 『금강』은 동학농민혁명이라는 역사적 사건을 시적 소재로 수용하여 장편의 서사를 구성하고 있는 작품이다. 따라서 작품 속의 인물들 또한 전봉준을 비롯해서 수운, 해월 등 실제 역사 속의 인물들이 대거 등장한다. 물론 신하늬와 인진아 등 시인의 정서 속에서 생성된 허구적 인물이 등장하기도 하지만 서사의 전체적 맥락은 역사성을 기반에 두고 전개되고 있다. 따라서 동학농민혁명이라는 '큰 역사'와 그러한 혁명이 일어나게 되는 배경, 혁명을 주도하는 역사 속의 인물 등이 작품구성의 골격에 놓인다.

신동엽의 『금강』은 서론, 본론, 결론에 해당하는 「서화(序話)」, 「본화(本話)」, 「후화(後話)」의 세 구도로 서사의 틀이 구성되어 있다. 도입부에 해당

2009; 정경은, 「현대시에 형상화된 전봉준 이미지의 변모양상 고찰」, 『한국시학연구』35, 2012; 여지선, 「신동엽 『금강』의 텍스트 분석」, 『한국시학연구』 2호, 1999; 김지선, 「신동엽 『금강』의 화자 분석을 통한 작가—서술자 이념 연구」, 『국제어문』 56집, 2012; 김윤정, 「신동엽 『금강』 연구」, 『성심어문논집』, 18~19, 1997; 김홍진, 「『금강』의 서사양식 수용과 서술기법」, 『한국문예창작』 제8권 제3호, 2009; 이영섭, 「신동엽의 서사시 『금강』 연구 : 『금강』의 역사의식과 탈역사성」, 『현대문학의 연구』 5권, 1995; 이혜미, 「『금강』의 에로스적 상상력 연구」, 『한국문화기술』, 14권, 2012; 김응교, 「신동엽과 전경인 정신」, 『사회적 상상력과 한국시』, 소명출판사, 2002; 지현배, 「신동엽 「금강」에 나타난 서사구조와 작가의식—동학과의 관련을 중심으로」, 동학학보 28집, 2013; 최도식, 「신동엽의 「금강」에 나타난 공동체 연구—동학농민혁명을 중심으로」, 동학학보 41권, 2016.

9) 백낙청, 「서사시 『금강』을 새로 내며」, 『금강』, 창작과비평사, 1989, 249쪽. 백낙청은 『금강』의 발문에서 "서사시 「금강」의 형식적 특징이 그 서정적 요소들에 있음은 이미 여러 논자들이 지적한 바이다"라고 말문을 열면서, "『금강』은 서사시가 아닌 서정시로 보아야한다는 주장도 있었지만, 저자 스스로 '서사시'로 이름 붙였을 뿐더러 많은 지면이 서술에 할애된 이상, 그러한 주장은 이 작품에서 서정적인 대목들이 주로 성공을 거둔 부분이라는 뜻으로 받아들이는 것이 좋겠다"라는 내용을 묶어두고 있다. 그 밖에 김재홍, 오세영, 민병욱, 강형철, 권영민 등도 『금강』을 서사시로 보면서 논의를 이어가고 있다. 이들은 신동엽의 경험세계가 역사적 현실과 총체적으로 대응하고 있으며 이를 표현하는 방식으로 선택한 것이 서사성에 있기 때문이라는 의견을 두고 있다.

하는 「서화」1, 2는 앞으로 펼쳐질 서사의 내용을 암시하는 부분으로 일종의 서론 격이 된다. 「본화」는 제1장부터 제26장까지의 내용을 담고 있는 부분으로 본격적인 이야기를 펼쳐가는 과정이다. 이른바 「서화」에서 제시되고 있는 '큰 역사'를 현재화하여 그 배경의 제시와 실질적인 사건의 행위영역을 형상화한다. 「후화」1, 2는 결말부분을 대신하는 대목이다. 「후화」는 '큰 역사'를 언급하는 「서화」에서, '큰 역사'의 사건화 과정을 거쳐서 현재시점에 이른 단계를 그리고 있다. 이른바 1960년대적 현실과 맞물려 있다. 전체를 돌아보면, 사건의 배경을 환기시키는 도입단계, 과거의 역사를 현재화하여 재구성하는 단계, 현재시점으로 돌아와 오늘날의 '종로 5가 네거리'를 조명하면서 '노동'의 현실과 '찬란한 혁명의 날'을 기대하는 것으로 끝이 난다. 세 개의 이야기 틀은 서로 독립되어 있는 것 같지만 의미적으로 하나의 맥락 속에 긴밀하게 포섭되어 있다.

①내가 지금부터 이야기하려는
그 가슴 두근거리는 큰 역사를
몸으로 겪은 사람들이 그땐
그 오포 부는 하늘 아래 더러 살고 있었단다.

앞마을 뒷동산 해만 뜨면
철없는 강아지처럼 뛰어다니는 기억 속에
그래서 그분들은 이따금
이야기의 씨를 심어주고 싶었던 것이리.

그 이야기의 씨들은
떡잎이 솟고 가지가 갈라져
어느 가을 무성하게 꽃피리라.

—「서화 1」(6~7)

②우리들은 하늘을 봤다
1960년 4월
역사를 짓눌던, 검은 구름장을 찢고
영원의 얼굴을 보았다.

………중략………

하늘 물 한 아름 떠다,
1919년 우리는
우리 얼굴 닦아놓았다.

1894년쯤엔,
돌에도 나무등걸에도
당신의 얼굴은 전체가 하늘이었다.

—「서화 2」(8)

위의 인용 ①과 ②는 『금강』의 서화에 제시된 내용이다. "내가 지금부터 이야기하려는/그 가슴 두근거리는 큰 역사"는 『금강』의 이야기적 배경을 내장한다. '나'는 과거의 '큰 역사'를 일깨우고 풀어나가는 일종의 서술자이다. '나'는 우선 "그 가슴 두근거리는 큰 역사를/몸으로 겪은 사람들이 그땐/그 오포 부는 하늘 아래 더러 살고 있었"음을 상기시킨다. 이는 '지금부터 이야기하려는' '큰 역사'가 실제 있었던 사건임을 각인시킨다. 인용 ②에서 이러한 '큰 역사'는 '1960년 4월', '1919년', '1894년' 등으로 구체화되어 나타난다. 이는 곧 4 · 19혁명, 3 · 1운동, 갑오농민전쟁과 연결되고 있음을 어렵지 않게 짚어낼 수 있다. 이러한 구체적인 연대는 현재시점에서 차츰 과거로 거슬러 올라가면서 1894년 갑오농민전쟁과 맞물린다. 『금강』은 동학농민운동을 중심에 두고 있지만 3 · 1운동과 4 · 19혁명 등을 두루 아우르면서 '큰 역사'의 터전을 마련하고 있다.

1854년,
전봉준은
서해가 보이는 고부 땅
두승산 기슭에서 태어났다.

대대로 내려오는
농민의 아들,
키는 절구통 같은 오 척.
시원한 이마
맑고 두리두리한 눈동자가
벌어진 어깨 위에서 빛났다.

편안한 코,
우렁우렁한 음성은
듣는 사람의
살 속에 스몄다.

어려서부터
말이 없었는 편.

서당에서 책 끼고
돌아오는 길,
양지쪽 메운
동네 아이들의 맨발과
두 줄기 콧물 보면,

함께 뛰어들어
자치기, 연날리기,
말타기, 씨름을
이끌었다.

— 「본화」 제12장(63~64)

『금강』에는 신하늬와 인진아 등 시인의 주관적 상상력 속에서 체득된 허구적 인물들이 등장하기도 하지만, 대부분 역사 속의 실제 인물들이 사건의 중심에 놓여있다. 그리고 이러한 역사적 인물들은 동학농민운동과 실제적인 관련성을 가지면서 행위를 주도하고 있다. 이들은 우선 기존체계의 모순성을 자각하고 비판하면서 변혁의 필요성을 강조하고 실천해가고자 하는 인물들이다. 전봉준은 그 중심에 서서 동학농민운동을 봉기하고 농민들을 영솔하면서 모순과 불합리의 현실에 저항하고 투쟁하는 인물로 등장한다. 따라서 동학농민운동을 이끌어가는 실제적인 인물이면서 『금강』의 서술적 주체가 된다. 『금강』의 역사적 배경이 실제 사건에 터를 두고 있으므로 인물 또한 역사 속의 인물이 된다. 따라서 전봉준의 탄생배경과 성장과정 등도 사실적으로 명시된다. '1854년', "서해가 보이는 고부 땅/두승산 기슭" 등 구체적 출생 연도와 그 지명까지 명시되고 있는 것이 그 뚜렷한 예가 된다.

전봉준은 "키는 절구통 같은 오 척", "시원한 이마/맑고 두리두리한 눈동자", "벌어진 어깨" 등에서 알 수 있듯이 그 외형에서부터 이미 강인한 특성이 나타난다. 여기에다 "편안한 코,/우렁우렁한 음성은/듣는 사람의/살 속에 스몄다", "함께 뛰어들어/자치기, 연날리기,/말타기, 씨름을/이끌었다" 등에서 어렸을 때부터 지도자적인 면모와 사람과의 친화력을 갖추고 있음이 드러난다. 과묵함, 연민의식, 친화력 등의 특징들이 드러나면서 그의 평범하지 않은 자질이 명시된다. 이러한 내 · 외적 특성들과 함께 중요하게 포착되는 것은 전봉준이 "대대로 내려오는/농민의 아들"이라는 것이다. '농민의 아들'이라는 신분은 전봉준이 이후 동학농민운동을 주도하게 되는 배경으로서의 실제적인 요건으로 작용한다. 전봉준은 태어나면서부터 이미 착취와 핍박을 당하고 있는 농민들의 궁핍한 삶을 온몸으로 체감하고 있다. 부조리한 기존체제에 억눌리고 짓밟히는 설움과 기본적인 생활권마저 탈취당하는 억울함

등 농민들의 생활상을 일찍부터 가슴 속에 키워오고 있다. 따라서 가장 기본적인 터전위에서 저항의식이 발현되고 집단적 혁명의식으로 확장시켜간다. '1960년 4월', '1919년', '1894년' 등 '큰 역사'의 배경과 주체의 성격은 앞으로 펼쳐질 서사의 골격을 암시한다.

3. 억압적 갈등요소와 욕망의 분출

『금강』은 "당대적 삶의 의미를 역사적 안목과 민중적 시각에서 구현하고자 한 점에서 긍정적 의의를 띤다."[10] 신동엽은 1960년대적 현실인식을 창작원리로 수용하면서 새로운 변화와 미래비전의 통로를 열어가고자 한다. 역사적 사건인 동학농민혁명을 현재화하여 60년대적 담론과 결부시키면서 의미구도를 생성한다. 『금강』에는 '노예' '핍박' '탄압' '착취' '유린' 등의 시어들이 빈번하게 나타난다. 이러한 이미지들은 부조리한 억압과 폭력성, 집단적 희생을 담보한다. 이러한 배경에는 '무지함' 또는 '선량함' 등으로 표상되는 농민, 노비, 백성들이 포진해 있다. 이들은 왕, 벼슬아치, 관리, 양반 등으로부터 끊임없이 착취당하고 핍박당하는 군상으로 그려진다. 따라서 여기에는 이미 억압하는 자와 억압당하는 자의 경계가 분명하게 제시된다. 이러한 대립적 경계가 곧 갈등을 유발하는 요인이면서 현실변혁의 욕망을 갖게 하는 구체적 배경이 된다.

『금강』에 나타난 주체의 욕망은 외부억압에 대한 대응의 형식으로 나타난다는 점에서 남다른 구도를 보여준다.[11] 이는 인간 삶의 기본이 되는 '생활'

---

10) 김준오, 앞의 책, 39쪽.

11) 이 글에서 다루고 있는 주체의 '욕망'은 정신분석학적으로 접근하는 개념은 아니다. 이는 오히려 "무엇을 가지거나 하고자 간절하게 바람"이라는 사전적 의미에 근접해있다. 신동엽의 『금강』에 나타난 주체의 욕망은 당면한 현실을 극복하기 위한

을 보장받기 위한 최소한의 욕망이라는 데 그 특징이 있다. 부조리한 억압에 대한 비판과 이를 제 자리로 돌려놓겠다는 저항의식이 바로 그것이다. 이는 사회구조적 모순에 대한 인식과 탈취당한 권리와 행복을 되찾기 위한 일종의 투쟁이 된다. 주체의 현실대응으로서의 행보가 보다 절실하고 강렬한 색채의 목표의식을 갖게 되는 것도 여기에 있다. 서술적 주체의 욕망은 오래 응집되어온 절망과 분노의 표현인 만큼 그 발현과정도 충동적인 것이 아니라 단계적 진행을 보여준다. 오랜 갈등의 시간을 지나오면서도 정작 그 욕망을 분출하기까지는 많은 시간이 소요된다. 여기에는 욕망을 품을 수밖에 없는 상황적 배경, 욕망의 배태와 분출, 혁명의 단계로 나아가는 과정 등이 담겨 있다.

①반도는,
가는 곳마다
가뭄과 굶주림,
땅이 갈라지고 서당이 금갔다.
하늘과 땅을
후비는 흙먼지.

1862년
전봉준이 여덟 살 되던 해
경상도 진주에서
큰 농민반란이 일어났다.

세금,
이불채 부엌세간 초가집
다 팔아도 감당할 수 없는
세미(稅米), 군포(軍布),

가장 실제적인 의지의 발현이면서 긍정적인 세계에 대한 확고하고 절실한 목표의식을 내포하고 있다.

마을 사람들은 지리산 속 들어가
화전민 됐지.

관리들은 버릇처럼 또
도망간 사람들 몫까지
이징(里徵), 족징(族徵)했다.

— 「본화」 제1장(11)

②그로부터 한 달 후,
1894년 3월 21일.
전봉준이 영솔하는
5천 농민이
동학 농민혁명의 깃발
높이 나부끼며
고부 군청 향해 진격했다,
머리마다 휘날리는
노란 수건,
질서 정연한
대열, 여기저기
높이 펄럭이는
깃발

"물리치자 학정
구제하자 백성"

"몰아내자 왜놈
몰아내자 뙤놈
몰아내자 외세"

"백성은 한울님이니라"

“일어나라, 세상 모든 농민들이여
굴레를 벗어라”

언제
끝날지 모르는
농민혁명의 서곡은
반도에 그 첫 보습을
댔다.

— 「본화」 제17장(120~122)

“반도는,/가는 곳마다/가뭄과 굶주림,/땅이 갈라지고 서당이 금갔다”(①)에서 나라 전체의 궁핍과 피폐함이 드러난다. “가뭄과 굶주림”은 농민들이 처해 있는 현실을 엿볼 수 있는 실제적인 생활상이다. 중요한 것은, 이러한 ‘굶주림’이 비단 ‘가뭄’ 때문만이 아니라 착취와 횡포에 의해 발생되고 있다는 사실이다. ‘세금’, ‘세미’, ‘군포’, ‘이징’, ‘족징’ 등의 세금 징수가 이러한 정황을 뒷받침한다. “왕권은 대초롱을/깊이, 깊이 박고/김대감/박정승,/아전,/이속들과/힘을 모아// 2천만 농민의/피를/빨아먹고 있었다”(본화 제13장)에서도 이러한 부정적인 상황이 포착된다. “2천만 농민”이 피땀 흘려 일구어놓은 최소한의 양식과 터전은 왕권, 김대감, 박정승, 아전, 이속들이 ‘피를 빨아먹듯’ 착취해간다. 따라서 ‘농민’들은 “이불채 부엌세간 초가집/다 팔아도 감당할 수 없는” 잔혹한 현실 속에 던져지게 되고, 터전을 버리고 ‘화전민’으로 전락할 수밖에 없는 한계상황에 몰리게 된다.

『금강』의 「본화」 제1장 첫머리에 서술되고 있는 인용①은 ‘농민반란’이 일어날 수밖에 없는 배경을 제시하고 있다. 그리고 오랫동안 억눌리고 짓밟히던 농민들의 분노가 폭발하면서 드디어 “동학 농민혁명의 깃발”(②)을 달고 집단 봉기하고 있다. “1894년 3월 21일/전봉준이 영솔하는/5천 농민”이 “고부 군청 향해 진격”하고 있다. 서술적 주체인 전봉준이 ‘동학농민혁명’의 전면에 등장하게 되는 시점이다. "5천 농민", "질서 정연한 대열", "높이 펄럭이는/깃발" 등에서 그 운집의 규모와 결연한 행동양상을 엿볼 수 있다. "물리치자 학정/구제하자 백성"에서의 '학정'과 '백성'의 대립구도가 곧 동학농민혁명을 추동하는 배경12)이 된다. '왜놈', '뙤놈', '외세'도 '백성'의 삶을 침범하고 황폐하게 만드는 요인으로 동시에 혁명적 대상이 된다. 인용①의 '세금(관리)'과 '화전민', 인용②의 '학정'과 '백성'의 구도가 곧 『금강』이 제기하고 있는 혁명의 배경이면서 전복해야할 기존체계의 모순이 된다.

> 동학군은
> 대오를 정돈했다
> 인원을 점검하니 3천이 늘어서 8천명,
> 전봉준을 둘러싼
> 수뇌진에서는
> 동학농민당 선언문을 작성하여
> 각 고을에 붙였다
>
> ― 「본화」 제17장(127)

동학농민혁명은 '자기혁명', '국가혁명', '인류혁명'이라는 틀을 실천이념에 두고 있다. '자기'와 '국가'와 '인류'를 포괄하고 아우르는 큰 틀에서의 목표의식을 두고 있는 것이다. 이는 개인과 집단이 두루 혁명의 주체이면서 또한 구현대상으로 포섭되고 있음을 말해준다. 동학군이 관아를 향해 진격하자 참새 떼 까마귀 떼, 강아지 바둑이까지 신이 나서 따르고, 병석의 노인네,

---

12) 동학군은 진격에 앞서 '동학농민혁명본부'의 명칭으로 '동학농민당 선언문'을 작성하여 각 고을에 붙인다. 핵심 부분을 발췌해보면 다음과 같다. ①"백성은 나라의 근본이요 근본이 허약하면/나라가 쇄약해지는 법이라,/보국안민을 생각지 아니하고 사병을 두어/오직 혼자 잘살기만을 도모하고 녹위를/도둑질하니 어찌 그럴 수 있으랴"(제17장, 128면), ②"우리는 조금도 나라와 인명을 해코자 함이 아니노라,/나라와 인민을 가난과 시달림에서 구출하고/이 강토에 만민의 평등과 생존의 권리를/실현시키고자 함이 그 목적이라."(제17장, 132면)

소년과 부인들이 돌멩이를 들고 가세하고 따른다. 동학군의 인원이 "3천이 늘어서 8천명"이 되는 과정도 동학군을 지지하고 스스로 참여하고자 하는 백성들의 의지가 반영된 결과이다. 동학군은 안으로는 착취와 가난에 시달리는 '농민(백성)'을 구제하고 밖으로는 외세를 물리치고자 하는 목표를 두고 있다. 이러한 목표는 "우리들에게도/생활의 시대는 있었다"(본화 6장, 25면)에서 알 수 있듯이, 탈취당한 '생활의 시대'를 되찾고 가장 기본적인 '생존의 권리'를 회복하고자 하는 데 있다.

신동엽은 '1960년 4월', '1919년', '1894년'이라는 구체적 연대를 통해 '큰 역사'의 배경을 부각시킨다. '큰 역사'에서 이미 암시되듯이 여기에는 집단적인 발자취가 내장되어 있다. 이른바 대립적 경계가 집단적 형식을 띠고 있는 만큼 갈등의 발현과 극복방식도 혁명이라는 집단적인 형식으로 제시된다. 전봉준은 "대대로 내려오는/농민의 아들"로서 '농민'의 삶의 피폐함과 부당한 착취의 현실을 체감하면서 '농민'의 권리회복에 앞장선다. 따라서 그의 현실 변혁의 욕망은 관념적인 것이 아니라 가장 실제적인 체험에서 오는 저항의식이면서 보편적 인간 삶을 위한 소박하고 실제적인 행위의지이다. 동학농민운동은 각 지역에서 산발적으로 생성되다가 이후 '혁명'의 이름으로 대집단의 봉기로 확장된다. '동학농민운동', '동학농민혁명'이라는 명칭에서도 이미 알 수 있듯이 혁명의 주체는 '농민'이다. 따라서 혁명을 주도하는 주체의 욕망은 전봉준 개인의 욕망이면서 또한 '백성(농민)들'의 집단적 욕망을 대변한다.

4. 혁명의 좌절과 시대담론의 배경

『금강』은 과거와 현재를 하나의 범주로 연결시키면서 그 안에 60년대적 담론을 생성하고자 하는 창작의도를 담고 있다. 이른바 60년대적 충격과 그러한 파장 속에서 과거의 역사를 돌아보고 현재화하고자 하는 것이다. 이는

"시인이 바로 몇 해 전에 겪은 4 · 19의 경험과 미완의 그 혁명이 남긴 과제가 동학년의 현재성을 확인해주고 있"[13]기 때문이다. 장시창작의 배경에는 그 시대의 사회, 정치, 경제, 문화 전반에 걸친 사건과 관심사, 삶의 편린들이 포괄적으로 수용된다. 따라서 시인의 현실인식과 시대담론의 상호관계가 주제의식을 결집하는 중요한 의미요소로 떠오른다. 『금강』에 나타난 서술적 주체의 욕망과 신동엽의 욕망은 분리되지 않은 채 하나의 지향점을 추구하면서 대응방식과 미래전망을 예시하고 있다.

①청산에선
미친개, 이진호 이겸제 등이 거느린
왕병과 일군 기관총 소대가
350명의 농민 사살하여
보리밭에 버렸다.

— 「본화」 제23장(208)

②그날 새벽
봉준은,
논길 위 자죽 난
천 냥의 현상금 따라 뒤쫓아 온
토반 관병 스무 명에게 포위되어
묶였다
눈먼 토반들은
다음날 천 냥 받고 봉준을
일본군에게 인도했다.

봉준은
동아줄로 묶인 채

---

13) 백낙청, 앞의 글, 250쪽.

들것에 실려
서울로 압송

— 「본화」 제23장(211~212)

신동엽의 역사인식은 상처에 대한 자각으로부터 시작된다. 일제강점기와 이후 민족상잔의 6 · 25체험, 4 · 19혁명에 이르기까지 신동엽이 체감하고 있는 역사는 피의 역사이고 상처의 역사이다. 신동엽은 이러한 역사적 비극성이 오늘날에까지 지속되고 있다는 인식을 하게 되고 이를 60년대적 상황 속에서 구체화한다. '큰 역사'의 배경에는 민중이 자리하고 있고 또한 민중이 가장 큰 피해자가 된다. "왕병과 일군 기관총 소대가/350명의 농민 사살하여/보리밭에 버렸다"(①)의 배경이 여기에 있다. 동학군은 앞서 살펴보았지만 "동학농민당 선언문"을 각 고을에 붙인 뒤 "동학 농민혁명의 깃발"을 달고 '혁명'의 첫 걸음을 내딛는다. 그리고 '학정'의 무리를 물리치고 '백성'을 구제하기 위해 관군과 맞서 투쟁을 한다. 하지만 처절한 투쟁에도 불구하고 동학군은 곧 열세에 몰리게 되고 관군에게 쫓기면서 수난을 겪게 된다. 사태의 위급함을 감지한 전봉준은 "동지들, 고향으로 돌아가/재기의 날, 기다리고 있어주오"(제23장, 210)하고 자진 '해산령'을 내린다.

동학군을 자진 해산하고 난후 전봉준은 순창 땅을 향해가던 중, '천 냥의 현상금'에 눈이 먼 '토반 관병'들에 의해 포위되고 '동아줄로 묶인 채' 서울로 압송된다. 『금강』은 많은 농민들의 희생과 함께 시적주체인 전봉준이 혁명의 과정에서 효수 당하고 마는 비극적인 결말을 던져준다. 전봉준의 죽음은 주체의 욕망이 좌절되었음을 의미한다. 이는 주체가 품고 있던 혁명정신이 완전한 실현이 아니라 그 과정에 놓여있음을 환기시키는 대목이 된다. 따라서 주체의 욕망은 그 실현에 있어서 미완의 한계를 지니면서 연속성의 과제를 던져준다. 신동엽은 한계로 남아있는 욕망의 실현 부분을 60년대적 담론과 결부하면서 새로운 화두를 제시하고자 한다. 우선 전봉준의 숭고한 혁명 정신을 오늘날에 다시금 되살리는 것이 그 첫째이고, 미완에 그친 혁명을 오늘날 다시 실현해가고자 하는 것이 그 두 번째이다.

> 오늘,
> 얼마나 달라졌는가.
>
> 변한 것은 무엇인가
> 서대문 안팎, 멀 조아리며
> 늘어섰던 한옥 대신
> 그 자리 홀리고 지금은
> 십이 층 이십 층의 빌딩
> 서 있다는 것,
>
> ……중략……
>
> 잡초만 무성하는
> 악의 밭,
> 유린과 착취가
> 무한대로 자유로운
> 버려진 땅,
>
> 불성실한 시대에 살면서
> 우리들은,
> 비지 먹은 돼지처럼
> 눈은 반쯤 감고, 오늘을
> 맹물 속에서 떠 산다.
>
> —「본화」 13장(86~88)

위 인용부분은 『금강』의 초입부에 해당하는 본화 제13장의 내용이다. 신동엽은 동학농민혁명이 발생했던 시기와 4·19혁명의 시점을 동일선상에 올려놓고 이야기의 핵심을 이끌어가고 있다. 이는 과거의 역사를 현재화하면서 60년대적 현실과의 연계성을 찾아내고자하는 것이다. 따라서 동학농민혁명의 이야기가 본격적으로 펼쳐지는 「본화」의 사이사이에 지속적으로 현대적 풍경들을 삽입하고 있다. 신동엽이 '오늘'에 보다 냉철한 시선을 두고 있는 것은 혁명정신은 사라지고 개인의 영달만이 팽배해있는 오늘날의 삶의 모습 때문이다. "오늘,/얼마나 달라졌는가//변한 것은 무엇인가"라는 물음도 여기에서 비롯된다. 신동엽이 바라본 '오늘'은 "늘어섰던 한옥"이 헐리고, "십이 층 이십 층의 빌딩"이 들어서고 있는 것 외에 달라진 것이 없다. 외형은 급격한 변화를 보이고 있지만 그 내면은 동학 년의 불평등과 부조리의 현실이 그대로 답습된다.

다만 '농사'와 '농민'에서 '노동'과 '노동자'의 이름으로 전환되고 있을 뿐이다. 신동엽은 오늘의 현실을 "잡초만 무성하는/악의 밭,/유린과 착취가/무한대로 자유로운/버려진 땅"이라고 언급한다. 여전히 "중앙 도시는 살찌고/농촌은 누우렇게 시들어가"는 불균형을 보여준다. "우리들은/비지 먹은 돼지처럼/눈은 반쯤 감고, 오늘을/맹물 속에서 떠"(본화 제13장, 77~88면)서 살고 있다. '도둑질/약탈, 정권만능/노동착취'(88면)가 만연하고 있는 데도 "우리들은, 꿀 먹은 벙어리/눈은 반쯤 감고, 월급의/행복에 젖어/하루를 산다." (제13장, 88면) 부조리한 현실을 개혁하기 위해 봉기했던 혁명의 정신은 사라지고 '우리들은' 현실에 안주하면서 자신의 안위만 챙기는 삶을 살고 있다. 불의와 모순을 보고도 눈을 감고 행동할 줄 모르는 안일에 젖어있다. 따라서 종국에는 오늘날을 '불성실한 시대'라고 결론 내린다.

①백제,
천 오백년, 별로

오랜 세월이
아니다.

우리 할아버지가
그 할아버지를 생각하듯
몇 번 안가서
백제는
우리 엊그제, 그끄제에
있다.

—「본화 제5장」(23)

②밤 열한시 반
종로 5가 네거리
부슬비가 내리고 있었다,

통금에
쫓기면서 대폿잔에
하루의 노동을 위로한 잡담 속,
가시오 판 옆
화사한 네온 아래
무거운 멜빵 새끼줄로 얽어맨
소년이, 나를 붙들고
길을 물었다.

—「후화 1」(241)

『금강』은 「서화」, 「본화」, 「후화」 즉, 현재, 과거, 현재의 시간적 배경을 담고 있다. 이러한 시간적 배경은 긴 거리를 함유하고 있으면서도 상호 연결성이 주어진다는 특징을 가진다. 이런 점에서 위의 인용①의 "백제,/천 오백년, 별로/오랜 세월이/아니다"라는 대목은 의미 있게 다가온다. 이는 '백제 천 오백년'은 오늘과 단절되어 있는 '오랜 세월이 아니'라, "우리 엊그제, 그

끄제"처럼 가까이 연결되고 있음을 나타내고 있기 때문이다. 따라서 "백제,/천 오백년"이라는 시간은 「후화」의 "밤 열한 시 반/종로 5가 네거리"와 "무거운 멜빵 새끼줄로 얽어맨/소년"과의 연결성도 전혀 어색하지 않다. "무거운 멜빵 새끼줄로 얽어맨/소년"은 신동엽이 이 시대에 던져놓은 한 가닥 희망의 빛이라고 할 수 있다. '소년'의 모습은 또 다른 '전봉준'으로서의 미래비전을 담고 있기 때문이다. "찬란한 혁명의 날은/오리라", "조국의 가슴마다에서,/혁명, 분수 뿜을 날은 오리라"(「후화 2」, 244) 등에서 신동엽이 예견하고 있는 혁명정신의 터전을 읽을 수 있다.

신동엽의 『금강』이 창작/발표되는 1960년대는 상처의 치유와 변혁이라는 두 가지 과제가 대두되는 시기이다. 한국전쟁이 남긴 폐허와 상흔, 4 · 19 혁명의 정신이 겹쳐지면서 훼손된 정체성의 복구와 민주주의에 대한 자각이라는 명제가 주어지고 있기 때문이다. 『금강』은 동학농민혁명의 의미를 현재적 시점에서 다시금 일깨우면서 그러한 정신을 오늘을 직시하고 극복하는 원동력으로 삼고자 한다. 신동엽의 역사인식은 '동학농민혁명'에서 출발해서 오늘과 미래까지 그 범위를 확장시키고 있다. 과거와 현재, 미래는 분리되지 않은 채 하나의 역사적 구도 속에서 그 연속성의 발자취를 생성하고 있다. 특징적인 것은 혁명정신을 통해 '오늘'의 시련을 극복하고 '내일'의 희망을 구현해가고자 한다는 데 있다. 신동엽이 동학농민혁명의 이념 속에 3 · 1 운동과 4 · 19정신을 포섭하면서 오늘날의 지침으로 삼고자 하는 것도 여기에 있다. 그는 아직도 '큰 역사'는 끝나지 않고 지속적인 흐름을 이어가고 있다는 인식을 열어두고 있다. 주체의 욕망은 시인의 욕망이다. 따라서 역사를 상기하고, 비판하고, 반성하는 일련의 과정은 시인의 지난한 시적 고통을 담보한다. 장시 『금강』은 과거의 역사에 터를 두고 있지만 결국, 현재적 시점으로 돌아와 새로운 시대담론을 형성하고자 하는 시적 욕망이 반영되어 있는 작품이다.

김구용의 『구곡』의 역설적 현실인식과 자아정립의 세계

1. 장시의 선택과 난해성의 세계

김구용[1]의 장시 『구곡(九曲)』(어문각, 1978)은 1970년대 후반에 한 권의 단행본으로 출간된다. 여기에 실린 일곡부터 구곡까지의 장시는 1960년부터 『현대문학』에 발표된 작품들이다.[2] 따라서 1960년부터 1970년대를 훌쩍 넘기면서 지속적으로 발표해오던 작품들을 하나로 엮은 장시집이 된다. '구곡'이라는 제목에서도 이미 감지되듯이 아홉 개의 노래가 연작형식으로 담겨있고 그런 만큼 작품의 분량 또한 상당하다. 『구곡』은 우선 그 창작의 시기가 6,70년대라는 점에서 이 시기의 시인의 시적 사유가 면밀하게 개입

---

1) 김구용은 1922년 경북 상주군(尙州郡) 모동면 수봉리에서 출생한다. 본명은 영탁이다. 김구용은 스무 살 때인 일제 말기 징병을 피해 장서를 짊어지고 공주의 동학사(東鶴寺)로 들어간다. 해방 직전까지 동학사 등에서 유불선(儒佛仙) 삼가(三家)의 경전과 태서(泰西)의 고전 등을 섭렵한다. 1949년 김동리의 추천으로 『신천지』에 「산중야(山中夜)」를 발표하면서 등단한다. 1953년 성균관대학교 국문과 졸업, 1970년 성균관대 교수, 1987년 정년퇴임한다. 저서로는 『시집 1』(삼애사, 1969), 『시』(조광출판사, 1976), 『구곡』(어문각, 1978), 『송백팔』(정법문화사, 1981) 등이 있다. 2001년 12월 28일 작고한다.

2) 김구용은 『구곡』을 출간하면서 '머리말'에 "1960년에 기고, 발표 년대는 고르지 않으나, 해마다 한 곡(曲)씩 쓴 셈이다"라고 밝히고 있다. 이와 더불어 "이를 발표해준 『현대문학』과 『현대문학』誌 덕분에 이 책은 이루어졌다"라고 덧붙인다.

하고 있으리라 생각된다. 따라서 6,70년대에 침잠하고 있던 시인의 시작(詩作)의 방향성을 짐작할 수 있는 일정 단서가 될 것이다. 1960년대와 1970년대는 황폐화된 전후 현실이 크나큰 상흔으로 자리 잡고 있던 시기이다. 또한 급격한 근대화, 산업화의 물결이 밀려오면서 문명과 물질적 가치기준의 모순 등 여러 각도에서의 문제성이 발생되기도 한다.

김구용이 장시를 선택하게 되는 배경도 이러한 배경과 긴밀히 맞물려 있다. 장시는 역사적 격동과 시대적 변화가 불러들인 파장과 경험적 요소들을 형상화하면서 대응과 극복의 기틀을 마련하는 방법론적 장치가 되고 있기 때문이다. 김구용의 장시의 세계는 시인이 직면하고 있는 6,70년대적 상황과 모순성을 탐색하고 비판하면서 자아정립을 위해 끊임없이 나아가는 도정이 된다. 따라서 시인의 경험세계가 지배적으로 흡수되고 상실한 정체성의 문제와 스스로의 존재성을 찾아가는 것이 탐구주제로 등장한다. 김구용의 시적 기법이 초현실주의에 닿아있다고 하더라도 그 안에는 이미 내 · 외적 경험적 발자취가 깊이 내장되어 있다. 장시 『구곡』은 이러한 시적 배경을 뒷받침해주는 작품이면서 시인의 실험적 시세계를 구성하는 중요한 척도가 된다. 1960년대와 1970년대에 촉발되고 확장되어가던 김구용의 실험적 시작과 장형화의 시도는 80년대에 출간하는 『송백팔』(1982)까지 이어진다.

김구용의 시세계에서 가장 많은 논의의 초점이 놓이는 것은 시의 난해성에 대한 언급이 될 것이다. 이러한 시의 난해한 요소는 그의 초기시부터 시작해서 장시 『구곡』의 세계까지도 그 기법적 특징이 드러난다. 『구곡』의 경우 상당한 분량의 장시인 만큼 난해한 기법이 수반된 내용을 읽는 것은 적지 않은 인내심이 요구되기도 한다. 하지만 장시의 지형 속에서 살펴보면 개성적인 작품적 영역으로 떠오르기도 한다. 한국 장시사의 전체적 맥락 속에서 살펴보면 분명 특별한 성향의 작품이기 때문이다. 이는 가깝게 1960년대~1970년대 장시를 규명하는 자리에서도 그 차별성이 드러난다. 앞서 살펴본 전봉건의 『춘향연가』와 신동엽의 『금강』과의 비교지점이 바로 그것이다. 전봉건이 고전 『춘향전』을 장시의 소재로 활용하면서 전쟁의 부조리와 상처를 내면화하여 형상화하는 미학적 기법을 쓰고 있다면, 신동엽은 동학농민혁명을 시적 수용하면서 현실주의적 기법으로 현실비판과 혁명의지를 표출하고 있다. 김구용은 초현실주의 기법과 난해한 언어적 요소로 나와 세계, 부재와 죽음을 탐구의 대상으로 끌어들이고 있다. 따라서 앞의 두 작품과는 달리 김구용의 장시는 그 의미배경이 선뜻 손에 잡히지 않는 모호함을 담고 있는 것이 사실이다. 김구용은 이러한 배경에 대해 나름의 견해를 열어둔다.

> 난해성은 문제가 되지 않는다. 그것은 일시적인 것에 불과하다. 어느 시대고 간에 성격은 다르지만 그런 것은 늘 있어왔다. 우리나라 사가시(四家詩)나 두보(杜甫)나 『신곡(新曲)』이나 『파우스트』는 오늘 날도 독자가 없기로 유명한 시다. 그런데도 전시대(前時代)의 작품이 난해하다는 소리는 들어본 적이 없다. 오늘날 소위 난해시라는 것들도 백 년이 못 가서 저절로 쉬운 시가 되고 말 것이다. 문제는 난해시에 있는 것이 아니며, 후세의 평가에서 결판나는 것이다. 그러기에 예술이 엄숙하기로 말하면 전쟁보다 더하다.[3)]

김구용은 시의 "난해성은 문제가 되지 않"고 또한 "일시적인 것에 불과하다"고 언급한다. 그리고 "어느 시대고 간에 성격은 다르지만 늘 있어왔"고, 또한 "오늘날 소위 난해시라는 것들도 백 년이 못 가서 저절로 쉬운 시가 되고 말 것"이라는 논리를 두고 있다. 이는 시의 난해성에 대한 일반론적인 견해인 것 같기도 하고, 한편으로 자신의 시가 난해하다는 평가에 대한 일종의 설명적 성격을 지니고 있기도 하다. 그는 난해성에 대한 문제는

3) 김구용, 「시에의 관심—시론」, 『인연』,(『김구용문학전집 6권』), 『솔』, 2000, 367쪽.

"후세의 평가"에 달려있고 시간이 가면 자연스럽게 해결될 수 있는 것이라고 생각한다. 김구용은 일반적인 언어규범과 표현양식을 깨버림으로써 새로운 실험적 세계 속으로 걸어 들어가고 있다. 따라서 다분히 의도적이라 할 수 있는 언어형식과 그러한 시상과 논리적 체계를 보여주고 있다. 김현은 김구용의 『구곡』중 「삼곡」을 분석하면서 "직관적 인식의 환상으로 언어가 취급되고 있다는 점에서 「삼곡」은 분명히 초현실주의의 한 유형이다"[4]라고 말한다. 또한 난해성의 특징을 지니고 있으면서도 "「삼곡」은 우선 읽힌다"라는 표현을 쓰고 있다. 그 이유에 대해서는 "나도 모른다"라는 표현과 함께 몇 가지 단서를 붙이면서 읽히는 이유를 짐작해두고 있다. 하지만 결국 핵심적인 것은 해석상의 난맥상을 언급하는 것에 다름 아니다. 생각해보면, 김구용의 장시가 읽히는 이유는 난해한 언어적 표현 속에서도 일정 스토리가 있고 의미전달의 메시지가 응집되어 있기 때문일 것이다. 김구용의 『구곡』에는 그가 걸어온 역사적 · 현실적 경험구도와 훼손된 인간존재의 소외와 상처의 편린들이 구조화되어 있다. 이러한 배경은 동시대적 문제의식의 발현이면서 자아정립을 위한 구도의 여정을 함축하고 있다는 점에서 해석 가능한 담론적 실마리를 던져두기도 한다.

2. 상처의 환기와 죽음의식

김구용의 장시 『구곡』은 앞서 살펴본 바와 같이 1960년부터 발표하기 시작했고 1978년도에 한 권의 단행본으로 출간된다. 전체는 「일곡(一曲)」부터 「구곡(九曲)」까지의 작품으로 구성되어 있다. 따라서 곧 '일곡(一曲)',

4) 김현, 「현대시와 존재의 깊이」, 『구곡』(『김구용문학접집 2』), 솔, 2000, 303쪽. 김현의 이 글은 1965년 『세대』3월호에 발표되었다가 『김구용문학접집 2』에 다시 수록된다. 인용부분은 『김구용문학접집 2』에 실려 있는 '해설'을 발췌한 것이다.

'이곡(二曲)', '삼곡(三曲)'의 순으로 '구곡(九曲)'까지의 단계적 전개방식을 보여준다. 장시집 『구곡』은 1978년도(어문각)에 첫 출간을 한데 이어 『김구용문학전집』(솔, 2000)의 일환으로 출간되기도 한다. 여기서는 1978년도에 출간한 단행본 『구곡』을 텍스트로 활용할 것이다. 따라서 인용부분도 이 장시집의 페이지를 괄호 속에 표기해 둔다. 초판본인 『구곡』에는 시인의 짧은 '머리말'만 있을 뿐, 해설이나 후기도 첨부되어 있지 않다. 따라서 이 장시에 대한 어떤 해석의 장도 주어지지 않은 채 세상 밖으로 그 얼굴을 드러낸 셈이다. 『구곡』은 아홉 개의 이야기 거리가 독립적/연속적으로 형상화되어 있다. 이러한 전개방식은 긴 시간적 거리를 두고 창작되고 있음을 반영한다. 따라서 여기에는 시대적 변화와 시인의 의식의 변화가 동시에 함축되어 있다고 할 수 있다.

박양 방에서 통금이 넘도록
화투를 하다가,
두 대학생은 하숙집으로
질러가는 다리를 건넌다.
깜깜한 복덕방 앞이었다.
홀연, 명령 뒤에서 팔이 나온다.
총은 무작정 달아나는
두 대학생을 쐈다.
…………중략……
누가 알까
하나는 죽었을지 모른다.
둘 다 맞지 않았을지 모른다.
…………중략………
둘이 다 맞았대도
무슨 까닭이 있지는 않을 것이다.

둘이 다 안 맞았대도
필연적 결과는 아닐 것이다.
붙들렸대도 사실 이후이다.
죽었대도 사실 이전이다.

—「일곡」(8)

김구용의 시적 사유에 내밀하게 자리하고 있는 것은 체험의 비극성이며 그것이 가지는 모순성과 절망적 순간들이다. 김구용은 이 시기에 활동하고 있는 여느 시인들과 마찬가지로 일제 식민지와 해방, 한국전쟁과 분단 등 역사적 격동을 맞닥뜨리면서 정신적 훼손을 경험하고 있다. 또한 그는 개인적으로는 일제 징용을 피해 동학사로 들어가 오랜 기간 동안 칩거하는 상처를 안고 있다. 이 중 가장 크고 넓게 어둠과 위기의식을 불러들이는 것은 6 · 25체험인 것 같다. 김윤식은 "동학사에서 수도한 전중세대(戰中世代) 청년에 있어 6 · 25란 절대성이었을까"[5]라는 물음을 던지면서 그 상관성을 짚어두고 있다. "그것은 거대한 혼란이자 혼돈"이고, "파괴와 생성의 소용돌이"임을 상기시키면서 김구용의 "초현실주의 수법의 도입이 불가피했다"라는 결론으로 이어진다. 6 · 25체험은 김구용에게 인간소외와 파괴, 정체성 상실 등 정신적 방황을 유도하는 의식 · 무의식적 상처로 매개되어 있다.

위 인용부분의 '총', '쐈다', '죽었을지 모른다' 등에서도 김구용의 상처의 환기와 죽음의 심연이 강렬하게 묻어난다. "총은 무작정 달아나는/두 대학생을 쐈다"에서 위기의 상황과 극단의 행위양상을 포착할 수 있다. '총'은 폭력적 도구이면서 모순성과 비극성을 내장하는 부정적인 힘의 원천이 된다. '두 대학생'은 이러한 폭력적 도구와 부정적 힘에 의해 속수무책 희생될

5) 김윤식, 「6 · 25와 시적대응의 표정들」, 『거리재기의 시학—김윤식 시론집』, 시학, 2003, 157쪽.

수밖에 없는 처지에 놓여있다. “하나는 죽었을지”도, “둘 다 맞지 않았을지 모”르는 상황이다. 여기서 중요한 것은 “둘이 다 맞았대도/무슨 까닭이 있지는 않을 것이다/둘이 다 안 맞았대도/필연적 결과는 아닐 것이다”에 있다. 이는 처음부터 사건의 전말이나 ‘사실’과는 별반 상관성이 없이 무작위적인 공격과 죽음을 의미한다. 폭력적 힘의 세계와 그 반대편에서의 무기력한 희생의 대립관계가 형성되고 있는 것이다.

> 어느 날, 포위를 빠져나가다가
> 집중한 철조망으로 떨어지는 그림자를
> 겨우 끌어올려
> 그는 복장(服裝)하였다.
> ………중략…………
> 지나는 순경이
> 게시판에 걸려있는
> 그의 그림자를 끌어내렸다.
> 골목을 나오다 말고
> 호각소리에 쫓겨 그는 달아나다가
> 극장 안으로 뛰어들었다.
> 황금광선이 어지러이 춤을 춘다.
> 벙어리는 피아노를 두드리며
> 장님은 바이올린으로 협주하는데
> 손님은 하나도 없었다.
>
> ―「이곡」(70)

위 인용부분에서 김구용의 시의식의 한 터전이 어떤 곳에 닿아있는지 짐작할 수 있게 한다. ‘철조망’이라는 시어는 그만큼 큰 파장을 안고 있는 구체적 배경이 되기 때문이다. 물론 김구용은 이러한 이미지가 내포하고 있는 상황을 명징하게 드러내지 않고 여러 가지 장치들을 통해 숨겨놓거나 혹은 희석시키고 있다. "어느 날, 포위를 빠져나가다가/집중한 철조망으로 떨어지는 그림자"에서 집요하게 조여 오는 위기상황을 읽을 수 있다. '포위', '순경', '호각소리' 등은 앞에서 살펴본 폭력적 힘의 세계와 맞물려 있다. 여기서도 쫓고 쫓기는 대립구도와 갈등양상이 부각되어 있다. 이러한 부조리한 조건들은 "소년은 옆 골목으로 달아나는데/등 뒤에서 총소리가 연신/모래와 핏빛으로 번진다"(「일곡」 27~28쪽), "도망과 추적은 도시를 넓힌다"(「일곡」 35쪽) 등에서도 확인되고 있다. '철조망', '핏빛', '도망과 추적' 등은 김구용의 진쟁체험의 현장을 고스란히 남고 있다. "산송장이 허무를 극복하며/꿈나라를 건설한다/산송장은 공포를 극복하며/믿음을 생산한다"(「이곡」 102~103쪽)라는 현실인식의 한 측면도 여기에 있다. '산송장'은 그 자체로 이미 생명성을 상실하고 있으며 살아 있지만 살아있는 것이 아닌 역설적인 삶의 형식을 보여준다.

①그는 두 손으로 얼굴을 가렸다
155마일에 구름은 오가는데
항상 죽인다.
증오의 목을 비틀 때마다
천둥 번개를 뚫고서
봄비는 내린다.
과도로 이야기를 찌를 때마다
자라는 날개.
친구여, 모든 세상
손가락 사이마다
해가 뜨네.

— 「삼곡」(104)

②한 방 총소리에
개처럼 굳어버린 막내 동생,

그날 흘러내린 피는
아직도 살아있다.

—「사곡」(108)

③155마일의 압록강이
무명전사(無名戰死)들의 눈을 감겨 줄 때
다시 피는 순환할 것이다.

—「사곡」(116)

"155마일"은 분단비극을 확인시키는 대상물이다. 따라서 '155마일'은 '총', '핏빛', '철조망' 등과 연결되면서 분단의 현실을 상징화하는 공간이미지로 떠오른다. 김구용의 『구곡』은 전쟁을 직접적으로 언급하거나 형상화하고 있지는 않지만 작품 속에 등장하고 있는 시어들을 통해 그러한 배경을 충분히 감지할 수 있다. 총, 총소리, 시체, 피, 죽음 등에서 전쟁의 실체가 암시적으로 드러난다. 또한 체포, 포위, 동두천, 양공주, 폐허, 불안, 허무, 공포 등의 시어에서도 전쟁의 상처와 전후 불안의식이 상징화되고 있다. "그는 두 손으로 얼굴을 가렸다/155마일에 구름은 오가는데/항상 죽인다"(①)에서 탈인간의 현장과 '155마일'의 민족적 비극성이 대두된다. "총소리에 박살이 난 겨울"(「일곡」25쪽), "시체 4구가 서서/부귀를 전송한다"(「일곡」28쪽), "자성은 항상 밝지만/꽃잎 지는 철조망에서/빗물은 내일을 창조한다."(「일곡」30~31쪽), "저승에는 전쟁이 없듯/사랑에는 국경이 없던 이승"(「일곡」33쪽), "전쟁은 예고가 없다"(「삼곡」75쪽) 등의 표현에서도 시인의 전쟁체험의 비극적 인식이 드러난다.

김구용이 체감하는 역사적 비극성은 비단 한국전쟁에 국한되는 것이 아니라 일제강점기와 오늘에 이르기까지 그러한 상처의 연속성을 담고 있다. 이러한 정황은 "언제나 오늘은 전부가 아니다/아버지는 기미년 만세 때 떠나/어머니는 6 · 25사변 때 떠나/그는 불구인 동생과 함께 산다”(「이곡」72쪽) 등에서 확인된다. ‘아버지와 어머니’ 그리고 ‘불구인 동생’으로 이어지는 역사적 비극성은 “아직도 살아있다.” 김구용은 “무명전사(無名戰死)들의 눈을 감겨 줄 때/다시 피는 순환할 것”이라는 인식을 두고 있다. 김구용은 지난 상처를 환기시키고 현재화함으로써 비판은 물론 극복의 토대를 마련하고자 한다. 상처의 깊은 심연에는 죽음이 있고 그 죽음마저도 희망으로 돌려놓아야 한다는 것을 시인은 잘 알고 있다. ‘다시 피는 순환할 것’이라는 희망은 『구곡』의 난해한 시적 걸음 속에서도 언뜻인뜻 피어난다. 언어적 파괴와 난해한 시의 구조적 모순은 그 자체로 이미 불확실한 시대의 표현이면서 시인의 정신적 방황의 긴 도정에 다름 아니다. 이러한 시인의 상처의 환기와 죽음의식은 자아확인과 자아정립의 과정으로 나아가려는 열망의 몸짓이라고 할 수 있다. “김구용은 전후 복구시기의 가난과 근대화 · 사업화에 따른 인간의 소외와 물질의 문제를 표출하고자 했다.”[6] 전후 황폐가 불러들인 실존적 불안과 급격한 산업화의 부조화가 문제의식의 중심으로 떠오른다. 따라서 김구용의 『구곡』은 6,70년대의 시대적 상황을 중심에 두고 의미배경을 구조화하고 확장하고 있다고 할 수 있다.

3. 문명의 부조화와 파편화된 자아

김구용의 시적 상상력을 가장 집요하게 파고들고 또 지속적으로 의미구성 되고 있는 것은 상처에 대한 확인이다. 상처는 앞서 살펴보았던 역사적 사건과 그로 인한 현실적 파괴와 상실, 허무와 불안의식이 일차적인 정서의 한 축이 된다. 이와 더불어 문명이 불러들이는 병폐와 회의, 환멸 등이

6) 민명자, 『김구용의 사상과 시의 지평』, 청운, 2010, 127쪽.

시의식 속에 내밀하게 침투하는 상처의 한 형식이 된다. 장시『구곡』의 시적 주체는 '나' 혹은 '그'로 상징화되면서 경험적 시간과 질곡의 사건들을 현실적 공간 속으로 끌어들이고 있다. 이러한 '나'와 '그'는 이야기의 연결성에 긴밀히 밀착되고 있지 않다는 것이 또한 특징이다. 그럼에도 전체 맥락 속에 지속적으로 등장하면서 그 위치를 환기시키고 있다. '나' 혹은 '그'로 표상되는 인물은 개별적 주체이고 포섭하고 있는 사건도 개인적 구도에서 펼쳐지고 있는 것이 분명하다. 하지만 이들은 한 개인에 한정되기보다 넓은 의미에서 현대를 살아가는, 혹은 역사와 현실의 상처를 공유하는 존재일반을 대표하기도 한다. 이른바 '월급쟁이', '대학생', '올드미스', '무직청년', '운전사', '대학 시간강사', '번역 쟁이', '금은보석상 점원' 등 '너' 혹은 '그녀'를 넘나드는 소시민의 조건을 두루 아우르고 있다. 이러한 다양한 사람들이 펼쳐내는 삶의 형식이 곧 김구용의 장시『구곡』을 구성하는 의미배경이 된다. 현실적 위기와 불안, 가난과 상실감, 욕망과 절망을 넘나드는 여러 형태의 삶의 발자취와 불협화음의 정서들이 여기에 놓인다.

①갈피를 잡을 수 없는 나날
어수선한 생활에서
무엇을 단정하는가.
나는 그
그는 나,
햇빛마다 생긴 생명을
서로는 싸우는가.
…………중략…………
도시는 동시에
너무나 많은 연기가 쌓인다.
도시는 동시에 너무나
많은 손발이 말한다.

도시는 동시에 너무나
많은 입이 일을 한다.
도시는 동시에 너무나
많은 시간으로서 침몰한다.

— 「일곡」(17~18쪽)

②죽은 젊음들이
낙엽에서 해를 캐내어
가마에 싣고
나뭇가지로 오른다.
그녀는 보았다,
가면과 계산의 문명을
계율에 갇힌 다혈증의 복음을.
………중략………
전기줄에 목을 맨 도시,
비누 빛 넥타이는
먼지 낀 창에서
턱을 숙인다.

— 「일곡」(29~30쪽)

『구곡』에는 문명의 이기, 파편화된 자아, 방황과 고독의 편린 등 다양한 현대적 문제의식들이 표상되고 있다. 훼손되고 왜소해진 자아는 문명의 언저리에서 끊임없이 소외되고 침몰하면서 스스로의 위치를 확인하고 회복하기 위해 긴 방황의 시간을 보낸다. "갈피를 잡을 수 없는 나날/어수선한 생활에서/무엇을 단정하는가"(①)에서 이러한 배경이 포착된다. '갈피를 잡을 수 없는 나날'과 '어수선한 생활'은 도시문명 속에서의 불확실성과 불안정성을 표상한다. "도시는 동시에 너무나 많은 연기"가 쌓이고, "너무나 많은 손발"이 동시에 말을 하고, "너무나 많은 입"이 동시에 일을 하고, "너무나 많은 시간으로서 침몰한다." 여기서 '나'와 '그'는 구체화되지 않고 '너무나 많은' 속에 묻혀버린다. '나'와 '그'는 엄밀히 개별적 존재이지만 "나는 그/그는 나"에서 보여 지듯이 획일화된 존재로 혼재되고 있다. 김구용의 불안은 "전쟁, 죽음에서 우러나오는 불안이며 또 하나는 획일화된 인간 속에서 자기를 추출해낼 수 없다는 그 실존적인 불안이다."7) 이는 전쟁의 황폐 뒤에서 경험하게 되는 또 다른 시대가 불러들이는 불안이고 삶의 형태이다.

여기에 '죽은 젊음들'(②)이 등장하면서 분위기는 더욱 참담해진다. '젊음'의 생동감 앞에 '죽은'이 덧붙여지면서 시적 분위기는 암울하고 절망적인 색채를 띠게 된다. "낙엽에서 해를 캐내어/가마에 싣고/나뭇가지로 오"르는 지난한 시간을 제시하지만 결국 '침몰'할 수밖에 없는 조건 속에 놓이게 된다. "가면과 계산의 문명", "전기줄에 목을 맨 도시"에서 극단적이고 역설적인 문명의 실체가 드러난다. 따라서 "비누 빛 넥타이"로 상징화되는 도시적 존재들은 "먼지 낀 창에서/턱을 숙"일 수밖에 없는 상황으로 치닫는다. 이처럼 김구용이 읽고 있는 문명은 기본적인 인간의 가치와 생명성마저 억압하고 잠식시킨다. '가난'이 삶의 저변을 가로지르고 있는 것도 이러한 병폐와 무관하지 않다. "가난한 연령은 우거졌다"(「칠곡」 165쪽), "가난은 비옥(肥沃)한 마음/잃은 땅에 씨를 심읍시다"(「칠곡」 173쪽), "발사(發射)는 가난을 빗나간다"(「칠곡」 177쪽), "전재산을 입고나온/그녀의 직장은 밤이다"(「이곡」 64쪽) 등의 내용들이 여기에 포섭된다. 따라서 문명의 부조화 속에 노출되어 있는 존재들은 획일화된 삶의 방식과 가난, 소외와 단절 속에 놓여있다.

①아름다운 허무와
풍부한 슬픔은

---

7) 김현, 앞의 글, 319쪽.

그를 위로하며
나를 휴식한다.
그는 변소에 드나드는 정도로
꿈과 친하되
걸레처럼 피곤하였다.
나는 나만의 시간을
애써 주워 모아 평화를 제작한다.

— 「사곡」(116~117)

②만년필은 생각을 지우면서
말씀을 낳아
방은 지저분하였다.
현대의 득실을
바다의 화염(火炎)을
문명이 없는 자유를
가난한 온옥(溫玉)을
사형이 없는 나라를
허구인 예술을
수입 없는 세력을
제목 없는 자기(磁器)를
그는 만들고 있었다.

— 「사곡」(123)

③인자한 머리여,
밤과 바위가 손을 잡은
바다의 머리카락 올올마다
내일은 오는데
당도한 곳은 난해한 세상,
의미 없는 진리이다.

— 「오곡」(146)

"김구용 시인의 장시 『구곡』을 이끄는 핵심적인 모티프는 "나는 누구인가"라는 질문으로부터 출발하여 '나'를 찾아가는 험난한 정신적 여정이라고 말할 수 있다."[8] 그리고 이러한 '험난한 정신적 여정'에서 맞닥뜨리는 것은 '허무'와 '슬픔'의 기류이고 끊임없이 침잠하고 부유하는 좌절의 순간들이다. '그'와 '나'는 "변소에 드나드는 정도로/꿈"을 가져도 보지만 '걸레처럼 피곤'하기만 하다. '피곤'은 복잡한 현대를 살아가는 사람들의 정신적 황폐와 결핍의 결과물이다. 문명은 '그'와 '나'를 끊임없이 종속시키고 수많은 발자취 속으로 이끌면서도 정신의 공허를 덧입힌다. "나는 나만의 시간을/애써 주워 모아 평화를 제작"(①)해보지만 이 또한 요원하다. 꿈은 나날이 황폐해지고 자아는 회의와 절망, 자조와 자괴의 상황으로 빠져든다. 창조적 세계를 열어가야 할 '만년필'은 '현대의 득실'을 따지는 도구가 되기도 하고, '문명이 없는 자유'와 '가난한 온옥', '허구인 예술', '수입 없는 세력', '제목 없는 자기'(②)를 만드는 도구가 된다. 그리고 종국에 "당도한 곳은 난해한 세상"이고, "의미 없는 진리"(③)의 깨달음이다. "내일은 오는데" '내일'이 없는 세계가 끊임없이 펼쳐진다. 자아는 파편화된 채 완전체를 만들 수 없는 불균형의 상황 속에 방치되어 있다. 따라서 문명이 펼치고 있는 소통되지 않는 단절의 세계와 이에 대응하고 때로 도피하고자 하는 상반된 정서적 파장들이 충돌하면서 갈등양상을 이끌고 있다.

4. '내일'의 암시와 자아정립의 세계

김구용의 장시 『구곡』은 전쟁체험에서 뿌리내리고 있는 상처의 편린들과 6,70년대 산업화 과정에서 파생되는 문명의 병폐, 그로 인한 자아상실과 정신적 황폐의 상황을 긴 도정을 통해 표상하고 있다. 과거와 현재가 혼

8) 김진수, 「불이不二의 세계와 상생의 노래」, 『구곡』(김구용문학전집 2) '해설', 솔, 2000, 331쪽.

재하면서 자아로 하여금 끊임없는 좌절과 위기, 허무의 심연 속으로 빠져들게 한다. 이른바 초현실을 꿈꿀 수밖에 없는 정황들이 대두되고 있는 것이다. 김구용이 직면하고 있는 세계는 치유되지 않은 상처의 흔적과 함께 '나'로서의 '나'가 사라지고 타의와 강제적 구조 속에 편입해서 살고 있는 낯선 '나'에 대한 풍경이다. 시적 갈등과 고뇌, 물음과 해답을 요구하는 긴 방황의 여정도 여기에서 시작된다. 김구용은 "시로써 확고한 세계를 정초하려고 한 것이 아니라 정신의 탐구와 실험의 과제를 설정하고 그 영역을 넓혀보려 하였다."[9] 정신적 방황과 떠돎, 침잠과 도피, 회의와 자괴의 정서가 상상력을 파고드는 것도 여기에 있다. 따라서 자기존재의 회복과 자기실현의 과정 또한 그만큼 긴 시간을 필요로 한다. 『구곡』의 창작과정이 십여 년에 걸친 긴 여정을 수반하는 것도 이러한 탐구과정을 반영한다.

『구곡』에 상징화되고 있는 사건과 그 사건의 다양한 의미구조는 김구용의 현실인식의 구도와 자아와 세계극복을 위한 방법론적 터전이 된다. 결국 시인의 정신을 억압하고 있는 상처에 대한 기억의 재구성이면서 물음과 해답을 찾아가는 한 척도가 되고 있다. 각 곡(曲)에 형상화되고 있는 여러 형태의 이야기들은 각각 부분적이고 독립적으로 전개되고 있는 것 같지만, 전체 맥락 속에서 보면 하나의 정서 속으로 포섭되고 있다. 살펴보면 그 어느 곳에도 밝고 긍정적인 색채가 깃들어 있지 않다. 행위, 대화, 표정 등도 때로는 왜소하고 소극적인 형식으로, 때로는 지나치게 파격적이거나 과장된 형식으로 묘사된다. 이것이 곧 시인이 읽어내는 당대 현실의 내외적 풍경이면서 파편화된 자아의 한 표상이 된다. 따라서 상처의 회복이나 자아 찾기의 여정도 쉽게 그 실체를 드러내지 않는다. 그럼에도 기어이 그러한 경지에 당도해야 하는 필연성과 열망을 『구곡』의 긴 창작의 여정 속에 심어두고 있다.

9) 이수명, 『김구용과 한국 현대시』, 한국학술정보(주), 2008, 16쪽.

있던 것을 잃어
없던 것은 생겨
질문 앞에서
답변은 오지 않는다.
아직도 그녀의 눈은
나에게 묻지만
결론을 서두르지만
강물은 시간을 발전(發電)하고
구름인 그녀는 사라져
이곳에 문제만 남는다.

—「칠곡」(169~170)

장시『구곡』에 형상화되고 있는 이야기적 범주와 사유의 진폭은 대단히 넓다. 어느 한 곳에 천착하는 것이 아니라 과거와 현재, 미래의 시공간이 상상력의 저변에 놓여있다. 이런 점에서 하나의 주제가 응집되어 있는 것이 아니라 여러 개의 이야기 거리가 각각의 색채로 펼쳐져있는 것처럼 보인다. 전쟁체험의 상처, 문명에 대한 비판, 세계에 대한 문제의식의 발현과 방황, 삶에 대한 소극적 대응과 회의적 태도 등 여러 측면의 사건과 이야기 거리가 복합적으로 형상화되어 있다. 이는 하나의 통합된 주제를 찾아 스스로 물음을 던지고 답변을 찾아가야하는 지난한 과제를 함축하고 있기도 하다. 모든 상처의 편린들과 불합리의 현실, 부조화의 관계 속에서 자아를 구원해내고 제 위치에 서게 하는 것이 이러한 과제 속에 응집되어 있다.

살펴보았듯이『구곡』의 초반부는 상처에 대한 재인식과 산업화 시기의 여러 문제적 상황들을 문명과 연계해서 포착해내고 있다. 그리고 그 속에서 제 위치를 상실하고 외곽으로 떠도는 보편적 군상들을 짚어내는 데 초점을 두고 있다. 절망과 방황의 반복적 일상과 함께 자아에 대한 면밀한 관찰과 탐구가 병행되는 것도 여기에 있다. 중, 후반부로 가면서 조금씩 변화의 터전을 마련하고 있다. 나와 세계에 대한 보다 치밀한 접근을 시도하면서 스스로 해답을 찾고 극복지점으로 나아가고자 하는 것이 그것이다. 위 인용부분의 '질문', '답변', '문제' 등의 시어들이 이러한 배경을 뒷받침한다. 하지만 "있던 것을 잃어/없던 것은 생겨/질문 앞에서/답변은 오지 않는다"에서 알 수 있듯이 '답변'은 쉽게 찾아지지 않는다. 가지고 있던 것을 잃어버리기도 하고, 없던 것이 새로 생기기도 하는 많은 시간과 질문들 속에서 '답변은 오지 않'고 결론도 주어지지 않는다. 언제나 "이곳에 문제"로 남아 새로운 탐구의 빌미를 제공하고 또한 지속적인 사유의 확장을 요구한다.

①어제의 현재와
내일의 현재,
이렇듯 명확한 잎사귀 하나 키워 놓고
밥 먹는 웃음을 보면
<고향으로 가야하지 않겠습니까>
그러나 사실일지라도 진실은 아니었다.
반백이 넘은 일곱
형제는 제사에 모였다.
달은 유년시절이다.
보리밭에는 시집간
그녀의 얼굴이 물결친다.
세상은 놀랄 일 없다.

— 「칠곡」 부분(180쪽)

②내일은 내일을 연다.
그림자 없는 사물들,
현장에서 생각은 엇갈린다.
쓰레기는 죽음을 키워
자료는 해장국집을 드나든다.

— 「팔곡」 부분(200쪽)

'내일'이라는 시어가 등장하는 것은 중요한 전환시점을 암시한다. 비록 "어제의 현재와/내일의 현재"(①)라는 모호한 화두를 던지면서 출발하고 있지만 분명 변화의 움직임을 담고 있다. 그동안은 '현재'의 '나'에게 지속적으로 시선이 놓이고 있었다면 이제 '내일'이라는 미래 지향적 시간을 의미탐구의 배경으로 이끌고 있기 때문이다. 김구용에게 있어서 이러한 의미탐구는 '고향으로 가'는 것으로부터 그 통로가 주어진다. "반백이 넘은 일곱/형제", '제사', '유년시절', '시집간 그녀의 얼굴' 등이 '고향'의 이미지 속에 투영되어 있다. 이러한 '고향' 이미지는 오랜 방황으로부터 제 자리로 돌아오게 하는 일종의 매개가 된다. 여기에는 위로와 회복, 아름다운 추억이라는 인간적이고도 자연적인 풍경이 내포되어 있다. 또한 "내일은 내일을 연다"(②)라는 희망적 요소도 생성해두고 있다. 시적 풍경은 여전히 "그림자 없는 사물들", "생각은 엇갈린다" 등 부재의 심연을 드러내고 있지만 '내일'이라는 화두가 시인의 사유 속에 자리하게 된다. '내일'이 제기됨으로 해서 과거와 현재가 명료해지고 자아의 위치 또한 정립의 당위성을 확보하게 된다.

①할 말이 없어서 글을 쓴다.
시는 없기에 필요하였다.
그녀는 걸어가지만
내가 오는 길과 다르지 않다

— 「구곡」(212)

②자기 아닌 근심은
왜 어리석은가.
신문에서 떠오르는 달
음악은 차를 몬다.
돈 안 되는 일에 일생을 허비하고

굶지 않는 부끄러움이 앞선다.

—「구곡」(216)

③내 손이 닿지 않는 곳을
아내는 본다.
………………
내외여,
안 보이는 데를 긁어주는
못 보는 곳에 약을 바르는
그녀의 손은
그의 눈(眼)이로세.

—「구곡」(221)

'내일'이라는 시간 이미지는 떠돎의 세계에서 현실로의 지향을 보여준다. 이른바 정신적 방황의 시기에서 정착을 의도하는 여정을 함축한다. 비록 완성이 아니라 불확실한 예견의 형식으로 제시되고는 있지만 스스로의 가치구현의 단계로 나아가고 있음이 분명하다. "할 말이 없어서 글을 쓴다/시는 없기에 필요하였다"(①) 등에서 시적 현재성을 감지할 수 있다. '글'과 '시'는 시인의 창작활동과 연계되어 있는 것으로 현실적 상황과의 밀착성을 보여준다. "돈 안 되는 일에 일생을 허비하고/굶지 않는 부끄러움이 앞선다"(②)라는 표현도 현실 그 너머에 있는 것이 아니라 가장 생활적인 진솔함을 담고 있다. 떠돎의 사유에서 돌아와 자기존재의 위치를 삶의 근저에서 찾아내고 있는 것이다. 이러한 과정은 물질추구의 시대에 정신적 부재를 어떻게 충족해야하느냐의 문제와 긴밀히 접목되면서 전개되어 왔다. 김구용은 초현실주의적 기법을 시의 탐구영역으로 포섭하고 있지만 의미추구에 있어서는 대부분 사람살이의 발자취 속에서 찾고 있다는 것이 특징이라면 특징이 될 것이다.

김구용은 가장 소박하게 그리고 가장 인간적인 관점에서 그 해답을 찾아가고자 한다. 『구곡』의 마지막 대목인 "내 손이 닿지 않는 곳을/아내는 본다"(③)라는 표현에서도 이러한 배경을 체감할 수 있다. '아내'는 "내 손이 닿지 않는 곳"을 보고, "안 보이는 데를 긁어주"고, "못 보는 곳에 약"을 발라주는 존재로 등장한다. '아내'는 '나'와 직접적인 연관성이 있는 존재이면서 우리에게 깨달음의 한 측면을 암시해주는 존재이기도 하다. 따라서 현재적 자아의 위치를 환기시켜주고 자아정립의 세계로 이끄는 상징적 대상으로 떠오른다. '아내'는 앞서 살펴보았던 '고향' 이미지와 맥락을 같이 하면서 '형제', '유년시절' 등과 정서적 유대를 형성한다. 이는 '나'에게 집중되어 있거나 혹은 밖으로 향해 있던 시선을 가장 가깝고 소박한 대상들에게 이동시키면서 소중한 깨달음을 구축해가는 과정이라고 할 수 있다. '내일'은 김구용이 긴 방황의 여정에서 자기극복 혹은 현실극복의 가치를 새롭게 창조해가는 단계가 된다.

김구용의 장시 『구곡』은 6,70년대 김구용의 시작의 배경과 당대 현실을 직시하고 대응하고자 하는 치열한 탐구정신이 표상되어 있다. 이는 지난 역사의 상처와 당면한 현실의 여러 질곡들을 환기시키면서 '나'를 묻고 '나'를 정립해가는 과정이 된다. 전쟁과 죽음, 문명의 이기, 파편화된 자아, 방황과 고독의 편린 등 다양한 이야기적 요소들이 여기에 있다. 따라서 초현실을 지향하고 있지만 어쩔 수 없이 장시 속에 포섭된 자아는 역사적 존재이면서 현실적 존재이고, 또한 '내일'을 열어가야 할 무거운 과제를 지고 있는 존재이다. 김구용은 자아인식과 삶의 발자취들을 아홉 개의 노래 속에 상징화하고 결집하고 있다. 김구용의 언어체계의 특징과 표현기법이 불러들이는 난해한 요소는 『구곡』에도 그대로 적용되고 있음은 물론이다. 이른바 장시의 시 양식에도 초현실주의 기법을 활용하면서 의미구성의 기틀을 마련하고 있는 것이다. 따라서 『구곡』은 한국 장시의 지형 속에서 살펴보면 다양한 형식의 장시를 개성적으로 창출하고 확보하고 있다는 의의를 찾을 수 있다.

제3장 민중의식의 발현과 미래지향적 가치구현(1980)

1980년대 우리 시단의 흐름에서 특히 눈에 띄는 것은 장시의 영역이 크게 확장되고 있다는 것이다. 2,30년대 근대장시에서부터 4,50년대 현대장시로의 전환, 6,70년대 여러 성향의 장시의 출현과 활성화의 시기를 거쳐 80년대는 확장과 심화의 단계로 접어들게 되고 한국 장시의 위상을 보다 견고하게 다지는 계기를 마련한다. 6,70년대부터 활성화되고 있던 장시창작의 열기가 80년대로 이어지면서 가치지향의 색채가 심화되고 있는 것이다. 이는 시대적 기류를 함축하는 경험구도가 한층 치밀해지고 각각의 가치관과 개성적 특질을 활달하게 표출할 수 있는 배경을 함유하고 있다는 뜻이 될 것이다. 장시에 대한 이러한 관심의 증대와 창작에 대한 열정은 일차적으로 80년대적 상황이 내장하고 있는 현실적 파장이 그만큼 크다는 것을 암시한다. 또한 현실적 파장을 담론화하면서 장시창작의 원동력으로 수용하고자 하는 시정신의 치열성에서 비롯된다.

1980년대는 사회적 · 정치적으로 많은 혼란과 모순성이 대두되던 시기이다. "1980년대는 계엄령 속에서 시작하고"[1], 이에 대응하여 민주화에 대한 열망과 민중의식이 강렬하게 발현되기도 한다. 따라서 "이 시기의 문학에는 전반적으로 진보적, 저항적 성격을 보여주는 것이 많았다. 이는 강압적이고 폭압적인 현실에서 문학이 보일 수 있는 보편적인 반응의 결과로 볼 수 있을 것"[2]이다. 1980년대에 발표되고 있는 장시들은 80년대적 상황 속에서의 시적 대응의식이면서 포괄적인 문제의식의 발현이라고 할 수 있다. 1980년대는 "소외된 사회적 약자에 대해 관심을 둔 작품이 많았다. 첨예하게 노정된 여러 계층적 대립을 해소코자 하는 의도에서 상대적으로 약자인 여성, 노동자, 민중에 대한 애정 어린 시선을 보낸 결과일 것"[3]이다. "우리 시사에서 시인이 장시를 선택하는 경우는 대부분이, 시인과 대상 혹은 주체와 객체 간에 짧은 서정시로는 다루기 어려운 포괄적인 문제가 놓여있을 경우"[4]이다. 80년대 장시는 이러한 암울한 현실과 부정적인 상황에 초점을 두고 현실극복과 미래지향적 가치구현을 의도하고 있다.

1980년대 장시는 민중적 삶의 터전 위에서 공동체적 문제의식을 발현하고 대응의식을 응집하는 작품들이 많다. 문충성의 『자청비』(1980), 정상구의 『불타는 영가』(1980), 양성우의 『만석보』(1981), 신경림의 『남한강』(1981), 『쇠무지벌』(1985), 김구용의 『송백팔』(1982), 장효문의 『전봉준』(1982), 문병란의 『동소산의 머슴새』(1984), 박용수의 『바람소리』(1984), 이추림의 『불의 조사』(1984), 정동주의 『순례자』(1984), 『논개』(1985), 최두석의 『임진강』(1986), 이근배의 『한강』(1986), 고은의 『백두산』(1987), 송수권의 『새야새야파랑새야』(1987), 문정희의 『아우내의 새』(1986), 이산하

1) 박현수, 『한국 현대 시사』, 오세영 외 지음, 민음사, 2007, 473쪽.
2) 조동길, 「격동기 사회(1980년대)의 문학적 대응」, 『어문연구』64집, 2010, 347쪽.
3) 조동길, 위의 글, 347쪽.
4) 서준섭, 「한국 현대시에 있어서 장시의 문제」, 『심상』, 1982, 5, 44쪽.

의 『존재와 놀이』(1982), 『한라산』(1987), 이기형의 『꽃섬』(1989), 김계덕의 『불의 한강』(1989), 고정희의 『초혼제』(1983), 『저 무덤 위에 푸른 잔디』(1989) 등의 작품들을 대표적으로 짚어볼 수 있다. 어떤 시대이든 작품 속에는 그 시대만의 삶과 그 시대만의 경험적 구도가 지배적으로 깔리게 된다. 1980년대 장시는 80년대적 사회역사적 현실을 탐구배경에 두고 가치관의 형성과 미래지향적 가치구현을 의도하고 있다.

이 장에서 다루게 될 80년대 장시는 신경림의 『남한강』(창작과비평사, 1987), 송수권의 『새야새야파랑새야』(나남, 1987), 고정희의 『저 무덤 위에 푸른 잔디』(창비, 1989) 등 세편이다. 세 시인의 장시는 1980년대 민중의식의 발현과 미래가치 구현을 각각의 방법론적 특성으로 형상화하고 있다. 신경림은 70년대 후반 장시 「새재」(1978)를 발표한데 이어 1981년에는 「남한강」을, 1985년에는 「쇠무지벌」을 발표한다. 그리고 이 세 편의 장시를 한 데 묶어 장시집 『남한강』(창작과비평사, 1987)을 출간한다. 이 세 편의 장시는 시인의 말에 의하면 각각 독립적으로 읽어도 좋고 연결해서 읽어도 무방하다.[5] 이 글에서는 장시 「남한강」을 텍스트로 해서 1980년대 신경림의 장시가 표상하고 있는 민중적 발자취와 현실대응의 과정을 살펴보도록 한다. 「남한강」은 일제 강점기라는 시대적 배경을 중심에 두고 남한강 주변에 흩어져 살고 있는 민중들의 척박한 삶을 그리고 있다. 작품의 전면에 깔려있는 춤과 타령조의 노래는 민중의 삶의 애환을 '흥'을 통해 풀어내고 승화하고자하는 의도를 담고 있다. 식민지 현실을 살아가는 민중들의 삶의 형식과 80년대적 현실을 동일선상에 놓고 공동체정신의 발현과 극복의 터전을 마련하고자 한다.

송수권의 『새야새야파랑새야』는 시집표지에 '동학서사시집'이라는 명

5) 신경림, 『남한강』 '책 앞에', 창작과비평사, 1987.

칭이 주어져있듯, "동학의 정신과 그 실제의 혁명적 의지를 통해 현재적 삶의 어려움을 극복하고 미래적 삶을 고양시킬 수 있는 힘을 발견"[6]하는 것에 초점을 두고 있다. 송수권의 시세계는 전통적 한의 정서와 서정적 시상에 터를 두고 있지만, 그 이면에 역사의식을 매개로 한 현실극복의 의지가 매개되어 있는 작품도 있다. 그의 장시의 세계가 곧 이러한 시정신을 풀어내는 작품적 영역이 된다. '동학서사시집' 『새야새야파랑새야』와 2010년에 출간된 '장편 서사시집' 『달궁 아리랑』(지혜사랑) 등의 작품이 여기에 해당한다. 『새야새야파랑새야』는 동학농민혁명을 시적수용하면서 오늘날의 현실을 돌아보는 척도로 삼고자 한다. 동학농민혁명의 정신을 현재화하면서 80년대적 현실을 타개할 수 있는 집단적 힘의 원천으로 수용하고 실천해가고자 한다. 송수권이 '강력한 신'의 세계를 꿈꾸는 것도 이와 맥락지어진다.

고정희의 『저 무덤 위에 푸른 잔디』는 장시의 측면에서는 시인이 남긴 마지막 작품이 된다. 고정희는 『저 무덤 위에 푸른 잔디』 이전에 장시집 『초혼제』[7]를 출간하면서 이미 여러 편의 장시를 선보이고 있다. 고정희 장시의 특징적인 배경은, 민중적 호흡이 담긴 굿을 적극적으로 시적 수용하면서 장시의 또 다른 가능성과 그만의 특색을 만들어내고 있다는 데 있다. 장시 『저 무덤 위에 푸른 잔디』에 표상되고 있는 역사적 거리는 멀리 고려시대부터 1980년대 광주민중항쟁의 시기까지 그 터를 두고 있다. 그 중심에 '어머니'가 놓여있다. '어머니' 이미지는 '불평등'의 위치에 놓여있는 여성의 희생적 현실을 환기시킬 뿐 아니라, 역사적 수난자로서의 위치를 표상하고 있다. 고

6) 정진규, 「한과 힘의 노래」, 『새야새야파랑새야』 해설, 나남, 1987, 180쪽.
7) 고정희 장시집 『초혼제』(창작과비평사, 1983)는 전체5부로 구성되어 있고, 「우리들의 순장」, 「화육제별사」, 「그 가을의 추도회」, 「환인제」, 「사람 돌아오는 난장판」 등의 장시가 실려 있다.

정희는 '어머니'를 민중의 대변자이면서 치유와 극복의 길을 열어가는 대동 정신의 모델로 이끌고 있다. 1980년대에 발표된 이 세 편의 장시는 시대적 요구를 효과적으로 수용하면서 민중의 힘의 근저를 명징하게 포착하고 형상화하고 있다는 점에서 의미가 놓인다.

신경림의 『남한강』의 민중적 삶의 역동성과 공동체적 대응의식

1. '얘기'와 '노래'의 시적 배경

신경림[1]의 장시집 『남한강』(창작과비평사, 1987)은 「새재」, 「남한강」, 「쇠무지벌」 등 세 편의 장시가 함께 실려서 출간된다. 이 세 편의 장시들은 70년대부터 80년대에 이르는 기간 동안 창작된 작품들이다. 발표시기로 보면, 「새재」가 1978년, 「남한강」이 1981년, 「쇠무지벌」이 1985년으로 되어 있다. 『남한강』은 세 편의 이야기가 큰 틀에서 연결되고 연속되면서 3부작의 형태를 보이고 있다. 여기에는 1970년대와 1980년대를 가로지르는 시인의 시대인식과 현실인식이 반영되어 있다. 장시창작의 배경이 대체로 시대적 요구와 현실적 문제의식을 포괄적으로 집약하여 주제의식의 한 측면

---

1) 신경림은 1935년 충북 충주군 노은면에서 태어난다. 충주고등학교와 동국대 문리대 영문과를 졸업한다. 1956년 이한직의 추천으로 『문학예술』에 「낮달」, 「갈대」, 「석상」 등을 발표하면서 작품 활동을 시작한다. 1957년 낙향하여 농사를 짓거나 광산, 공사장 등에서 일하고 방물장수, 아편거간꾼들을 따라 방랑한다. 이때의 경험이 이후 작품세계에 상당한 영향을 끼치게 된다. 1965년 서울로 돌아와 『한국일보』에 「겨울밤」을 발표하면서 작품 활동을 재개한다. 시집으로는 『농무』(1973), 『새재』(1979), 『달넘세』(1985), 장시집 『남한강』(1987), 『가난한 사랑노래』(1988), 기행시집 『길』(1990), 『쓰러진 자의 꿈』(1993), 『어머니와 할머니의 실루엣』(1998), 『뿔』(2002) 등이 있다. 제1회 만해문학상(1974), 제8회 한국문학상(1981), 제8회 단재문학상(1993), 제6회 현대불교문학상(2001), 제6회 만해시문학상(2002) 등을 수상한다.

으로 끌어들이고자 하는 의도를 담고 있는 만큼, 신경림의 장시도 7,80년대적 상황과 밀접하게 연계되어 있다. 7,80년대는 신경림이 왕성하게 장시창작을 의도하고 발표하고 있던 때이다. 따라서 이 작품들에는 당대 현실을 자각하고, 대응하고, 극복하고자 하는 열망이 강렬하게 표출되어 있다고 할 수 있다.

장시는 신경림이 관심을 두고 시에 수용하고자 하는 민중의 목소리와 삶의 형식을 보다 구체적인 이야기의 형식으로 응집하고 확장할 수 있는 시적 장치가 된다. 이른바 그가 펼쳐가고자 하는 민중의 아픔과 승화의 과정들을 체계적이고 밀도 있게 그려낼 수 있는 형식적 틀이 된다. 세계의 움직임과 질곡들을 또 다른 형태의 효과와 진폭으로 전달하려는 방법론적 모색이 바로 그것이다. 따라서 신경림의 시세계에서 장시의 영역은 새롭게 접근하는 형식적 모색이고 가치체계라고 할 수 있다. 하지만 한편으로 신경림에게 장시의 선택은 실험적이고 탐구적인 영역이라기보다 자연스럽게 습득되고 수용하게 된 시 양식이 되기도 한다. 신경림은 자신이 서사적 특징을 자연스럽게 체득할 수 있었던 것은 백석과 이용악을 즐겨 읽은 데서 비롯되고, 또한 소설을 많이 읽은 것과도 무관하지 않다[2]고 말한 바 있다. 따라서 그의 장시의 선택은 민중의 삶의 이야기를 효과적으로 시적 형상화하기 위한 열망의 결과이다. 신경림은 장시집 『남한강』을 출간하면서 그의 이러한 시적의도를 엿볼 수 있는 몇 가지 견해를 밝혀두고 있다. 따라서 '책 앞에' 붙이고 있는 내용은 신경림의 장시창작의 배경과 의미적 구도를 살펴볼 수 있는 일정 단서가 될 것이다.

---

2) 신경림, 「삶의 길, 문학의 길」, 『신경림 문학의 세계』구중서 외, 창작과비평사, 1995, 23쪽.

> 나는 어려서부터 내 고장에 흩어져 있는 많은 얘기와 노래를 들으면서 자랐다. 시를 쓰게 되면서 이 얘기와 노래를 시로 만들어 보자는 것이 내 꿈이었다. 얘기와 노래를 수용하자니 장시라는 형식은 부득이한 것이었다.
>
> 이 시를 구상하면서 나는 서사시라는 서구적 개념의 문학형식을 무시하기로 했다. 내가 들은 것을 그대로 전달할 수 있는 새로운 형식이 있으리라고 생각했기 때문이다. 이 과정에서 나는 내게 가장 많은 얘기와 노래를 들려주었고 또 가장 감동적이었던 창돌애비라는 반박수의 방법을 크게 참작했다. 그는 얘기 속에 노래를 섞기도 하고 노래 속에 얘기를 섞기도 하면서 줄거리를 이끌어가는 뛰어난 얘기꾼이요 노래꾼이었는데 특히 인상적이었던 것은 대목대목 청중을 얘기꾼과 노래꾼으로 동원하는 방법이었다.
>
> 이 세 편의 연작 장시는 모두 때와 곳, 나오는 사람이 다르다. 기술 방법도 세 편이 모두 다른데, 의도적으로 그렇게 했다. 이 세 편의 시는 서로 이어진 내용을 가지고 있지만, 한 편의 장시로 읽어도 좋고 따로 떨어진 시로 읽어도 좋을 것이다.[3)]

'책 앞에' 붙인 시인의 글은 대략 세 가지의 측면에서 요약해 볼 수 있다. 먼저, 시인은 "내 고장에 흩어져 있는 많은 얘기와 노래"를 "시로 만들어보자는" 꿈을 가지게 되고, 그 방법적 선택이 "장시라는 형식"이다. 장시를 구성하는 사건은 시인이 자라면서 자연스럽게 체득한 '내 고장' 사람들의 '얘기'와 '노래'이고, 장시는 이를 효과적으로 담아낼 수 있는 시 양식이 된다. 두 번째로는 시의 형식적 문제에 대한 견해이다. 신경림은 "이 시를 구상하면서 나는 서사시라는 서구적 개념의 문학형식을 무시하기로 했다"라고 밝히고 있다. 이는 '서사시'라는 틀을 정해놓고 그 형식에 따라가기보다 우선 자신이 체득한 이야기와 노래를 자연스럽게 펼치고 전달할 수 있기를 바란다. 이는 형식적 틀보다 오히려 내용에 무게를 두고 장시창작의 의미를 결집해가고 있음을 보여준다. 신경림이 펼쳐가고 있는 이야기나 이를 이끌어갈

3) 신경림, 시집『남한강』'책 앞에', 창작과비평사, 1987, 3쪽.

인물들이 영웅적 이미지가 아니라 일반 민중이 중심이 되고 있는 것도 이와 무관하지 않다.

세 번째는 『남한강』에 실려 있는 「새재」, 「남한강」, 「쇠무지벌」 등 세 편의 장시가 내용적으로 서로 이어져 있으므로 하나의 작품으로 연결해서 읽을 수 있음을 언급한다. 또한 한편으로 "때와 곳, 나오는 사람"과 '기술 방법' 등이 다르기 때문에 각각 독립적인 작품으로 읽어도 무방하다는 것도 밝혀둔다. '책 앞에' 붙이고 있는 신경림의 글은 『남한강』에 실려 있는 세편의 장시에 대한 전체적, 독립적 구도의 집근방식을 열어두고 있다. 이를 통해보면, 신경림의 장시는 특별한 형식을 추구하기보다 어려서부터 듣고 자란 '내 고장'의 많은 '얘기'와 '노래'들을 "시로 만들어 보"기 위한 노력이고 그러한 시 형식으로서의 '부득이한 것'이 된다. "신경림의 형식실험은 '형식으로부터의 자유'를 꿈꾸면서 새로운 경지의 형식미를 보여주고 있다."[4] 이른바 형식에 얽매이기보다 형식에서 벗어남으로써 그만의 창조적인 시 형식을 구축하는 계기를 마련한다. 『남한강』은 7,80년대에 창작되고 있는 만큼, 이 시기의 신경림의 시작의 방향성과 그 탐구의지를 들여다볼 수 있는 중요한 통로가 되고 있다.

'얘기와 노래'는 민중의 삶을 포착할 수 있는 실제적인 '생활'이면서 한편으로 반성과 비판을 이끌어낼 수 있는 척도가 되기도 한다. '내 고장' 사람들은 『남한강』의 공간 이미지에서도 확인할 수 있듯이 중심의 삶에서 소외되어 있는 사람들이고, 이들의 '얘기'와 '노래' 또한 이러한 삶의 터전에서 흘러나오는 것이다. 신경림의 서사 지향적 성향은 그의 초기시에서부터 후기시에 이르기까지 지속적으로 추구되고 있는 그만의 개성적인 특징이 된다. "신경림은 백석의 시적 양식과 방법론을 창조적으로 계승"[5]하면서 자신의 시

---

4) 이병훈, 「'자연스러움'의 미학」, 『신경림 시전집 2』, (주)창비, 2004, 483쪽.
5) 고형진, 「백석과 신경림의 시적 방법론과 사회적 문맥」, 『한국 현대시의 서사지향성 연구』, 시와시학사, 1995, 241쪽.

적 색채를 구축하고 있다. 유종호는 신경림의 단시의 뼈대가 되어주고 있는 것은 현장을 구체적으로 생생하게 재현해내는 서경(敍景) 내지 사생 능력이며, 그 안에 내장된 서사적 충동 때문이라고 말한다.[6] 시의 장형화의 시도는 신경림이 품고 있는 '서경(敍景) 내지 사생 능력'과 '서사적 충동'을 효과적으로 펼칠 수 있는 장치가 되고 있음은 분명하다.

『남한강』은 80년대적 암울한 현실을 어떻게 대응하고 어떻게 극복해가야 할지에 대한 담론을 민중의 역동적 삶의 형식과 공동체 정신을 통해 제시해두고 있다. 이 글에서는 세 편의 장시 중 「남한강」을 중심에 두고 시인의 당대 시정신의 구도와 80년대 장시의 특질을 찾아가고자 한다. 「남한강」은 세 편의 장시 중 중간에 위치함으로써 그 전과 그 후의 작품적 배경을 두루 연결하고 있다. 분석 텍스트는 1987년에 출간한 장시집 『남한강』(창작과비평사)을 활용할 것이다. 인용부분은 이 시집의 페이지를 표기해둔다.

2. '십년 전'의 연속성과 역설적 '흥'의 세계

장시 『남한강』은 「단오」, 「소나무」, 「아기늪에서」, 「꽃나루」, 「눈바람」, 「다시 싸움」 등으로 이름 붙여진 총 여섯 개의 장으로 나누어져 있다.[7] 각 장에는 1, 2, 3 등의 숫자로 표기된 대략 3~5개 정도의 세부 항목이 구성되어 있다. 『남한강』은 '십년 전'의 사건을 내장하면서 '십년 후'의 시간적 배경인 현재적 이야기를 펼치고 있다. "무심하구나 십년 세월/원한도 설움도 잠재우는 것"으로 그 시간적 배경이 드러난다. '십년 전'의 상처가 사람들의 가슴 속

---

6) 유종호, 「서사 충동의 서정적 탐구」, 『신경림 문학의 세계』구중서 외, 창작과비평사, 1995, 59쪽.

7) 이 글에서는 여섯 단계의 소제목에 구분하기 편리하도록 각각 제1장~제6장이라는 표기를 해둔다.

에 앙금처럼 남아 있는 채 현재적 삶의 연속적 발자취를 이어가고 있다. '십년 전'의 사건이란 『남한강』의 첫 번째 이야기인 「새재」에 그 터를 두고 있다. 그럼에도 서사적 구성에 있어서는 의미적 성격이나 행위적 배경 등이 「새재」와는 상당부분 달라져있다.

「새재」에서는 '돌배'를 비롯한 민중의 저항과 투쟁적 행동양상이 적극적으로 표출되고 있는 것에 반해, 「남한강」에서는 직접적인 돌출이나 행위보다는 내밀하고 암시적인 방식으로 언제 터질지 모를 민중의 분노를 응집하고 있다. 사람들은 짐짓 아무 일도 없다는 듯 역동적으로 하루를 살아내고, 푸념을 늘어놓고, 때로 술판을 벌이고, 춤을 추면서 신명을 돋우기도 한다. 하지만 겉으로 보이는 것과는 달리 내장되어 있는 현실적 상황은 별반 달라진 것이 없다. 일제의 감시와 폭력적 횡포, 양반계급의 착취와 위선적 행위, 힘의 권력에 편승해서 이웃을 고자질하고 이익을 챙기는 무리 등 모순적인 상황은 그대로 연속된다. 『남한강』의 중반 이후부터는 '십년 전'의 '옛 싸움'이 또 다른 형식으로 그 징후를 보이면서 극적상황으로 발전해간다. 조용하던 마을이 술렁이기 시작하면서 독립군이 등장하고 민중의 저항과 투쟁의식이 내밀하게 발현되기 시작한다.

「새재」에서의 적극적 저항의식이 착취와 가난으로 인한 양반계급과의 대립에서 촉발되고 있다면, 『남한강』에서는 '왜놈'과의 대립이 전면에 등장한다. '십년 전'과 '십년 후'는 시간적 배경은 달리 하고 있지만 민중의 억압과 그 투쟁의 현장이 그려지고 있다는 것은 동일하다. 『남한강』은 일제강점기라는 시대적 배경과 '남한강가'라는 공간, 이 강가에 흩어져 살아가고 있는 민중들, 독립군의 등장, 줄다리기를 통한 공동체 정신의 부각, 대응과 극복의식의 발현 등이 서사의 골격이 된다. 『남한강』은 대략 세 개의 단계로 나누어서 해석의 틀을 마련할 수 있다. 먼저 제1장 「단오」는 『남한강』의 서론

격으로 서사의 배경을 암시하는 단계이다. 두 번째 단계는 본격적인 사건이 펼쳐지는 과정으로 제2장 「소나무」, 제3장 「아기 늪에서」, 제4장 「꽃나루」 등으로 집약해볼 수 있다. 마지막 세 번째는 제5장 「눈바람」과 제6장 「다시 싸움」의 과정으로 이야기의 극적상황의 표출과 대단원의 막이 내리는 단계이다. 이 세 단계는 사건의 순차적 전개와 절정, 극적장면으로 이르는 과정 등을 담고 있다.

> 이 고장 사람들
> 시비를 모르는 이들
> 밟으면 밟히고 자르면 잘리고
> 끌면 끌려가고 밀면 밀려오고.
>
> 옛싸움 얘기에 신명이 나다가도
> 새삼 그 피비린내에 몸을 떠는 사람들.
> 언제 우리가 나라 덕으로 살았다냐,
> 메꽃이 덮인 돌무덤을 가리키며
> 쳇, 저것은 도둑의 무덤이니라.
>
> 뱃전의 왜놈 칼소리 절그럭대고
> 장바닥에 게다소리 시끄러워도
> 아닐세, 우리는 겁많고 순한
> 어리석은 백성들.
>
> 한번 터졌던 그 큰 분노
> 가라앉으면 그 큰 깊이 아무도 모르는 것.
> 아닐세, 우리는 파장 무렵
> 탁배기 한잔에도 흥이 겨워
> 팔만 걸리면 춤이 되네.
>
> —제1장 「단오 2」(59)

『남한강』의 시적 공간은 '새재'에서 '남한강가'로 이동하고 있다. 따라서 '남한강가'에 흩어져 살고 있는 백성들의 삶의 애환과 그들이 내장하고 있는 힘의 원천이 이야기 구도 속에 긴밀하게 형상화된다. 우선 "이 고장 사람들/시비를 모르는 이들"이라는 전제를 두고 출발한다. 이들은 "밟으면 밟히고 자르면 잘리고/끌면 끌려가고 밀면 밀려오"는 "겁 많고 순한/어리석은 백성들"이다. 이러한 '백성들'에게는 지금까지도 잊지 못하고 '신명'을 올리기도 하고, "새삼 그 피비린내에 몸을" 떨기도 하는 '옛 싸움 얘기'에 대한 기억이 있다. 이들이 기억하는 '옛 싸움 얘기'는 앞서도 언급했듯이, 「새재」에서 펼쳐졌던 사건 즉, 돌배를 비롯한 친구들이 가난과 핍박을 견디다 못해 분연히 일어나 저항하고 투쟁하던 사건에 터를 두고 있다. 돌배 일행은 힘을 합쳐 양반들과 일본 순사들의 착취와 야만적 행위에 대항하면서 그들이 축재한 재물들을 탈취해서 백성들에게 나눠준다. 이후 돌배는 붙잡혀 참수 당하고 많은 사람들이 희생당하게 되는 '피비린내' 나는 사건의 전말이 된다.

'옛 싸움 얘기'로 각인되고 있는 이 사건은 '십년 전'의 일이지만 사람들의 기억 속에 선명하게 각인되어 있다. '십년 전'의 사건이 이처럼 서사의 서두에 놓이는 것은 이러한 사건의 기류가 『남한강』에도 그대로 연결되고 있음을 암시하는 것이다. "한번 터졌던 그 큰 분노/가라앉으면 그 큰 깊이 아무도 모르는 것"에서 이러한 정황을 읽을 수 있다. '그 큰 분노'는 사라진 것이 아니라 민중들의 깊이 모를 심연 속에 가라앉아 있다. 이른바 "겁많고 순한/어리석은 백성들"의 가슴 속에는 언제든 '그 큰 분노'를 일으킬 수 있는 불씨가 살아있다는 것이다. "언제 우리가 나라 덕으로 살았다냐"라는 자조어린 목소리도 '그 큰 깊이'의 '분노'를 암시하는 배경이 된다.

『남한강』은 그 출발 시점에서부터 '피비린내' 나는 '옛 싸움'에 대한 기억을 각인시키면서 "겁많고 순한/어리석은 백성들"과 '백성들'의 삶을 위협하고 있는 '왜놈'의 존재를 조명하고 있다. "뱃전의 왜놈 칼소리 절그럭대고/장바닥에 게다소리 시끄러워도"에서 알 수 듯이 "이 고장 사람들"이 살아가는 '남한강가'에는 '왜놈'의 발자취가 난무한다. 따라서 '백성들'과 '왜놈'의 갈등과 대립구도를 확연히 제시하면서 '피비린내'와 '큰 분노'의 징후를 예시한다. 여기에 "탁배기 한잔에도 흥이 겨워/팔만 걸리면 춤이 되네"의 '흥'과 '춤'의 세계도 겹쳐진다. '흥'과 '춤'의 세계는 식민지 시기의 억압적 현실과 삶의 고통을 역설적 신명의 형식으로 풀어내는 방편이면서 한편으로 '큰 분노'를 응집하는 원동력이 되고 있다.

①그러나 우리는 본다,
온 누리에 새 힘 솟구치고 있음을.
산에 들에 나무에 풀에
흙 속에 물속에
젖같이 진한 기운 넘치고 있음을.

—제1장 「단오 3」(60~61)

②타령 장단에 병신춤
휘몰이 장단에 얼뜨기춤
뛰자 뛰자 밤새껏 뛰자꾸나.
우리는 겁많고 어리석은 백성

—제1장 「단오 2」(60)

③진양조에서 중모리 중중모리
다시 휘모리 잦은 휘모리로
가빠지는 가락, 숨결.
손은 높이 하늘을 찌르고
발은 힘차게 땅을 찬다.

—제1장 「단오 3」(62~63)

'남한강가'에 사는 '백성들'은 억눌리고 짓밟히는 삶을 살지만 결코 절망하거나 포기하지 않는다. "그러나 우리는 본다/온 누리에 새 힘 솟구치고 있음을./산에 들에 나무에 풀에/흙 속에 물속에/젖같이 진한 기운 넘치고 있음을"(①)에서 이들의 끈질긴 생명력과 희망적 힘의 원천을 엿볼 수 있다. 이러한 긍지와 힘은 "이 고장 사람들은 아무도/노비의 후손임을 부끄러워하지 않는다"라는 배경에서 흘러나온다. "그 옛날 몽고의 십만 대군이/이곳 중원까지 밀려왔을 때", "관노만이 남아 산성을 지키다가" "적의 장수의 목을 베고/수백 명 아리땁고 귀한 고려 여인 구해"낸 사건이 있다. 따라서 "나라에서도 부득이 이를 가상타 하여/노비에서 풀어 짝지어/이 남한강가에 흩어져 살게"(제3장 「아기 늪에서 2」, 75~76) 한 배경이 그것이다. '남한강가'에 살고 있는 "겁많고 어리석은 백성"은 그 후손들이고 이들은 오늘도 역사적 수난을 견디면서 역동적인 삶의 뿌리를 이어가고 있다.

인용②와 ③에는 춤과 노래로 고단한 삶을 승화시키고자 하는 민중의 모습이 담겨 있다. 짐짓 '병신춤'과 '얼뜨기춤'을 추면서 척박한 현실을 풀어내고 극복하려는 열망을 표출한다. 하지만 "진양조에서 중모리 중중모리/다시 휘모리 잦은 휘모리로/가빠지는 가락, 숨결./손은 높이 하늘을 찌르고/발은 힘차게 땅을 찬다"에서의 강렬한 힘의 세계도 내장되어 있다. 『남한강』에는 "무수한 사람들의 움직임이 있고 이 움직임 속에는 사람들이 살아가는 구체적인 이야기와 표정들이 있다."[8] 신경림의 장시에 표상되고 있는 춤과 타령조의 노래는 민중의 애환을 신명으로 풀어낸다는 역설적 효과와 함께 민중이 함유하고 있는 역동적인 힘의 세계를 상징화하는 배경이 된다. 이러한 힘의 세계는 곧 고난 속에서도 꿋꿋하게 삶을 이어갈 수 있게 하는 뿌리의 정

---

8) 조태일, 「열린 공간, 움직이는 서정, 친화력」, 『신경림 문학의 세계』 구중서 외, 창작과비평사, 1995, 148쪽.

신이면서 공동체적 삶을 영위하는 방법적 원천이 된다.

이러한 춤과 타령조의 노래는 한편으로, 장시의 긴 호흡을 유연하게 풀어 나갈 수 있게 하는 시적 장치로서의 개성적 특징이 되기도 한다. 춤과 노래를 통한 '흥'의 세계는 제1장 「단오」에서부터 마지막 장 「다시 싸움」에 이르기까지 이야기의 행간을 채우고 해체하고 다시 생성하는 울음과 웃음의 에너지원이 된다. 신경림은 민중의 삶의 발자취 속에 민간의 풍속과 흥겨운 춤과 노래를 심어둠으로써 서사전개의 진폭을 활기차고 다채롭게 이끌고 있다. 이는 민중의 삶의 애환을 '흥'으로 받고 '흥'으로 풀어내려는 역설적인 발상의 한 측면이 된다.

3. '우리'의 인물구조와 사건의 반전

『남한강』은 연이라는 인물을 등장시키면서 상당부분 이야기를 이끌고 있지만, 그 이면에 '우리', '사람들', '백성들'로 지칭되는 인물들이 사건의 곳곳에 등장한다. 앞서 살펴보았지만, "이 고장 사람들"(59), "우리는 겁많고 어리석은 백성"(60), "그러나 우리는 본다"(60) 등에서도 이러한 정황이 포착된다. 그리고 "장터 싸전 마당에서" "중씨름에 신명"이 난 '장정들', '젊은 아낙네'와 '처녀애들', '등짐장수', '봇짐장수', '담배장수', '구경꾼들', '대장간집 작은 아들' 등 '남한강가'에 살고 있는 '이 고장 숫된 백성들' 모두가 '우리' 속에 포섭되어 있다. 따라서 민중으로 표상되는 "집단화된 사람들"[9)]이 『남한강』을 이끌어가는 주체이면서 또한 배경으로서의 역할을 하게 된다.

신경림은 '우리'를 사건의 중심으로 끌어들임으로써 민중의 삶의 양태를

9) 유성호, 「역사의 비극과 서사시적 상상력-신경림의 『남한강』론」, 『현대문학의연구』 5권, 1995, 206쪽.

보다 폭넓게 수용하고 전달하고자 한다. 연이 또한 엄밀히 '우리'에 포섭되면서 역사적 수난과 민중의 아픔을 대변하고 함께 하는 인물이 된다. 따라서 '우리'의 집단적 발자취가 곧 사건과 이야기적 요소를 생성하는 구체적 현실이면서 역사를 기록하는 척도가 된다. 『남한강』은 일제강점기라는 시간적 배경 속에서 사건이 펼쳐지고 있는 만큼, '우리'로 표상되는 민중들은 일본 순사의 횡포와 감시에 직접적으로 맞닥뜨리게 된다. 여기에다 "정참판 서아들/나이 어린 서삼촌"을 비롯해서 돈에 눈이 멀어 숨어 있는 일까지 꼬집고, 들추면서 고자질하는 등 일제에 빌붙어 온갖 악행을 저지르는 친일군상들과도 부딪치고 있다. 두 번째 이야기 단계인 제2장 「소나무」, 제3장 「아기늪에서」, 제4장 「꽃나루」 등은 사건이 본격적으로 전개되는 과정으로 시적 긴장이 보다 강렬해진다.

①물속의 저 별이
내 사내의 넋이라,
원통하게 목 잘려 죽은
내 남편 넋이라

………중략………

누구인가, 그 치마소 바위 위에
지금 넋 잃고 서 있는 그는,
해말간 이마에 별빛이 박히고
결 고운 무명적삼
감싸 안은 두 어깨.

—제2장 「소나무 1」(64)

②찾아낸 낭군은

쇠전 높은 막대에 덩그마니 달린
시커먼 머리통,
눈조차 까마귀에게 쪼아먹힌
처참한 몰골

—제2장 「소나무 1」(65)

'큰 사건'이 벌어지고 난 후 '연이'는 돌배의 생사를 알기 위해 '온 고을'을 헤매고 다닌다. 연이는 노비의 딸이면서 '돌배'의 연인이다. 인용①은 "내 낭군 찾으리라"는 일념으로 먼 길을 마다않고 안간힘을 쓰는 연이의 모습이 담겨 있다. 이는 시간을 거슬러 십년 전 '옛 싸움 얘기'의 피비린내 나던 그때의 상황이다. 그리고 인용②는 그렇게 찾아 헤매던 낭군이 목 잘린 '주검'이 되어 "쇠전 높은 막대"에 걸려 있는 "처참한 몰골"을 목도하는 장면이다. 연이는 돌배의 처참한 죽음을 확인하고 "울부짖고 기절하고/다시 통곡하고 까무러치"(65)기를 거듭하면서 강물에 뛰어들어 물귀신이라도 되리라 생각한다. 하지만 "목 없는 빈 몸뚱이/엉겨붙은 검은 피/밤마다 돌배/무서리 깔린 풀밭길/칠십리를 걸어와", "못 가겠네 못 가겠네/분통해서 못 가겠네/도포 입고 갓 쓴 양반/팔자걸음 조선 양반/왜 은자 천냥에/내 중한 목 팔았구나"(제2장 「소나무 2」, 66)라는 귓가의 속삭임을 듣고 문득 꿈에서 깨어난다. 이후 연이는 독하게 마음을 먹고 주막집 술청일을 하면서 객지를 떠돈다.

연이 소매 걷어 부치고
술청에 나섰다네
병신 애비 저리 가소 밀어제치고.
젊고 예쁜 주모 보러
귀방구리 드나들 듯 모이는 얼치기 개화꾼
어르고 뺨치고 눙치고 잡아채고.
이제 세상은 옛날의 그게 아닌 것.

·········중략·········
이제 세상은
조용함도 다정함도 다 잃어
이곳 목계장터에도
왜놈 들어와 이층집 짓고
담뱃가게 내고
옆에 잡화점 달고
하오리 바람에
게다짝 끌고 거들먹댄다.

—제2장 「소나무 2」(68~69)

객지를 떠도는 연이의 시간은 돌배의 죽음을 극복하는 시간이기도 하고 오히려 더 명징하게 각인시키는 시간이기도 하다. 연이는 "갚으리다 갚으리다 낭군 원수 갚으리다"(「소나무 2」, 67)라고 다짐하고 객지를 떠돌면서 온갖 궂은일을 하다가 고향으로 돌아온다. 그리고 '세월의 주름'이 느껴지는 고향에서 "소매 걷어 부치고/술청"을 차려서 장사에 나선다. "바람은 스쳐만 가는 것이 아니구나,/강물은 흘러만 가는 것이 아니구나"(「소나무」 2)라는 탄식 속에 세상도 예전과 달라졌다. 조용하고 다정하던 '목계장터'에는 "왜놈 들어와 이층집 짓고/담뱃가게 내고/……게다짝 끌고 거들먹댄다." 곳곳에 길이 뚫리고, 산이 깎이고, 철길이 나고, 공장이 세워진다. '개화꾼'이 넘쳐나고 돈을 좇아 사람들이 물밀 듯이 몰려든다. 연이의 전대도 두둑해지고 사람들도 덩달아 바빠지면서 장사에 열을 올리고 '신기한 왜놈 상품'에 감탄하기도 한다.

근대적 풍물이 범람하고 있는 '남한강가'의 풍경은 식민지의 현실을 각인시켜주는 한 지점이기도 하고 자본주의적 변화를 체감할 수 있게 하는 측면이 되기도 한다. '왜놈', '게다짝'이 등장하면서 식민지 조선의 현실이 부각되고, 여기에 '이층집', '담뱃가게', '잡화점' 등이 맞물려 나타나면서 근대화의 변화가 세밀하게 포착된다. "이 작품은 무엇보다 식민지 시대의 근대화 과정들을 생생하게 복원하면서 그것을 작품의 큰 배경으로 잘 활용하고 있다."[10] 술청을 하고 있는 연이는 이러한 변화를 가장 신속하게 받아들이고 활용하는 쪽에 있다. "그녀는 '남한강'을 살아가고 지켜온 생명력이다."[11] 연이의 술청은 연일 외지인들이 드나들고 사람들의 발길이 끊이지 않아 소식도 빠르고 변화의 물결도 금방 전달된다. 마을 사람들도 이러한 분위기에 휩싸여서 공연히 바빠지고 술렁대고 급해진다. "빼앗기고 쫓기고 밟히면서도/그래도 산다는 일은 즐거운 것", "젊은이들은 젊은이들끼리/늙은이들은 늙은이들끼리/아이들은 아이들끼리", "웃음을 엮고 노래를 엮고 꿈을 엮"는다. "눈물을 엮고 춤을 엮고 빛을 엮"(76~77)으면서 "백두산 호랑이 어디를 갔나/팔도강산이라 곳곳에 왜놈"(74) 뿐이라는 한탄도 늘어놓는다. 조선의 곳곳에 '왜놈'이 판을 치고 백성들의 시름이 깊을수록 타령도 깊어간다.

> 그 사람
> 앵금밖에 모르는 사내
> 고담책 몇 권 보따리에 싸 지고
> 후리훌쩍 바람처럼 영 넘어가면
> 오늘은 또 어느 장바닥
> 서러운 한가락 앵금 끝내고
> 후미진 봉놋방에서 새우잠을 자겠지.

10) 이병훈, 「민중성의 진화—「신경림의 장시 「남한강」과 80년대 시집을 중심으로」, 『한국현대문학연구』, 2014, 605쪽.

11) 이경아, 「영웅서사의 시적 변용—신경림의 『남한강』과 예이츠의 『어쉰의 방랑』의 비교」, 『한국 예이츠 저널』제43권, 2014, 272쪽.

………중략………
나는 모르오 당신의 뜻을.
내 방문 열지 마오
내 사랑은 오직 돌배뿐.
그러나 귀기울이다 훌쩍이고 흐느끼는
연이의 몸에 그의 손 닿으면
온몸에 불꽃이 일어.

당신에게는 그의 혼이 씌었구려.
목 잃고 저승길 못 찾은 원혼
구천계곡 헤매다가
앵금소리 구성진 가락타고
당신에게 씌었구려.

—제4장 「꽃나루 3」(87~89)

'남한강가'에 흘러든 급격한 근대화의 바람과 함께 "조용한 나루에/모진 비바람 휘몰아치리라"는 징조가, "그 잊고 싶은/모두가 잊어버린" '십년 전'의 '돌개바람'이 다시 불 것이라는 흉흉한 소문이 떠돈다. "앵금밖에 모르는 사내"의 등장은 이야기 전개의 또 다른 축을 열어놓는다. 연이는 "사랑은 단 하나 돌배" 뿐, "논둑에 핀 싸리꽃을 보고도/그이만 생각했"음을 강조하지만 객지를 떠돌면서 '누구의 피'인지도 모를 아이를 낳고, "앵금밖에 모르는 사내"에게 연정을 품기도 한다. 연이는 스스로 "강변에서 콩밭에서 어두운 메밀밭에서/헐떡이며 뒹굴며 살아온/칠백년이라 노비의 딸"이면서 또한 "뻗쳐오르는 힘/솟구치는 기운"(78)을 품고 있는 '뜨거운 피'의 소유자임을 털어놓는다. 연이는 "내 사랑은 오직 돌배뿐"인 과거의 사랑과, "그의 손 닿으면/온몸에 불꽃이 일어"의 현재적 사랑이 던지는 갈등 속에 놓여있다. 돌배를 생각하는 마음이 정신을 지배하는 사랑의 구도라면, "앵금밖에 모르는 사내"에 대한 감정은 '뜨거운 피'가 불러들이는 육체적 반응이라고 할 수 있을 것이다.

하지만 "당신에게는 그의 혼이 씌었구려"라는 배경이 던져지면서 또 다른 반전이 암시된다. "앵금밖에 모르는 사내"에게 '그의 혼이 씌었'다는 것은, 돌배와의 사랑이 단지 과거에 국한되는 것이 아니라 현재성을 띠고 되살아나고 있음을 상기시킨다. 이른바 "앵금밖에 모르는 사내"와의 관계가 단지 지금 이 시점에서의 관계구성이 아니라 그 이전부터 어떤 관계성이 주어지고 있음을 암시하고 있다. 따라서 과거와 현재를 이어주는 일종의 연결고리로서의 인과관계가 된다. 이는 결국 돌배와 "앵금밖에 모르는 사내"와의 관계구성이 된다. 이른바 양반과의 갈등 속에서 투쟁을 벌이다가 죽음을 맞게 된 돌배와, '왜놈'과의 대립 속에서 독립군으로 활동하는 "앵금밖에 모르는 사내"의 행위영역이 이러한 관계성을 부여한다. 이러한 배경은 결말부분에서 "앵금밖에 모르는 사내"가 독립군인 정참판댁 큰손주를 일본순사의 손에서 구해내는 장면에서 그 숨은 의도가 확연해진다. '독립군', '화적떼'라는 소문과 함께 '정참판댁 큰손주'가 순사에게 잡혀가고, '앵금밖에 모르는 사내'는 이후 큰손주를 구해내는 역할을 하면서 그 위치가 드러난다. '앵금밖에 모르는 사내'의 경우 끝까지 암시적으로 제시되고 있다는 것도 '독립군'이라는 신분적 특징이 반영된 결과가 될 것이다.

4. 극적상황과 공동체적 대응의식

『남한강』은 연이를 비롯해서 '우리'의 인물 배경과 그들이 펼쳐가는 삶의 생생한 현장이 특징적으로 부각된다. 이들은 힘든 삶을 살아가면서도 희망을 잃지 않고 묵묵히 생업에 종사하면서 춤과 노래로 하루를 엮고 있다. 신경림은 "이미지에 의하지 않고 행위의 연결로서 새로운 시적 긴장을 창조"[12]하고자 하는 방법론을 두고 있다. 앞에서 이미 살펴보았듯이, 한판 춤의 흥겨움과 노래의 신명은 이들의 고단한 삶의 애환을 풀어내는 행위이면서 나아가 집단적 · 공동체적 결집을 의도하는 한 형식이 되기도 한다. 『남한강』은 초반부와 중반부까지는 별다른 사건의 진폭 없이 남한강가에 흩어져 살고 있는 민중들의 일상적 삶의 풍경과 근대화의 물결을 면밀한 시선으로 조명하고 있다. 하지만 '십년 전'의 '옛 싸움 얘기'가 이미 전제되어 있고, 식민지의 상황이 이야기의 배경에 깔려 있는 만큼 극적사건이 암시되어 있는 것을 어렵지 않게 짐작할 수 있다. '큰 사건'의 움직임은 조용하고 평범한 민중들의 일상 속에 이미 그 징후를 암시해두고 있다. 『남한강』의 갈등구도는 남한강가에 살고 있는 민중들과 이 일대를 장악하고 있는 일본 순사와의 대립관계 속에서 구체화된다.

> 누가 피를 보기를 좋아하겠는가.
> 대장간집 작은 아들
> 그 자리에서 순사들한테 몰매 맞고
> 이마에서 뚝뚝 붉은 피 흘리며
> 포승으로 꽁꽁 묶였네.
>
> —제4장 「꽃나루 1」(83)

> 거적에 싸여
> 지게에 실려 돌아왔다
> 대장간집 작은 아들
> 뭇매를 맞고.
> 낮게 땅에 다가붙은 잿빛 하늘
> 구죽죽이 겨울비 내리는 섣달 그믐께,
>
> —제5장 「눈바람 4」(101)

---

12) 김준오, 『가면의 해석학』(문예비평신서 6), 이우출판사, 1987, 232쪽.

사건의 돌출은 '대장간집 작은 아들'의 사건으로부터 시작된다. '대장간집 작은 아들'은 일본인 '나가야마'를 칼로 찌르고 죽음에 이르게 한다. 이러한 행위의 배경에는 '왜놈'에 대한 반감과 함께 "왜놈의 하녀살이에/우쭐대는 누이가 미웠을까"에서 알 수 있듯이 '왜놈'의 집에서 '하녀살이'를 하는 누이 동생에 대한 분노도 함께 농축되어 있다. '대장간집 작은 아들'은 "그 자리에서 순사들한테 몰매 맞고/…포승으로 꽁꽁 묶"여 끌려가게 된다. 끌려간 '대장간집 작은아들'은 뭇매를 맞아 "거적에 싸여/지게에 실려 돌아"온다. 그리고 돌아온 지 "단 사흘 못 넘기고" 죽음을 맞게 되고 통곡 속에 다시 싸립문을 나서는 비극적 상황을 맞게 된다. 조용하던 마을에 긴장감이 돌고 사람들의 술렁임도 가중되고 신명을 풀어내는 가락도 보다 빨라지고 강렬해진다. 『남한강』이 내장하고 있는 사건은 여기서부터 암시의 단계에서 적극적인 행위의 단계로 전환된다. 일본인 '나가야마'와 일본 순사들은 한 가족을 분열시키고 죽음으로 몰아넣은 원흉이 된다. 이는 작게는 한 가족의 문제이고 크게는 남한강가에 살고 있는 민중들의 현실이면서 나아가 민족적 비극성으로 확장된다.

> 뉘 알았으랴
> 이 조용한 나루에
> 모진 비바람 휘몰아치리라고.
> 그 잊고 싶은
> 모두가 잊어버린
> 그 돌개바람 불고 지나간 지
> 십년.
>
> 장꾼 편에 들려오는 소문은
> 어수선하고 뒤숭숭한 것 뿐.
> 월악산에서 화적이 일었다네.
> 아니 읍내 은행을 털어

새터재 넘어 도망쳤다네.

거리에 골목에 고갯마루에
순사에 헌병 새까맣게 깔려
장꾼들 등짐 봇짐
신행길 새색시 옷 보따리까지
까고 뒤집고 닦달하는구나.

—제4장 「꽃나루 3」(89~90)

그리고 "뉘 알았으랴/이 조용한 나루에/모진 비바람 휘몰아치리라고"의 불안한 예감이 구체적 형체를 드러낸다. "그 잊고 싶은/모두가 잊어버린/그 돌개바람 불고 지나간 지/십년", '옛 싸움'의 징후가 현실화되어 나타난다. '화적'이 일어났다는 얘기, "읍내 은행을 털어/새터재 넘어 도망쳤다"는 등의 '소문'이 그 직접적인 배경이 된다. 일본 순사와 헌병은 "장꾼들 등짐 봇짐/신행길 새색시 옷 보따리까지/까고 뒤집고 닦달"한다. 순사와 헌병의 등장은 이 사건이 단지 '소문'만이 아니라 실제적인 근거를 두고 있음을 말해준다. 조용한 가운데 나름의 생업을 꾸리고 있던 이 마을 사람들은 '피비린내 나는' '옛 싸움'을 상기하면서 큰 일이 일어날 것이라는 불안과 위기의식에 사로잡힌다. 이는 '대장간집 작은 아들'의 죽음에 이어 또 다른 사건을 예고하는 지점이 된다.

정참판댁 큰손주
나루를 향해 오고 있었네.
풀먹인 세루 두루마기
서걱이는 싸늘한 가을 햇살.

갑자기 순사 둘
총을 들이대었다.

강 건너 벌말에서
야학을 가르치는 큰손주
무슨 짓이냐 큰 호령에
가죽장화 발길질.
더러운 욕지거리에 포승으로 묶이고.

………중략………

알고 보니 그이가 화적떼였다네
압록강 넘나드는 독립군이었다네.

—제5장 「눈바람 1」(92)

『남한강』의 이야기 구도에서 "앵금밖에 모르는 사내"와 함께 또 다른 반전을 불러들이는 인물은 '정참판댁 큰손주'이다. 이 둘은 독립군이라는 공통점을 가지고 사건의 핵심에 뛰어든다. 조용하던 나루, 장꾼 편에 들려오던 '소문'은 '정참판댁 큰손주'가 일본 순사에게 붙잡히면서 그 배경이 확연해진다. "강 건너 벌말에서/야학을 가르치는 큰손주"는 "알고 보니 그이가 화적떼였다네/압록강 넘나드는 독립군이었다네"로 나타난다. 그리고 "정참판댁 큰손주는 화적떼라/군자금 만들어 만주로 뛰려했다는구나"(95)로 부연 설명된다. '화적떼'는 「새재」에서 백성들을 수탈하고 온갖 횡포를 일삼는 양반계층에게 저항하고 행동하는 집단으로 나타나기도 했다. 『남한강』에서도 '화적떼'와 '독립군'은 함께 맥락지어지면서 그 특징적인 역할이 암시된다. '정참판'은 「새재」에서 백성을 수탈하고 온갖 횡포를 일삼는 잔학하고 위선적인 양반계층으로 등장한다. 따라서 척결해야할 지배집단의 대표적 표상이면서 부정적인 제도의 모순성을 담고 있는 인물이다. 이런 점에서 '정참판댁 큰손주'가 독립군이 되어 나타나는 장면은 상당한 극적 요소를 함축한다. 신경림은 친일파인 할아버지와 독립군인 손주를 대비시키면서 식민지 현실의 비극성을 명징하게 각인시키는 한 척도를 마련하고 있다.

> 그러나 차는 재 너머에서 버려지고
> 두 순사 포승에 묶여 길바닥에 동댕이쳐지고
> 오르는구나 산길로, 순사 차림의 친구들과 함께
> 어깨동무하고
>
> 올라가세 올라가세 산길 따라 올라가세
> 논밭 잃은 친구들아 백두산까지 올라가세
> 천지 연못 크나큰 물동이로 떠 마시고
> 호랑이 눈 부릅뜨고 바다 건너 원수 노려보세
>
> 아아, 연이가 어이 알랴.
> 애타게 기다리는 그이
> 앵금밖에 모르는 그이
> 앵금 걸머메고 황새걸음
> 산길 따라 오르고 있는 것을.
> 월악산 저 험한 골짜기를
> 오르고 있는 것을.
>
> —제6장 「다시 싸움 4」(116)

'정참판댁 큰손주'는 "대역죄인 도경으로 급송"하라는 명령에 의해 호송차에 실려 재를 넘어 가던 중 "순사 차림"을 한 친구들에 의해 극적으로 구출된다. 호송차를 이끌던 "두 순사 포승에 묶여 길바닥에 동댕이쳐지고/오르는구나 산길로, 순사 차림의 친구들과 함께/어깨동무하고"에서 그 전말이 드러난다. 여기서 '친구들'이란 '큰손주'와 같은 일을 하는 '화적떼' 혹은 '독립군'으로 짐작할 수 있다. "올라가세 올라가세 산길 따라 올라가세/논밭 잃은 친구들아 백두산까지 올라가세/천지 연못 크나큰 물동이로 떠 마시고/호랑이 눈 부릅뜨고 바다 건너 원수 노려보세"에는 핍박받는 백성들과 '왜놈'에 대한 분노가 동시에 형상화되어 있다. 여기서 "앵금밖에 모르는 그이"의 위치도 분명해진다. "앵금밖에 모르는 그이"는 '정참판댁 큰손주'와 뜻을 같이 하는 독립군으로 그 존재성을 드러내고 있기 때문이다. 따라서 "당신에게는 그의 혼이 씌었구려"의 배경 즉, 돌배와 "앵금밖에 모르는 그이"의 관계성이 의미적 연결고리를 갖게 된다. '대장간집 작은아들'의 죽음, 일본순사에게 잡혀가는 '정참판댁 큰손주', "앵금밖에 모르는 그이"의 출현과 '큰손주'의 구출작전 등이 시적 긴장을 고조시키고 있다.

> 덤빌 테면 덤벼라 왜놈 쪽발이 덤벼라
> 덤빌 테면 덤벼라 되놈 뒤뚝이 덤벼라
> 가거라 가거라 가거라 바다 건너 가거라
> 가거라 가거라 가거라 산을 넘어 가거라
>
> — 제6장 「다시 싸움 3」(114)

> 읍내는 텅 비었네
> 집도 거리도 가게도 비고
> 관청도 은행도 조합도 비어
>
> 빨간 양철지붕에 고드름이 열렸네
> 이발소도 자전거포도 문을 닫고
> 정월이라 대보름
> 줄다리기 구경갔네.
>
> — 제6장 「다시 싸움 4」(114)

> 산에 강에 들에
> 능선에 저 하늘에
> 내뻗치고 솟구치는 힘

가득 차서 넘치는 정기
누가 이들을 힘없는
백성이라 비웃는가.
솔개도 떼지어 먼 능선 위에서만 맴돌고
감히 가까이 오지를 못하는구나

—제6장 「다시 싸움 5」(118)

『남한강』은 초반부에 연이를 비롯한 남한강가의 민중들의 조용하고 활기찬 삶의 풍경을 그리면서 출발한다. 하지만 이들은 십년 전의 '옛 싸움'에 대한 기억과 함께 언제 어느 때 터져 나올지 모를 분노의 불덩어리 하나씩을 새겨두고 있다. "한번 터졌던 그 큰 분노/가라앉으면 그 큰 깊이 아무도 모르는 것"(59)의 배경이 바로 그것이다. 『남한강』의 마지막 장 「다시 싸움」에서는 이러한 불덩어리를 분출하는 '다시 싸움'이 펼쳐진다. '독립군'의 등장과 짐짓 아무 것도 모른다는 듯이 마을 사람들은 정월 대보름 한판 줄다리기를 펼친다. 마을에 흉흉한 '소문'이 떠돌고 '정참판댁 큰손주'가 잡혀가는 일련의 사건을 겪는 사이 마을사람들은 짚단을 모으고 동아줄을 엮으면서 줄다리기 '싸움' 준비를 한다. 표면적으로는 정월 대보름의 민속놀이지만 그 이면에는 '왜놈', '되놈'에 대한 강한 분노와 반감이 개입해 있다. 따라서 줄다리기는 대립적 대상들과의 '싸움'을 전제하고 그러한 대상들에 대한 민중의 힘의 저력을 보여주는 행위가 된다.

이러한 행위는 치밀하게 계획된 것으로 '독립군'을 구출해내는 역할과 긴밀히 연결되어 있다. "군수 경찰서장 농업학교 교장 우체국장" 등이 모두 '줄다리기 구경'을 가고 '읍내'가 텅 빈 사이, 재를 넘어가는 '정참판댁 큰손주'의 구출작전이 이뤄지고 있다. 제6장 「다시 싸움」은 독립군과 '왜놈'의 갈등 속에서 촉발되고 정월 대보름 민중들의 줄다리기로 그 시작을 알린다. 동군 서군으로 나누어진 줄다리기는 온 마을의 한바탕 축제이면서 민중의 힘을 결집하는 공동체적 대응의식이 된다. 『남한강』의 주체는 '우리'로 표상되는 민중이고 '싸움'의 주체 또한 민중이 된다. 1970년대에서 80년대를 거슬러 오르는 시작과정에서 "'민중'이라는 화두는 신경림 시의 핵심 모티프가 되었고 그의 시 속에서 지속적으로 천착되었다."[13] 이들은 "솔바람 소리에도 절로 흥이 나서/팔만 걸리면 춤이 되"는 순박한 성품을 지니고 있지만, "누가 이들을 힘없는/백성이라 비웃는가"에서도 알 수 있듯이 한데 뭉치면 누구도 "감히 가까이 오지를 못"할 힘을 내장하고 있다. 하나, 하나의 불씨가 모여 큰 불덩어리가 되어 "두껍게 얼어붙은 얼음 아래" '한강물'을 흐르게 하는 함성이 되고 있다.

『남한강』은 '우리'라는 집단적 인물구성을 사건의 중심에 배치하면서 민중의 시적 역할을 부각시키고 있다. 『남한강』에 발자취를 남기고 있는 '백성(민중)'과 80년대의 소시민적 민중의 모습은 역사적 수난에 희생되고 현실적 소외에 노출되고 있다는 점에서 동일하다. "80년대 들어 신경림 시인이 70년대의 성과를 바탕으로 민중들의 삶과 정서에 대한 시적탐구를 질적으로 발전시켰다는 점"과, "신경림이 개척한 민중성의 세계가 80년대 한국문학의 예술적 성취를 가늠하는 중요한 척도가 된다는 점"[14]은 분명한 사실이다. 단오와 줄다리기 등의 민속놀이는 우리 고유의 정서를 불러들이는 공동체적 결집의 한 형식이 된다. 신경림은 이러한 민속적 행위영역 속에서 진정한 민중의 힘을 발견하고 그 힘의 방향성을 대응의식 속에 심어두고자 한다. 이는 암울한 80년대적 사회정치적 기류 속에서의 현실인식과 그러한 시대적 요구를 적극적으로 수용하고 극복하고자 하는 열망이 된다. 따라서 『남한강』은 80년대 장시의 지형 속에서 그 창작의도와 시적 성과의 의의가 주어진다.

---

13) 이건청, 「소외된 민중과 서정적 진실」, 『한국 현대시인 탐구』, 새미, 2004, 231쪽.
14) 이병훈, 앞의 글, 「민중성의 진화—「신경림의 장시 「남한강」과 80년대 시집을 중심으로」, 594쪽.

송수권의『새야새야파랑새야』의 혁명정신의 실제와 미래지향적 가치관

1. '신(神)'과 '새벽'의 의미배경

송수권[1)]은 1980년대라는 시대적 상황 속에서 장시창작을 의도하고 그 의미적 가치구현을 모색하고 있다. 암울한 현실을 자각하고 비판하면서 그 문학적 대응을 서사적 장시의 형식을 통해 실현해가고자 하는 것이다. 시인이 영웅적 가치를 전면에 두고 이야기적 배경을 이끌고 있는 것도 위기의 현실을 영웅정신을 통해 극복하고자 하는 방법론을 두고 있기 때문이다. 이런 점에서 대부분의 장시창작의 배경이 그렇듯, 송수권의『새야새야파랑새야』는 처음부터 특별한 창작의도와 목적을 염두에 두고 제작하고 있는 결과물이

---

1) 송수권은 1940년 전남 고흥군 두원면에서 태어나, 순천사범학교를 거쳐 서라벌예술대학 문예창작과를 졸업한다. 1975년『문학사상』신인상에 시「산문에 기대어」외 4편이 당선되어 등단한다. 시집으로는『산문에 기대어』(1980, 문학사상),『꿈꾸는 섬』(문학과지성사, 1983),『아도(啞陶)』(창작과비평사, 1985), 서사시집『새야 새야 파랑새야』(나남, 1987),『우리들의 땅』(문학사상, 1988),『수저통에 비치는 저녁노을』(시와시학사, 1998),『파천무』(문학과경계, 2001),『언 땅에 조선매화 한 그루 심고』(시학사, 2005), 서사시집『달궁아리랑』(종려나무, 2010) 등이 있다. 시선집으로는『지리산 뻐꾹새』(미래사, 1991),『야승』(모아드림, 2001) 등 다수가 있다. 문공부예술상, 금호문화재단 예술상, 전라남도문화상, 소월시문학상 등을 수상하였다. 2016년 4월 작고한다.

된다. 따라서 이러한 창작의도와 목적의식을 충족할 수 있을 만한 현실적 당위성과 보편적 공감대가 뒷받침되어야 한다. 시적 소재의 측면에서부터 사회 역사적 현실의 포괄적인 탐구와 시대요구의 실현 가능성을 미래지향적 가치관 속에 생성시키고 있다. 이런 점에서 시의 장형화의 형식을 꾀하고 서사를 주도한다는 것은 상당한 의지를 발현해야하는 지난한 작업임에 틀림없다.

송수권의 『새야새야파랑새야』는 1984년 『금오문화』(7~9월까지)에 「동학난」이라는 부제를 달고 연재된 작품이다. 이후 1987년에 한권의 단행본(나남)으로 출간된다. 이 시집의 표지에는 '동학서사시집 새야새야파랑새야'[2]라는 표제가 명기되어 있다. 표제에서 이미 짐작할 수 있듯이 이 시집은 동학농민혁명이라는 역사적 사건을 중심에 두고 서사를 이끌어가고 있는 작품이다. 또한 그 형식에 있어서는 서사시의 구도를 취하고 있다. 그동안 우리 시단에는 신동엽의 『금강』(1967), 양성우의 『만석보』(1981), 장효문의 『전봉준』(1982) 등 동학농민혁명을 시적 소재로 수용하면서 서사시 형태로 창작된 장시가 다수 있다. 송수권의 『새야새야파랑새야』 또한 여기에 터를 두고 시정신의 한 틀을 풀어내고 있다. 중요한 것은, 송수권이 왜 80년대에 들어서서 장시창작을 의도하고, 또한 과거의 역사적 발자취를 통해 한 편의 서사를 형상화하고자 하는가에 달려 있다. 송수권은 『새야새야파랑새야』의 '자서'를 통해 그 배경을 들여다볼 수 있는 일정 근거를 남겨두고 있다.

> 나는 요즘 강력한 神을 꿈꾼다.

---

2) 1987년 나남에서 단행본으로 출간된 이 시집의 앞표지에는 '송수권 동학서사시집' 『새야새야파랑새야』로, 뒤표지에는 『새야새야파랑새야』'송수권 동학서사시집'이라고 표기되어 있다. 순서만 바뀌었다 뿐이지 의미적으로는 동일하다. '동학'과 '서사시집'이라는 배경이 특히 강조되고 있는 것 같다.

> 그 신은 일테면 저 유태신이나 알라신 또는 힌두신과 같은 신이다. 민족을 이끌고 갈 수 있는 신 말이다. 사람의 아들이 아닌 신의 아들, 또는 신의 딸 말이다. 민족의 정통성이란 이 신에 매달려 가는 길이다. 동네북처럼 두들겨 맞고 돌멩이처럼 사람들의 발에 채이는 신이 아니라 대낮에도 마른번개를 내리는 신, 불칼로 불순자 또는 민족 집단 성원의 개개인을 올가미로 씌워놓고 꼼짝도 못하게 만드는 신, 그런 신의 부활을 그런 신의 창조를 꿈꾸고 싶다.
>
> ……………………
>
> 지악스럽게 이어지는 황톳길과 그 길 위에 가랑잎처럼 흩어지는 호패들을 거느리고 강력한 신이 한 손에 민족 바이블을 들고 "수고의 짐 진 자들아 다 내게로 오라"고 외치는 민족신이 올 법도 한데, 이미 그 길은 고속도로로 포장이 되어 저 알라신이거나 힌두신마저 이 길 위에는 개안수술을 하거나 살아남지 못하게 되어 버렸다.
>
> …………………
>
> 가능하다면 때 묻지 않은 신, 강력한 파워를 가진 신, 그러한 신을 하나 창조하고 나는 그 신에 귀의하고 싶다.[3)]

송수권은 "나는 요즘 강력한 神을 꿈꾼다"라면서 '자서'의 서두를 연다. 송수권의 '신'은 강력한 힘을 가진 신적인 존재에 터를 두고 있다. 이른바 "사람의 아들이 아닌 신의 아들, 또는 신의 딸"이라는 전제를 두고 있다. "동네북처럼 두들겨 맞고 돌멩이처럼 사람들의 발에 채이는 신이 아니라 대낮에도 마른번개를 내리는 신, 불칼로 불순자 또는 민족 집단 성원의 개개인을 올가미로 씌워놓고 꼼짝도 못하게 만드는 신"①을 꿈꾼다. 이는 불의에 맞서서 강력하게 그 불의를 제압하고 응징할 수 있는 힘을 가진 자에 대한 열망을 나타낸다. "그가 절대자(神)를 꿈꾸어야 하는 것은 그의 절망적인 현실인식에 있을 것이다."[4)] 이른바 '강력한 신'의 영역을 꿈꾸는 것은 역설적으로 그

3) 송수권, 「우리들의 '神'」, 『새야새야파랑새야』 '자서', 나남, 1987, 7~10쪽.

러한 신적 존재를 필요로 할 만큼 현실적 상황이 절박하거나 부정적이라는 것을 말해준다. 이러한 배경은 "민족의 정통성이란 이 신에 매달려 가는 길이다"라는 대목에서 확연히 드러난다.

이러한 '절망적인 현실인식'은 "고속도로로 포장이 되어 저 알라신이거나 힌두신마저 이 길 위에는 개안수술을 하거나 살아남지 못하게 되었다"②라는 보다 견고한 위기의식으로 접어들고 있다. 따라서 송수권은 "가능하다면 때 묻지 않은 신, 강력한 파워를 가진 신, 그러한 신을 하나 창조하고 나는 그 신에 귀의하고 싶다"라는 희망을 각인해둔다. 송수권의 절망적인 현실인식과 극복의지가 곧 강력한 신에 대한 기대, 희망의 열망을 불러들이고 서사장시 『새야새야파랑새야』를 창작하게 되는 구체적 배경이 된다. 송수권의 신적 가치관의 형성은 '동학농민혁명'을 주도하고 있는 전봉준과 겹쳐지고 있다. '동학농민혁명'을 서사적 기반으로 하면서 전봉준과 민중의 집단적 힘을 신적 존재로 상징화하고 있다. 이른바 동학정신을 현실극복과 미래희망의 강력한 원동력으로 작동시키고자 한다. 이것이 현실적 절망과 맞닥뜨리면서도 끊임없이 개혁의지를 불사르고 정신의 한 축을 바로 세우고자 하는 실천적 배경이 된다.

> 우리 새벽은 결코 창 맞은 옆구리 피 흘리며 오는
> 그런 얼굴을 보여서는 안 된다
> 돌개울이 흐르고, 그 돌개울 위에 한 풍경과 같은
> 다리 걸리고
> 한밤내 어떤 모의를 끝내고 돌아가는
> 너의 음흉한 기침소리

---

4) 정진규, 「한과 힘의 노래」, 『새야새야파랑새야』'해설', 나남, 1987, 176쪽.

새벽 강물에 담을 일은 아닌 것이다
………중략………
이제 우리 새벽 피를 더 흘려서는 안 된다
날이 샐 무렵은 저 새벽 능선들 보자
오래도록 긴 밤이 가고 어떤 성스러운 빛이 와서
우리 새벽 힘차구나[5)]

위 인용부분은 『새야새야파랑새야』의 '후기'에서 발췌한 내용이다. 송수권은 '자서'에서 "새야 새야 파랑새야/녹두밭에 앉지 마라/녹두꽃이 떨어지면/청포장수 울고 간다"라는 "민족적 비애와 애수가 아니라", "나는 믿는다/나는 믿는다/나는 지상에 영원한 평화의/시대가 올 것을 믿는다"를 표방하는 "강력한 신이 만들어내는 노래"를 원한다고 말한 바 있다. 이는 '비애와 애수'가 아니라 보다 희망적이고 긍정적인 미래비전을 찾아가고자 하는 열망에 다름 아니다. '피'와 '새벽'의 대립구도는 부정적인 현실인식과 미래희망의 염원을 동시에 표상하고 있다. "창 맞은 옆구리 피 흘리며 오는", "한밤내 어떤 모의를 끝내고 돌아가는/너의 음흉한 기침소리" 등에서 시인이 포착하고 있는 모순적이고 부정적인 현실적 풍경이 암시된다. 그리고 "이제 우리 새벽 피를 더 흘려서는 안 된다"라고 단호하게 말한다. 이어 "오래도록 긴 밤이 가고 어떤 성스러운 빛이 와서/우리 새벽 힘차구나"의 희망적 메시지를 열어두고 있다.

송수권의 『새야새야파랑새야』는 1980년대에 창작되고, 발표되고, 또 한 권의 시집으로 세상에 그 발자취를 드러낸다. 따라서 80년대의 사회역사적 현실과 그에 대한 시인의 인식과 비판적 목소리가 개입해 있다고 할 수 있다. 그리

---

5) 송수권, 『새야새야파랑새야』'후기', 169~170쪽.

고 이러한 정황은 '자서'와 '후기'의 내용에서 긴밀하게 포착되고 있다. '후기'에서의 '피', '어떤 모의', '음흉한 기침소리', '오래도록 긴 밤' 등의 상황은 시인이 읽어내는 현실적 어둠이다. '강력한 신'의 존재나 '새벽'의 이미지는 이러한 현실을 극복하고 그 위에 새로운 생명성을 부여하고자 하는 의지의 발현이 된다. 따라서 『새야새야파랑새야』가 어디에 터를 두고 창작의지를 생성하고 있는지 어느 정도 짐작할 수 있는 단서를 찾게 된다. 이 글에서는 1987년에 출간한 송수권의 『새야새야파랑새야』(나남)를 텍스트로 활용할 것이다.

2. 서사적 갈등과 행위실천의 동력

송수권의 『새야새야파랑새야』의 구성은 「뒷풀이」와 「새야새야파랑새야」라는 소제목으로 표기되어 나누어져 있다. 「뒷풀이」에는 다섯 편의 단시(短詩)가 첨부되어 있고, 「새야새야파랑새야」의 부분에는 서시(序詩)를 비롯해서 1, 2, 3, 4 등 총 4개의 서사 단계로 분류되어 있다. 이를 크게 제1부 「뒷풀이」, 제2부 「새야새야파랑새야」로 구분해서 살펴보기로 한다. 제1부 「뒷풀이」에 구성되어 있는 다섯 편의 단시는 본격적인 이야기로 들어가기 전에 펼치고 있는 일종의 '서사(序辭)'로, 「줄포마을 사람들」, 「새보기」, 「평사리행」, 「큰사랑 옆」, 「뒷모」 등의 시편이 실려 있다. 제2부 「새야새야파랑새야」는 본격적인 이야기로 접어드는 단계로, 전체내용은 서시를 비롯해서 제1장에서 제4장까지의 이야기를 담고 있다.

서사시집의 형식 속에 단시와 장시를 동시에 수용하고 있는 것은 생각하기에 따라 특별한 구성방식으로 다가오기도 한다. 이른바 흔히 활용되고 있는 방식이 아닌 만큼, 송수권이 착안하고 있는 시적장치의 일환이라고 할 수 있을 것이다. 이는 어쩌면 '자서'의 서두에서 밝히고 있는 "그러나 우리 현대 장시들— 예를 들면 「국경의 밤」 이후 장시라면 단 몇 페이지도 읽지 못하고 책을 덮었다. 재미가 없다. 그 재미없음을 위하여 이 시집을 낸다"[6]라고 한 것과 일정 부분 연관성이 있는 지도 모르겠다. 물론 '재미'와 관련한 것은 장시의 내용과 표현방식에 그 터를 두고 있겠지만, 긴 형식의 시를 다채롭게 구성해보겠다는 의지가 가미되고 있음은 분명하다.

『새야새야파랑새야』는 동학농민혁명이라는 역사적 사건의 현재화라는 점에서 서사의 내용은 대체로 사실성에 근거한다. 작품의 시대적 배경 또한 이미 잘 알려진 대로 1860년 4월 최제우의 동학 창시, 1894년 전봉준을 위시한 농민들의 동학농민혁명의 발현 등이 그 중심에 놓인다. 동학농민혁명은 농민들의 개혁의지의 강렬한 열망이 응집되면서 그 가치실현의 적극적 몸짓이 실천적으로 이어진다. 전봉준은 이를 주도하고 이끄는 혁명의 주체이면서 혁명정신을 구현하는 인물이다. 『새야새야파랑새야』는 동학농민혁명의 의미와 그 정신의 뿌리가 시인의 역사적 가치관과 결합하면서 오늘의 역사를 들여다보는 원천이 된다.

> ①언제부터 사람들이 들어와 살았는지는 모르지만 하옇튼 산농민의 상놈의 도둑놈의 떠돌이의 반생으로, 동학군이 날개가 잘리면서 어느 안핵사에게 호되게 걸려, 혀를 뽑힌 채, 한 패거리들로 숨어와 터를 잡았더라는데 할아버지가 보기는 잘 본 모양이었다.
>
> —제1부 「뒷풀이」(「줄포마을 사람들」 부분)

> ②할아버지 동학 접주로 칼을 물고 죽었다는 그 큰사랑 옆

6) 송수권, 앞의 '자서', 7쪽.

그때 심었다는 대추나무도 가을바람에 늙은 거머리처럼
시들해져서, 열다가 말다가 한 줌씩 두 둠씩 떨어지다가 말다가
끝내는 농가 개량주택 사업으로 반쯤 허물어진 그 큰사랑도
아주 헐리고, 대추나무도 도깻날에 넘어져 가마솥 아궁지에서
타고 만 피슥거리는 그 불꽃같은 것이냐.

………중략………
그 베어버린 대추나무 그루터기 오다말다 한 장마비에
돋던 독버섯, 나는 구둣발로 짓뭉개버리고 말았는데 올봄 무슨 일로
고향에 가 그 큰사랑 옆 그때 심었다는 대추나무 그루터기에서
무슨 이적(異蹟)처럼 대추나무 새 순이 한 뼘 가웃은 실히 됨직 하게
자라 오르고 있지 않겠는가.

………중략………
내 볼엔 어느새 대추씨 같은 눈물까지 보이면서 이 할아버지의
일대기를 묻어 버릴 것이 아니라 이 눈물로라도 어린 싹을 키우겠다는
아 그 말 아닌가.

— 제1부 「뒷풀이」(「큰사랑 옆」 부분)

위 인용시들은 제1부 「뒷풀이」에 실려 있는 다섯 편의 시편들 중 두 작품이다. 인용①은 '줄포마을'의 내력을 상기시키는 부분으로 "동학군이 날개가 잘리면서" "한 패거리들로 숨어와 터를 잡았더라는"(「줄포마을 사람들」) 이야기를 담고 있다. '동학군'에 대한 얘기는 "지금도 그 원두막 널빤지를 뛰노는 새보는 애들 틈에선/새야 새야 파랑새야의 노래"(「새보기」)가 들려오고, "십이월 막소금 같은 눈발에 쫓기어 오다"(「평사리행」) 결국 효수당하고 마는 전봉준의 이야기까지 이어진다. 인용②는 전해내려 오는 이러한 이야기에 덧붙여 "동학 접주로 칼을 물고 죽었다는" '할아버지'와 '나'의 가족사적

인 이야기가 형상화된다. "할아버지 동학 접주로 칼을 물고 죽었다는 그 큰 사랑"은 "개량주택 사업으로 반쯤 허물어"지고 "그때 심었다는 대추나무"도 "도낏날에 넘어져 가마솥 아궁지"의 한줄기 불꽃으로 사라진지 오래다. '나'는 "할아버지의/일에 관한 것이라면" "마루청 밑 구르는 나막신까지를 끌어내어 죄다 불사르고" 기억 속에서 지우고자 한다. 그래서 "그 베어버린 대추나무 그루터기"에 돋아난 '독버섯까지' "구둣발로 짓뭉개버리고 말았는데", "무슨 이적(異蹟)처럼 대추나무 새 순"이 돋아나고 있는 것을 발견한다. 그리고 '나'는 이러한 경이를 바라보면서 "이 할아버지의/일대기를 묻어 버릴 것이 아니라 이 눈물로라도 어린 싹을 키우겠다는" 절실한 각오를 되새기게 된다는 것이 내용의 요지이다. 이러한 각오를 담고 있는 현재적 시점은 "아버지 논의 질서를 바로 세우며/둥둥 떠다니는 뒷모를 꽂는다"(「뒷모」)의 상황까지 연결되고 예시된다.

서사(序辭)에 실려 있는 다섯 편의 단시는 동학혁명이 실패로 끝나고 난 뒤 '동학군'이 '줄포마을'에 터를 잡게 된 이후부터 오늘날까지의 이야기가 묘사되어 있다. 따라서 '옛날', '지금도', '오늘' 등의 시간적 배경이 전면에 등장하고 과거와 현재의 연속성을 암시한다. '나'는 시적화자이면서 동학접주 '할아버지'와 연결되는 가족사적인 배경을 안고 있다. 따라서 '나'는 할아버지와의 연관성 속에서 '어린 싹'을 키워가야 할 과제를 짊어지고 있는 존재이면서, 한편으로 오늘을 살아가는 보편적 존재일반을 표상하기도 한다. 송수권은 과거의 역사는 과거로 끝나버리는 것이 아니라 오늘의 현실 속에 지속적으로 연속되고 있음을 각인시킨다. 이는 제1부 「뒷풀이」의 다섯 편의 단시가 내장하고 있는 '序辭'를 통해 예시되고 있다. '대추나무 새순'은 오늘과 내일을 상징화하면서 지속적인 생명력을 이어가고, '뒷모'를 통해 실천적 가치를 유도하고 있다.

한 세상 호미칼로 나막신이나 파며 살꺼나
고리 짓는 고리백정 되어 볼꺼나
온몸 포승줄에 묶여서 입에는 제갈 물고
한 시대의 뜨거운 소리가 목울대를 치며
말이 되지 않는다
허칠복 김팔복 박판돌 쇠돌이……
널빤지에 새겨진 사동(私童)의 이름들
볼기짝을 헤집으면 불인두 놓아
누가 맴매하고 간 흔적
소 한 마리에 장정 다섯
계집 하나에 1만5천 냥

—제2부 「새야새야파랑새야」, 「서시」(29)

『새야새야파랑새야』의 본 이야기는 '序詩'로부터 그 출발을 알린다. 앞서 제1부 「뒷풀이」의 '序辭'가 동학군의 뒷얘기로부터 시작되고 있었다면, 「서시」는 동학혁명이 일어날 수밖에 없는 배경을 형상화하면서 본격적인 서사 구도를 잡아간다. 백성들의 삶을 탈취하고 억압하는 지배계층의 사람들과 모순적인 관습, 불평등의 구조가 전면에 제시된다. 벼슬아치들과 양반계급의 잔학한 횡포와 그러한 횡포에 억울하게 당하고 짓밟히는 백성들의 모습이 포착되어 있다. 제2부 「서시」의 첫 걸음을 여는 위 인용부분은 '불인두'에 이름이 새겨져 팔려가거나 일생 노비로 살아야하는 백성들의 참담한 현실이 조명되어 있다. 「서시」의 전체 내용은 이러한 현실들을 구체적인 상황을 통해 제시하면서 서사의 끈을 풀어가고 있다. 동학농민혁명은 핍박받는 농민이 그 중심에 놓이고, '농민반란'이 근간을 이루고 있다. 따라서 혁명을 이끄는 주체 뿐 아니라 넓은 범주에서 소외되고 핍박받는 모든 민중이 개혁과 혁명의 배경에 포섭되어 있다.

아 억눌리고 짓밟혔던 가슴
우리는 상놈이다
마항리(馬項里) 장터 쇠전머리 윷판막으로
꾸역꾸역 모여든 우리는 장꾼이다
배만 부르면 웬수 없는 상놈이다
안핵사의 쇠 집게에 혀를 뽑혀도
우리 말은 천도(天道)에 길이 남으리라

—제2부 「새야새야파랑새야」 제1장(54~55)

"아 억눌리고 짓밟혔던 가슴/우리는 상놈이다"에는 두 구도의 의미가 응집되어 있다. 하나는 "아 억눌리고 짓밟혔던 가슴"의 현실적 상황이고, 두 번째는 억압과 불평등의 조건을 불러오는 '상놈'이라는 신분적 위치이다. 두 구도는 결국 현실적으로 맞물려 있다. "피땀을 쥐어짜다 바치느라/개미허리처럼 휘어도"(제2부 제1장, 48), "세곡미 환곡미 유두미 다 거두어 가도/대동미 백청미 균전미 다 거두어 가도"(제2부 제1장, 49) 등은 "억눌리고 짓밟혔던 가슴"의 실체적 배경을 함축한다. "마항리(馬項里) 장터 쇠전머리 윷판막으로/꾸역꾸역 모여든 우리는 장꾼이다/배만 부르면 웬수 없는 상놈이다"에는 '상놈'의 특성이 부각된다.

『새야새야파랑새야』에서 '상놈'은 모든 기득권에서 소외되고 최소한의 기본권마저 탈취당하고 억압당하는 존재로 표상된다. 따라서 가장 극단적 상황과 억압을 감내해야하는 백성이면서 또한 민중의 이름으로 그 존재성을 드러낸다. "우리는 상놈이다"에는 자포자기적이고 역설적인 자기비하의 목소리와 함께 삶의 애환과 분노가 함축되어 있다. 『새야새야파랑새야』의 갈등양상은 이러한 구도 속에서 생성되고 비판과 저항의 당위성도 여기에서 확보된다. 따라서 탈취하는 자와 탈취당하는 쪽의 대립관계가 명징하게 형성되면서 갈등의 진폭이 증폭된다. "안핵사의 쇠 집게에 혀를 뽑혀도/우리 말은 천도(天道)에 길이 남으리라"에는 현실적 부조리에 대한 강렬한 비판과 함께 이에 대응하려는 적극적 극복의지가 상징화되어 있다.

포기(包旗)를 앞세워 치켜들고
앉으면
죽장만 남은 죽산이요
서면
흰옷만 남은 백산일세
청 홍 백 황 흑의 깃발을 들고
백산에서 30리 밖의 죽산 땅까지 이은
우리는 성도를 바로 잡는 농민군일세.
알상투에 수건을 동여맨 상복차림의
농민 장수!

…………중략…………

수운이 가신지 30년
나는 죄가 무겁고 덕이 엷어서
능히 한배검의 큰 도를 빛내지 못함이라
이 겨레의 망케 됨을 견디지 못하고
도리어 오늘의 업수임을 받는지라
이에 한오리의 목숨을 끊음은
감우(甘雨)와 같이 뒤에 오는 이 땅의 초목을
풍성케 함이로다
너희들은 한울님을 허공에서 구하지 말며
다만 네 몸 안에서 구할 일이다
오직 우리는 우리가 우리를 스스로
지키는 일뿐이다
이에 우리는 분연히 결진(結陣)하였노라

—제2부 「새야새야파랑새야」 제1장(56~58)

부당한 조건과 억울한 핍박에 맞서서 드디어 '농민군'이 '분연히 결진'하게 된다. "우리는 상것과 머슴과 부랑자의 군대/상전을 뒤엎고 양반을 뒤엎고/토후(土候)를 뒤엎고/씨종에다 씨문서를 불태우는"(제1장 59쪽), "우리는 무식한 군대다/상놈의 군대다"(제1장 56쪽)라는 내용에서 혁명주체의 성격이 드러난다. "호미를 든 사람/낫을 든 사람/삽을 든 사람/도리깨를 든 사람"들도 여기에 해당된다. 그 중심에 "알상투에 수건을 동여맨 상복차림의/농민장수"가 있다. 동학농민혁명의 선봉장 전봉준이 전면에 등장하는 장면이다. 전봉준은 "수운이 가신지 30년"이 된 시점에 비로소 혁명의 이름으로 봉기하고 그 첫발을 내딛게 됨을 알리고 있다. "이 겨레의 망케 됨을 견디지 못하고/도리어 오늘의 업수임을 받는지라"가 '목숨'을 끊을 각오로 '결진'에 임하게 되는 배경이 그것이다.

'농민군', "이 겨레의 망케 됨", "감우(甘雨)와 같이 뒤에 오는 이 땅의 초목을/풍성케 함", "오직 우리는 우리가 우리를 스스로/지키는 일" 등이 동학농민혁명의 골격이면서 '결진'의 정신이 된다. 이들의 '결진'은 오랜 시간 억눌리고 짓밟혀온 민중의 분노가 터져 나와 응집된 '농민군'의 집단적 행위실천이 된다. 따라서 "그 정신은 결코 환상이 아니다. 구체적이며 사실적인 그리고 역사적인 사건에 그 물꼬를 대고 있다는 점에서 그것은 매우 현실적인 소산의 것이다."[7] 이는 그들을 둘러싸고 있는 견고한 체제들을 전복시키고 비탄에 빠진 백성들을 구하기 위한 실천적인 대응이면서 절실한 함성이 된다. 또한 누군가에게 의존하거나 떠밀려서 하는 것이 아니라 스스로 일어선, "우리가 우리를 스스로 지키"기 위해 모여든 자발적인 결집이라는 데 그 의미가 놓인다. 이러한 강렬한 집단적 결집은 "뒤에 오는 이 땅의 초목을/풍성케" 할 것이라는 희망과 지향적 가치를 열어두고 있다.

7) 정진규, 앞의 글, 179쪽.

3. 혁명정신의 극대화와 좌절의 순간

동학농민혁명은 잘 알려진 바와 같이 "민족적인 개혁의지의 뚜렷한 표현으로 인식되고 있다."[8] 따라서 "그 사회적 기능과 집단의식이 중요하게 평가되고 있으며, 오늘의 현실에 있어서도 어떠한 역사적 사건보다도 우리의 어려움을 뚫고 나갈 수 있는 힘을 가장 뚜렷하게 제시하고 있"[9]다. "서사적 언어는 표상한다. 이 언어는 무엇인가를 시사한다. 그 언어는 가리켜보인다."[10] 송수권의 경우, 신적 존재의 힘을 영웅적 이미지에 투사하면서 시대적 혼란과 어둠을 '표상'하고, '시사'하고, '가리켜보'이고자 한다. 영웅정신은 신의 영역과 맞물리면서 혁명을 추동하는 근간이 된다. 송수권은 이러한 혁명정신을 특정 인물에 한정시키기보다 '상놈(백성)'으로 표상되는 민중을 중심에 두고 응집시키고 있다. 따라서 거대한 힘의 표상이면서 한편으로 가장 낮은 민중의 얼굴이고, 또한 개혁의지를 담고 있는 집단적 행위영역으로 드러난다. 역사적 사건에 터를 두고 있으면서도 시인의 개인적 정서가 상당 부분 개입하고 있는 것도 여기에 있다. 『새야새야파랑새야』의 제2장과 제3장은 동학군의 치열한 전투장면과 혁명의 실패의 순간까지를 이야기의 구도 속에 두고 있다. 따라서 절정으로 치닫는 극적 장면들이 대거 등장하고 있다.

> 동학군 누렁띠를 머리에 두른
> 바우는 태인에서도 이름난 장사였네
> 황등 겉보리 씨나락 오쟁이까지

---

8) 정진규, 앞의 글, 174쪽.
9) 정진규, 앞의 글, 174쪽.
10) E. 슈타이거, 『시학의 기본개념』, 이유영 · 오현일 공역, 삼중당, 1978, 142쪽.

다 훑어도 쌀 한 말 내기 어려운 숭시에도
백중 달밤이면 어김없이 마당에
황소를 몰고 들어섰네

—제2부 「새야새야파랑새야」 제2장(88)

먼동이 터오는 오작별
낮고 음산하게 내려앉은 하늘
하얀 무리들이
하늘에서도 자꾸만
쏟아져 오는데
아직도 검게 타오르는
몇 줄의 연기 속에
몇 십구의 시체가 거적에 덮여
여기저기 널려 있었네
머리 풀고 소복한 여인 하나
한 구의 시체 앞에서 오래오래
어깨를 들먹이는…………
치마폭에다 싸안은
수급(首級)
한
개.

—제2부 「새야새야파랑새야」 제2장(100~101)

『새야새야파랑새야』는 역사적 사건의 재구성을 의도하면서도 허구의 인물을 등장시키기도 한다. 위 인용부분에 등장하고 있는 최바우라는 인물이 그 대표적 예이다. 최바우는 씨름판의 장사로 종살이를 하던 이진사에게 "황소 스무 마리를 바치고" 면천(免賤)이 된다. 그리고 이후 그의 행적은 "녹두장군 큰 어른 따라 전주감영 옥문을/부셨다고도 하고", "관군이 동학군과 타협해/집강소를 설치하는 조건으로/...할 수 없이 내어 주었다고도 하"는 등 무성한 소문 속에 떠돈다. 동학군과 관군의 싸움은 날로 치열해지고 그 희생의 수도 늘어간다. "동학군을 잡는다고/닥치는 대로 양총 놓고 불지르고/노인네 어린애 마구 잡아죽"이는 참혹한 상황이 잇따라 벌어지고 "동학군 머리 하나에 일백 냥"이라는 방이 나붙기도 한다. 최바우의 아내 달래는 집을 떠나 소식이 없는 남편을 찾아 한양을 향해 길을 나선다. 그리고 종국에는 '수급(首級)/한/개'의 싸늘한 '주검'과 맞닥뜨리게 된다. 최바우가 동학군에 합류하게 되는 경위는 암시적으로 그려지고 있지만, '주검'을 통해 그의 위치가 확실하게 드러난다. 허구의 인물 최바우의 동학군의 참여와 그 외 수많은 동학군의 희생은 동학농민혁명의 주체가 민중이고 그 집단적 희생에 있음을 환기시키는 단초가 된다.

①무려 삼십리 터에 군사를 움직여
밤낮 나흘을 두고 밀고 밀리기를
마흔 번
죽은 군사의 송장으로 둔덕을 쌓고
피로 강물을 이루었다
눈물도 호곡도 없는 몸부림
빨간 몽당 두루마기에
궁을 부적을 찬 무리들이
우금치를 짓밟아 나간다.

—제2부 「새야새야파랑새야」 제3장(128)

②김개남도 만여 군사를 이끌고
우금치에서 북쪽으로 달아났다가
거기서 청주로 나아갔으나 패했고
전봉준은 하룻밤에 백리를 쫓겨

5백여 명을 이끌고 삼례로 넘어왔으나
추적하는 관군에 쫓겨 다시 금구로 들어갔다
—제2부 「새야새야파랑새야」 제3장(140)

③세 사람은 다시 금구에서 패잔병을 모아
재기를 꾀했으나
마지막의 사선도 관군에게 무너지고
봉준은 다시 장성 갈재를 넘어가다
아조아조 날개가 잘렸다
—제2부 「새야새야파랑새야」 제3장(145)

동학농민혁명은 1960년 최제우의 동학 창시 이래 전국에서 산발적으로 반란을 주도하다가 1984년 비로소 '혁명'의 이름으로 집단적 봉기와 결진이 이루어진다. 전봉준은 그 중심에서 민중들을 규합하고 독려하면서 혁명을 주도한 인물이다. "삼십리 터에 군사를 움직여/밤낮 나흘을 두고 밀고 밀리기를/마흔 번"(①), 동학군의 전투는 치열하고 처절하다. 전장은 "죽은 군사의 송장으로 둔덕을 쌓고/피로 강물을 이루었다." 동학군은 '불덩이'와 '창과 낫'으로 총탄에 맞서며 "맨주먹의 항전"을 이어간다. 하지만 '맨주먹의 항전'은 최신식 무기 앞에서 한계를 드러낼 수밖에 없었고, '김개남'도 '전봉준'도 속수무책 쫓기는 위치가 되고 만다. "슬프다/아 한탄할 수도 없구나/봉준은 수백의 패잔병 속에 섞여"(제3장, 130) 말머리를 남쪽으로 돌리면서 패배를 자인하고 후퇴의 명령을 내린다. 그리고 "봉준은 다시 장성 갈재를 넘어가다/아조아조 날개를 잘렸다"로 마무리되고 있다.

위의 3개의 인용부분은 전봉준이 관군에게 쫓겨 여러 마을을 숨어들면서 후퇴를 하던 중, '보부상 민포군'의 밀고로 붙잡혀 죽음을 맞게 되는 장면까지 이어진다. 전봉준의 죽음은 개혁의지의 좌절이고 개혁의지의 좌절은 또한 민중의 좌절로 이어진다. 이는 오랜 핍박의 시간과 그러한 시간이 던져준 응집된 분노와 새로운 세상에 대한 절실한 열망이 무너지는 결과가 된다. 하지만 이러한 결말은 그 자체로 사라지거나 묻혀버리는 것이 아니라 더 강렬한 정신으로 응집되고 연속되고 있다. "오늘의 패전이 새 시대의 활극을 연출하리라/그 날은 꼭 오고야 말리라/내 목은 칼 아래 떨어지고/비록 장대 끝에 높이 매달려질지라도/이 땅의 주인은 반드시 천도를 물려받은/우리가 아니면 안 되는/그 날은 꼭 오리라"의 열망이 시간을 뛰어넘어 현재성을 부여하고 있기 때문이다. 송수권은 그러한 좌절을 또 다른 희망으로 대체해야할 필연적 당위성을 오늘의 현실 속에서 구현하고 미래지향적 가치를 심어두고자 한다. 이른바 "역사적 감명과 영웅정신에 의한 자연스러운 당대성의 요청이 서사시적 주제로 설정"[11]되고 있는 것이다.

4. 역사의 연속성과 미래구현의 암시

『새야새야파랑새야』는 기존체제의 부패와 모순, 횡포와 수탈로 인한 민중적 삶의 붕괴와 황폐한 삶의 현장, 개혁의지의 발현, 집단적 봉기 등이 서사의 중심에 놓여있다. 이른바 억압적 주체와 제도적 모순, 백성들의 짓밟힌 삶, 분노와 저항의식, 맨주먹의 항전, 쓰라린 패배와 '죽음'의 결말이 형상화되어 있다. 그리고 오늘날 다시금 되새기는 동학정신과 당대 현실에 대한 포괄적인 비판, 새로운 가치를 구현해가야 한다는 무거운 과제, 극복 메시지로

11) 민병욱, 「1980년대 서사시와 서사시인들의 세계」, 『한국 서사시와 서사시인 연구』, 태학사, 1998, 482쪽.

서의 희망의 암시 등이 포섭되어 있다. 과거의 역사와 오늘의 역사를 동일한 무게로 제시하면서, 새로운 가치구현을 위해 깨어있어야 할 정신의 터전을 생성하고자 한다. 여기에는 나와 세계를 보다 진솔하게, 그리고 연민을 두고 탐색하고 발견하면서 어둡고 아픈 역사를 승화하고 극복해야할 명제가 주어져 있다. 『새야새야파랑새야』의 마지막 제4장은 동학농민혁명이라는 역사적 사건의 종결과 함께 그 배경을 현재적 시점으로 이동해 와서 오늘의 이야기와 내일의 암시를 두면서 막이 내린다.

> 전라도는 살아있고
> 전라도는 도처에 죽어 있고
> 그러나 단 한 번의 역적도 나지 않았던 땅
> 간 큰 시러비 아들놈 하나도
> 나지 않았던 땅
> 반도의 서남쪽을 가로질러
> 젖줄 같은 강이 흐르고
> 노령과 소백이 휘휘 돌아 손을 잡고
> 금환낙지형으로 떨어진 땅
> 전라도는 죽어 있고 죽어서도
> 잠들지 않는 땅
> 잠들지 않으면서도
> 도처에 깨어 있는 우리들의 정신
>
> —제2부 「새야새야파랑새야」 제3장(143~144)

"동학혁명은 가장 잘 집합된 우리 민족의 개혁의지였다고 할 수 있으며", 송수권 자신도 "동학혁명의 본고장인 남도지방 태생일 뿐 아니라, 그곳의 응축된 한과 그곳 특유의 정서를 벌써부터 그의 시 속에 승화시켜온 독특한 시적 화법의 소유자"12)이다. 서사 장시 『새야새야파랑새야』의 문맥에 흐르는 남도의 정서와 그 질박한 삶의 발자취는 곧 시인의 삶이면서 '전라도'의 삶이고, 또한 민족적 삶의 근간이 된다. 위 인용부분은 제2부 제3장에 해당하는 내용이지만, 제4장으로 들어가기 전 잠시 시인의 남도사랑의 일면을 들여다보기로 한다. "전라도는 살아있고/전라도는 도처에 죽어 있고"에서 보여 지는 남도의 현실은 "잠들지 않는 땅/잠들지 않으면서도/도처에 깨어 있는 우리들의 정신"으로 각인되고 확장된다. 송수권은 "향토적 삶에 대한 애정, 자연과 국토에 대한 사랑, 민중에 대한 뚜렷한 역사와 문화의식"을 지니고 있는 시인으로, 이러한 시정신은 그로 하여금 "전통시인이자 자연파 시인이며 민족시인"13)이라는 평가를 받게 하는 배경으로 작용한다. 남도정신에서 촉발된 송수권의 민족의식은 『새야새야파랑새야』의 중심 터전이 되고 80년대를 극복하는 민중적 대결집의 호흡이 되고 있다.

> 악아 우리 악아
> 솥단지 안에 니 밥그릇 국그릇 아직 식지 않고
> 처마 끝에 등불을 처매는 늙은 어머니 손,
> 아침마다 갈아 붓는 장독대 위
> 정화수 말강 물속에
> 나의 神은 태어나고 늙고
> 새새끼들처럼 조잘대니
> 니가 이 황토밭 다시 갈아엎어
> 이 땅 목화밭을 새로 일궈야지 안 하겄냐
>
> —제2부 「새야새야파랑새야」 제4장(162~163)

『새야새야파랑새야』의 제4장은 '오늘'을 돌아보고 '내일'로 나아갈 방향성을 환기시키고 있다. 따라서 현실적 자각과 시대적 열망을 제기하면서 그

---

12) 정진규, 앞의 글, 176쪽.
13) 김준오, 「곡선의 상법과 전통시」, 『시와시학』 가을호, 1991, 38~39쪽.

해답을 정립하고자 하는 목소리가 표상되어 있다. "이게 우리 땅이란다", "여기가 우리 엄니 땅,/니 태어난 땅이란다"(제4장, 155)를 각인시키는 장면 등이 여기에 부합한다. 송수권은 '우리 땅'에 대한 각별한 인식을 드러내면서 우리의 정체성을 확인하고 그 설 자리를 분명히 명시하고자 한다. '우리 땅'에 대한 애착은 "우리 동강난 반도의 산허리"(제4장, 155)에까지 그 시선이 미치면서 분단현실에 대한 자각을 이끌어내기도 한다. 동학농민혁명에서부터 오늘에 이르기까지 긴 역사적 발자취 속에서 체득하고 있는 것은 절망보다 희망을 찾아야한다는 데 있다. "악아 우리 악아"를 반복 호명하면서 간곡한 당부의 말을 남기는 것도 여기에 있다. '악아'는 "니가 이 황토밭 다시 갈아엎어/이 땅 목화밭을 새로 일궈야지 안 하것냐"와 연결되면서 미래희망의 주역으로 떠오른다. '늙은 어머니'는 '우리 땅'의 끈질긴 생명력이며 가장 낮게, 그리고 깊게 뿌리내리고 있는 민중의 상징이다. '늙은 어머니'는 자식을 위해 밥과 국을 준비하고, 처마 끝에 등불을 매달고, 장독대 위에 말간 정화수를 떠놓는다. 이는 척박한 현실 속에서도 희망을 놓지 않고 "이 땅 목화밭을 새로 일궈"가야한다는 간절한 염원이면서 또한 대자연적인 질서이고 모성성의 상징이 된다.

> 오늘밤 꿈속에서는
> 날개 달린 아기장수 하나가
> 갈기 성성한 흑말 타고
> 펑펑 쏟아지는 흰 눈을 밟아
> 백성 민(民)자 주인 주(主)자 푸른 깃발 날리며
> 무등산 잣고개를 또 넘어오겠구나
>
> ―제2부 「새야새야파랑새야」 제4장(168)

위 인용부분은 『새야새야파랑새야』의 제2부 제4장 마지막 대목이다. 여기에는 "날개 달린 아기장수 하나"가 "갈기 성성한 흑말 타고" 올 것이라는 희망과 기대가 반영되어 있다. '날개 달린 아기장수'는 "대낮에도 마른번개를 내리는 신"(자서)의 영역에 닿아있는 존재로 보인다. 동학농민혁명은 대결집의 개혁의지를 보여주었지만 동학군의 패배와 전봉준의 죽음으로 인해 일정 결핍을 동반할 수밖에 없다. 따라서 그 연속성의 의미도 구체적으로 감지되기 어렵다. 송수권은 그 부재의 자리에 "날개 달린 아기장수'를 채워둠으로써 연속적 의미를 암시해두고자 한다. 이는 '자서'에서 언급한 강력한 신에 대한 열망을 '후기'의 '새벽' 이미지에 심어두듯이, 오늘의 극복과 미래희망의 토대로 '아기장수'를 생성시키고 있는 것이다. '날개 달린 아기장수'의 출현은 "오늘밤 꿈속에서"라는 상상적인 행위영역을 동반하고 있지만, 한편으로 "펑펑 쏟아지는 흰 눈을 밟"기도 하고, "무등산 잣고개를" 넘어오는 인간적 존재로 다가오기도 한다. "무등산 잣고개를 또 넘어오겠구나"에서의 '또'에서 암시되고 있듯이, 여기에는 전봉준의 부활 혹은 그 정신의 일깨움이 매개되어 있다.

『새야새야파랑새야』에서 전봉준의 위치가 신적인 영웅 이미지로 각인되고 있듯이 '아기장수' 또한 신비의 이미지로 형상화되고 있다. 그리고 전봉준의 영웅 이미지가 민중의 이름으로 그 정신을 대변하고 있듯이 '아기장수' 또한 인간의 삶 속에서 인간정신의 가치를 구현해갈 희망적 표상이 된다. 따라서 송수권의 '아기장수'의 세계는 현실 그 너머에 있는 초현실적 영웅의 세계가 아니라 보편적 삶의 영역에서 보편적 가치를 열어가는 존재로 정립된다. "송수권의 시는 암울한 시대를 살아온 민중의 삶, 특히 그들의 삶이 만들어낸 서늘한 아름다움을 표현하는데 초점을 맞추고 있다."[14] "백성 민(民)자

주인 주(主)자"는 시대적 열망을 상징화하는 강렬한 메시지이다. 따라서 시인은 여기에 부합하는 시대의식과 실천적 창작의지를 서사적 장시의 형식 속에 응집해두고 있다. 『새야새야파랑새야』는 우리에게 "목화밭을 새로 일궈야"하는 과제를 던져줌과 동시에 '날개 달린 아기장수'에 대한 미래지향적 희망을 예시해두고 있다.

14) 천창우, 「송수권 시에 내포된 상징물의 연구」, 『현대문학이론연구』 제69집, 2017, 267쪽.

고정희의 『저 무덤 위에 푸른 잔디』의 '어머니' 이미지와 대동정신의 발현

1. '극복'과 '비전'의 시정신

고정희[1]는 첫 시집 『누가 홀로 술틀을 밟고 있는가』(1979)에서부터 마지막 시집 『뱀사골에서 쓴 편지』(1991)에 이르기까지 총 10권의 시집을 남기고 있다. 이는 1975년 등단 (『현대시학』) 이후 대략 15년여의 창작기간 동안 생산해낸 결과물이라는 점에서 상당한 수준의 업적이라고 할 수 있다.[2] 이러한

1) 고정희는 1948년 전남 해남에서 5남 3녀의 장녀로 태어난다. 한국신학대학을 졸업, 1975년 『현대시학』에 「연가」, 「부활 그 이후」 등의 작품이 추천되어 등단한다. 『전남일보』 기자와 광주 YWCA 대학생부 간사, 크리스천아카데미 출판부 책임간사, 가정법률상담소 출판부장 역임, 『여성신문』초대 편집주간으로 일한다. 우리나라 초기 여성운동에도 혁혁한 족적을 남기면서, 남녀노소가 서로 평등하고 자유롭게 어울려 사는 대안 사회를 모색한 여성주의 공동체 모임 '또 하나의 문화' 동인으로 참여/중추적 역할을 한다. 시집으로는 『누가 홀로 술틀을 밟고 있는가』(1979) 이후 『실락원 기행』(1981), 『초혼제』(1983), 『눈물꽃』(1986), 『지리산의 봄』(1987), 『저 무덤 위에 푸른 잔디』(1989), 『아름다운 사람 하나』(1990), 『광주의 눈물비』(1990) 『여성해방출사표』(1990), 『뱀사골에서 쓴 편지』(1991) 등이 있다. 1991년 지리산 등반 도중 실족하여 타계한다. 유고 시집으로 『모든 사라지는 것들은 뒤에 여백을 남긴다』(1992)가 있다.

2) 고정희는 장시집 『초혼제』'후기'에서 그의 시력에 대해 잠시 언급해 둔 말이 있다. 옮겨보면 다음과 같다. "시력 8년이라고 하지만 내가 본격적으로 창작과 발표를 병행한 것은 78년 이후이니 독자와 나의 진정한 만남은 불과 4,5년을 밑돈다." 이 글의 내용에 근거해보면, 그의 전체 시력은 15년여에 근접해있지만, 실제 창작기간은 대

고정희의 시적 발자취는 그 양적인 측면에서의 성과도 성과이지만 무엇보다 자신의 문학적 색채를 확고하게 구축하고 있다는 점에서 그 위치가 분명해질 것이다. 그 중 장시의 세계는 그의 개성적 창작영역을 짚어볼 수 있는 중요한 단초를 마련한다. 고정희의 전 시세계를 돌아보면 특징적으로 짚이는 것이 장시의 세계이다. 따라서 장시는 고정희의 실험적 탐구와 시정신을 발견할 수 있는 한 지점이면서 그 성공적 성과물을 확인할 수 있는 척도가 된다. 장시의 세계는 연작시를 즐겨 쓰던 고정희의 성향과 맞물리면서 보다 확장된 측면에서의 실험적 방법론의 모색이 된다. 따라서 그가 일구어놓은 혹은 일구어가고자 하는 문학적 터전에서 또 다른 변화를 꾀하는 탐구영역이 될 것이다.

고정희의 장시는 1983년 장시집 『초혼제』[3]를 출간하면서부터 이미 그 터전을 확보하게 되고 또한 주목을 받게 된다. 이후 1989년 『저 무덤 위에 푸른 잔디』(창작과비평사)를 출간하면서 그의 시세계에서 장시의 영역은 보다 선명해지고 그만의 개성적 지형을 확보하게 된다. 고정희의 시세계는 그동안 시인이 남긴 치열한 발자취와 함께 연구 업적도 만만치 않게 축적되고 있다.[4] 고정희의 장시집은 그녀의 10권의 시집 중에서 두 권으로 한정되어

략 12년여에 해당한다. 이에 비춰보면, 그의 10권의 시집은 결코 적지 않은 업적이 될 것이다.

3) 고정희의 첫 번째 장시집인 『초혼제』는 1983년 『창작과비평사』에서 출간된다. 이 시집에는 제1부 「우리들의 순장」, 제2부 「화육제별사」, 제3부 「그 가을의 추도회」, 제4부 「환인제」, 제5부 「사람 돌아오는 난장판」 등 총 다섯 편의 장시가 실려 있다.

4) 유성호, 「고정희 시에 나타난 종교의식과 현실인식」, 『한국문예비평연구』 제1집, 1997. 이경희, 「고정희 시의 여성주의 시각연구」, 돈암어문학, 21집, 2008; 이경희, 「고정희 시 연구」, 성신여자대학교박사학위논문, 2010; 김향라, 「한국 현대 페미니즘시 연구 : 고정희 · 최승자 · 김혜순의 시를 중심으로」, 경상대학교박사학위논문, 2010; 송영순, 『한국 현대 서사시의 변용과 선택』, 푸른사상, 2014; 이은영, 「고정희 시의 공동체 인식 변화양상」, 여성문학연구, 38권, 2016; 이은영, 「고정희 시의 역사성 연구」, 아주대학교박사학위논문, 2017; 이소희, 『여성주의 문학의 선구자 고정희의 삶과 문학』, 국학자료원, 2018.

있어서 그 비중이 그리 크게 느껴지지 않을 수도 있다. 하지만 시집의 권수로 치면 두 권의 장시집 출간이지만, 장시집 『초혼제』에 다섯 편의 단편 장시가 수록되어 있고, 이어 한 권의 장편 장시집이 출간된 것에 비춰보면 작품의 양적인 측면에 있어서도 적지 않은 무게를 지닌다. 그리고 대부분의 장시 작품들이 잘 조명되지 않거나 혹은 묻혀있는 것에 비해, 고정희의 장시는 비교적 잘 알려져 있고 자신의 시세계 속에서 특징적인 위치를 차지하고 있다. 따라서 고정희 시세계에서 장시는 빼놓을 수 없는 영역이 되고 있다.

고정희의 장시는 1970년대 후반부터 그 터전을 마련하면서 1980년대에 이르러 본격적인 창작의 시기로 접어든다. 따라서 1980년대적 현실인식과 시정신의 구도가 강렬하게 집약되어 있으리라 생각된다. 1980년대의 정치, 사회, 문화 전반에 걸친 사건과 정황들이 시인의 장시창작의 환경에 영향을 미치면서 주제의식을 생성하는 중요한 요인이 되고 있다. 이런 점에서 고정희의 장시는 대부분의 장시창작의 배경이 그렇듯 당대 현실을 어떻게 인식하고 어떻게 극복해가는 가의 문제와 직간접적으로 맞물리게 된다. 이른바 시인의 시대와 현실에 대한 포괄적인 인식과 가치관의 척도를 엿볼 수 있는 단서가 주어진다. 따라서 1980년대 한국 장시의 지형을 구축하는 데도 적지 않은 무게를 실어주고 있다. 이러한 측면들 즉, 80년대적 상황과 시인 개인의 창작원리의 모색은 두 권의 장시집을 출간하면서 쓴 '후기'를 통해서도 어느 정도 그 방향성과 배경이 드러난다. 먼저, 장시집 『초혼제』를 출간하면서 쓴 '후기'를 발췌해본다.

> 그 동안의 창작생활에서 나를 한시도 떠나본 적이 없는 것은 '극복'과 '비전'이라는 문제였다. 내용적으로 나는 어떠한 일이 있더라도 우리는 이 어두운 정황을 극복해야 된다고 믿는 한편 조직사회 속에서의 인간성 회복의 문

제가 크나큰 부담으로 따라다녔고, 형식적으로는 우리의 전통적 가락을 여하이 오늘에 새롭게 접목시키느냐가 최대의 관심사였다. 나는 우리 가락의 우수성을 한 유산으로 활용하고 싶었다.5)

고정희는 일찍이 자신의 창작생활에서 한시도 떠나본 적이 없는 것이 '극복'과 '비전'의 문제였다고 말한다. 이는 우리 시대의 "어두운 정황을 극복해야 된다"는 절박함과 함께 "조직사회 속에서의 인간성 회복"이라는 문제와 연결된다. 여기서 우리는 "이 어두운 정황"에 대해서 집중해볼 필요가 있다. "어떠한 일이 있더라도 우리는 이 어두운 정황을 극복해야 된다"라는 배경에는 1980년대적 현실인식이 깔려있을 것이기 때문이다. 또한 "조직사회 속에서의 인간성 회복"은 나와 세계와의 관계구도에서 오는 갈등의 문제가 될 것이다. 이 또한 '극복'이라는 화두를 두고 접근해야할 사회적 관계구도에서 오는 문제인식으로 각인된다. 특징적인 것은, '극복'의 과정에 머무는 것이 아니라 나아가 '비전'을 모색하는 과정으로 확장되고 있는 것이다. '극복'과 '비전'은 고정희 시세계에서 중요한 의미배경이 된다. 시인이 촉발시키는 모든 문제의식의 저변에는 이를 극복하고 희망적 세계로 나아가고자 하는 강렬한 열망이 제기되고 있기 때문이다.

이러한 내용구성의 탐색에 이어 시 형식에 대한 견해가 주어진다. 고정희는 장시창작을 의도하면서 이를 보다 새롭게 구성해갈 방법에 대해 고민하게 된다. 그리고 생각해낸 것이 "우리의 전통적 가락을 여하이 오늘에 새롭게 접목시키느냐"에 대한 관심사이다. "우리 가락의 우수성을 한 유산으로 활용하고"자 하는 발상이 바로 그것이다. 고정희가 착안해낸 '우리의 전통 가락'의 시적 활용은 '굿'이라는 민간의 풍속의 형식으로 구체화된다. 고정희는 "그러

5) 고정희, 장시집 『초혼제』'후기', 창작과비평사, 1983, 175쪽.

한 고민의 결과로 생겨난 것이 장시집 『초혼제』에 실려 있는 「사람 돌아오는 난장판」, 「환인제」 같은 마당굿시"[6]임을 밝히고 있다. 그리고 이러한 특징은 장시 『저 무덤 위에 푸른 잔디』를 창작하는 시적원리로도 적용하고 있다. 굿은 장시의 창작원리로 새롭게 접목됨은 물론 한편으로 민중적 공감대를 불러일으키는 상징적 장치가 되고 있다. 굿은 그 자체로 이미 민중적 요소를 함유하면서 집단적 호응과 소통을 열어가는 통로가 되고 있기 때문이다.

『초혼제』의 출간에 이어 고정희는 『저 무덤 위에 푸른 잔디』(창작과비평사, 1989)를 출간하면서 보다 확장된 가치관을 열어가고 있다. 『저 무덤 위에 푸른 잔디』는 한 권의 단행본으로 출간된 장편 장시라는 점이 『초혼제』와는 차별성을 가지는 부분이다. 그리고 시인 개인적으로는 작고하기 전 마지막으로 창작한 장시작품이라는 배경이 주어진다. 또한 1989년 9월에 출간된 것에 비추어 1980년대를 집약하고 마감하는 총체적 의미를 환기시켜볼 수 있다. 따라서 문학적으로는 시의 장형화의 기법을 통해 80년대적 상황을 포괄적으로 정립하면서 한편으로 또 다른 시세계를 모색해야하는 시점을 예고하고 있다. 이러한 배경을 염두에 두고 장시 『저 무덤 위에 푸른 잔디』의 '후기'를 읽어본다.

> 이 시집에서 나는 우리의 삶 구석구석에 스며있는 '어머니의 혼과 정신'을 '해방된 인간성의 본' 으로 삼았고 역사적 수난자요 초월성의 주체인 어머니를 '천지신명의 구체적 현실'로 파악하였다. 눌린 자의 해방은 눌림 받는 자의 편에 섰을 때만 가능하다. 그런 의미에서 눌림 받은 여성의 대명사인 어머니는 잘못된 역사의 고발자요 증언의 기록이며 동시에 치유와 화해의 미래이다.

---

6) 고정희, 『초혼제』'후기', 각주5 참조.

민족공동체의 회복은 '새로운 인간성의 출현과 체험'의 회복을 전제로 한다. 그 새로운 인간성의 모델을 우리는 어디서 찾을까? 나는 그것이 수난자 ' 어머니'의 본질에 있다고 믿는다.

잘못된 역사의 회개와 치유와 화해에 이르는 큰 씻김굿이 이 시집의 주제이며 그 인간성의 주체에 어머니의 힘이 놓여있다.[7)]

『초혼제』에서 '극복'과 '비전'의 문제를 제시하고 있었다면, 『저 무덤 위에 푸른 잔디』는 그 구체적 대안을 찾아가는 과정이라고 할 수 있다. 이른바 '극복'과 '비전'의 구체적 실천으로서의 "회개와 치유와 화해"의 단계로 나아가는 것이다. 중요하게 부각되는 것은, '어머니의 혼과 정신'을 '해방된 인간성의 본'으로 삼으면서 극복과 희망의 통로를 마련하고자 하는 것이다. 고정희는 "역사적 수난자요 초월성의 주체인 어머니를 '천지신명의 구체적 현실'로 파악"하면서 현실적 당위성을 확보하고 극복의 터전을 열어가고자 한다. '어머니'는 "잘못된 역사의 고발자요 증언의 기록이며 동시에 치유와 화해의 미래"로 보고 있다. 장시 『저 무덤 위에 푸른 잔디』에 매개되어 있는 '씻김굿'은 '어머니'의 한을 풀어내고 원혼들을 위로하면서 극복의 과정으로 이끄는 역할을 한다. 고정희는 '어머니' 이미지 속에 모든 현실적 모순과 역사적 수난을 응집하면서 극복의 실천적 행위영역으로 나아가고자 한다. 『저 무덤 위에 푸른 잔디』는 '여성해방'과 대동정신의 대통합을 거쳐 "민족공동체의 회복"을 유도하는 통일염원의 과정을 담고 있다. 고정희의 장시는 1989년에 출간한 『저 무덤 위에 푸른 잔디』(창작과비평사)를 텍스트로 활용할 것이다.

---

7) 고정희, 장시집 『저 무덤 위에 푸른 잔디』'후기', 창작과비평사, 155쪽.

2. 현실적 수난자로서의 '어머니'

고정희의 장시 『저 무덤 위에 푸른 잔디』는 일곱 개의 '마당'로 나뉘어져 있고 마지막 '뒷풀이'까지 합하면 총 8개의 이야기 '거리'로 구성되어 있다. 각 마당은 '첫째거리—축원마당', '둘째거리—본풀이 마당', '셋째거리—해원마당', '네째거리—진혼마당', '다섯째거리—길닦음 마당', '여섯째거리—대동마당', '일곱째거리—통일마당', '뒷풀이—딸들의 노래' 등으로 제시되어 있다. 그리고 각 '마당'에는 「여자 해방염원 반만년」, 「여자가 무엇이며 남자 또한 무엇인고」, 「지리산에 누운 어머니 구월산에 잠든 어머니」, 「넋이여, 망월동에 잠든 넋이여」, 「허물 때가 있으면 세울 때가 있으니」, 「집치레 번듯하니 민주집이 분명하다」, 「분단동이 눈물은 세계 인민의 눈물이라」, 「어허 강산이야 해방강토 어엿하다」 등의 소제목이 붙어있다.

장시는 크게 두 가지 형식으로 분류되고 있다. 그 하나는 완결된 한편의 이야기를 서사화하고 있는 서술적 형식(narrative form)의 장시이고, 그 둘은 일정한 스토리의 설정 없이 공간적으로 정서의 일단을 표출하는 공간적 형식(spatial form)의 장시이다.[8] 전자는 한편의 이야기가 제시되고 있는 만큼 시간적 질서가 중요하게 개입하게 되고, 이야기를 이끌고 갈 주인공이 등장하게 된다. 반면, 후자는 시간의 순차성과는 무관하게 공간의 변화를 주도하면서 이미지를 형상화해가는 특징을 보인다. 이러한 배경 속에서 살펴보면, 고정희의 『저 무덤 위에 푸른 잔디』는 공간적 형식의 장시에 해당한다. 즉, 전체가 하나의 스토리 속에 포섭되고 있는 것이 아니라, 여러 갈래의 이야기 거리가 각각의 공간 속에서 의미화 되고 있다. 작품의 첫머리를 장식하고 있는

8) 오세영, 「장시의 다양성과 가능성」 『현대시학』, 1988, 8월호, 53쪽.

각 '마당'은 곧 공간을 표방하면서 소주제를 담아내는 역할을 한다. 그리고 독립되어 있는 각 '마당'의 소주제들은 상호 연결되면서 시인이 의도하고 있는 큰 골격의 주제의식 속에 포섭된다.

각 마당의 명칭에서 이미 감지되듯이 장시 『저 무덤 위에 푸른 잔디』는 씻김굿의 형식이 시의 구조를 받치고 있다. 굿이라는 무속의 영역은 그 자체로 이미 민중의 삶과 애환을 내포하는 상징성을 지닌다고 할 수 있다. 시인이 의도하는 '큰 씻김굿'은 민중과 호흡하고 그 애환을 치유하고 화해로 이끄는 역할을 하게 된다. 이러한 굿의 세계는 고정희의 초기 시세계에서 보여 지고 있던 기독교적 세계관과는 차별성을 가진다. 하지만 역사적 · 민중적 수난에 대한 비판적 인식과 현실적 모순에 대한 저항적 사유와 새로운 세계비전의 열망 등은 동일한 배경에 놓인다. "고정희 시에서 기독교 담론은 당대의 불운한 역사에 대한 대립과 극복의 의지"[9]를 반영하는 척도가 된다. 씻김굿은 민중의 삶의 저변을 내밀하게 들여다보고 그 아픔과 고통을 나누고 풀어주는 일련의 과정을 담고 있다. 이는 극복과 비전의 통로를 마련하는 의미적 구도이면서 한편으로 장시의 긴 호흡을 열어가기 위한 방법론적 장치로서의 효과를 생성하고 있다.

> 어머니여
> 마음이 어질기가 황하 같고
> 그 마음 넓기가 우주 천체 같고
> 그 기품 높기가 천상천하 같은
> 어머니여

9) 김은정, 「고정희 '굿시', 주술(呪術)의 언어 그 욕망의 이중주— 「환인제」, 「사람 돌아오는 난장판」을 중심으로」, 『용봉인문논총』41권, 2012, 57쪽.

사람의 본이 어디인고 하니
인간세계 본은 어머니의 자궁이요
살고 죽는 뜻은
팔만사천 사바세계
어머니 품어주신 사랑을 나눔이라

그 품이 어떤 품이던가
산 넘어 산이요 강 건너 강인 세월
홍수 같은 피땀도 마다하지 않으시고
조석으로 이어지는 피눈물도 마다하지 않으시고
열 손가락 앞앞이 걸린 자녀
들쭉날쭉 오랑방탕 인지상정 거스르는
오만불손도 마다하지 않으시고
문전옥답 뼈빠지게 일구시느라
밥인지 국인지 절절 끓는 모진 세월도
마다하지 않으시고
거두신 것 가진 것 다 탕진하는
오만방자 거드름도 마다하지 않으시고
밤인가 낮이런가 칠흑 깜깜절벽
인제 가면 언제 오나 원통 세월
인생무상 희생봉사도 마다하지 않으시고
하늘이 높아 알리
땅이 깊어 알리

— '첫째거리—축원마당', 「여자 해방염원 반만년」(6~7)

장시 『저 무덤 위에 푸른 잔디』에는 '어머니' 이미지가 핵심 탐구주제로 제시되고 있다. '어머니'는 시인의 현실인식과 역사인식을 구성해가는 원천이면서 민중에 대한 자각과 대동(大同)정신을 구현해가는 상징 이미지가 되고 있다. 위 인용부분은 첫째거리 '축원마당'의 첫머리에 해당하는 내용이다.

「여자 해방염원 반만년」이라는 소제목이 명기되어 있는 첫째거리는 '어머니여'를 호명하면서 '어머니' 이미지를 이야기의 중심으로 불러낸다. 여기서 '어머니'는 '어질기가', '넓기가', '크기가' '황하 같고', '우주천체 같고' '천상천하 같은' 존재로 표상된다. 그리고 이는 곧 "인간세계 본은 어머니의 자궁이요" "살고 죽는 뜻은/팔만사천 사바세계/어머니 품어주신 사랑"으로 연결된다. 바슐라르는 "모든 내면성의 이미지들의 기원에는 동일한 몽환적 뿌리가 있는데, 그 뿌리는 곧 모성이며, 이들 이미지들은 어머니에게로 회귀를 지향한다"[10]라고 하였다. '어머니'는 대자연적 질서를 포섭하는 생명성의 원천이면서 모든 위기와 죽음을 쓰다듬고 위로하는 숭고한 생명성의 소유자이다.

고정희가 "우리의 삶 구석구석에 스며있는 '어머니의 혼과 정신'을 '해방된 인간성의 본'"으로 삼고자 하는 배경도 여기에 있다. 고정희는 우선 "역사적 수난자요 초월성의 주체인 어머니를 '천지신명의 구체적 현실'로 파악"[11]하면서 '어머니'의 여러 수난의 정황들을 면밀하게 포착하고 조명한다. 천상과 지상을 넘나드는 원대한 크기의 '어머니'를 각인시키는 것도, "산 넘어 산이요 강 건너 강인 세월"을 살아내는 현실적 '어머니'의 모습을 그려내는 것도 그 과정에 놓인다. 대자연적 질서를 포섭하는 '어머니'는 현실적으로는 "홍수 같은 피땀", "조석으로 이어지는 피눈물", "문전옥답 빼빠지게 일구시"는 희생적 주체로 등장한다. '모진 세월', '칠흑 깜깜절벽', '원통 세월' 등은 '어머니'의 지난한 삶의 시간을 상징화한다. 현실적 고통을 수반하는 이러한 희생적 어머니는 가부장적 세계 속에서 발현되는 불평등의 조건과 부조리의 관습을 반영하는 구체적 현실로서의 '어머니'이다.

10) G. 바슐라르, 『불의 정신분석/초의 불꽃 외』 민희식 역, 삼성출판사, 1990, 99쪽.
11) 고정희, 각주7 참조.

①어머니여 어머니여 어머니여
업이야 복덩이야 여식 하나 낳으실 제
댓돌 위에 흰고무신 나란히 벗어 놓고
하늘 한 번 쳐다보며 혼자서 하는 말
이 신발을 살아생전 다시 신을까 말까

— '첫째거리—축원마당', 「여자 해방염원 반만년」(7~8)

②여필종부 삼종지도 삼강오륜 부창부수
가면 가는 대로 오면 오는 대로
묵묵부답 기다림 이골이 난 어머니여

— '첫째거리—축원마당', 「여자 해방염원 반만년」(9)

위 인용부분은 '어머니'의 희생적 현실을 보다 구체적으로 환기시키고 있다. 인용①은 출생과 관련한 모성의 지극한 사랑을 인용②는 가부장적 관습에 억눌려 있는 '어머니'의 모습을 그리고 있다. 산고(産苦)를 숙명으로 받아들이고 있는 어머니의 모습이나 "여필종부 삼종지도 삼강오륜 부창부수" 등 가부장적 관습에 얽매어 있는 아내의 위치는 그 본질이 희생이라는 점에서 동일한 구도이다. 이밖에도 "시하층층 손발 되고/시하층층 시집살이", "혈통 지키는 씨받이 보따리/가문지키는 청지기 보따리/조상 지키는 선영보따리" 등 '어머니'의 희생은 무궁무진하다. 고정희가 '어머니' 이미지를 통해 모든 현실적 · 역사적 수난의 현장을 조명하고 또한 극복의 당위성을 확보하고자 하는 것도 어머니의 희생과 수난이 가장 처절하고 실제적인 위치에 놓여 있기 때문이다. 『저 무덤 위에 푸른 잔디』에 표상되고 있는 '어머니' 이미지는 어느 한 영역에 한정되어 있는 것이 아니라 사람살이의 곳곳마다 그 발자취를 심어두고 있다.

오늘날 한 날 한시 기립한 딸들
바라보면 오지고 돌아보면 장한 딸들
늠름하고 씩씩한 이 모습 저 모습에
맺힌 한 풀으시고 쌓인 설움 씻으소서
이 정성 받으시고
저 정성 품으사
보름달 같은 여성해방 이윽히 받으소서
역력히 와 계셔서 저으기 받으소서

— '첫째거리—축원마당', 「여자 해방염원 반만년」(12~13)

아하 사람아
여자가 무엇이며 남자 또한 무엇인고
바늘 간 데 실 가고
별 뜨는 데 하늘 있듯
남자와 여자가 한 짝으로 똑같이
천지신명 속에 든 사람인지라
높아도 안 되고 낮아도 안 되는
우주천체 평등한 저울추인지라

— '둘째거리—본풀이마당', 「여자가 무엇이며 남자 또한 무엇인고」(14)

아하 사람아
여자 일생이 무엇이며 해방이 무엇인고
후천개벽 목숨줄이 다 제구실에 들어 있는지라
여자 위에 사람 없고 여자 아래 사람 없어
앞앞이 평등세상 이루는 삶인지라
여자 남자 사람으로 평등하게 살자할 제
남누리 북누리 사무치는 어머니여,

— '둘째거리—본풀이마당', 「여자가 무엇이며 남자 또한 무엇인고」(22)

장시 『저 무덤 위에 푸른 잔디』의 '첫째거리—축원마당'에는 '어머니'의 모든 현실적 고통과 수난을 조명하면서 '여성해방'을 강조하고 축원하는 내용을 담고 있다. '오늘날'의 '기럽한 딸들', '장한 딸들', '늠름하고 씩씩한 딸들'의 모습을 바라보면서 "맺힌 한 풀으시고 쌓인 설움 씻"으시고, "치마폭에 담은 한 훨훨 털어버리시고/일평생 받은 고통 단숨에 씻"으시면서 '여성해방'의 충만한 자유 속으로 깃드시기를 축원한다. "1980년대 정치 · 사회 전반에 걸쳐 의식상의 변화와 우리 사회의 여성 역할의 위치에 새로운 인식을 하게 되면서 여성이 처한 현실을 객관적으로 규명하고 새로운 전망을 제기하고 검토하려는 움직임이 모색되었다."[12] "보름달 같은 여성해방 이윽히 받으소서"에는 '여성해방'에 대한 간절한 열망과 함께 '어머니'가 처해 있는 모든 불합리한 조건과 불평등의 상황을 비판하는 목소리가 담겨 있다. 모든 불화와 희생과 수난의 이면에는 평등조건이 무산되고 억압적 구조가 들어섰기 때문이라고 생각한다.

고정희는 그 대표적인 예로 '여자'와 '남자'의 구도를 제시한다. 시인은 "여자가 무엇이며 남자 또한 무엇인고"라는 물음을 던지면서 "남자와 여자가 한 짝으로 똑같이/천지신명 속에 든 사람"임을 일깨운다. 나아가 "높아도 안 되고 낮아도 안 되는/우주천체 평등한 저울추"라는 것을 명시한다. "여자 위에 사람 없고 여자 아래 사람 없어/앞앞이 평등세상 이루는 삶인지라/여자 남자 사람으로 평등하게 살자할 제" 비로소 인간평등의 질서가 생성된다. 따라서 고정희가 펼쳐가고자 하는 '여성해방'은 '평등'과 '평등세상'에 그 핵심을 두고 있다. 여기서 '평등'과 '평등세상'의 지향적 주체인 '어머니'는 '딸들'과 '여자'를 포괄하는 개념이다. 이른바 '어머니'는 '딸'이기도 하고, '여자'이기도 한

12) 박송이, 「시대에 대응하는 전략적 방식으로서의 되받아 쓰기(Writing back)—고정희 『초혼제』(1983) 장시를 중심으로」, 『한국문예비평연구』 제33집, 2010, 227쪽.

존재이다. '어머니'는 딸과 여성으로서의 위치, 어머니로서의 위치를 두루 상징화하고 있다. 따라서 '어머니'는 '여성해방'의 구체적 대상이면서 또한 인간 평등을 위해 적극적으로 개선의지를 발현하고 화해를 주도해가야 할 모든 '딸들'의 대변자이기도 하다.

3. 역사적 수난자로서의 '어머니'

장시 『저 무덤 위에 푸른 잔디』에 나타난 '어머니'는 "부당한 제도적 힘에 의해 억눌려 지내온 사람들의 대표적인 표상"[13]이면서 역사의 흐름 속에서 끊임없이 희생당하는 역사적 수난자로의 존재이기도 하다. 고정희 시인이 역사적 현실을 깊이 통찰하고 이를 작품적 영역으로 수용하고자 하는 것은 "이 어두운 정황을 극복해야 된다"[14], "잘못된 역사의 회개와 치유와 화해에 이르는 큰 씻김굿"[15] 등에서 이미 그 터를 확보해두고 있다. 고정희의 경우, 잘못된 역사를 묻어두거나 망각하는 것이 아니라 그 상처를 오히려 명징하게 직시함으로써 치유와 화해의 길을 모색하는 통로를 마련하고자 한다. 장시 『저 무덤 위에 푸른 잔디』는 "이역만리 공출당한 고려 어머니"에서 보여 지듯이 거슬러 고려의 수난에서부터 남북분단의 비극성과 '광주민중항쟁'까지 긴 역사적 거리를 함축한다. 이러한 긴 역사적 수난의 시간 속에는 죄 없이 억눌리고 억울하게 죽어간 많은 민중들이 있다. '어머니'는 그 스스로 희생자의 자리에 있으면서 이러한 민중들을 대표하는 역할로서의 위치를 드러내기도 한다.

---

13) 박혜경, 「여성해방에서 통일로 이르는 굿판」, 『저 무덤 위에 푸른 잔디』 발문, 창작과비평사, 1989, 148쪽.
14) 고정희, 각주5 참조.
15) 고정희, 각주7 참조.

① 넋이야 넋이로다
이 넋이 뉘신고 하니
이역만리 공출당한 고려 어머니 아니신가
청천강 푸른 물에 피눈물 쏟아 붓고
두 손에 결박이요 말 잔등에 매달린 채
산 설고 물 설은 몽고 땅으로 끌려가던 우리 어머니
원나라
수나라
오나라로 공출당한 우리 어머니 아니신가

— '세째거리—해원마당', 「지리산에 누운 어머니
구월산에 잠든 어머니」(28)

② 자유당 부정에 죽은 우리 어머니
민주당 부패에 죽은 우리 어머니
삼일오 약탈선거 때 죽은 우리 어머니
사일구혁명 때 죽은 우리 어머니
오일륙 쿠데타 때 죽은 우리 어머니
한일협정 반대 데모 때 죽은 우리 어머니
부마사태 때 죽은 우리 어머니
옥바라지 화병에 죽은 우리 어머니 아니신가

넋이야 넋이로다
이 넋이 뉘신고 하니
광주민중항쟁 때 죽은 우리 어머니 아니신가

— '세째거리—해원마당',
「지리산에 누운 어머니 구월산에 잠든 어머니」(30~31)

앞에서 살펴보았던 '어머니' 이미지가 대체로 개인적 수난의 형식을 취하고 있다면, 위 인용부분은 외세와 정치적 부침에 속수무책 희생당하는 역사적 수난자로의 '어머니'의 모습을 담고 있다. ①은 '몽고' '원나라' '수나라' '오나라' 등 외세의 침략에 '끌려가'고, '공출당한' 어머니의 수난사를 형상화하고 있다. "청천강 푸른 물에 피눈물 쏟아붓고" 두 손을 결박당한 채 짐승처럼 끌려가는 '고려 어머니', '우리 어머니'의 처참한 모습이다. ②는 '자유당 부정', '민주당 부패', '삼 일오 약탈선거', '사일구혁명', '오일륙 쿠데타', '한일협정 반대 데모', '부마사태', '광주민중항쟁' 등에서 알 수 있듯이 우리의 현대사의 질곡과 연계되어 있다. 여기서도 '어머니'는 가장 약자의 입장에서 역사의 소용돌이에 짓밟히고 수난당하는 존재로 등장한다. 그리고 "죽은 우리 어머니"로 형상화되면서 극단적인 비극성을 드러내고 있다.

『저 무덤 위에 푸른 잔디』에는 많은 역사적 사건과 그 수난의 현장이 시적 포섭되고 있는 만큼 '죽음인식'이 가장 강렬한 시적 정서로 매개되고 있다. 고정희는 장시집 『초혼제』를 출간하면서, "나는 이번 시집의 원고를 마무리하고서 내심 크게 놀란 것 한 가지가 있었다. 그것은 내 내면이 무의식이든 의식이든 '희망'과 '죽음인식'이라는 대립관계 속에 깊이 침잠해 있다는 것이었다"[16]라고 밝힌 바 있다. 시인의 무의식과 의식 속에 스며들어 있는 '죽음인식'은 역사적 경험공간 속에서 체득하게 되는 암울한 정서적 반응이 될 것이다. 이는 인용부분에 열거되고 있듯이 '죽음'을 떠나서 표현할 수 없는 역사적 수난사를 함유하고 있다. "그녀의 시편들에서 죽음의식은 현실에 대한 부정을 상징한다."[17] "이역만리 공출당한 고려 어머니"에서부터 "광주민중항쟁 때 죽은 우리 어머니"까지의 거리는 고정희의 죽음의식을 가로지르는 부정

16) 고정희, 『초혼제』 '후기', 175쪽.
17) 조혜진, 「고정희, 최승자, 김승희 시에 나타난 여성성의 타자성 연구 – '병'과 '욕설'의 결합으로서 '미친년'의서사를 중심으로」, 『한국문예비평연구』 제53집, 2017, 80쪽.

적인 현실인식의 한 측면이 된다. 그리고 이는 '광주민중항쟁'을 환기시키면서 가장 강렬한 비극성을 드러낸다.

> 이런 세상을 등짝에 지고
> 사람 사는 세상 한번 만들자
> 불꽃 치솟았으니
> 사람들은 그것을 광주사태라 부릅니다
> 사람들은 그것을 광주학살이라 부릅니다
> 사람들은 그것을 광주민중항쟁이라 부릅니다
> 아니 사람들은 그것을
> 광주의 해방구라 부릅니다
> ……………………
> 청명 밤하늘에 별로 가득했다가
> 사무치는 달빛으로 떠오르는 이름 석자
> 그 사연 끌어안고 어머니 웁네다
>
> — '네째거리—진혼마당', 「넋이여, 망월동에 잠든 넋이여」(46~47)

『저 무덤 위에 푸른 잔디』는 1980년대라는 시대적 배경과 그러한 시대가 내포하고 있는 사회정치적 상황들이 매개되어 있다. 따라서 이 시기의 시인의 시의식 속에는 이러한 상황들이 던지는 부정적인 파장들이 큰 진폭으로 자리 잡게 된다. '광주사태', '광주학살', '광주민중항쟁' 등으로 명명되는 사건도 1980년대적 상황 속에서 체득되는 역사적 파장이다. 고정희는 이러한 역사적 사건의 충격과 비극성을 고스란히 흡수하면서 이를 장시 『저 무덤 위에 푸른 잔디』에 응집하고 형상화해내고 있다. 위 인용부분은 『저 무덤 위에 푸른 잔디』의 '넷째거리—진혼마당'에 담겨있는 내용이다. 곧 '광주'의 비극적인 사건이 '죽음'의 정서로 각인되고 있다. "사람 사는 세상 한번 만들자"로부터 시작된 저항의 '불꽃'은 '광범아, 재수야, 영진아……'(51) 등 수없는 이름들을 죽음으로 몰아간다. "어두운 역사의 길고 긴 능선 따라/횃불 행진으로 타오르던 광주"(53)는 죽은 자의 원혼과 살아있는 자의 고통으로 처절하게 물들어 있다.

고정희는 여기서도 그 모든 '죽음'의 원혼들과 살아 있는 자의 고통의 시간을 "잘못된 역사의 고발자요 증언의 기록"[18)]인 '어머니'를 등장시키면서 참담한 심연을 토로한다. 앞서 '셋째거리—해원마당'에서는 '어머니'의 죽음이 직접적으로 그려지고 있었다면, 위의 '네째거리—진혼마당'에서는 죽은 자식을 끌어안고 통곡하는 '어머니'의 모습이 형상화된다. '네째거리—진혼마당'은 큰 제목 「넋이여, 망월동에 잠든 넋이여」에서 이미 광주민중항쟁의 비극적인 발자취가 함축되어 있다. 그 아래, 소제목 ①오월, 어머니가 부르는 노래, ②세월이 우리 아픔 묻어주지 못합니다, ③사람이 사람에게 무릎 꿇는 세상은, ④눈물 없이 부를 수 없는 이름 석자, ⑤우리 아들딸의 혼백 깃들 곳 어딥니까, ⑥저들이 한반도의 정적을 찢었습니다, ⑦휴전선이 없는 보름달, ⑧저 무덤 위에 푸른 잔디 돋아, ⑨한번 가서 오지 않는 우리 애기, ⑩한 이름을 부르면 산천초목이 울고, ⑪벼랑 끝에 서 있는 우리 인생, ⑫이 넋을 받아 칼날을 거두소서, ⑬누가 그날을 모른다 말하리 등이 제시되어 있다. 큰 제목과 소제목은 '광주민중항쟁'의 비극성을 시인의 목소리로 불러내고 비판하는 장치가 되고 있다.

'광주사태', '광주학살', '광주민중항쟁'으로 표상되고 있는 역사적 사건은 고정희로 하여금 장시를 쓰게 하는 직접적인 배경이 되었을 것이다. 이것이 곧 80년대적 현실을 각인시키는 가장 큰 상흔이면서 죽음의 발자취이기 때문

18) 고정희, 각주7 참조.

이다. 고정희는 "왜곡된 역사 속에서 억울하게 죽은 혼과 살아남은 사람들의 고통을 치유하고 화해하려는 의도에서 씻김굿을 패러디"19)하고 있다. 이른바 굿의 형식으로 원혼들을 불러내고, 달래고, 진혼하고, 길닦음 마당으로 안내하면서, 한편으로 살아있는 자의 상처를 치유하고 화해의 길로 이끌고자 한다. 그리고 그 위에 '희망'이라는 또 다른 통로를 제시하고자 한다. '어머니'는 개인적 수난에서부터 외세의 침략과 정치적 소용돌이에 이르기까지 희생자의 위치에 서 있다. 다른 나라로 끌려가기도 하고 목숨을 잃기도 하고, 자식의 죽음을 목도해야하는 극심한 고통을 감내하기도 한다. 하지만 이 속에서 '어머니'는 다시 끈질긴 민중의 생명력으로 대동정신을 발현하고자 한다.

4. '해방'의 동력과 대동정신의 발현

고정희의 장시에 나타난 '어머니'는 숭고한 본을 담고 있는 대자연적 크기의 존재이면서 한편으로 부조리한 관습과 역사적 부침에 끊임없이 종속당하고 희생당하는 수난자로 표상된다. 따라서 자연적 질서와 인간적 삶의 터전을 두루 아우르는 존재로서의 의미를 지닌다. 이러한 두 '어머니'는 분리되어 있는 것이 아니라 하나의 범주 속에 포섭되고 있다. 고정희는 두 구도의 '어머니'를 면밀하게 관찰하고 통합시키면서 현실비판과 역사적 회개, 치유와 화해의 길을 모색하는 척도로 삼고자한다. '어머니'의 큰 위치와 희생적 발자취를 통해 '민족공동체의 회복'과 미래가치를 생성하는 대동정신의 발현을 의도하고자 한다. 고정희는 이러한 과정으로 나아가기 위해 먼저, 불평등과 억

19) 송영순, 「고정희 장시의 창작과정과 특성－「사람 돌아오는 난장판」을 중심으로－」, 『한국문예비평연구』제44집, 2014, 46쪽.

눌림에 처해 있던 대대손손 '어머니'의 희생적 삶과 외세와 정치적 부침에 수난당하는 '어머니'를 돌아보고 그들의 한과 넋을 씻김굿으로 풀어주고 위로하는 장을 만들고 있다. '여성해방'과 '삼라만상의 해방'이 그 중심에 놓여 있다. 그리고 해방된 '어머니'의 품으로 다시 모든 상처를 끌어안고 치유하면서 통일마당으로 나아가는 것이 극적과정으로 제시되어 있다.

①오늘날 어찌하여 해방길이 막혔는고 하니
허욕정치 허세정치 허물정치 '석삼허' 때문이라
— '다섯째거리—길닦음마당', 「허물 때가 있으면 세울 때가 있으니」(78)

②오늘날 어찌하여 평등길이 막혔는고 하니
독식기업 독자기업 독점기업 '석삼독' 때문이라
— '다섯째거리' 동일 (80)

③오늘날 어찌하여 자유길 막혔는고 하니
총살부대 학살부대 교살부대 '석삼살' 때문이라
— '다섯째거리' 동일(82)

④오늘날 어찌하여 민주길 막혔는고 하니
복종생활 순종생활 굴종생활 '석삼종' 때문이라
— '다섯째거리' 동일(84)

다섯 번째의 이야기 거리 '길닦음마당'은 제목 「허물 때가 있으면 세울 때가 있으니」에서도 드러나듯이 수난의 시기에서 이제 새로운 길을 모색해가야 할 시점임을 암시한다. "사랑할 때가 있으면 미워할 때가 있고/싸움이 일어날 때가 있으면 평화를 누릴 때가 있나니"(75)의 배경이 이러한 맥락 속에 놓인다. 위 인용부분은 모든 것을 허물어지게 만들었던 부정적이고 모순적인 상황들을 다시 한 번 짚어가는 과정이다. 이러한 과정은 <매기는소리>와 <받는 소리>의 형식으로 구성되어 있어서 내용을 보다 선명하게 전달하는 효과를 던져준다. 먼저 오늘날 '해방길'이 막히게 된 이유를 선소리꾼은 "허욕정치 허세정치 허물정치 '석삼허' 때문"(①)이라고 털어놓는다. 이어 '평등길'이 막힌 이유는 "독식기업 독자기업 독점기업 '석삼독' 때문"(②), '자유길'이 막힌 이유는 "총살부대 학살부대 교살부대 '석삼살' 때문"(③), '민주길'이 막힌 이유는 "복종생활 순종생활 굴종생활 '석삼종' 때문"(④)이라고 정리한다. 이에 스스로 해답을 내는 형식으로 "바른 정치 길을 닦세", "나라 살림 길을 닦세", "자유 민주 길을 닦세", "사람세상 길을 닦세"(86~89)로 마무리하고 있다. 이러한 비판과 회개의 과정을 거쳐 '여섯째거리—대동마당'과 '일곱째거리—통일마당', '뒷풀이—딸들의 노래'까지 이어진다.

> 아하 사람아
> 해방의 집이 있어 해방과 함께 사니
> 천지간 조화가 다 사람의 기운이요
> 삼라만상 우거짐이 다 사람의 길이라
> 원 풀고 길 닦아서
> 민주집이 번듯하니
> 석달 열흘 농네잔치 누군들 마다할소냐
> 이와 같이 좋은 날에 아니 놀고 무엇하리
> 왼갖 시름 벗어놓고
> 나라 잔치 벌여보세
> (어, 쳐라 어머니 강물 나가신다)
>
> — '여섯째거리—대동마당',
> 「집치레 번듯하니 민주집이 분명하다」(107~108)

고정희의 '해방'은 '여성해방'으로부터 시작하여, "사람의 집이 있어 사람이 주인이라"(94), "삼천리 남녘땅 민주에 본을 두고"(96), "해방의 집이 있어 해방과 함께 사니"의 단계로 이어진다. 이는 또한 "천지간 조화가 다 사람의 기운이요/삼라만상 우거짐이 다 사람의 길이라"는 존재질서의 과정으로 집약된다. 이는 곧 '해방의 집'이 주어져야 '천지간 조화'와 '사람의 길'이 열리고, '사람의 길'이 열려야 "민주집이 번듯"하게 터를 놓는다는 내용이다. 여기에서 고정희의 '해방'의 의미적 구도와 지향적 가치관을 파악할 수 있다. '해방길', '평등길', '자유길', '민주길'이 열려야 비로소 진정한 의미에서의 '해방'과 '대동마당'으로 나아갈 수 있는 터전이 마련된다는 것이다.

『저 무덤 위에 푸른 잔디』에서 '해방'을 이끌어가는 주체는 '어머니'이다. 그리고 이러한 '어머니'는 현실적 · 역사적 희생자인 민중의 대표자로서의 위치에 서 있다. 따라서 '해방'의 동력은 민중과 그 민중이 발현하는 공동체적 힘의 원천에서 비롯된다고 할 수 있다. 민중은 현실적 고통과 역사적 수난, 그로 인한 수많은 억울한 죽음과 원혼의 떠돎을 내장하고 있다. 따라서 '어머니'로 표상되고 집약되는 민중들은 현실적 · 역사적 수난의 주체인 동시에 치유와 화해를 이끄는 극복의 주체가 되고 있다. 고정희 장시의 특징은 고난의 순간에도 끊임없이 '극복'과 '비전'의 정신을 생성하고자 하는 데 있다. 그리고 이는 '눌림 받는 자의 편'에 서서 '여성'을 해방시키고 '어머니'를 본래적 자리로 환원시키는 과정으로부터 시작된다. 이것이 곧 수많은 '어머니'의 죽음을 열거하면서도 종국에는 '어머니'의 사랑으로 '희망'과 극복의 미래를 찾아가고자 하는 과제의 한 영역이 된다. '여섯째거리—대동마당'의 마지막 부분 "어, 쳐라 어머니 강물 나가신다"에서 이러한 시인의 열망과 민중적 생명력의 분출이 활달하게 펼쳐진다.

그리하여 가족통일 사람통일 그득할 제
넋통일 밥통일 역사통일 그득할 제
정을 터 반갑지 않은 사람 어디 있으며
손잡아 소중하지 않은 인생 어디 있으리까
....
천지 동쪽에서 발원한 두만강이 내려와
한강과 몸을 섞고
천지 서쪽에서 발원한 압록강이 내려와
북한강과 몸을 섞고
한겨레 강물
어머니 강물
서로 얼싸안고 통일주체 이루어
한반도에 열린 산천 굽이굽이 흘러갑니다

— '일곱째거리—통일마당',
「분단동이 눈물은 세계 인민의 눈물이라」(133~134)

'해방'과 대동정신의 발현은 '일곱째거리—통일마당'으로 접어들면서 분단 현실에 대한 자각과 '통일' 염원으로 이어진다. '가족통일', '사람통일', '넋통일', '밥통일', '역사통일' 등으로 표상되는 '통일' 염원은 '두만강'과 '한강'이 몸을 섞고, "압록강이 내려와/북한강과 몸을 섞"는 통합의 세계로 나아간다. 그리고 "한겨레 강물/어머니 강물/서로 얼싸안고 통일주체 이루어/한반도에 열린 산천 굽이굽이 흘러갑니다"로 극적 마무리된다. 고정희의 역사인식은 거슬러 고려 어머니의 수난에서부터 '광주민중항쟁'에 이르기까지 긴 시간적 거리를 열어두고 비판과 극복의 과정을 그리고 있다. '광주민중항쟁'은 시인이 직접 체험한 당대적 사건으로 죽음의식을 불러들이는 어두운 시대의 발자취가 된다. 시인은 이러한 아픔을 딛고 더 큰 영역으로 민족적 사명감을 이끌고자 한다. '두만강'과 '한강', '압록강'과 '북한강'이 '몸을 섞고' '통일주체'를 이루어가는 것이 그 핵심에 놓인다. 이른바 '한겨레'와 '한반도'의 민족적 자각 위에서 통합된 정체성과 민족 공동체의식을 확보하고 일깨우는 큰 흐름을 결집하고 있다.

요컨대, 고정희 시인은 이러한 역사적 수난을 지나오면서도 그 상처에 함몰되지 말고 회개와 치유와 화해의 세계로 나아가야한다는 데 그 의의를 두고 있다. 억눌린 자의 '해방'과 대동정신의 발현, 종국에 분단조국의 통일을 염원하면서 민족 대통합의 세계로 나아가고자 하는 것이다. 『저 무덤 위에 푸른 잔디』는 '큰 씻김굿'을 '회개와 화해'의 영역으로 수용하면서 형식적 틀과 의미적 전개방식으로 활용하고 있다. 이는 전통적 가락을 현대적 감각으로 풀어내면서 장시의 긴 호흡을 효과적으로 이어갈 수 있는 새로운 방법론을 확보하는 한 계기가 된다. 그 내용에 있어서는 죽은 자와 산 자의 영혼과 고통을 '어머니'의 이름으로 불러내어 축원하고, 위로하고 극복의 길로 이끄는 무게를 두고 있다. '어머니'는 곧 본래적 권리를 침해당하고 끊임없이 희생을 감내할 수밖에 없는 민중의 한 사람으로서의 위치에 서 있다. 따라서 그 한 개인이 아니라 현실적 모순을 일깨우고 비판하는 구체적 대상이면서, 한편으로 치유와 승화의 길을 모색하는 민중적 주체와 맞닿아있다.

고정희가 '어머니' 이미지를 통해 지난 역사와 당대 현실을 비판적으로 사유하고, 극복토대를 마련하고자 하는 것은 그만의 개성적 발현이 될 것이다. 이는 "새로운 인간성의 모델"[20]로서의 '어머니'의 위치를 구축하고 탐구해가는 일련의 과정이 된다. '어머니' 이미지 속에 포섭되어 있는 민중의식과 대동정신은 80년대적 현실인식의 한 측면이면서 시인이 풀어가고자 하는 현실극복과 통일염원의 가장 절실한 가치구현의 배경이 된다. 고정희는 비

20) 고정희, 각주7 참조.

극적인 역사와 현실에 갇히는 것이 아니라, '풀리고', '나가고', '일어서'는 '해방길'의 실천을 중심에 두고 있다. 장시 『저 무덤 위에 푸른 잔디』의 마지막 마당 「뒷풀이—딸들의 노래」에서 "여자 해방염원 반만년 우거진 땅(매기는 소리)"(145), "가~앙~강~수~월~래(받는 소리)"(146)의 세계로 이끌고 있는 것도 '어머니' 이미지를 통해 대통합의 세계를 구축해가고자 하는 것이다.

| 제Ⅳ부 |

장시의 시문학적 위상

한국 근현대 장시는 현대사의 격동과 그 대응으로서의 삶의 방식들을 함축하고 있다. 장시사의 변전이 보다 폭넓은 범주에서의 목소리를 동반하게 되는 이유가 여기에 있다. 한국 장시는 가능성의 탐색, 태동과 성립, 정착과 확장의 단계를 거치면서 오늘날까지 창작의 끈을 이어오고 있다. 여기에는 역사적 수난과 현실적 시련을 문학적으로 대응하고 극복해가려는 치열한 시정신이 응집되어 있다. 불확실한 시대의 혼란과 부조리, 상실과 불안, 결핍과 허무, 그 반동으로서의 비판과 저항의 몸짓들이 혼재해 있다. 따라서 장시는 단순히 한 시인과 그의 작품세계를 들여다보는 것이 아니라 시대적 정황과 당대 삶의 발자취들을 환기시킬 수 있는 통로가 되고 있다. 시인의 열망은 곧 시대적 열망이면서 당대 민중들의 집단적 열망이 된다. 장시는 시인 개인적으로는 새로운 작품세계를 확보하는 실험적 탐구영역이면서, 시대적 맥락에서는 역사와 현실을 읽는 한 척도로서의 메시지를 담고 있다. 장시의 시문학적 위상은 이러한 시적 · 시대적 열망과 탐구정신에서 그 실천적 의의를 결집하게 된다.

한국 장시는 1920년대의 가능성의 탐색과 태동, 성립과정 등을 거쳐 정착의 단계로 접어들게 된다. 이를 기반으로 1930년대 장시는 보다 다양한 개성을 발휘하면서 그 지형을 확장해간다. 유엽과 김동환은 '서사시' 형식으로 한국 장시의 출발과 성립을 이끌어낸다. 이후 김억, 임화, 오장환 등으로 이어지면서 서사시의 환경이 조성되고 있다. 또한 장편 서사시와 단편 서사시라는 한국 장시의 역사적 개념이 주어지기도 한다. "1930년대 식민지 상황에 대한 시적 응전력은 1920년대 서사시가 30년대에 이르러 확산 · 심화"[1]됨으로써 가능해진다. 김기림은 한국 시단에서 처음으로 장시론을 펼치면서 자신의 시론을 바탕으로 장시 『기상도』를 창작하게 된다. 김기림의 『기상도』는 1930년대 장시의 지형에 새로운 파장을 일으키면서 또 다른 가능성을 제시한다. 1920년대 장시와 1930년대 장시는 상호 반성적 · 발전적 영향을 미치면서 근대장시의 초석을 마련한다. 근대장시는 첫 도입과 성립, 확장의 단계에 놓여있는 만큼, 시인의 문학적 탐구의식과 함께 이에 대한 관심의 척도도 어느 때보다 강렬하게 나타난다.

근대장시의 창작기반은 1940년대로 접어들면서 현대장시의 단계로 전환된다. 1940년대라고 했지만 엄밀히 40년대 후반 즉, 해방 이후를 말한다. 한국 장시는 1930년대까지 활발하게 창작의 지형을 확장해오다가 1940년대 초반으로 접어들면서 침잠의 시기를 맞게 된다. 일제 말기, 감시와 검열이 보다 강화되고 치밀해지면서 문학적 환경이 경직의 상태로 빠져들고 있었기 때문이다. 따라서 문학의 암흑기라고 할 만큼 깊은 침묵 속에 침잠하게 된다. 해방이 되자 비로소 새로운 활로를 찾기 위해 여러 측면의 방향성을 모색하기 시작한다. 하지만 해방의 기쁨과 함께 몰아닥친 또 다른 측면에서의 혼란과 대립이 첨예하게 스며들게 된다. 따라서 기존체제에 대한 비판과 저항, 이념적 갈등, 개혁의지 등이 장시창작의 주제 속으로 떠오르고 있다. 1950년대로 접어들면서 한국 장시는 또 한 번 큰 역사적 질곡을 경험하게 된다. "6 ·

1) 민병욱, 『한국 서사시와 서사시인 연구』, 태학사. 1998, 186쪽.

25동란은 한국문단에 커다란 소용돌이를 몰고"[2] 오고, 장시창작의 저변에도 죽음과 폐허, 부재와 상실의식이 깊이 침투하고 있다. 전쟁비판과 상실한 정체성 회복, 정신적 · 신체적 상흔에 대한 극복의지가 시적과제로 매개되는 것도 여기에 있다.

현대장시로의 전환 시기인 해방기와 전쟁기의 장시는 혼란과 비극성을 작품적 영역으로 수용하면서 40~50년대 장시의 특징을 구성하고 있다. 이 시기의 장시들은 현대적 요소를 현저하게 가미하면서 전 시대와는 또 다른 각도로 시대와 현실을 형상화하고 있다. 1960년대와 1970년대는 4 · 19혁명과 급격한 산업화의 물결 등 정치사회적으로 많은 사건과 굴곡이 주어지던 시기이다. "60년대 문학을 이야기하는 데 있어서는 우선 4 · 19의거로 불어닥친 자유와 민주의 물결이 끼친 영향을 빼놓을 수 없다."[3] 4 · 19혁명은 그만큼 큰 파장으로 우리의 문학과 현실에 충격과 변화를 안겨주고 있다. 이러한 배경을 등에 지고 6,70년대 장시는 남북분단의 현실을 자각하면서 상흔을 치유하고 극복하고자 하는 심연을 내면화하기도 한다. 또한 현실적 문제인식과 민중적 자각을 드러내는 참여적 성향의 장시들이 두드러지게 포착되기도 한다. 장시창작의 배경이 시대적 상황과의 긴밀한 연계성 속에서 생성되고 있듯이 6,70년대 장시 또한 이 시기의 사회 현실적 상황과의 영향관계 속에서 창작되고 발표된다.

1980년대 장시는 6,70년대 장시의 연장선상에서 의미의 확장과 심화의 과정을 보여준다. "1980년대는 현실주의 경향(민중시)뿐만 아니라 서정주의 경향(서정시)이나 해체주의 경향(실험시)의 시 역시 다양하게 발표"[4]되고 있

2) 신동한, 「해방 40년 문학의 발자취와 전망」, 『한국비평문학대계』, 동양서적, 1994, 263쪽.
3) 신동한, 위의 글, 266쪽.
4) 박현수, 「민중 혁명의 시기(1979~1991)」, 『한국현대시사』 오세영 외 지음, 민음사, 2007, 478쪽.

다. 80년대 장시는 시적 경향의 다양성 뿐 아니라 소재의 측면에 있어서도 각각의 가치관을 드러내는 개성적 장치들이 포섭되고 있다. 중요한 것은, 방법론적 개성과 의미구도의 전개는 달리 나타나고 있지만 결국 민중적 삶의 가치와 현실구현의 열망을 창작의 의도 속에 심어두고 있다는 것이다. 이른바 시대상황을 장시창작의 원동력으로 수용하면서 문학적 대응과 미래가치를 찾아가는 발판으로 삼고자 한다. 장시의 선택은 단시(서정시)의 한계를 구조적으로 극복하면서 당대 현실과 문학적 흐름을 내밀하게 포착하고 구체화하고자 하는 의도에서 비롯된다. 장시는 사회 역사적 사건과 모순적 현실의 부조화 등 당대 삶의 가치를 구성하는 집단적이고 공동체적인 문제의식을 포괄적으로 사건화하고 형상화하려는 의도를 두고 있다. 흔히 역사와 사회적 모순이 극대화되는 시기에 장시가 많이 창작되고 있는 것도 이와 맥락을 같이 한다.

일반적으로 우리는 시를 말할 때 '단시'라는 명칭을 쓰지 않고 그냥 '시'라고 말한다. 이는 단시가 바로 서정시 즉, '시' 그 자체로 통용되고 있음을 말해준다. 반면에 장시는 시인 스스로 '장시'라는 양식적 표기를 하거나 논의 과정에서 그 명칭이 주어지기도 한다. 이러한 시적배경은 장시가 갖는 형식적 · 의미적 측면에서의 차별성이 될 것이다. 시의 길이가 길어지는 경향은 현대로 접어들면서 일반 서정시의 경우에도 특징적으로 나타나고 있다. 이는 현대적 삶의 저변이 복잡해지면서 이에 따른 이야기적 요소가 다양해지고 시에 담아내고자 하는 내용이 많아지고 있다는 뜻이 될 것이다. 따라서 시인들의 정서 또한 단일한 구도에 머물 수 없는 여러 측면의 굴곡을 경험하게 된다. 이는 현대시가 길어질 수밖에 없는 하나의 근거로서의 배경이 될 것이다. 하지만 앞서 서론에서 상당부분 설명을 곁들이고 있지만, 일반 단시(서정시)와는 달리 장시는 단지 길이로만 규정할 수 없는 그만의 특성을 지니고 있다. 이는 곧 서정시의 길이가 길어진다고 해서 장시의 몫을 대신할 수 없는 것과 맥락을 같이 한다. 이러한 측면들이 장시의 선택과 시적의도, 그리고 이를 통해 얻고자 하는 시적효과에 대한 경계를 분명하게 제시해준다.

최근에 와서 장시문학은 상당부분 그 관심의 척도가 낮아지고 있는 것 같다. 더 내밀하게 들여다보면 오히려 소외되거나 방치되고 있다는 생각이 들기도 한다. 새로운 시 양식을 수용하고 태동시키던 2,30년대, 4,50년대 해방기와 전쟁기, 6,70년대 혁명과 민주화의 시기, 민중적 관심을 이끌던 80년대의 활달한 창작시기도 지나갔다. 이와 함께 다양한 쟁점과 논의의 자리도 침잠하고 있는 것 같다. 따라서 우리의 문학적 현실에서 장시는 그다지 중요하게 다가오지 않는 것처럼 보여 지기도 한다. 이른바 장시문학에 대한 관심이나 작품성에 대한 가치부여, 논의의 필요성 등을 크게 자각하지 못하게 된 것이다. 생각해보면, 한 시인의 시세계에서 장시의 영역은 대단히 중요한 의미를 가진다. 장시창작은 특정 시기의 시인의 시의식의 흐름과 시적의도를 짐작해 볼 수 있는 단초가 되기 때문이다. 장시는 특별한 창작배경과 창작의지가 수반되고 있는 만큼, 보다 치열한 시적고뇌와 시정신이 담보되어 있다. 따라서 개인적 창작영역은 물론 장시사적인 측면에 있어서도 특정 시기의 상징성을 부여한다고 할 수 있다.

한국 장시는 3 · 1운동의 좌절과 식민지 억압 속에서 실험적 탐구와 문학적 출발을 시도하고 있다. 민족적 위기와 정체성 상실의 시대, 해방기와 전쟁기의 사회적 혼란과 폐허의식, 혁명과 산업화의 물결, 민중적 가치구현과 변혁의 열망 등 긴 역사적 발자취를 담고 있다. 장시는 인간의 삶과 그 가치탐구의 열망과 직접적으로 연결되면서 보편적 · 집단적 담론을 이끌고 있다. 시대와 현실, 현실과 자아를 독립적 · 연속적 차원에서 탐구하고 새로운 세계구현의 비전을 제시한다. 따라서 한 시기의 장시는 그 시대만의 상징성과 그 시대만의 문학적 현실을 가장 절실하게 구현해낸다고 할 수 있다. 장시의 시문학적 위상은 시대상황을 포괄적으로 수용하면서도 이를 작품적으로 훌륭하게 승화시킨 성과에 있을 것이다. 한국 근현대 장시는 현대사의 격동과 시인의 열정이 어우러져서 이루어낸 문학적 산물이다. 한국 장시가 걸어온 긴 역사적 발자취는 그동안 축적해온 성과물들과 함께 우리의 시문학적 토대 위에 견고하게 그 위상을 구축해갈 수 있을 것이라 생각된다.

| 제V부 |

결론

한국 장시는 우리의 국문학사적 전통에서부터 그 뿌리를 이어오면서 시문학적 위상을 정립하고 있다. 근대 장시와 현대 장시는 이러한 긴 역사성과 발걸음을 함께 하면서 그만의 개성적인 지형을 확보하고 또한 확장해오고 있다. 근대장시는 한국 장시의 태동과 성립, 확장으로 이어지는 단계를 함축하고 있다는 점에서 장시사적으로도 중요한 위치에 놓인다. 근대장시의 출발과 성립, 확장단계인 1920년대와 1930년대는 시대적으로 대단히 암울한 시기이다. 3 · 1운동의 좌절과 함께 민족적 정체성을 훼손하는 식민지 억압정책이 본격화되고 있기 때문이다. 유엽의 『소녀의 죽음』(1924)과 김동환의 『국경의 밤』(1925), 그리고 1930년대 김기림의 『기상도』(1936)등의 장시가 창작되던 시기가 여기에 닿아있다. 이 세 작품을 염두에 두고 보면, 1920년대 유엽의 『소녀의 죽음』과 김동환의 『국경의 밤』은 근대 서사시의 개념에서 출발하고 있고, 1930년대 김기림의 『기상도』는 '장시'의 양식으로 발표되고 있다는 것이 차이점이라면 차이점이 될 것이다.

유엽의 『소녀의 죽음』은 근대 서사시의 태동과 그 가능성을 열고 있다는 점에서 중요한 단계적 역할을 한다. 김동환의 『국경의 밤』은 유엽의 『소녀의 죽음』보다 일 년 뒤에 발표되고 있다. 『국경의 밤』은 발표 당시 '장편서사시'라는 명칭이 주어지고 있는 만큼 『소녀의 죽음』에 비해 그 길이에 있어서 상당한 차이를 보이고 있다. 또한 서사시로서의 체계와 작품적 완성도에 있어서도 일정 성과를 보이면서 '근대 최초의 서사시'라는 평가를 확보하기도 한다. 하지만 여기서 상기해야할 것은, 지금까지 살펴보았듯이 근대 서사시는 『소녀의 죽음』으로부터 첫발을 내딛고 있다는 사실이다. 따라서 장시사적으로 볼 때, 한국 근대 장시의 '효시'는 유엽으로부터 시작되고 '최초'의 의의도 여기서부터 출발해야할 것이다. 김동환의 『국경의 밤』은 유엽의 『소녀의 죽음』의 한계를 반성적 · 발전적 측면에서 보완하고 성장시키면서 한국 장시의 기반을 확보하고 성립을 이끌고 있다. 유엽과 김동환의 장시는 '서사시'의 측면에서 일정 한계를 지닌다는 평가를 받고 있지만, 한국장시의 출발과 성립을 주도함으로써 근대 장시의 위치를 각인시키는 선구적인 역할을 하고 있다.

1930년대 김기림의 장시 『기상도』는 그의 모더니즘 시론의 기반 위에서 창작되고 있다는 점에서 특별한 배경을 함유한다. 김기림은 한국문단에서 처음으로 장시에 대한 논의를 펼치면서 한국 장시의 또 다른 가능성의 배경을 열어둔다. 『기상도』의 문명비판은 그의 모더니즘 이론의 실천이면서 세계의 정세를 파악하고 미래비전의 방향성을 찾아가는 반성적 토대가 된다. '태풍'의 발현, 문명의 붕괴, 다시 희망의 제시 등으로 이어지는 전개과정 등이 여기에 닿아있다. 김기림의 시작은 시대와 현실적 문제와는 일정 거리를 두고 작품적 제작에 임하고 있다. 그럼에도 민족적 애환과 암울한 식민지의 상황에서 문학적 현실이 완벽하게 자유로울 수 없는 것 또한 사실이다. 『기상도』에 펼쳐지고 있는 세계의 정세나 현대문명의 근저는 일제 식민지의 현실과 내적인 연계성을 가진다고 할 수 있다. 문명의 붕괴 이후, 새로운 희망을 제시하고 '내일'을 발견하고자하는 것도 암울한 시대를 극복하고자하는 열망의 표현에 다름 아니다.

1940년대와 1950년대 장시는 근대장시에서 현대장시로의 전환을 보여주는 시기이다. 4,50년대 장시는 해방기와 전쟁기의 장시로 그 성격이 뚜렷하게 구분되어진다. 김상훈의 『가족』(1948)은 해방기에 창작/발표된 장시이다. 이 작품은 지주 황참봉과 소작인 돌쇠 일가의 이야기를 중심에 두고 사건이 펼쳐지고 있다. 시간적 배경은 해방 전과 해방 후로 나눠져서 사건이 전개되고 있다. 해방 전의 사건은 대를 이어 소작논을 부치면서 살아가는 돌쇠 일가의 비참한 생활상과 지주와의 갈등을 조명한다. 해방 후는 부정적인 제도와 불평등의 현실에 대항하며 개혁의지를 불태우는 돌쇠 '가족'의 모습이 극적 장면으로 등장한다. 김종문의 『불안한 토요일』(1953)은 한국전쟁의 참담한 상황을 불안의식으로 풀어내면서 전쟁비판과 분단비극의 현실을 환기시키고 있다. 폐허, 인간상실, 소외의식, 허무와 부재의식 등을 경험공간으로 흡수하면서 실존적 불안을 표상하고 있다. 김용호의 『남해찬가』(1957)는 역사 속의 영웅적 주체인 이순신을 장시의 서사적 주체로 등장시키면서 그 인물이 펼치는 처절하고도 숭고한 민족애와 구국정신을 대장정의 스케일 속에 표출한다. 역사 속의 인물인 이순신의 정신을 50년대적 비극성을 극복하는 오늘날의 거울로 상징화하고자 한다. 김상훈의 『가족』(1948)과 김종문의 『불안한 토요일』(1953), 김용호의 『남해찬가』(1957) 등의 장시는 해방기와 전쟁기를 시적배경에 두고 이 시기의 특징을 개성적으로 작품화하고 있다.

1960년대와 1970년대는 농업중심사회에서 산업사회로 전환되는 시기이다. 따라서 사회전반적인 분위기도 전 시대와는 확연히 차이가 난다. 자본주의적 특성이 보다 첨예하게 침투하면서 여러 부조리한 문제의식이 대두되기도 한다. 전봉건의 『춘향연가』(1967)와 신동엽의 『금강』(1967), 김구용의 『구곡』(1978) 등은 이 시기에 창작된 장시로 6,70년대의 사회역사적 상황을 시적배경에 두고 시적 상상력의 저변을 확장하고 있다. 세 시인의 장시는 모더니즘과 현실주의, 초현실주의 등 각각의 기법을 특징적으로 수용하고 있다. 전봉건의 『춘향연가』는 고전 『춘향전』을 모티브로 해서 한국전쟁의 상처를 내면화하고 있다. 이른바 '옥'에 갇힌 춘향의 '피'의 고문과 자유의 박탈을 6 · 25체험의 '피'와 연결시키면서 오늘날의 비판적 잣대로 수용하고자 한다. 신동엽의 『금강』은 동학농민혁명을 서사의 중심으로 수용하면서 혁명을 이끌던 전봉준의 욕망을 60년대 담론과의 연계성 속에 두고자 한다. 『금강』은 동학농민혁명이라는 '큰 역사'를 상기시키면서 현실적 부조리에 대한 비판과 현실변혁의 욕망을 실천하고자 한다. 김구용의 『구곡』은 반시(反詩)와 반전통의 터전 위에서 초현실주의적 기법으로 현실비판과 자아실현의 열망을 표출한다. 김구용의 장시는 현실을 벗어난 듯한 난해한 기법을 쓰고 있지만 그 안에 시대를 직시하고 비판하는 시선과 자아 정체성을 찾아가는 긴 여정이 담겨 있다.

1980년대 장시는 양적인 측면에서의 괄목할 만한 성과와 함께 다양한 소재의 수용과 개성적 방법론의 활용이 두드러지게 나타난다. 따라서 외부적 관심이나 호응, 가치부여에 대한 열망도 어느 때보다 강렬하던 시기이기도 하다. 신경림의 『남한강』(1987)과 송수권의 『새야새야파랑새야』(1987), 고정희의 『저 무덤 위에 푸른 잔디』(1989)는 1980년대의 현실인식과 탐구의식이 어우러져 작품적 성과로 나타난 결과물들이다. 신경림은 70년대 후반 장시 「새재」(1978)를 발표하고 1981년 「남한강」을, 1985년 「쇠무지벌」을 발표한다. 세 편의 장시는 장시집 『남한강』(창작과비평사, 1987)에 하나로 묶여져서 출간된다. 「남한강」은 일제강점기 '남한강' 부근에 흩어져 살고 있는 민중들의 모습을 '노래'와 '얘기'에 실어서 형상화하고 있다. 민중의 역동적 삶의 방식과 역사적 수난에 대응하고 저항하는 공동체적 힘의 원천을 민중의 목소리로 그려내고 있다. 송수권의 『새야새야파랑새야』는 '동학서사시집'이라는 부제를 달고 출간된 상당한 길이의 서사장시이다. 역사적 사건인 동학농민혁명을 서사의 중심에 두고 혁명정신과 미래지향적 가치관을 일깨우는 원동력으로 삼고자 한다. 고정희의 『저 무덤 위에 푸른 잔디』는 민중적 호흡이 담긴 굿을 적극적으로 시에 수용하면서 장시의 형식적 개성을 열어두고 있다. 특히, '어머니' 이미지를 부각시키면서 가부장적인 관습과 불평등의 현실을 비판하고 극복해가는 '모델'로 수용하고 있다. '어머니'는 모든 억압과 역사적 수난의 대표적 표상이면서 한편으로, 치유와 화해를 이끄는 대동정신의 주체로서의 민중적 동력을 동시에 안고 있다.

근대장시에서 현대장시로의 전환과 연속 즉, 1920년대로부터 1980년대까지 우리 문단에 발표되고 있는 장시는 한국 장시의 역사성은 물론 각 시기의 특징적 변화를 함축하고 있다는 점에서 큰 의미가 놓인다. 1920~1930년대, 1940~1950년대, 1960~1970년대, 1980년대까지의 네 단계의 장시의 흐름과 발전과정 등이 여기에 포섭된다. 이러한 네 단계는 일제 강점기, 해방과 한국전쟁, 4 · 19와 산업화의 시기, 민중항쟁과 현실변혁의 열망 등 우리의 역사적 격동과 그 맥락을 같이 한다. 여기에는 시인들의 실험적 창작배경과 더불어 시대적 배경과의 상호조건이 직간접적으로 연결되어 있다. 시인들은 다양한 소재와 방법론적 활용을 통해 시대적 요구를 적극적으로 수용하고 포괄적인 범주에서의 세계인식과 인간적 가치를 찾아가고자 한다. 장시는 역사적 격변기나 혼란기에 주로 쓰여 지고 있으므로, 각 시기별 장시들은 그러한 시대상황을 형상화하고 극복하기 위해 선택된 시 양식이 된다. 장시사의 변전은 이러한 시적 · 시대적 배경 속에서 생성되고, 장시의 시문학적 위상 또한 이러한 특징적인 조건 위에서 정립되고 있다. 따라서 한국장시는 그 양적인 면에서는 단시에 비해 상대적으로 소략하지만 연구 가치를 일깨우는 작품적 성과와 진폭은 상당한 수준에 닿아있다고 할 수 있다.

참고문헌

1. 기본자료

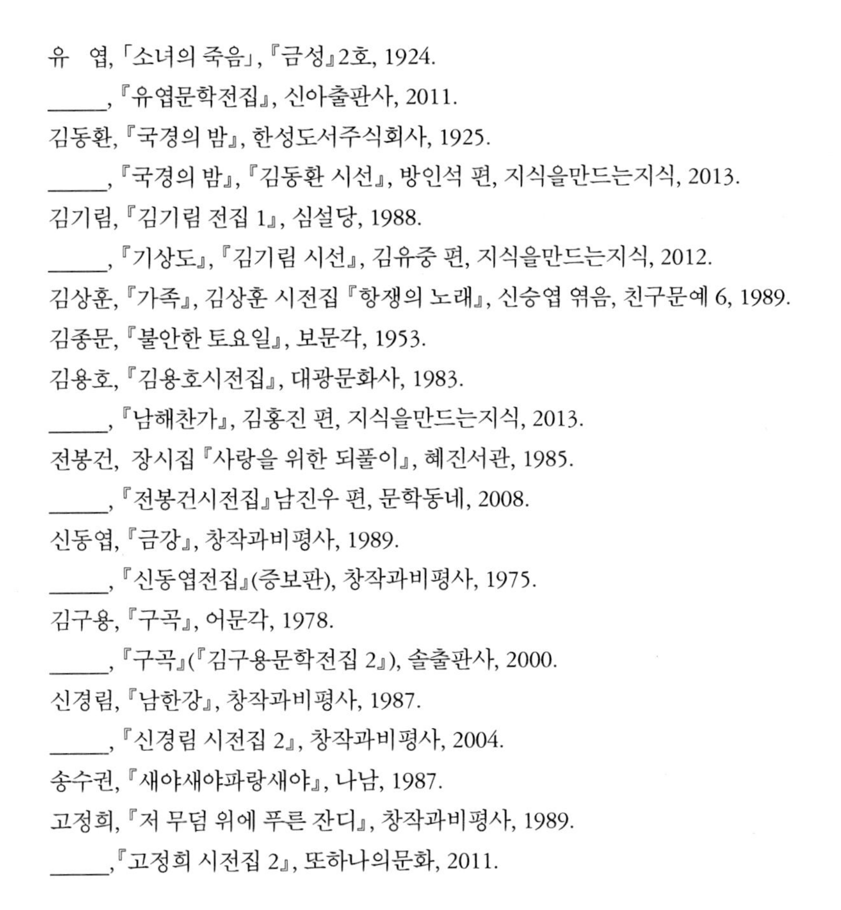

유 엽, 「소녀의 죽음」, 『금성』2호, 1924.

_____, 『유엽문학전집』, 신아출판사, 2011.

김동환, 『국경의 밤』, 한성도서주식회사, 1925.

_____, 『국경의 밤』, 『김동환 시선』, 방인석 편, 지식을만드는지식, 2013.

김기림, 『김기림 전집 1』, 심설당, 1988.

_____, 『기상도』, 『김기림 시선』, 김유중 편, 지식을만드는지식, 2012.

김상훈, 『가족』, 김상훈 시전집 『항쟁의 노래』, 신승엽 엮음, 친구문예 6, 1989.

김종문, 『불안한 토요일』, 보문각, 1953.

김용호, 『김용호시전집』, 대광문화사, 1983.

_____, 『남해찬가』, 김홍진 편, 지식을만드는지식, 2013.

전봉건, 장시집 『사랑을 위한 되풀이』, 혜진서관, 1985.

_____, 『전봉건시전집』남진우 편, 문학동네, 2008.

신동엽, 『금강』, 창작과비평사, 1989.

_____, 『신동엽전집』(증보판), 창작과비평사, 1975.

김구용, 『구곡』, 어문각, 1978.

_____, 『구곡』(『김구용문학전집 2』), 솔출판사, 2000.

신경림, 『남한강』, 창작과비평사, 1987.

_____, 『신경림 시전집 2』, 창작과비평사, 2004.

송수권, 『새야새야파랑새야』, 나남, 1987.

고정희, 『저 무덤 위에 푸른 잔디』, 창작과비평사, 1989.

_____,『고정희 시전집 2』, 또하나의문화, 2011.

2. 단행본

고형진, 『한국 현대시의 서사지향성 연구』, 시와시학사, 1995.
김구용, 『인연』,(『김구용문학전집 6권』), 『솔』, 2000.
김기림, 『시론』, 백양당, 1948년.
김시태, 『현대시와 전통』, 성문각, 1989.
김용직, 『한국근대시시』제1부, 새문사, 1983.
김윤식, 『거리재기의 시학—김윤식 시론집』, 시학, 2003.
김은자, 『현대시의 공간과 구조』, 문학과비평사, 1988.
김응교, 『사회적 상상력과 한국시』, 소명출판사, 2002.
김재홍, 『현대시와 역사의식』, 인하대학교 출판부, 1988.
_____, 『한국현대시인연구』, 일지사, 1987.
김종길, 『진실과 언어』, 일지사, 1974.
김준오, 『현대시와 장르 비평』, 문학과 지성사, 2009.
_____, 『가면의 해석학』,이우출판사, 1987.
김학동, 『김기림 연구』, 새문사, 1988.
문덕수, 『한국모더니즘 시연구』, 시문학사, 1981.
민명자, 『김구용의 사상과 시의 지평』, 청운, 2010.
민병욱, 『한국 서사시와 서사시인 연구』, 태학사, 1998.
박용찬, 『해방기 시의 현실인식과 논리』, 도서출판 역락, 2004.
송기한, 『1960년대 시인 연구』, 도서출판 역락, 2007.
송영순, 『한국 현대 서사시의 변용과 선택』, 푸른사상, 2014.
양주동, 『문주반생기』, 범우사, 2002.
_____, 『양주동전집』4, 동국대학교 출판부, 1995.
_____, 『양주동 전집』5, 동국대학교출판부, 1995.
오세영, 『문학과 그 이해』, 국학자료원, 2003.
이건청, 『한국 현대시인 탐구』, 새미, 2004.
이기백, 『한국사신론』, 일조각, 1967.

이소희, 『여성주의 문학의 선구자 고정희의 삶과 문학』, 국학자료원, 2018.
이수명, 『김구용과 한국 현대시』, 한국학술정보(주), 2008.
이재선, 『한국문학 주제론』, 서강대학교 출판부, 1999.
임중빈, 『부정의 문학』, 한얼문고, 1972.
최동호, 『한국현대시사의 감각』, 고려대학교출판부, 2004.
최시한, 『가정소설 연구』, 민음사, 1993.

3. 논문 및 평문

강형철, 「신동엽 시의 근원사상과 새로운 연구방향 모색」, 『한국언어문화』39집, 2009.
김기림, 「시와 현실」, 『조선일보』, 1936, 1.1~1.5.
김동근 「『국경의 밤』의 담론과 장르 상관성」, 『현대문학이론연구』 32권, 2007.
김동환, 「戀是戀非: 諸家의 戀愛觀」, 『조선문단』, 10호, 1925, 7.
김수복, 「서정과 현실 그리고 죽음」, 『김용호 시전집』, 대광문화사, 1983.
김승구, 「1930년대 비평계와 김기림의 실제비평」, 『현대문학의 연구』, 2008.
김시태, 「김기림의 시와 시론」, 『한국문학연구』 4호, 동국대 한국문학연구소, 1981.
김신정, 「1950년대 김용호 시 연구― 전쟁체험의 형상화 방식을 중심으로」, 『한국시학연구』제20호, 2007.
김용직, 「근대서사시의 형성과 그 성격」, 임영택 · 최원식 편, 『한국근대문학사론』, 한길사, 1982.
김우종, 「어두운 역사의 서사시」, 『문학사상』, 1975, 3.
김유중, 「「기상도」와 문명비판의 정신」, 『김기림』, 문학세계사, 1996.
_____, 「「기상도」의 주제와 '태풍'의 의미」, 『한국시학연구』제52호, 2017.
김윤정, 「신동엽 『금강』 연구」, 『성심어문논집』, 19집, 1997.
김은영, 「김동환의 시에 나타난 서사성 연구 ―「 국경의 밤 」과 「 승천하는 청춘 」

을 중심으로」, 『사림어문연구』10권, 1994.
김은정, 「고정희 '굿시', 주술(呪術)의 언어 그 욕망의 이중주—「환인제」, 「사람 돌아오는 난장판」을 중심으로」, 『용봉인문논총』41권, 2012.
김종철, 「1930년대 시인들」, 『한국근대문학사론』, 한길사, 1982.
김준오, 「서술시의 서사학」, 『한국 서술시의 시학』, 태학사, 1998.
_____, 「곡선의 상법과 전통시」, 『시와시학』 가을호, 1991.
김지선, 「신동엽 『금강』의 화자 분석을 통한 작가—서술자 이념 연구」, 『국제어문』 56집, 2012.
김진수, 「불이不二의 세계와 상생의 노래」, 『구곡』(『김구용문학전집 2』) '해설', 솔, 2000.
김춘수, 「서사시는 가능한가」, 『사상계』, 1965년 9월호.
김학동, 「김기림의 시작활동」, 『김기림전집 1』, 1988.
김향라, 「한국 현대 페미니즘시 연구 : 고정희 · 최승자 · 김혜순의 시를 중심으로」, 경상대학교박사학위논문, 2010.
김　현, 「현대시와 존재의 깊이」, 『구곡』(『김구용문학접집 2』), 솔, 2000.
김현자, 「전쟁기와 전후의 시」, 『한국현대시사』, 오세영 외 지음, 민음사, 2007.
김홍진, 「『금강』의 서사양식 수용과 서술기법」, 『한국문예창작』 제8권 제3호, 2009.
_____, 「민족 정체성 회복의 서사적 전망」, 『남해찬가』해설, 지식을 만드는 지식, 2013.
남기혁, 「현대시의 형성기(1931~1945)」, 『한국현대시사』, 오세영 외 지음, 민음사, 2007.
남송우, 「서사시 · 장시 · 서술시의 자리」, 『한국 서술시의 시학』, 태학사, 1998.
남정희, 「김상훈 시의 미적 성취와 그 가치」, 『민족문학사연구』제39호, 2009.
남진우, 「에로스의 시학」, 『전봉건시전집』해설, 문학동네, 2008.
문선영, 「1950년대 전쟁기 시의 실존의식 연구—김종문의 『불안한 토요일』을 중심으로」, 『한국시문학회』, 2002.
민병욱, 「한국적 장시의 쟁점과 현황—장르론적 문제 해명과 새로운 문제 제기」, 『문학사상』4, 2008.

_____, 「『국경의 밤』의 서사시 세계와 서사정신」, 『한국 서사시와 서사시인 연구』, 태학사, 1998.
_____, 「전봉건의 서사시 세계와 서사정신」, 『한국 서사시와 서사시인 연구』, 태학사, 1998.
_____, 「1980년대 서사시와 서사시인들의 세계」, 『한국 서사시와 서사시인 연구』, 태학사, 1998.
박상천, 「『기상도』 연구」, 『한국학논집』 제6집(한양대학교 한국학연구소), 1984.
박송이, 「시대에 대응하는 전략적 방식으로서의 되받아 쓰기(Writing back)－고정희 『초혼제』(1983) 장시를 중심으로」, 『한국문예비평연구』 제33집, 2010.
박숙영, 「1930~1940년대 시에 나타난 가족의식 연구－백석 · 이용악 · 김상훈을 중심으로」, 숙명여자대학교 박사학위논문, 2015.
박정호, 「한국 근대장시 형성과정 연구」, 한국외국어대학교 박사학위논문, 1997.
박철석, 「해방직후의 문학사 연구」, 『한국비평문학대계』, 동양서적, 1994.
박현수, 「민중혁명의 시기(1979~1991)」, 『한국현대시사』, 오세영 외 지음, 민음사, 2007.
박혜경, 「여성해방에서 통일로 이르는 굿판」, 『저 무덤 위에 푸른 잔디』 발문, 창작과비평사, 1989.
백낙청, 「서사시 『금강』을 새로 내며」, 『금강』, 창작과비평사, 1989.
범대순, 「서사시 · 장시의 개념과 성립과정」, 『현대시』, 1993, 10월호.
서준섭, 「한국 현대시에 있어서 장시의 문제」, 『심상』, 1982, 5월호.
송기한, 「임화 '단편서사시의'의 대화적 담론구조」, 『한국현대시인론 Ⅰ』, 새미, 2003.
_____, 「김동환 시에서의 '민족'의 의미」, 『한민족어문학』 제53집, 2008.
송영순, 「고정희 장시의 창작과정과 특성－「사람 돌아오는 난장판」을 중심으로－」, 『한국문예비평연구』 제44집, 2014.
송영순, 「국경의 밤과 지새는 밤의 상호텍스트성」, 『한국문예비평연구』 제42집, 2013.
송하섭, 「학산 김용호론」, 『김용호 시전집』 해설, 대광문화사, 1983.

신경림, 「삶의 길, 문학의 길」, 『신경림 문학의 세계』구중서 외, 창작과비평사, 1995.
신동엽, 「60년대의 시단 분포도—신저항시운동의 가능성을 전망하며」, ≪조선일보≫, 1961, 3. 30~31.
신동욱, 「전봉건론」, 『현대문학』, 1980, 9.
신동한, 「해방 40년 문학의 발자취와 전망」, 『한국비평문학대계』, 동양서적, 1994.
신봉승, 「장시와 산문정신의 용해」, 『현대문학』, 1963, 3월호.
양은창, 「김용호 시에 나타난 실존의 성격」, 『어문연구』 78집, 2013.
여지선, 「해방기 시에 나타난 파국의 상상력과 유토피아에의 의지— 김상훈의 시를 중심으로」, 『우리말글』제74집, 2017.
_____, 「신동엽 『금강』의 텍스트 분석」, 『한국시학연구』 제2호, 1999.
염무웅, 「서사시의 가능성과 문제점」, 『한국문학의 현단계 1』, 창작과 비평사, 1982.
오세영, 「장시의 다양성과 가능성」 『현대시학』, 1988, 8월호.
_____, 「서사시란 무엇인가」, 『현대시』, 1993 10월호.
_____, 「<국경의 밤>과 서사시의 문제」, 『국어국문학』제75집, 1977.
오윤정, 「김용호 시의 시적 공간 연구」, 『한민족문화연구』제59집, 2017.
오창은, 「4 · 19 공간 경험과 거리의 모더니티」, 『영구혁명의 문학들』, 국학자료원, 2012.
오현주, 「8 · 15 직후 문학운동과 시문학의 전개양상」, 『해방기의 시문학』, 열사람, 1988.
유성호, 「역사의 비극과 서사시적 상상력—신경림의 『남한강』론」, 『현대문학의 연구』5권, 1995.
_____, 「고정희 시에 나타난 종교의식과 현실인식」, 『한국문예비평연구』, 제1집, 1997.
유종호, 「서사 충동의 서정적 탐구」, 『신경림 문학의 세계』구중서 외, 창작과비평사, 1995.
이경아, 「영웅서사의 시적 변용—신경림의 『남한강』과 예이츠의 『어쉰의 방랑』의 비교」, 『한국 예이츠 저널』제43권, 2014.

이경희, 「고정희 시의 여성주의 시각연구」, 돈암어문학, 21집, 2008.
_____, 「고정희 시 연구」, 성신여자대학교박사학위논문, 2010.
이남호, 「1950년대와 전후세대 시인들의 성격」, 『1950년대의 시인들』, 이남호 · 송하춘 편, 나남, 1994.
이동하, 「김동환의 서사시에 나타난 지식인과 민중」, 『세계의 문학』, 1985, 가을호.
이병훈, 「'자연스러움'의 미학」, 『신경림 시전집 2』, (주)창비, 2004.
_____, 「민중성의 진화— 「신경림의 장시 「남한강」과 80년대 시집을 중심으로」, 『한국현대문학연구』, 2014.
이숭원, 「해방 후 서사시 · 장시의 정신과 형식」, 『현대시』, 1993, 10월호.
이승훈, 「히메로스와 페이서스—전봉건의 시」, 『현대시학』, 1974, 10.
이영섭, 「신동엽의 서사시 『금강』연구 : 『금강』의 역사의식과 탈역사성」, 『현대문학의연구』 5권, 1995.
이유경, 「전봉건과 이승훈」, 『현대시학』, 1970년, 5.
이은영, 「고정희 시의 공동체 인식 변화양상」, 여성문학연구, 38권, 2016.
_____, 「고정희 시의 역사성 연구」, 아주대학교박사학위논문, 2017.
이일림, 「해방기 김상훈 시에 나타난 여성 주체 연구」, 『사림어문연구』 제25집, 2015.
이종윤, 「분단시대의 서사시 연구」, 경희대박사학위논문, 1998.
이혜미, 「『금강』의 에로스적 상상력 연구」, 『한국문화기술』, 14권, 2012.
임헌영, 「김상훈의 시세계」, 『항쟁의 노래』신승엽 엮음, 친구문예 6, 1989.
장부일, 「한국 근대 장시 연구」, 서울대학교박사학위논문, 1992.
_____, 「김동환의 현실 변용」, 『한국현대시사연구』, 일지사, 1996.
장윤익, 「한국 서사시 연구—시사적 맥락을 중심으로」, 명지대학교박사학위논문, 1984.
전봉건, 「환상과 상처」, 『세대』, 1964, 11.
_____, 「시와 에로스」(전봉건 · 이승훈의 대담), 『현대시학』, 1973, 9.
정경은, 「현대시에 나타난 전봉준 이미지의 변모양상 고찰」, 『한국시학연구』35집, 2012.
정순진, 「김기림의 『기상도』연구—관념과 이미지의 결합」, 『어문연구』제18집, 1988.

정진규, 「한과 힘의 노래」, 『새야새야파랑새야』해설, 나남, 1987.
조남현, 「김동환의 서사시에 대한 연구」, 건국대 『인문과학논총』, 1978.
조동구, 「김용호 시 연구 ― 시의 변모양상과 시적 특질을 중심으로 ―」, 『동북아 문화연구』제7집, 2004.
조동길, 「격동기 사회(1980년대)의 문학적 대응」, 『어문연구』64집, 2010.
조태일, 「열린 공간, 움직이는 서정, 친화력」, 『신경림 문학의 세계』구중서 외, 창작과비평사, 1995.
조혜진, 「고정희, 최승자, 김승희 시에 나타난 여성성의 타자성 연구― '병'과 '욕설'의 결합으로서 '미친년'의서사를 중심으로」, 『한국문예비평연구』제53집, 2017.
지현배, 「신동엽 「금강」에 나타난 서사구조와 작가의식―동학과의 관련을 중심으로」, 동학학보 28집, 2013.
천이두, 「50년대 문학의 재조명」, 『한국비평문학대계』, 동양서적, 1994.
천창우, 「송수권 시에 내포된 상징물의 연구」, 『현대문학이론연구』제69집, 2017.
최도식, 「신동엽의 「금강」에 나타난 공동체 연구―동학농민혁명을 중심으로」, 동학학보 41권, 2016.
최동호, 「근대시의 전개(1919~1931년)」, 『한국현대시사』, 오세영 외 지음, 민음사, 2007.
최명표, 「범애주의자의 시와 시론―유엽론」, 『유엽문학전집 1』, 신아출판사, 2011.
하현식, 「사유와 직관의 원근법」, 『현대시학』, 1985, 3.
한효, 「진보적 리얼리즘에의 길」, 『한국현대현실주의 비평선집』, 나남, 1989.
홍기삼, 「한국 서사시의 실제와 가능성」, 『문학사상』, 1975, 3.
E. 훗설, 『시간의식』이종훈 옮김, 한길사, 2007.
G. 바슐라르, 『불의 정신분석/초의 불꽃 외』민희식 역, 삼성출판사, 1990.
T. S 엘리엇, 『시의 효용과 비평의 효용』이승근 역, 학문사, 1990.
E. 슈타이거, 『시학의 기본개념』, 이유영 · 오현일 공역, 삼중당, 1978.
Herbert Read, *Phases of English Poetry*, London, 1950.

Herbert Read, *Collected Essays in Literary Criticiism*, London, Fabor and Faber, 1952.

찾아보기

(ㄱ)

(ㄴ)

(ㄷ)

(ㄹ)

(ㅁ)

(ㅂ)

(ㅅ)

(ㅇ)

(ㅈ)

(ㅊ)

(ㅌ)

(ㅍ)

(ㅎ)

| 지은이 **김성조**

한양대학교 대학원에서 석사 및 박사 학위를 받았다. 계간 『자유문학』(1993)으로 시 등단, 『미네르바』(2013)로 평론 등단을 하고, 시집 『영웅을 기다리며』 외 2권이 있다. 현재 한양대학교에서 강의하고 있다. 저서로는 『부재와 존재의 시학』(국학자료원, 2013)과 공저 『전봉건』(글누림, 2010) 등이 있다. 주요 논문으로는 「전봉건 시의 고향 콤플렉스 극복과정—『북의 고향』을 중심으로」, 「전봉건 시에 나타난 존재상실과 극복세계」, 「전봉건 시에 나타난 존재인식과 초월 연구—시집 『돌』을 중심으로」, 「김종삼 시의 소리 이미지와 의미적 표상」, 「김종삼 시의 '공백/생략'에 나타난 의미적 불확실성과 도피성」, 「현대 장시(長詩)에 나타난 서술적 주체의 욕망과 시대담론 형성의 배경」, 「한국 현대시의 난해성과 도피적 상상력—1950년대 김수영・김춘수・김종삼의 시를 중심으로」 등이 있다.

한국 근현대 장시사(長詩史)의 변전과 위상

초판 1쇄 인쇄일 | 2018년 11월 15일
초판 2쇄 인쇄일 | 2019년 11월 13일
초판 1쇄 발행일 | 2018년 11월 23일
초판 2쇄 발행일 | 2019년 11월 20일

지은이 | 김성조
펴낸이 | 정진이
편집장 | 김효은
편집/디자인 | 우정민 박재원 우민지
마케팅 | 정찬용 정구형
영업관리 | 한선희 이성국
책임편집 | 우민지
인쇄처 | 국학인쇄사
펴낸곳 | 국학자료원 새미(주)
등록일 2005 03 15 제25100－2005－000008호
경기도 파주시 소라지로 228－2 (송촌동 579－4 단독)
Tel 442－4623 Fax 6499－3082
www.kookhak.co.kr
kookhak2001@hanmail.net

ISBN | 979-11-88499-73-1 *93800
가격 | 29,000원

* 이 도서의 국립중앙도서관 출판예정도서목록(CIP)은 서지정보유통지원시스템 홈페이지(http://seoji.nl.go.kr)와 국가자료공동목록시스템(http://www.nl.go.kr/kolisnet)에서 이용하실 수 있습니다.(CIP제어번호: CIP2018036310)